JANUSZ L. WIŚNIEWSKI

KULMINACJE

PAULINA HOLTZ

MAŁGORZATA WARDA

IZABELA SOWA

MAGDALENA WITKIEWICZ

MANULA KALICKA

AGNIESZKA NIEZGODA

MARIKA KRAJNIEWSKA

JOANNA JODEŁKA

WIELKA LITERA

Projekt graficzny okładki
Katarzyna Borkowska
kb-design@o2.pl

Zdjęcie na okładce
© Agnieszka Kielak/Trevillion Images

Redakcja
Małgorzata Holender
Maryna Wirchanowska

Korekta
Bogusława Jędrasik

Wielka Litera Sp. z o.o.
ul. Kosiarzy 37/53

ISBN 978-83-8032-005-5

JANUSZ L. WIŚNIEWSKI
Arytmia

MANULA KALICKA
In-wersja

Janusz L. Wiśniewski

Arytmia

Cewnik katedy ma długość około 110 cm i średnicę 0,42 milimetra i jest wykonany z poliuretanu. Do końcówki cewnika przymocowana jest elektrodą w postaci 4-milimetrowej igły. Każda elektroda jest znaczona unikatowym numerem. Jego elektroda miała numer 18085402350. Lekarze na ogół nie znają tego numeru, ale księgowi w klinikach muszą go znać, aby zaksięgować ją w rubryce „amortyzacja aparatury". Elektroda katedy amortyzuje się po trzech zabiegach. W Ministerstwie Zdrowia ustalono, że można wepchnąć elektrodę do trzech serc i potem można ją „zdjąć ze stanu". Gdy operacja zakończy się zgonem pacjenta, elektrodę zdejmuje się ze stanu przed upływem okresu amortyzacji ustalonym na trzy zabiegi. Zdjęcie przed upływem okresu amortyzacji należy „udokumentować aktem zgonu pacjenta". Katedę wprowadza się w tętnicę udową w okolicy prawej pachwiny.

On miał wypchniętą tętnicę udową prawej pachwiny. Całowałam to miejsce wiele razy, więc wiem. Zawsze gdy dotykałam go tam wargami lub językiem, kładł dłonie na mojej głowie, powtarzał szeptem moje imię i drżał. Czasami delikatnie, a czasami mocno uciskał różne miejsca na mojej głowie. Ale tylko lewą dłonią. Prawą przesuwał w tym czasie wzdłuż moich włosów. Nigdy go nie zapytałam, jaki koncert grał lub słyszał w swojej wyobraźni, gdy to robił. Wiem, że aby mnie nie zranić, zaprzeczyłby. Wiem także, że byłoby to kłamstwo. Zawsze przecież przegrywałam z jego muzyką. W łóżku także.

On nawet mnie rozbierał tak, jak gdyby wyciągał swoje skrzypce z futerału. Z namaszczeniem, uroczyście. Dokładnie tak, jak to robi skrzypek, który gładzi swój instrument, muska palcami po smagłym drewnie, strzepując jakieś zupełnie niewidoczne pyłki, tylko jemu znane. Potem patrzy na skrzypce. To spojrzenie jest chyba najpiękniejsze. On także na mnie nagą tak patrzył. Jak na swoje skrzypce przed wielkim, najważniejszym koncertem. I chociaż wiedziałam, że mnie tym koncertem zachwyci, odurzy i spełni, czułam, że nawet gdy będzie ejakulował we mnie, to usłyszy przy tym nie mój krzyk i nie mój płacz, ale jakiś cholerny kontrapunkt. Bo dla niego także łóżko było salą koncertową.

Słyszałam jego oddech, szum smyczka równo prowadzonego po strunie. Tak jakby wkradł się do mojej duszy i delikatnie dmuchnął u nasady włosów. Od tej pory wszystko było wspólne: oddechy, czas, powietrze, ciało. I wcale nie chodziło o powolne, altowe, wibrujące dźwięki. Gdzieś spoza szybkich, dokładnych, mocnych dźwięków słychać było tęsknotę i namiętność. Najpierw solista, *piano*, eksponował temat. Nasze spojrzenia spotykały się gdzieś w środku sali, przekazując sobie tempo, ekspresję, kolor. Rozbrzmiewało *tutti* orkiestry, las smyczków w idealnie równym tempie zmieniał kierunek, podniecenie wzrastało tym szybciej, im głośniej i bardziej żywiołowo łączyły się wszystkie brzmienia. Na koniec tylko on, skrzypek, i ja, w doskonałym konsonansie, jednakowo zdyszani. Przeżywamy coś tak bardzo potrzebnego, niezapomnianego dla wysuszonego, oczekującego pragnienia siebie. Tyle że ja u końca drogi stapiałam się w jedność tylko z nim, podczas gdy on z ostatnim finałowym taktem…

Kateda wepchnięta poprzez elastyczną plastikową koszulkę umieszczoną w punkcie nakłucia tętnicy udowej wędruje powoli do serca. Najpierw do prawej komory, potem do prawego przedsionka. Stamtąd musi przebić się do lewego przedsionka. W lewym przedsionku zbliża się ją do ujścia żyły płucnej i prądem o częstotliwości radiowej rozgrzewa się jej końcówkę do około 60–70 stopni Celsjusza. Uzyskana w ten sposób temperatura jest wystarczająca do tego, aby oparzyć ścianki żyły płucnej i skoagulować – jak oni to nazywają – jej tkankę, czyli po prostu utworzyć blizny, które mają zatrzymać zaburzone przewodnictwo elektryczne powodujące arytmię.

Blizny.

Jego blizna pękała, gdy zobaczyłam go pierwszy raz. Dwa lata temu.

Wyszłam z akademika około czwartej nad ranem. Ktoś wrócił akurat z Amsterdamu i przywiózł „rośliny". Albo wypiłam zbyt dużo wina i inhalowałam zbyt głęboko, albo ten cannabis był nasączony jakąś twardą syntetyczną chemią. Miałam katastroficzny „trip". Głucha ciemna bezgraniczna przestrzeń przecięta w poprzek białą szeroką strugą parującego gorącego mleka wpływającego do moich ust. Parzyła mi wargi i podniebienie, przepływała przeze mnie, zatrzymywała się w przełyku, przedostawała się do piersi, podnosiła je do góry, rozrywając mój stanik, i wracała, aby wytrysnąć fontanną pomiędzy moimi udami. Nie była już biała. Zmieszana z krwią nabrała różowego koloru. Gdy zaczęłam się krztusić i dusić, nie nadążając połykać tego mleka, wybiegłam tak jak stałam z pokoju. Czułam przeszywający ból w podbrzuszu. Dostałam okres. Przez lasek otaczający akademik, potykając się o zaspy zmarzniętego śniegu, dotarłam do ulicy. Gdy nadjechał tramwaj, po prostu wsiadłam.

Siedział z zamkniętymi oczami w pierwszym porannym niedzielnym tramwaju. Lewą stronę twarzy oparł o zaszronioną brudną szybę, zostawiając na niej zaparowany nieregularny ślad po swoim ciepłym oddechu. Rękami obejmował futerał skrzypiec. Tak jak gdyby trzymał dziecko w ramionach. Na prawym policzku miał szeroką bliznę. Tramwaj ruszył. Stanęłam naprzeciwko niego i wpatrywałam się w tę bliznę. Narkotyczny omam nie mijał. Widziałam, jak blizna powoli pęka, rozsuwa się niczym czyjeś nienaturalnie wąskie sine wargi i wypełnia powoli krwią. Wyjęłam chusteczkę z kieszeni spodni, uklękłam przed nim i przyłożyłam chusteczkę do tej blizny, aby zatrzymać wypływ krwi. Otworzył oczy. Dotknął mojej dłoni przyciśniętej do jego policzka. Przez chwilę nie puszczał jej, gładząc delikatnie moje palce.

– Przepraszam…

– Zasnąłem. Proszę, niech pani usiądzie.

Wstał i ustąpił mi miejsca. W pustym tramwaju.

Tramwaj pędził jak oszalały. Na kolejnym zakręcie upadłam na zabłoconą podłogę. Nie mogłam podnieść się z kolan. Zauważył to. Wsunął ostrożnie skrzypce pod siedzenie, przy którym klęczałam, po czym, obejmując w pasie, posadził mnie ostrożnie na tramwajowej ławce. Zdjął swoją czarną skórzaną kurtkę i okrył mnie nią.

– Dokąd pani jedzie? – zapytał cicho.

– Do domu – odpowiedziałam, próbując przekrzyczeć pisk kół hamującego tramwaju. – Masz bliznę na policzku – uśmiechnęłam się – ale już nie krwawi...

Wysiedliśmy na następnym przystanku. Zatrzymał taksówkę. Odprowadził mnie pod drzwi mojej stancji. Następnego dnia pojechałam oddać mu kurtkę. Wpuściła mnie do mieszkania jego macocha. Nie zauważył mnie, gdy wsunęłam się cicho do jego pokoju. Stał pod oknem odwrócony plecami do drzwi. Grał na skrzypcach. Szaleńczo. Całym sobą. Słuchałam, nie mogąc oderwać wzroku od jego prawej ręki prowadzącej smyczek. Nie potrafię dzisiaj nazwać tego, co czułam w tamtym momencie. Oczarowanie? Bliskość? Intymność? Muzykę? Wiem tylko, że tuliłam z całych sił do siebie jego kurtkę i wpatrywałam się w jego prawą rękę.

Skończył grać. Odwrócił się. Wcale nie zdziwił się, że jestem w jego pokoju. Jak gdyby wiedział, że tam stoję. Podszedł do mnie tak blisko, że dostrzegłam kropelki potu na jego twarzy. Był jak w jakimś transie. Płakał.

– Tylko moja matka dotykała tak mojej blizny jak pani tam w tramwaju – powiedział, patrząc mi w oczy.

Dwa tygodnie później przestał mówić do mnie per pani. Miesiąc później nie mogłam przypomnieć sobie życia „przed nim". Po pół roku byłam jak obłąkana, gdy wyjeżdżał ze swoją orkiestrą i przez kilka godzin nie odbierał komórki.

Dwudziestego ósmego czerwca, w sobotę rozebrał mnie po raz pierwszy. I patrzył na mnie. Przeglądałam się w jego oczach. Jak księżniczka w zwierciadle. Wtedy jeszcze było mi zupełnie obojętne, że on widział mnie poprzecinaną pięciolinią...

Nie miałam orgazmu tamtej nocy. Ale i tak doskonale wiedziałam, jak się to czuje mieć go z nim. Pamiętałam to, tak jak pamięta się swój pierwszy wielki wstyd z dzieciństwa...

O północy trzydziestego kwietnia stał zdyszany pod drzwiami mojej stancji. Zaczynał się dzień moich urodzin. Nawet nie zapytał, czy chcę z nim jechać. Taksówka czekała na dole. Kazał kierowcy zatrzymać się przed małym kościołem na Mokotowie. Miał ze sobą skrzypce. Weszliśmy boczną nawą do zupełnie ciemnego kościoła. Bałam się, gdy zostawił mnie samą w ławce naprzeciw ołtarza. Zapalił świece stojące na marmurowym blacie. Nuty oparł o jeden ze świeczników. Wyciągnął skrzypce i stanął po krzyżem. Zaczął grać. To było coś więcej niż dotyk. O wiele bardziej przenikające. Czułam fizyczne podniecenie. Z każdym taktem bardziej wyraźne. Gdy zamykałam oczy, dotykał mnie zamkniętej za nagością, słowami, światłem. Wilgotniałam, czując ciepło pomiędzy moimi udami. W ciemnej sali zimnego opustoszałego kościoła.

Zanim skończył, stało się to trzy razy.

Podczas zabiegu ablacji żyły płucnej igła przebywa w sercu kilka godzin i jej ruch w naczyniach krwionośnych, jak i w sercu, obserwowany jest na monitorze rentgenowskim. Aby uniknąć powikłań zakrzepowo-zatorowych, już na kilka dni przed zabiegiem podaje się pacjentowi środki zmniejszające krzepliwość krwi. Przy ukierunkowanej na żyłę płucną ablacji rzadko poszukuje się w sercu innych ośrodków arytmii i koaguluje przeważnie jedynie tkankę żyły płucnej. Podczas zabiegu pacjent znajduje się w pozycji leżącej i jest cały czas przytomny. Ponieważ możliwe jest wystąpienie przejściowego bloku przedsionkowo-komorowego, przez cały czas trwania zabiegu zabezpiecza się stymulację serca czasową elektrodą endokawitarną. Ewentualne zaburzenia oddechu reguluje się na bieżąco aparatem tlenowym.

Często, gdy leżeliśmy przytuleni do siebie, kładłam głowę na jego piersiach. Gładził delikatnie moje włosy, a ja słuchałam jego bijącego serca. Nigdy nie wysłuchałam żadnej arytmii. Gdy zasypiał, patrzyłam godzinami na niego, jak oddychał miękko i spokojnie. Czasami na moment jego oddech przyśpieszał i wargi rozchylały się lekko. I wtedy chciałam być w jego głowie. Wtedy najbardziej…

Ablacja jest zabiegiem leczniczym o bardzo wysokiej skuteczności, lecz mogą po niej ponownie wystąpić zaburzenia rytmu. Jeżeli leczenie farmakologiczne zaburzeń rytmu jest nieefektywne, zabieg ablacji może być powtórzony. Wyłączona jest z tego jednakże ablacja żyły płucnej!

Miał chore serce. Ukrywał to przed światem. Ukrył to przede mną. Wstydził się tego tak samo, jak dojrzewający chłopcy wstydzą się swojej mutacji lub tego, że mają pryszcze na twarzy. Dowiedziałam się, że jest chory, przypadkiem. Wyjechał na kilka dni z orkiestrą do Hanoweru. Tuż przed Wigilią. Naszą pierwszą wspólną Wigilią. Jego ojciec z macochą i jego przyrodnią siostrą spędzali święta w Szwajcarii.

Kupiłam choinkę. Mieliśmy spędzić we dwoje Wigilię u niego w mieszkaniu i następnego dnia pojechać do moich rodziców do Torunia. Sprzątałam jego pokój. Zebrałam leżące na podłodze zapisane jego ręką partytury i chciałam schować je do szuflady jego biurka. Szuflada była wypchana różowymi wydrukami elektrokardiogramów.

Miał w tej szufladzie ponad trzysta sześćdziesiąt elektro-kardiogramów! ·

Wystawionych przez szpitale z większości miast w Polsce. Ale także z Niemiec, Włoch, Czech, Francji, Hiszpanii i USA. Oprócz tego były tam wypisy z kilkunastu szpitali, rachunki za leczenie w kilku językach, dwa stetoskopy, niewykorzysta-ne recepty, skierowania do klinik, diagnozy psychoterapeutów i psychiatrów, kopie oświadczeń o jego zgodzie na zabiegi elektrycznego wyrównywania rytmu, igły do akupunktury, napoczęte opakowania z tabletkami, wydruki stron internetowych dotyczących arytmii i tachykardii.

Od dwunastu lat miał zdiagnozowaną napadową *Arrythmia absoluta*. Tylko w czasie gdy ja go znałam, miał wykonywanych w pełnej narkozie osiem zabiegów kardiowersji, czyli wyrów-nywania rytmu serca szokiem prądu elektrycznego. Ostatnią kardiowersję robiono mu w Heidelbergu. Na dwa tygodnie zanim odkryłam tę wypchaną wydrukami EKG szufladę. Jego orkiestra brała tam udział w jakimś festiwalu. Przez dwanaście godzin nie odzywał się ani ja nie mogłam dodzwonić się do niego. Powiedział mi, że zostawił komórkę w hotelu. Prawda była zupełnie inna. W salach intensywnej terapii nie zezwa-la się pacjentom używać telefonów komórkowych, ponieważ zakłócają pracę aparatury. Z daty i godziny naniesionych na elektrokardiogramy wykonane przed i po jego ostatniej kar-diowersji wynikało, że ataku arytmii musiał dostać w czasie koncertu.

W pierwszej chwili chciałam zadzwonić do niego i zapytać. Wykrzyczeć swój paniczny strach. Czułam się przeraźliwie oszukana i zdradzona. On wiedział o mnie więcej niż mój oj-ciec, który zmieniał mi pieluchy, a tymczasem zasrani lekarze w całej Europie wiedzieli o nim więcej niż ja! Harcerz jeden!

Znam smak jego spermy, a nie wiem nic o tym, że przepuszczają mu prąd przez serce przeciętnie raz na sześć tygodni!

Milczałby. Krzyczałabym w słuchawkę, a on milczałby w tym czasie. Dopiero gdy zaczęłabym płakać, powiedziałby:

– Kochanie... To nie tak. Nie chciałem cię martwić. To przejdzie... Zobaczysz.

Nie chciałam, aby wydawało mu się, że uspokoił mnie tym swoim „to przejdzie". Dlatego nie zadzwoniłam. Postanowiłam, że zapytam go dopiero wtedy, gdy będę mogła położyć przed nim tę stertę trzystu sześćdziesięciu elektrokardiogramów. I obiecałam sobie, że nie będę przy tym płakać.

Po kolacji rozstawił w całym pokoju zapalone świece, przebrał się w swój koncertowy frak i grał dla mnie na skrzypcach kolędy. Tylko we wspomnieniach Wigilii z dzieciństwa czułam się taka bezpieczna i taka szczęśliwa jak z nim tamtego wieczoru.

W nocy wstał z łóżka i poszedł do kuchni. Ze szklanką wody w dłoni podszedł do biurka i wysunął szufladę. Nie spałam. Zapaliłam światło dokładnie w tym momencie, gdy połykał tabletkę.

– Opowiesz mi o swoim sercu? – zapytałam, dotykając jego blizny na twarzy.

Pięć miesięcy później ten skurwiel kardiolog z ulizanymi żelem włosami i tytułem profesora, który mu to robił, zabił go po drodze katedy z prawego przedsionka do lewego, przebijając mu serce i powodując krwotok do jamy osierdziowej. Zabił mi go i wyjechał jak gdyby nigdy nic na urlop. Do Grecji. W dwa dni po zabiegu. Zakończył jedną igłą dwa życia i spokojnie poleciał się opalać.

MANULA KALICKA

In-wersja

Wikipedia:
W zależności od warunków i przyjętej dawki marihuana posiada działanie: uspokajające lub rozdrażniające, euforyzujace, przeciwbólowe, pobudzające apetyt, rozkurczające mięśnie, zmniejszające ciśnienie śródgałkowe i rozszerzające oskrzela.

Przy przewlekłym stosowaniu pojawiają się objawy zespołu antymotywacyjnego: zaburzenia snu, zespół apatyczny z dominującym brakiem działania, ograniczenie kontaktów z ludźmi, zaburzenia pamięci i koncentracji uwagi, zaburzenia w przyswajaniu nowych wiadomości, myślenie porozrywane i magiczne, upośledzenie zdolności rozwiązywania problemów i planowania przyszłości, zanik zainteresowań, zaburzenia percepcji czasu, doznań, krytycyzmu, lęk...

Ania
Ciemna bezgraniczna przestrzeń przecięta w poprzek białą szeroką strugą parującego gorącego mleka wpływającego do moich ust. Parzyła mi wargi i podniebienie, przepływała przeze mnie, zatrzymywała się w przełyku, przedostawała się do piersi,

podnosiła je do góry, rozrywając mój stanik, i wracała, aby wy-
trysnąć fontanną pomiędzy moimi udami. Nie była już biała.
Zmieszana z krwią nabrała różowego koloru. Gdy zaczęłam się
krztusić i dusić, nie nadążając połykać tego mleka, wybiegłam tak
jak stałam z pokoju. Czułam przeszywający ból w podbrzuszu.
Dostałam okres. Przez lasek otaczający akademik, potykając się
o zaspy zmarzniętego śniegu, dotarłam do ulicy. Gdy nadjechał
tramwaj, po prostu wsiadłam.

Marek

Jadę tramwajem. Jest noc, w rękach mimowolnie ściskam
skrzypce. Oddech paruje z lekka, osiadając na oknie. Jest zimno, a w powietrzu unosi się zapach obić tapicerskich. Tramwaj
pachnie nowością. Cała przestrzeń za oknem wydaje mi się
czysta, jasna, przestronna…

Mam ochotę wyjąć skrzypce i zagrać. Ciekawe, jaką akustykę mają tramwaje? Tyle wykładzin, pewnie gdzieś w nich utonęłyby tony dobywane z instrumentu. Rozglądam się jeszcze
raz. Nie ma nikogo. Puste fotele stoją sztywno niczym manekiny w zapomnianym, jaskrawo oświetlonym magazynie.
Sięgam po instrument. Trzask podczas hamowania rozlega się
zbyt głośno, rani uszy. Ostry dźwięk podrywa mnie na moment z fotela. I zaraz drugi trzask – drzwi otwierają się powoli
ze zgrzytem. Nieprzyjemnym zgrzytem. Przez chwilę wpadają do wnętrza zimne powietrze i dźwięki nocnego miasta.
I już. Znów zgrzyt.

Zamykają się. Nazbyt szybko. Ręka. W drzwiach nagle pojawia się ręka. Tylko ona. Mam wrażenie, że rozpryśnie się
za moment zgnieciona przez nieubłagane krawędzie drzwi
zmierzające ku sobie. Coś we mnie się kurczy. Ze strachu.
Przymykam oczy i wtem słyszę powolny dźwięk. Drzwi znów

się otwierają. Mechanizm zadziałał, teraz do wagonu wpełza noc i mrok, i dziewczyna. Dziewczyna ma rozmazany tusz, z ust kapie jej ślina, wsiąkając w brudną bandanę niedbale przewiązaną pod szyją. Odsuwam się mimowolnie dalej. A ona jak zombie. Podnosi się. Idzie. Idzie ku mnie. Oczy ma czarne jak ziarna kawy. Sięga powolnym ruchem ręki do mojego policzka. Czuję napierający zapach. Wymiociny, kwas żołądkowy i jeszcze coś. Wklejam się w szybę, wbijam w fotel. Opuszczam wzrok, w nadziei że odejdzie. I krew. Widzę. Po jej nogach sączy się krew. Podnoszę głowę do góry niczym na dźwięk znajomej melodii. Dłoń zbliża się do mnie. I tą dłonią mnie gwałci – dotyka mojego policzka. Mówi: – Przepraszam.

Zrywam się. I staję. Już jej nie czuję. Nie dotykam. Sam jednak nie wiem czemu, ale proponuję:

– Proszę, niech pani usiądzie.

W pustym tramwaju tak do niej mówię, podnosząc się z miejsca. Chcę uciec? Panikuję? Usiłuję uzasadnić, czemu się podniosłem? Przykryć ten paraliżujący nagły strach czy może wstręt?

Ona się zatacza i siada na moim miejscu, ale pojazd nagle nabiera przyspieszenia i gna gdzieś przed siebie jak nierozumna bestiomaszyna. Pożera kilometry jak mopsopodobny piecyk na węgiel, i ona spada. Dziewczyna. Tak zwyczajnie. Spada na ziemię. Z fotela z niebieską tapicerką ozdobioną kolumną Zygmunta. Stoję tuż obok i widzę ją u swoich nóg. Czołga się, pełza, toczy się, a po jej udach spływa wąska strużka. Krew. Ciągle czuję krew. Nachylam się, a ona wczepia się w moje ręce i ją podnoszę. Sadzam.

Hej, to ja, wasz wesoły sanitariusz.

Odsuwam się. Jednak. Ona dygoce. Ciągle nie ma nikogo nowego w wagonie, mimo że drzwi się znów otworzyły i zamknęły. Nie zdążyłem uciec. Od niej, od tego mętnego spojrzenia, od krwi i moczu. Dziewczyna ślini się, dygoczę. Jest zimno, wyszła skądś tam, bez niczego. Zdejmuję kurtkę i narzucam na nią. Czemu to robię, nie wiem.

– Dokąd pani jedzie? – pytam cicho.

– Do domu – odpowiada. – Masz bliznę na policzku – uśmiecha się – ale już nie krwawi...

Nie mam blizny. Na policzku. Może w sercu... Ja czułem krew. Ona nic nie czuła. Nic nie wiedziała i nie widziała.

Wikipedia:

Podczas palenia marihuany może wystąpić zjawisko synestezji. Synestezja polega na wzajemnym przenikaniu się wrażeń zmysłowych, dźwięk przybiera kształty, kolor zyskuje zapach i tak dalej.

Efekty doświadczane po spożyciu marihuany są indywidualne i zależne od ilości, rodzaju oraz jakości surowca, sposobu przyjmowania, a także genów, organizmu czy ogólnej sytuacji. Najczęstsze z nich to:

– polepszenie nastroju, euforia;

– tymczasowe upośledzenie pamięci krótkotrwałej;

– pobudzenie wyobraźni;

– „otwarcie zmysłów", wzmocnienie percepcji, wzmożona wrażliwość na bodźce;

– osłabienie koncentracji;

– zaburzenia w percepcji czasu;

– zwiększone łaknienie.

Marek

W kurtce był mój adres. Na karcie bibliotecznej. Bo ja się zawahałem. Wtedy. Następnego dnia płakałem, nad sobą. Że jestem słaby, zależny, że mam chorą wyobraźnię i brak hamulców. Grałem, patrząc przez okno. Żałowałem. Że jednak się zawahałem.

I wówczas znów pojawiła się ona. Przyszła oddać mi kurtkę. Dwudziestego ósmego czerwca, w sobotę, rozebrałem ją po raz pierwszy.

I patrzyłem. Przeglądałem się w jej oczach. Jak żaba w stawie. A jej było zupełnie obojętne, że widziałem ją poprzecinaną pięciolinią...

Czerwoną. Pięciolinią.

Krew. Widziałem ciągle krew.

Ania

O północy trzydziestego kwietnia stał zdyszany pod drzwiami mojej stancji. Zaczynał się dzień moich urodzin. Nawet nie zapytał, czy chcę z nim jechać. Taksówka czekała na dole. Kazał kierowcy zatrzymać się przed małym kościołem na Mokotowie. Miał ze sobą skrzypce. Weszliśmy boczną nawą do zupełnie ciemnego kościoła. Bałam się, gdy zostawił mnie samą w ławce naprzeciw ołtarza. Zapalił świece stojące na marmurowym blacie. Nuty oparł o jeden ze świeczników. Wyciągnął skrzypce i stanął pod krzyżem. Zaczął grać. To było coś więcej niż dotyk. O wiele bardziej przenikające. Czułam fizyczne podniecenie. Z każdym taktem bardziej wyraźne. Gdy zamykałam oczy, dotykał mnie zamkniętej za nagością, słowami, światłem. Wilgotniałam, czując ciepło pomiędzy moimi udami. W ciemnej sali zimnego, opustoszałego kościoła.

Zanim skończył, stało się to trzy razy.

Wikipedia:

Gówne zagrożenie używania marihuany polega na zwiększaniu prawdopodobieństwa wystąpienia epizodów psychozy wymagających hospitalizacji w oddziale psychiatrycznym. Zarówno u osób do tego predysponowanych, u których stany psychotyczne nie ujawniłyby się w normalnych okolicznościach oraz u osób bez takich predyspozycji. Psychoza jest jednym z kryteriów rozpoznania schizofrenii, a każde jej wystąpienie wywołuje organiczne i nieodwracalne uszkodzenie mózgu.

Marek

Leżę. Słońce za oknem krwawo chyli się ku zachodowi. Ona przylgnęła do mnie. W każdym tego słowa znaczeniu. Moja rodzina – ojciec, macocha i siostra – wszyscy pojechali na narty. Do Szwajcarii. To zrobiło na niej wrażenie. Więc leżę. Ona przytulona śpi, a ja widzę jej żyłę pulsującą równomiernie.

Wikipedia:

Jej początek tworzy nieznaczne uwypuklenie zwane opuszką żyły szyjnej wewnętrznej. Stanowi bezpośrednie przedłużenie zatoki esowatej. Następnie od opuszki górnej naczynie kieruje się ku dołowi, wchodząc do pęczka naczyniowo-nerwowego szyi, który otoczony jest łącznotkankową pochewką (łac. *vagina carotica*).

Marek

Ta miarowość pulsującej krwi tuż obok, pod cienką skórą mnie fascynuje. Prawdziwa krew na wyciągnięcie, nie dłoni, ale palca. Kusi mnie. To zabawne, że po łacinie nazywa się *vagina*.

Ale nie. Chcę, by to się stało tak, jak lubię. Z pełnym rytuałem.

Jutro. Jutro jest Wigilia. Jutro to zrobię.

Ania
Po kolacji rozstawił w całym pokoju zapalone świece, przebrał się w swój koncertowy frak i grał dla mnie na skrzypcach kolędy. Tylko we wspomnieniach Wigilii z dzieciństwa czułam się taka bezpieczna i taka szczęśliwa jak z nim tamtego wieczoru.
W nocy wstał z łóżka i poszedł do kuchni. Ze szklanką wody w dłoni podszedł do biurka i wysunął szufladę. Nie spałam. Zapaliłam światło dokładnie w tym momencie, gdy połykał tabletkę.

Wikipedia:
Pigułki ecstasy – organiczny związek chemiczny, drugorzędowa amina strukturalnie podobna do metamfetaminy. Półsyntetyczna substancja psychoaktywna wykazująca działanie empatogenne, euforyczne i psychodeliczne.

Ania
Zawsze gdy dotykałam go tam wargami lub językiem, kładł dłonie na mojej głowie, powtarzał szeptem moje imię i drżał. Czasami delikatnie, a czasami mocno uciskał różne miejsca na mojej głowie. Ale tylko lewą dłonią. Prawą przesuwał w tym czasie wzdłuż moich włosów. Nigdy go nie zapytałam, jaki koncert grał lub słyszał w swojej wyobraźni, gdy to robił. Wiem, że aby mnie nie zranić, zaprzeczyłby.
On na mnie nagą tak patrzył jak na swoje skrzypce przed wielkim, najważniejszym koncertem. I chociaż wiedziałam, że mnie tym koncertem zachwyci, odurzy i spełni, czułam, że nawet gdy będzie ejakulował we mnie, to usłyszy przy tym nie mój krzyk i nie mój płacz, ale jakiś cholerny kontrapunkt. Bo dla niego także łóżko było salą koncertową.

Nasze spojrzenia spotykały się gdzieś w środku sali, przeka-
zując sobie tempo, ekspresję, kolor. Rozbrzmiewało tutti *orkiestry,*
las smyczków w idealnie równym tempie zmieniał kierunek, pod-
niecenie wzrastało tym szybciej, im głośniej i bardziej żywiołowo
łączyły się wszystkie brzmienia. Na koniec tylko on, skrzypek, i ja,
w doskonałym konsonansie, jednakowo zdyszani.

Tyle że ja u końca drogi stapiałam się w jedność tylko z nim,
podczas gdy on z ostatnim finałowym taktem…

Marek

Ciąłem jednym szybkim ruchem. Smyczek był mi narzę-
dziem. Wszedł jak w masło. W nią. Czerwona krew rozlała
się szerokim strumieniem. Chłeptałem ją, smakowałem, zli-
zywałem. Oczy uciekły mi gdzieś tam, pod powieki. Wyprę-
żyłem się. Byłem już gotowy. Na największą podróż mojego
życia. I wtedy ono. Serce. Współpracowało. Zagrało swój takt
i swoją melodię. Odleciałem. Przede mną był tunel. Na końcu
światło. Tego chciałem. Tak chciałem. Już teraz chciałem.

Ania

Ten skurwiel kardiolog z ulizanymi żelem włosami i tytułem
profesora, który to robił, zabił go po drodze, katedy z prawego
przedsionka do lewego, przebijając mu serce i powodując krwotok
do jamy osierdziowej. Zabił mi go i wyjechał jak gdyby nigdy nic
na urlop. Do Grecji. W dwa dni po zabiegu. Zakończył jedną igłą
dwa życia i spokojnie poleciał się opalać.

Marek

Pogrążyłem się w mroku. Było mi dobrze, ciepło, przyjaźnie.
Gdzieś z oddali słyszałem jej krzyk: – Eriku, Eriku, wracaj!
A więc wiedziała.

JANUSZ L. WIŚNIEWSKI
Syndrom przekleństwa Undine

MAGDALENA WITKIEWICZ
Nie umrzesz we śnie

2

Janusz L. Wiśniewski

Syndrom przekleństwa Undine

Przestała wierzyć w Boga dopiero, gdy dowiedziała się od matki, że Go nie ma.

Pamięta dokładnie ten wieczór, gdy jej odpowiedziała trochę rozdrażnionym, zniecierpliwionym głosem:

– My przecież nie wierzymy w takie zabobony jak Bóg. I nawet nie wspominaj o tym ojcu.

Miała wtedy sześć lat. Anita, koleżanka z ławki, opowiadała jej o pogrzebie dziadka, który umarł w Polsce, i wspomniała, że ksiądz zrobił znak krzyża nad ciałem w trumnie. Zapytała wieczorem matkę, kto to jest ksiądz i dlaczego to robił. I wtedy matka pierwszy raz powiedziała jej o tych zabobonach. Dotąd wydawało się jej, że istnieje ktoś taki bezgranicznie dobry, komu można o wszystkim opowiedzieć po cichu wieczorem pod kołdrą – tak aby na pewno nikt nie słyszał – choćby o tym, co zdarzyło się w domu i na podwórku. Taki Bóg właśnie.

Ale mama ma rację. Zawsze przecież ma. Jeszcze nigdy jej nie okłamała.

Dlatego później nie opowiadała Mu już pod kołdrą żadnych rzeczy. Nie wiedziała wtedy dokładnie, co to są „zabobony", ale czuła, że to coś bardzo złego, skoro nie można o tym wspominać ojcu.

Dzisiaj myślała o tym, że najbardziej Go brakuje, gdy ojciec wieczorem wraca pijany do domu. Zaczynało się zawsze tak samo. Przywozili go koledzy tym policyjnym czarnym autem, które znało już całe osiedle, czasami wysiadał sam, czasami prowadzili go we dwójkę pod ramię. Walił pięściami lub kopał w drzwi, budząc wszystkich na piętrze, a potem wtaczał się do kuchni, gdzie czekała wystraszona mama, i krzyczał. Po prostu krzyczał. Mama siedziała skulona na tym drewnianym koślawym krzesełku przy lodówce, patrzyła, milcząc, w podłogę, ściskała z całej siły dłonie, a on stał nad nią i krzyczał. Ona kiedyś chowała się pod kołdrę, szczelnie owijała się nią, aby nic nie słyszeć. Zagłuszała wrzask ojca swoją rozmową z Nim, prosiła, aby ojciec przestał. Im głośniej ojciec krzyczał na matkę, tym głośniej ona, drżąc i dusząc się pod tą kołdrą, Jego prosiła o pomoc.

Ale nigdy nie wysłuchał jej prośby.

Nigdy.

Dlatego pewnie mama ma rację, że Go wcale nie ma i to tylko ten zabobon.

Potem nie wchodziła już do łóżka i nie rozmawiała z Nim. Sama nauczyła się, jak przetrwać tę furię ojca w kuchni. Najpierw włączała swoje pozytywki, które przynosił jej zawsze na urodziny dziadek, potem przenośne radio, które brała z biurka i siadała z nim za szafą, z uchem przy samym głośniku. Czasami i to nie pomagało. Bo jej ojciec miał bardzo mocny, jazgotliwy głos. Poza tym on krzyczał przecież całymi dniami w pracy. Krzyczał na ludzi. Nauczył się krzyczeć.

Pamięta, że kiedyś, nie mogąc już tego wytrzymać, włączyła odkurzacz, który mama przechowywała w szafie w jej pokoju. Pomogło. W kuchni zrobiło się nagle cicho. Ojciec z butelką wódki w ręku wpadł do jej pokoju i w tej swojej furii wyrwał kabel od odkurzacza razem z kontaktem i kawałkiem tynku ze ściany. Stalowy zaczep kontaktu wbił się w głowę mamy, która wbiegła za ojcem.

Wtedy, tego wieczoru, matka pierwszy raz uciekła z nią z domu. Błąkały się po ulicach Rostocku bez celu, a potem, gdy zrobiło się bardzo zimno, jeździły tramwajami całą noc. Ona we flanelowej piżamie przykrytej fioletową ortalionową kurtką i w filcowych kapciach z kożuszkiem, a mama w skórzanym za dużym płaszczu i wełnianej oliwkowej czapce przesiąkniętej krwią. Mama nie poszła opatrzyć rany na głowie. Żony policjantów w Rostocku, szczególnie żony oficerów STASI, nie opatrują ran.

Tej nocy wiedziała już na pewno, że On to zabobon.

Potem często uciekały z matką do tych tramwajów i nocnych ulic. Miały swoje trasy, swoje ulubione linie i plan na całą noc, do świtu. Gdy dzień szarością zaczynał przepędzać ciemność, wracały do domu. Cicho otwierały drzwi, na palcach przechodziły przez przedpokój, pośpiesznie kładły się razem do łóżka w jej pokoju i mocno tuliły się do siebie. Matka płakała. Ojciec już dawno wtedy spał, najczęściej z głową na blacie kuchennego stołu lub w ubraniu i w butach na łóżku w sypialni.

Pewnej nocy tramwajem pojechały na koniec miasta, przeszły aleją nad morze i oglądały wschód słońca. Siedziały na resztkach betonowego falochronu tuż przy gruzowisku otaczającym halę starej sieciarni, która od lat straszyła kikutami niszczejących murów. Kiedyś, zanim powstał kombinat przy stoczni, był tam port rybacki. Powiedział im o tym miejscu

motorniczy, który znał je dobrze, bo często jeździł z nimi po
Rostocku. Zatrzymał tramwaj, mimo że nie było tam przystanku, tuż przy początku nadmorskiej asfaltowej alei i obiecał, że zaczeka na nie. Tej nocy wróciły do domu później niż
zwykle. Gdy zasnęła, jak zawsze wtulona w matkę, zdarzyło
się to po raz pierwszy. Właśnie tej nocy, zupełnie pierwszy raz,
umarła na krótko we śnie. Miała wtedy osiem lat.

Matylda wie, że nigdy nie spędzi nocy sama z żadnym mężczyzną. Nigdy.

To słowo wcale na nią już nie działa. Wie przecież od dawna, że prawie każde „nigdy" można jakoś obejść. Gdyby tak nie
było, umarłaby już jako dziecko, a przecież wczoraj skończyła
dwadzieścia cztery lata.

Poza tym, dlaczego dni z mężczyzną nie mogą być piękniejsze niż noce?!

Ona nienawidzi nocy. Nie znosi zachodów słońca, ciemności i Wielkiego Wozu przed upalnym dniem. Dni zawsze są
piękniejsze niż noce. Noce nigdy takie nie będą.

Nigdy.

Gdy ma się kilkadziesiąt „nigdy", to następne jedno nie robi
żadnego wrażenia.

Tylko jedno robi.

Jedyne NIGDY, jakiego sobie nie może wyobrazić.

Tego, że Jakob mógłby już nigdy więcej nie przyjść do niej
wieczorem.

Jakob jest najważniejszy. Jakob zasypia z nią i jest, gdy ona
się budzi.

Jakob mówi jej, że ma odwrócić się na drugi bok. Przypomina, aby położyła dłonie wzdłuż swojego ciała. Jakob zamyka oczy, gdy ona zdejmuje stanik i majtki i wkłada koszulę
nocną lub piżamę.

Jakob otwiera i zamyka okna w jej sypialni. Jakob dba, aby lampka była zawsze włączona na jej nocnym stoliku. I zawsze ma zapasową żarówkę.

Ale najważniejsze jest to, że Jakob NIGDY nie zasypia. NIGDY.

Tak naprawdę nigdy.

To znaczy, nie zasnął nigdy dotąd. A jest przy niej, gdy ona zasypia i się budzi, od szesnastu lat.

Każdej nocy.

Miała osiem lat, gdy przyszedł do nich po raz pierwszy. I został.

Teraz ma dwadzieścia cztery lata. Jakob był i jest przy wszystkim, co ważne. Gdy szła pierwszy raz do gimnazjum i nie mogła zasnąć z podniecenia. Gdy wyprowadził się ojciec i zostawił je same. Gdy matka spędzała w pokoju za ścianą jej sypialni pierwszą noc z ojczymem, którego ona nienawidzi, mimo że jest taki dobry i tak dba o jej matkę. Był także tej nocy, gdy padł mur w Berlinie i tej nocy, gdy urodziła się jej przyrodnia siostra, a także tej nocy, gdy pojechała za Madonną do Dachau.

Tej nocy, gdy przyszło pierwsze krwawienie, także był. Przyszło we śnie. Jakob to zauważył, bo on nigdy nie śpi, gdy ona śpi. Nigdy. Obudziła się od wilgoci, czując dziwne pulsowanie podbrzusza. Gdy zdała sobie sprawę z tego, co się stało, zaczęła płakać. Ze wstydu. Jakob wziął ją wtedy tak delikatnie na ręce, pocałował w policzek, otarł jej łzy i szeptał jej imię.

Ojciec też kiedyś niósł ją na rękach i szeptał jej imię. Dawno temu. Była jeszcze małą dziewczynką. Zabrał ją któregoś dnia na osiedlowe podwórko, posadził na bagażniku starego roweru matki i woził osiedlowymi alejkami pełnymi dziur i wybojów. Siedziała na tym bagażniku, z całych sił obejmując ojca

w pasie. Na którymś z wybojów jej noga dostała się w szpry-
chy tylnego koła. Mięso tuż nad piętą odeszło od kości, biała
skarpeta zrobiła się czerwona i mokra od krwi aż ponad kost-
kę. Prawie zemdlała z bólu. Ojciec, gdy zauważył, co się stało,
zatrzymał natychmiast rower, wziął ją na ręce, szeptał do ucha
jej imię i biegł do tego budynku przy poczcie, gdzie zawsze
stały taksówki. W szpitalu założyli jej kilka szwów. Siną bliznę, zmieniającą latem kolor na czerwony, ma do dzisiaj. Jednak tak naprawdę to, co pozostało z tamtej historii, to pamięć
drżącego głosu ojca, który niosąc ją na rękach do taksówki,
szeptał jej imię.

I tamtej nocy, gdy dostała pierwszego krwawienia, Jakob
także wziął ją na ręce i także powtarzał szeptem: „Matyldo".
A potem przyniósł z szafy w sypialni czyste prześcieradło.
Było jej tak wstyd. Tak strasznie wstyd. Potem z tego wstydu płakała pod kołdrą. Widział, że płakała. Bo on rejestruje
wszystko. Szczególnie skurcze jej serca. Gdy się płacze, serce
kurczy się i rozszerza inaczej. Jakob dba o jej serce najbardziej.
Wie o nim wszystko. Nosi przy sobie w portfelu jej elektrokardiogramy. Obok jej fotografii. Zawsze najnowsze. Owinię-
te przezroczystą folią, zgrzaną na krawędziach. Aby się nie
zniszczyły.

Tamta noc była szczególna. Pamięta, że do rana nie spała.
Gdy wstyd minął, przyszły podniecenie i niecierpliwość. Nie
mogła doczekać się poranka. Jakob oczywiście rejestrował
to, że ona nie śpi, ale nie okazywał żadnych emocji. Rano
pobiegła do szkoły wcześniej niż zwykle. Stanęła przy szatni i czekała na Anitę. Chciała jej to jak najprędzej powiedzieć. Pamięta, że była jakaś taka dumna i chciała to dzielić
ze swoją najlepszą przyjaciółką. Czuła, że to, co stało się tej
nocy, było trochę jak przekroczenie jakiejś granicznej linii.

Takiej granicy między dorosłością i dzieciństwem. Mimo że była na to przygotowana – przedyskutowali to w szkole w najdrobniejszych szczegółach już w trzeciej klasie podstawówki – wcale nie miała uczucia, że to coś czysto fizjologicznego, wynikającego z naturalnej kolei rzeczy. Dla niej było to w dużym stopniu emocjonalne, a nawet trochę mistyczne, i myślała wtedy – chociaż teraz, gdy sobie to przypomina, musi się śmiać z siebie – że to nie żadna fizjologia, tylko akt woli, dzięki któremu zaistniała na nowo i inaczej. Oczywiście wtedy, mając trzynaście lat, wcale nie była taka mądra, aby opisywać to jako „akt woli", ale teraz wie, że właśnie ten opis oddaje najdokładniej to, co wtedy czuła.

Poza tym, chociaż to może dziwaczne, dzisiaj dokładniej pamięta uczucia, jakie towarzyszyły jej przy pierwszej miesiączce niż przy pierwszym pocałunku. Być może przez ten wstyd, że Jakob był przy tym. Pamięta także, że pierwsze miesiące z niecierpliwym oczekiwaniem na „te dni", nadchodzące oszałamiająco regularnie, dawały jej poczucie dorosłości i kobiecości i utwierdzały ją w nim. Wtedy, przez te pierwsze trzy lub może cztery miesiące, podobało się jej wszystko w tym comiesięcznym ceremoniale. Nawet bóle podbrzusza znosiła z poczuciem pewnego wyróżnienia, że „ona już, a niektóre koleżanki w klasie jeszcze nie". Niedawno czytała po raz kolejny dziennik Anny Frank. Wcale nie zdziwiła się, że opisywała z dumą swoje pierwsze miesiączki. Potem zafascynowanie tym aspektem kobiecości oczywiście jej minęło i przyszła dokuczliwość i uciążliwość PMS-u z bólem głowy, płaczliwością, wypryskami na twarzy i bólem piersi.

Jakob też czuł, że tamtej nocy przekroczyła granicę. Następnego dnia przyszedł z wizytą, oficjalnie, już rano, a nie jak zwykle pod wieczór. Przyniósł kwiaty. Włożył garnitur.

Miał taki niemodny, wąski skórzany krawat. I był tak śmiesznie uroczysty. Pachniał tak inaczej. Przyniósł ogromny bukiet błękitnych niezapominajek. Bo to było wiosną. Nic nie powiedział, tylko wstawił je do wazonu w jej pokoju i postawił na parapecie. I pocałował ją w rękę. Była najnormalniej w świecie wzruszona.

I od tej nocy i tego następnego dnia z kwiatami na parapecie okna czekała wieczorem na Jakoba inaczej. Nie umie tego nawet teraz wytłumaczyć, ale wie, że już wtedy chciała zasypiać przy nim pachnąca, z ułożonymi włosami i w ładnej bieliźnie.

Nie tylko o jej sercu Jakob wie wszystko. Także o jej krwi. Wie, ile w niej tlenu lub dwutlenku węgla. Ile hemoglobiny i ile kreatyniny. Wie także, ile ciepła. Dlatego gdy ona się zakocha, Jakob będzie mógł to zauważyć, zarejestrować, a nawet zmierzyć.

Bo ona chyba jeszcze nie była tak naprawdę zakochana. To z Krystianem, osiem lat temu, to nie było żadne zakochanie. Mimo że właśnie wtedy, z Krystianem, całowała się po raz pierwszy w życiu. Dokładnie dwudziestego ósmego czerwca, w sobotę. Krystian już w marcu był w niej zakochany. To było jasne dla wszystkich jej koleżanek. Tylko dla niej nie. Taki czuły, delikatny i wrażliwy. Chociaż chodził do zawodówki, a ona do najlepszego w Rostocku gimnazjum. I miał taki pomysł, żeby w dowód miłości zgasić sobie papierosa na ręce. I podarować jej swoją legitymację szkolną. Kiedyś zobaczyła go pijanego i nie chciała więcej widzieć. On się z tym nie pogodził. Przyjeżdżał. Wystawał godzinami pod jej blokiem. I pisał. Raz przysłał list, w którym narysowane było serce, a w tym sercu na środku wypisane czerwoną kredką „Matylda". W jednym rogu serca wydzielił mały fragment i napisał:

„Rodzice", a w drugim nazwę drużyny piłkarskiej z Rostocku. Pisał do niej przez ponad dwa lata. Nigdy nie odpisała.

A tak bardzo chciałaby się zakochać. I być z nim zawsze i nie mieć od niego żadnych listów. Bo listów się nie ma wtedy, gdy ludzie się nigdy nie rozstają.

I żeby on był trochę taki jak Jakob.

Jakob jeszcze tylko jeden jedyny raz, odkąd go zna, włożył garnitur i krawat. Gdy pojechali za Madonną do Dachau. To była sobota. Miała urodziny. Te najważniejsze, osiemnaste. Niby normalnie, jak każdego roku. Śniadanie, kwiaty, życzenia od matki i ojczyma. Kilka porannych telefonów z gratulacjami. Tylko od ojca nie. I wtedy podjechał ten samochód. Dokładnie w południe. Wysiadł Jakob. W garniturze i tym swoim wąskim skórzanym krawacie. Podszedł do niej, złożył życzenia i powiedział, że zabiera ją na koncert Madonny. Do Berlina. Tak po prostu. Jak gdyby Berlin był zaraz za parkiem w Rostocku.

Ona bardzo chciała być kiedyś na koncercie. I bardzo lubiła Madonnę. Nie mogła uwierzyć, gdy Jakob tak po prostu stał przed nią w przedpokoju i uśmiechnięty pytał:

– No to co? Jedziemy?

Matka i ojczym wiedzieli o wszystkim od dawna, tylko trzymali to w tajemnicy. Nie mogła powstrzymać łez.

Jakob wiedział, że będą musieli po koncercie nocować w Berlinie. Całe trzy miesiące organizował z kasą chorych i kliniką w Berlinie wypożyczenie urządzeń. Na dwa dni przed jej urodzinami pojechał wczesnym rankiem do Berlina i zainstalował wszystko w hotelu. Wieczorem wrócił i spał z nią jak każdej nocy.

Na koncert przyszło czterdzieści tysięcy ludzi. Jakob stał obok w tym swoim garniturze i śmiesznym krawacie i skakał tak samo jak ona, razem z całym tym tłumem. Przez chwilę trzymali się za ręce. A gdy Madonna wyszła na czwarty bis, to odwróciła się do niego i pocałowała go w policzek. Nigdy przedtem nie była tak szczęśliwa jak tego wieczoru.

Następnego dnia pojechali za Madonną do Dachau. Chociaż wiedziała, że gazety przesadzają, to i tak bardzo ją to poruszyło, gdy przeczytała, że „Madonna pojechała zwiedzać Dachau". Nie całkiem dokładnie pojechali za Madonną: ona poleciała swoim helikopterem, a oni po prostu pojechali tego samego dnia autem. To był pomysł Jakoba.

Wiedziała oczywiście o obozach koncentracyjnych ze szkoły. Płakała za każdym razem przy dzienniku Anny Frank, który podsunęła jej do czytania babcia, matka ojca. Odkąd padł mur, rozmawiali o tym w szkole znacznie częściej i dokładniej. Czytała o nich, co tylko się dało, ale ich abstrakcyjność pozwalała jej pogodzić się z tym jakoś i nie myśleć, że zrobili to światu Niemcy. Ale tutaj nic nie było abstrakcyjne. Baraki, podziurawione pociskami ściany z wydłubanym krzyżami i gwiazdami Dawida, kolorowe znicze na każdym kroku, kwiaty leżące na wózkach przy paleniskach, kwiaty przywiązane kolorowymi wstążkami wprost do drutów kolczastych, kominy i tysiące zdjęć na ścianach. Ogolone głowy, wychudzone twarze, za duże oczodoły, i wiek, i numer w lewym dolnym rogu. Szesnaście lat, siedemnaście lat, pięćdziesiąt cztery lata, dwanaście lat, osiemnaście lat...

Pamięta, że gdy tylko przeszli bramę w Dachau, poczuła, że nie wolno jej rozmawiać, bo te wszystkie dusze ciągle tu są. Cały czas drżała z przerażenia i poczucia winy. Ona. Osiemnaście lat. I wtedy Jakob, nie zważając na te jej za duże i przerażone oczy, stanął przed nią i opowiedział o tych dzieciach i nastolatkach zagazowanych w Dachau. Podawał jej liczby i daty. A na końcu powiedział, że dusze tych zagazowanych dziewcząt i chłopców z pewnością się nie starzeją. Tak dokładnie powiedział. Że one są ciągle młode i że spotkają się tego wieczoru gdzieś za barakami lub przy krematorium i powiedzą sobie z dumą: „Słuchajcie, Madonna była dzisiaj u nas. Madonna...".

Mam na imię Matylda.

Jakob zna się na wszystkim. Na gwiazdach, na sensorach, chemii, bezpiecznikach i psychologii dojrzewania dziewcząt. Ale najlepiej zna się na śnie. Chociaż on śpi od szesnastu lat w dzień, wie o śnie w nocy prawie wszystko. Także to, że Sen to rodzona siostra Śmierci. Czasami, gdy byłam młodsza, opowiadał mi o tym. Gasił światło, zapalał świece i czytał mi wiersze Ovida o Śnie odbitym w lustrze, za którym stoi Śmierć. Sama go o to wtedy poprosiłam. Jakob sam z siebie nigdy, przenigdy by tego nie zrobił. Ale moja psychoterapeutka, która przeniosła się do Rostocku z Zachodu, uważała, że mam się „poddać paradoksalnej konfrontacji". Gdy powiedziałam to Jakobowi, bardzo się zdenerwował i zaczął kląć w gwarze z południa Niemiec. Jakob zaczyna mówić w tej gwarze tylko wtedy, gdy się nie kontroluje. Następnego dnia nie poszedł do pracy w domu starców, tylko pojechał do tej psychoterapeutki i czekał cztery godziny w jej poczekalni, aby jej powiedzieć, że jest „skrajnie głupia, arogancka jak prawie wszyscy zachodni szpanerzy i na dodatek bezgranicznie okrutna". Wysłuchała go i potem został u niej dwie godziny. Wrócił zmieniony i kiłka nocy później zaczął mi czytać Ovida. Czasami chodził do biblioteki przy uniwersytecie i zamiast Ovida przynosił germańskie baśnie. W nich także Sen i Śmierć to siostry.

Jakob nigdy jeszcze nie przyszedł do mnie, nie mając kieszeni wypchanych bezpiecznikami. Ostatnio przynosi także dwa telefony komórkowe.

Zawsze dwa. Bo Jakob jest bardzo nieufny.

Zbudował też w piwnicy agregat. Znosił i zwoził dwa miesiące jakieś części, rozwieszał na ścianach arkusze schematów i wpatrywał się w nie z uwagą. Po nieprzespanych nocach zostawał, zamykał się w piwnicy i budował. Tak na „wszelki wypadek", gdyby dwa razy prąd wyłączyli. Raz w dzielnicy, a raz w naszym agregacie. Bo miasto po dwóch latach żebraniny Jakoba zgodziło się, żeby podłączył nam specjalny agregat. Ale Jakob i tak nie wierzy. Ani miastu, ani swojemu agregatowi.

Jakob po prostu chce mieć pewność, że obudzimy się razem.

We dwoje. I że te baśnie Ovida i Germanów, które kiedyś mi czytał, to tylko baśnie. Bo my zawsze budzimy się we dwoje.

Często wcale nie śpimy, tylko sobie opowiadamy różne historie. Czasami, gdy go poproszę, Jakob opowiada mi o swoim dniu i o tych swoich babciach, dziadkach i pradziadkach z domów starców lub blokowisk. Ci z blokowisk – mówi Jakob – mają o wiele gorzej, nawet jeśli mają trzy pokoje, telewizor kolorowy, sprzątaczkę, panią od zakupów, podnoszone i opuszczane elektrycznie łóżka i łazienkę z poręczami. Samotni są. Samotni bez granic. Opuszczeni przez zapracowane, zajęte karierami dzieci, niemające nawet czasu na rodzenie i wychowywanie wnuków, które mogłyby czasami wpadać do babci lub dziadka i rozganiać im tę samotność. W domu starców też nie ma wnuków, ale zawsze można się pokłócić, chociażby z tym staruchem spod trzynastki, i nie jest się wtedy takim samotnym.

Jakob czasami mówi takie niesamowite rzeczy o swoich babciach i dziadkach. Kiedyś powiedział mi, że Bóg się chyba pomylił i ustawił wszystko w przeciwnym kierunku wobec upływu czasu. Że według niego ludzie powinni rodzić się tuż przed śmiercią i żyć do poczęcia. W drugą stronę. Bo według Jakoba proces umierania biologicznie jest równie aktywny jak życie. Dlatego śmierć nie różni się od narodzin. I dlatego ludzie, teoretycznie, mogliby rodzić się na milisekundy przed zgonem. Mieliby już na początku życia tę swoją życiową mądrość, doświadczenia i cały ten przychodzący z wiekiem spokój i rozsądek. Popełniliby już te wszystkie swoje błędy, zdrady i życiowe pomyłki. Mieliby już te wszystkie blizny i zmarszczki, i wszystkie wspomnienia, i żyliby w drugą stronę. Ich skóra stawałaby się coraz gładsza, każdego dnia budziłaby się w nich większa ciekawość, włosy byłyby coraz mniej siwe, oczy coraz bardziej błyszczące i serce coraz silniejsze i coraz bardziej otwarte na przyjmowanie nowych ciosów i nowych miłości. I potem, na samym końcu, który byłby początkiem, znikaliby z tego świata nie w smutku, nie w bólu, nie w rozpaczy, ale w ekstazie poczęcia. Czyli w miłości.

Takie fantastyczne rzeczy czasami opowiada mi mój Jakob, gdy nie chce mi się spać.

Jakobowi mogę powiedzieć wszystko. Rozmawiamy też o wszystkim. Kiedyś miałam jakiś taki nastrój i rozmawialiśmy o moim ojcu i mojej matce. To było tego wieczoru, kiedy matka mi powiedziała, że będę miała przyrodnią siostrę. Powiedziałam mu, że nie mogę sobie wyobrazić, że moja matka strasznie szalała kiedyś z miłości do tego mężczyzny, który był moim ojcem. Że może nawet kochała się z nim na dywanie. I może na łące. I że mu przyrzekła, że będzie z nim zawsze. I że będą się zawsze trzymać za ręce na spacerach. I że on potem, po tym wszystkim, mógł tak strasznie krzyczeć na nią, gdy ona skulona siedziała na tym małym drewnianym krzesełku przy lodówce w kuchni.

I tej nocy Jakob powiedział mi, dlaczego jest kulawy.

Jakob jest astrofizykiem. Wie dokładnie, jak rodzą się gwiazdy, jak ekspandują, jak eksplodują, jak przekształcają się w supernową lub stają pulsarami. I wie także, jak umierają, kurcząc się do tych małych, okropnych i niebezpiecznych dla galaktyk czarnych dziur. Jakob to wszystko wie. Potrafi zamknąć oczy i wymieniać mgławice, nazwy i kody ważnych gwiazd i podawać odległości w latach świetlnych do najpiękniejszych lub najważniejszych gwiazd. I opowiada o tym, tak że mi dech zapiera. I jak się przy tym zapomni, to jest przy tych opowieściach tak podekscytowany, że mówi, sam nie wiedząc o tym, w tej swojej śmiesznej gwarze. Supernowa i pulsary w gwarze z dolnej Saksonii!

Jakob badał swoje gwiazdy na uniwersytecie w Rostocku. Jeździł do obserwatorium na skarpę nad Bałtykiem i dniami i nocami oglądał przez teleskop i radioteleskop niebo, i potem robił z tego publikacje i swój doktorat. Nie mógł pogodzić się z tym, że nie może pojechać do Arecibo i obejrzeć tego najważniejszego radioteleskopu świata, pojechać na kongres do USA lub nawet tylko do Francji. Nie mógł pogodzić się także z tym, że nie mają kserografu w instytucie i że na seminariach w czwartki często mówią o FDJ i ideologii, zamiast o astronomii. Dlatego zgodził się, aby wśród całej tej elektroniki w obserwatorium jego koledzy ze stowarzyszenia ewangelików zainstalowali małą stację nadawczą i czasami zakłócali programy lokalnej telewizji kilkusekundowymi spotami o „wolnej NRD". Taka śmieszna, banalna, okropnie nieszkodliwa opozycyjna dziecinada. Nikt nie powinien wpaść na to, że nadajniki znajdują się w obserwatorium. Bo przecież oni nadają tak silne sygnały, że ci od radionamiarów w STASI nigdy nie oddzielą ich sygnału od sygnału badawczego. Oddzielili. A jakże. Dokładnie dwudziestego pierwszego listopada. W Dzień Pokutny, jedno z najważniejszych ewangelickich świąt. Wpadli do obserwatorium tuż po dziewiętnastej. Pobili siedemdziesięcioletnią portierkę. Skuli wszystkich kajdankami. Zdjęli gaśnicę i zniszczyli wszystko, co miało ekran. Monitory, uderzane dnem czerwonej gaśnicy, eksplodowały jeden po drugim. Z czytników taśm magnetycznych z zapisami pomiarów wyrywali kasety i wyciągali taśmy z danymi, tak jak wyciąga się sylwestrową serpentynę. Doktoraty, plany, seminaria, publikacje, lata pracy i całą przyszłość wielu ludzi wyciągali z tych czytników jak kolorowe serpentyny i rwali na kawałki.

Potem zawieźli wszystkich skutych kajdankami do podziemnego aresztu obok ratusza w centrum Rostocku. Portierkę wypuścili po czterdziestu ośmiu godzinach, gdy zasłabła i trzeba byłoby ją i tak odwieźć do szpitala. Dyrektora obserwatorium, cukrzyka, wypuścili po trzech dniach, gdy skończyła się insulina. Resztę trzymali dwa tygodnie. Bez nakazu aresztowania, bez prawa kontaktu z adwokatem, bez prawa telefonu do żony lub matki. Całe dwa tygodnie.

Jakoba przesłuchiwał naczelnik wydziału. Pijany od rana, ale pedantyczny do granic. Traktował swoją pracę jak każdy. Tyle że ten „każdy" był księgowym albo kopał węgiel pod ziemią. A on kopał więźniów. Najpierw krzyczał. Zrzucał z krzesła na poplamione i popalone niedopałkami papierosów szare linoleum i kopał. Po nerkach. Po plecach i po głowie. Także po biodrach. To był bardzo zimny listopad. Naczelnik miał tego dnia zimowe ciężkie buty i Jakob dostał w staw biodrowy i nerki. Krwotok wewnętrzny opanowali, ale ze stawem nie dało się nic zrobić, jak mówili mu potem na chirurgii. Dlatego kuleje i boli go, jak mówi, „całe ciało co ma kości" na zmianę pogody. Po dwóch tygodniach ich wypuścili. Wzięli wszystkie przepustki, zwolnili z pracy i kazali iść do domu, a potem „najlepiej od razu na rentę".

Naczelnikiem wydziału od początku do upadku muru był mój ojciec. To on dwudziestego pierwszego listopada tego roku skopał Jakoba, odsunął go na zawsze od radioteleskopów i gwiazd, zniszczył nieodwracalnie staw biodrowy i biografię, a potem wrócił pijany do domu i krzyczał w kuchni na moją matkę.

I wtedy to bezrobotny i „naznaczony" Jakob zaczął wynajmować się kasie chorych i domom opieki społecznej w Rostocku do opieki nad obłożnie chorymi. Tylko tam chcieli przyjąć go do pracy i to też za specjalnym poręczeniem. Taki kulawy radioastronom z niedokończonym doktoratem do wynoszenia nocników. I tak trafił na mnie. Szesnaście lat temu. I od szesnastu lat spędzamy razem noce.

Czy powinnam być wdzięczna za to mojemu ojcu, naczelnikowi wydziału?

– Jakob, czy ja powinnam być wdzięczna mojemu ojcu, że mam ciebie? Powiedz mi, proszę – zapytałam, gdy skończył swoją opowieść. Patrzyłam mu prosto w oczy. Odwrócił głowę, udając, że patrzy na któryś z oscyloskopów, i odpowiedział zupełnie od rzeczy:

– Bo my, Matyldo, jesteśmy stworzeni do zmartwychwstań. Jak trawa. Odrośniemy nawet wtedy, gdy przejedzie po nas ciężarówka.

Bo Jakob czasami mówi od rzeczy. Mówi tak pięknie od rzeczy. Tak jak wtedy, gdy któregoś wieczoru wróciliśmy do tematu Dachau i on nagle zacisnął pięści i powiedział przez zęby:

– Wiesz, o czym ja marzę? Wiesz, o czym, Matyldo? Marzę o tym, żeby oni kiedyś sklonowali Hitlera i postawili go przed sądem. W Jerozolimie jednego klona, w Warszawie drugiego i w Dachau trzeciego. I żebym ja mógł być przy tym procesie w Dachau. O tym marzę.

Takie historie opowiada mi wieczorami Jakob. Bo my rozmawiamy o wszystkim. Tylko o mojej menstruacji nie rozmawialiśmy. Ale od tamtego czasu Jakob już nie trzyma mnie za rękę, gdy zasypiam. Bo Jakob nie jest moim kochankiem.

O tym, że Jakob spotkał się z jej ojcem, dowiedziała się dopiero kilka lat po tym spotkaniu. To zdarzyło się tej nocy, gdy padł mur i wszyscy z tego zdumienia przeszli na Zachód, chociaż tylko po to, aby się przekonać, że na pewno nie będą strzelać. Takie pół godziny udziału w historii Europy i świata i zaraz powrót dla pewności do domu. Zamienić wschodnie marki na DM, kupić trochę bananów, pomachać ręką do kamery jakiejś stacji telewizyjnej i szybko wrócić do domu na Wschodzie. Bo Zachód to tak naprawdę, nawet dzisiaj, inny kraj i tak naprawdę u siebie jest się tylko na Wschodzie.

Jej ojciec wiedział, że nie skończy się na tej półgodzinie wolności i na bananach. Dlatego bał się. Bardzo się bał. Odkąd zobaczył w telewizji trabanty przejeżdżające na drugą stronę przez Check Point Charly i Bramę Brandenburską, bał się każdą komórką. Upił się tej nocy – tym razem nie z nałogu, ale ze strachu – i w tym pijanym widzie ze starego chyba jeszcze przyzwyczajenia i ze starej chyba jeszcze tęsknoty nie wiadomo za czym chciał wrócić „pod lodówkę" w kuchni, do swojej żony. To nic, że od lat nie była to ani jego kuchnia, ani jego lodówka, ani jego żona. Zadzwonił do drzwi. Otworzył mu Jakob, który przyszedł wcześniej do jej oscyloskopów i sensorów. Kulawy, ze swoim skopanym biodrem pokuśtykał do drzwi i otworzył. I powiedział: „Proszę wejść". I ten skurwiel naczelnik wydziału wszedł i bez słowa poszedł jak zwykle do kuchni. I usiadł na tym drewnianym koślawym krzesełku przy lodówce i płakał. I wtedy Jakob zapytał go, czy nie napiłby się herbaty, „bo przecież tak zimno na dworze", i nastawił czajnik.

Mam na imię Matylda.

Jestem trochę chora.

Jakob mówi, że nie powinnam tak mówić. Uważa, że mam po prostu „przejściowe kłopoty z oddychaniem". I że to minie.

Mam je od szesnastu lat, ale Jakob mówi, że to minie. Od szesnastu lat tak mówi. On nawet w to wierzy. Bo on zawsze mówi tylko to, w co wierzy.

Gdy nie śpię, oddycham tak jak Jakob. Gdy zasnę, mój organizm „zapomina" oddychać. Taka, najprawdopodobniej genetycznie uwarunkowana przypadłość, używając terminologii Jakoba.

Nie mogę zasnąć bez urządzeń, które pobudzają moje płuca do oddychania.

Dlatego rozcięli mi delikatnie brzuch i wszyli elektroniczny rozrusznik. Taki nieduży. Można go poczuć, gdy dotknie się mojego brzucha. Wysyła impulsy elektryczne do nerwu w mojej przeponie. I dlatego podnosi się ona i opada nawet wtedy, gdy zasnę. Jeśli nie masz Undine, to nie potrzebujesz rozrusznika. Ja nie miałam tyle szczęścia przy składaniu genów i potrzebuję rozrusznika.

Rozrusznik trzeba nieustannie kontrolować. I sterować jego impulsami.

I sprawdzać, jak działa. Dlatego zakładam najróżniejsze sensory na moje ciało. Na palce, wokół nadgarstków, pod piersi, na przeponę i na podbrzusze. Jakob dba nawet o to, aby sensory nie były szare. Kupił lakiery do paznokci i pomalował moje sensory na różne kolory. Tak aby pasowały do mojej bielizny lub koszul nocnych. Moje sensory są kolorowe. Czasami, gdy są zimne, Jakob ogrzewa je w dłoniach lub chucha na nie i przynosi do łóżka. Przynosi dopiero wtedy, gdy są ciepłe i przytulne. I zamyka oczy, gdy podnoszę stanik lub obsuwam majtki i zakładam je pod sercem lub na podbrzuszu. A potem dba, aby te zielone, czarne, czerwone i oliwkowe sensory przenosiły impulsy.

Nie mogę zasnąć w pociągu, nie mogę zasnąć przy telewizji. Nie mogłabym zasnąć w niczyich ramionach. Nie mogę zasnąć bez Jakoba. Nie będę też mogła zasnąć z moim mężczyzną, jeśli Jakoba nie będzie w sąsiednim pokoju przy monitorach. Bo on obserwuje te urządzenia. Od szesnastu lat. Każdej nocy.

Pewna nimfa rzuciła kiedyś przekleństwo na swojego niewiernego kochanka. Nie mogła znieść jego zdrady. Miał nic nie zauważyć i po prostu przestać oddychać we śnie. I przestał. I umarł. I ta nimfa płacze, i będzie płakała do końca świata.

Nimfa miała na imię Undine.

Moja choroba nazywa się syndrom przekleństwa Undine.

Średnio pięć osób na rok dowiaduje się w Niemczech, że są chore na undine. Ja dowiedziałam się, gdy miałam osiem lat, w dzień po tym, jak przytulona do mojej matki prawie umarłam we śnie.

Jakob, gdy zapalimy czasami świece i słuchamy muzyki, i jest rozczulony, to żartuje i mówi, że jestem dla niego jak jego księżniczka. Ja to przecież wiem. Jestem jak zamknięta w szklanej trumnie księżniczka. Kiedyś przyjdzie mój książę, podniesie wieko i obudzi mnie pocałunkiem. I zostanie na noc. Ale nawet wtedy w sąsiednim pokoju przy monitorach będzie siedział Jakob.

Mój Jakob.

Nie umrzesz we śnie

Miał wątpliwości, czy Bóg istnieje. Gdyby istniał, nie pozwoliłby na to, co się w jego życiu działo. Był o tym przekonany. Do tej pory bardzo wierzył. Wierzył, że jest Ktoś, kto kieruje jego krokami, kto pomaga mu nie zasypiać każdej nocy, gdy czuwał, by następnego dnia, jak co dzień, ona się obudziła.

Jak co noc, od siedemnastu lat wpatrywał się w wykres jej serca. Tym razem nie przypominał tak dobrze znanego mu spokojnego rytmu. Linie unosiły się do wartości granicznych.

Zagryzł wargi.

Wzrost ciśnienia tętniczego. Zwiększenie częstotliwości bicia serca. Wiedział, co to oznacza. Wpatrywał się w monitor, gotowy, by złapać za klamkę, by ich powstrzymać. By powstrzymać los przed tym, co wydawało się nieuniknione. Jeszcze jednak nie czas, żeby interweniować.

Paznokcie zaciśniętych pięści wbiły mu się boleśnie w dłonie. Nic nie mógł zrobić. Zawsze wiedział, że kiedyś ten moment nastąpi, ale nie spodziewał się, że właśnie teraz. Że tak szybko. Miała dwadzieścia cztery lata, pewnie na palcach jednej dłoni można policzyć kobiety, które w jej wieku nie były z mężczyzną. Nieskalane dotknięciem męskich dłoni. Niewinne niczym kwiat. Dziewice.

Czy to nie piękne, że całą kobiecość można utożsamić z kwiatem?

Fizjologia kobiety zawsze była porównywana do procesów zachodzących w świecie roślin.

Zza zamkniętych drzwi usłyszał westchnienie pełne rozkoszy.

* * *

Tę grubą księgę znalazł w dniu śmierci babci. Był z matką swojego ojca w tych ostatnich chwilach. Nie miała sił już rozmawiać. Wiedział, że odejdzie. Podczas swojej pracy w domu opieki nauczył się rozpoznawać te sygnały – wyczuwał delikatną woń śmierci. To nie był zapach smutku, ale nadziei. Nadziei na lepsze, często bezproblemowe życie.

Kiedyś miał kochankę. Bogatą mężatkę z bardzo szanowanej w Rostocku rodzinie. – Będziemy ze sobą w przyszłym życiu, prawda? – szeptała, wpatrując się w niego swoimi zielonymi, wielkimi oczami. Chyba go kochała. W każdym razie był szczęśliwy, że mimo jego kalectwa widziała w nim mężczyznę. On sam czuł się mężczyzną. W tych sprawach kaleką nie był. Dawała temu wielokrotnie wyraz, krzycząc i zaciskając dłonie na jego ramionach, zdzierając mu skórę z pleców długimi paznokciami, podczas tych wykradzionych jej mężowi intymnych chwil z pielęgniarzem. Pielęgniarzem jej matki.

– Będziemy ze sobą w przyszłym życiu, prawda? – przymykała oczy, a jej obfite piersi podnosiły się i opadały unoszone przyśpieszonym oddechem.

– Nie ma przyszłego życia. Jest tylko jedno. – W pośpiechu zakładał spodnie, koszulę i szedł do jej matki, by ten czas, który dla niej pozostał jeszcze na ziemi, stał się jak najbardziej komfortowy.

– Jakob! – krzyczała, próbując go zatrzymać.

Nigdy nie zostawał na noc. Nigdy z nią nie zasypiał. Teraz wie, że jej nie kochał. Po prostu pomagał przetrwać: chora matka, która już w oddali widziała światło wieczności, mąż, znikający na całe dnie, a często noce pod przykrywką: „Ministerstwo Bezpieczeństwa Państwowego NRD".

Tego dnia, kiedy zmarła jego babcia, był u kochanki po raz ostatni. Może nie powinien wiązać tej swojej ostatniej u niej wizyty ze śmiercią, ale z innym wydarzeniem, którego był świadkiem tej samej nocy.

Gdy został sam w wielkim mieszkaniu, w starej kamienicy przy brukowanej ulicy prowadzącej do kościoła św. Marii, zaczął płakać. Na łzy, w czyimkolwiek towarzystwie, nigdy by sobie nie pozwolił. Wraz z odejściem najważniejszej kobiety w jego dotychczasowym życiu zaczęła się dla niego nowa, inna epoka.

Zanurzył twarz w świeżo wykrochmalonej pościeli. Bieliznę babcia zawsze trzymała w wielkim, starym kredensie. Kojący zapach bezpieczeństwa. Obrusy, poszewki na kołdry i poduszki z koronkowymi szydełkowymi wstawkami. Czasami podziurawionymi od częstego prania i ze starości. Właśnie pod tymi obrusami znalazł książkę: niepozorną, z zagiętymi rogami i pożółkłymi kartkami. *Taschenbuch der Botanik, rok 1944* – przeczytał tytuł i przewertował strony. Na podłogę wypadło kilka banknotów o niewielkich nominałach. Ostatni prezent od babci. Tej, która zawsze miała zbyt mało dla siebie, ale wystarczająco dla bliskich.

Zabrał tę książkę do Matyldy.

Długo czytał tamtej nocy, obserwując monitory żyjące biciem jej serca. Nad ranem usłyszał płacz. Zerwał się szybko z miejsca. Zakrywała twarz dłońmi, ze wstydu. Prześcieradło i koszula nocna dziewczyny czerwieniły się od pierwszej krwi. Krwi, która pożegnała na zawsze małą dziewczynkę, a zaczęła się zaprzyjaźniać z kobietą.

Wziął ją na ręce i powtarzał szeptem: „Matyldo", a ona łkała w jego ramionach.

Floriditas, „kwitnienie" to określenie menstruacji pochodzące z łacińskiego średniowiecza. Przed chwilą o tym czytał. O kwitnieniu. W książce babci o botanice.

Matylda długo w nocy płakała. Wiedział o tym, że płakała. Z niepokojem obserwował wtedy jej kardiogramy. Tak jak to robi teraz.

Zza zamkniętych drzwi dobiegł cichy krzyk. Powinien tam wejść? Nie może tam wejść! Gdyby tak pchnąć te drzwi i wyciągnąć ją z ramion tamtego mężczyzny?

Czuł się odpowiedzialny za tę kobietę, tam za zamkniętymi drzwiami. Znał ją od dziecka. Od momentu kiedy po raz pierwszy umarła we śnie. Dopiero potem się dowiedział, że właśnie tego samego dnia zmarła pierwsza ofiara jej ojca.

* * *

Psychologią zainteresował się po spotkaniu z psychoterapeutką Matyldy. Tą od „paradoksalnej konfrontacji". Oprócz Ovida i baśni o siostrach Śnie i Śmierci czytał dzieła wybitnych psychologów i psychoterapeutów. Zgłębiał tajniki chińskiej medycyny. Próbował zgłębić zagadkę klątwy Ondyny.

*Zgodnie z medycyną chińską, jeżeli ciało człowieka jest w rów-
nowadze, to jest on w stanie żyć bardzo długo. Medycyna Wscho-
du mówi, że ludzie tak bardzo chorują, ponieważ mają bardzo
niespokojny umysł, nie żyją zgodnie z prawami nieba. Działają
w sprzeczności z prawami yin i yang oraz pięcioma elementami.
Doświadczają dużej ilości negatywnych emocji, ich Serce nie jest
spokojne.*

Od dawien dawna dostrzegano związki między stresem
i przeżyciami człowieka a stanem jego zdrowia, czasem nawet
związki te były bardzo kontrowersyjne, nieraz irracjonalne.
Po kilku miesiącach dowiedział się, dlaczego Matylda umiera
każdej nocy. Jednak to, jak temu zaradzić, wymagało czasu.

* * *

Właśnie w tym dniu, kiedy Matylda po raz pierwszy umarła we śnie, zmarła pierwsza ofiara jej ojca. Naczelnika wydziału Stasi. Było to jakiś czas po tym, jak ojciec Matyldy, bijąc
Jakoba do nieprzytomności, zniszczył mu ciało i karierę radio-
astronoma.

A potem już Jakob przyszedł czuwać nad jej spokojnym
snem.

Matylda długo uważała, że Jakob zszedł na ziemię z gwiazd.
Tutaj, na Ziemi był z pewnością bardziej potrzebny. Jej i innym
ludziom, którymi co dzień opiekował się w domach opieki.

Ostatnio trochę mniej pracował poza jej domem. Spędzali
czas razem również za dnia. Czy to wykraczało poza ramy jego
zwykłej pracy? Może jego przymknięte oczy bacznie obser-
wowały jej szczupłe ciało, gdy rozbierała się do snu, a muśnię-
cia dłoni podczas zakładania elektrod nie były przypadkowe?

Czuł to ciepło.

Każdego dnia czuł, jak rozkwitała. Jak kwiat.

– *Kwitnienie* i *czas jego trwania jest zależny od gatunku. Za początek kwitnienia uważa się ukazanie się pierwszych pączków kwiatowych ewentualnie otwieranie się pierwszych kwiatów* – czytał uważnie książkę o botanice. Nie mógł się oprzeć wrażeniu, że ta książka była jej biografią. Nie tylko beznamiętnym podręcznikiem dotyczącym cyklu rozwojowego roślin.

Rozchylała wydatne różowe usta niczym płatki rozchylające się na wietrze. Czasem przesuwała językiem po górnej wardze. Pamiętał te pierwsze pączki kwiatowe, które wstydliwie zakrywała przed nim każdego wieczora, gdy przygotowywał ją do snu. Wtedy zupełnie nie zwracał na nie uwagi. Wtedy miał kochankę. Kwiat w pełni rozkwitły, bezwstydnie zdający sobie sprawę ze swoich wdzięków i zapraszający do podziwiania dojrzałego, kobiecego ciała.

Na obfitość kwitnienia i *wielkość oraz kształt kwiatów wpływ ma temperatura (w tym nocna). Otwieranie się kwiatów powiązane jest z kolei* w *dużym stopniu z natężeniem oświetlenia.*

Otworzył książkę na chybił trafił również tego dnia, gdy ona tam, za zamkniętymi drzwiami, otwierała swój kwiat kobiecości na przyjęcie innego mężczyzny.

Znowu wzrost ciśnienia. Ponowny skurcz serca.

– Nie zapominaj oddychać – szeptał cicho. – Nie zapominaj oddychać.

Powinien być tam z nią teraz, trzymać ją za rękę i przypominać o oddechu.

Syndrom przekleństwa Ondyny!

Ondyna, nordycka wodna boginka zakochała się w *zwykłym mężczyźnie. Śmiertelnik ten był jej niewierny. Za karę władca Ondyny rzucił na niego klątwę. Aby oddychać, musiał* o *tym pamiętać. Gdy zapadł* w *sen, zapomniał* o *tym i odszedł na zawsze.*

Czy na Matyldę też ktoś rzucił klątwę? A może za każdym razem, gdy umierała w nocy, umiera wraz z ofiarą swojego ojca, który nie przebierając w środkach, przesłuchiwał ludzi o odmiennych poglądach?

Jakob pamiętał tamten dzień. Krew, krew, dużo krwi. Tak jak potem na prześcieradle Matyldy. I już każdego miesiąca, od tamtego dnia, kiedy płakała ze wstydu, a on zmieniał jej poplamione prześcieradło, zawsze pamiętał. Każdego miesiąca pamiętał tę krew. Pojawiała się w snach. Ból, upokorzenie, kiedy leżał na zimnej podłodze, a buty jej ojca co chwilę boleśnie kopały jego ciało.

Zza zamkniętych drzwi słychać było przyciszony szept. Widocznie stało się. Kolejny etap w jej życiu. Również krwawy?

Defloracja. Odkwiecenie – przeczytałby zapewne w książce babci.

Nie chciał o tym myśleć. Czy znowu będzie zmieniał prześcieradło?

Czuł, jakby jakiś intruz, ktoś zupełnie mu obcy zrywał najpiękniejszy kwiat w jego ogrodzie.

Zacisnął pięści i zamknął na chwilę oczy. Nie na długo. Musiał patrzeć w monitor. Chociaż Matylda nie chciała, by tej nocy czuwał. Chciała, by poszedł gdzieś daleko, by spędził tę pierwszą noc od siedemnastu lat z dala od niej.

Nie zgodził się na to. Przecież obiecał jej kiedyś, że będzie ZAWSZE.

Pokłócili się bardzo. Nigdy przedtem nie dochodziło do tak ostrej wymiany zdań pomiędzy nimi. Nie miał pojęcia, dlaczego chce zostać sama. Dopiero zrozumiał, gdy usłyszał pukanie do drzwi. Zapytał ją spojrzeniem. Zarumieniła się.

Mężczyzna był wysoki, przystojny. Dokładnie taki, jakim mógł być Jakob. Jakim był jeszcze z czasów gwiazd.

– On musi tu być? – zapytał mężczyzna, wskazując głową na Jakoba, ale na niego nie patrząc.

Matylda pokiwała głową. Wskazała na maszynę i na elektrody, które Jakob miał jej przyczepić jeszcze tego wieczora.

Mężczyzna wszedł do jej sypialni, a ona po raz kolejny próbowała przekonać Jakoba, by ich zostawił samych.

– Nie zapomnę oddychać – obiecywała.

Pokręcił głową. Ze złością weszła do swojego pokoju, dokładnie zamykając za sobą drzwi.

Pamiętał, jak jakiś czas temu rozmawiali o miłości.

– Jeżeli to jest ON, zapomnisz o wszystkim. A przynajmniej tak powinno się stać, byś zapomniała o całym świecie. O oddychaniu również. Wtedy muszę cię jeszcze bardziej pilnować…

– Zapomniałeś kiedyś o oddechu?

Tak. Kilka razy. Mieli oboje osiemnaście lat i robili to w ciasnym mieszkaniu jego rodziców. Uciekli z ostatnich lekcji, by nikogo jeszcze nie było w domu, by chociaż chwilę pobyć ze sobą sam na sam.

Anna. Miała dwa grube warkocze, które rozpuściła, zanim jeszcze ją rozebrał. Na początku długimi włosami wstydliwie zasłaniała niewielkie krągłe piersi. Potem, niedługo potem, rozchylała uda, zapraszając go do środka niczym bezwstydna córa Koryntu.

Kochał ją. Zatracał się w jej smaku, oddechu. Zatracał się w jej słowach, gdy szeptała mu do ucha słodkie nieprzyzwoitości. Wyjechała na drugą stronę. Na drugą stronę berlińskiego muru. Nigdy więcej już jej nie zobaczył.

Czasem na ulicy mignął mu granatowy szalik, taki, jaki ona zwykle nosiła. Próbował biec za nią, nawet wtedy, gdy już nie potrafił biegać tak jak dawniej. Wtedy zapominał o nodze, o upokorzeniu, którego doznał. A potem przychodził ból. Zarówno w nodze, jak i w duszy, gdy okazywało się, że szalik należał do zupełnie kogoś innego. Przecież to niemożliwe, by po dwudziestu latach ona nosiła ten sam szalik, by tak samo zwinnie skakała przez kałuże.

Rozum to wiedział. Ale serce kazało się odwracać głowie za każdym napotkanym granatowym szalikiem i za każdymi dwoma warkoczami, które zobaczył.

– Tak – odpowiedział Matyldzie. – Kiedyś, bardzo dawno temu zapomniałem oddychać.

Przysunęła się bliżej. Czuł jej oddech na swoim policzku, smukłe uda dotykały jego nogi. Tej samej, przez którą nie mógł, nie potrafił biegać i która za każdym razem mu przypominała o tym, że bieganie za szczęściem może być bardzo bolesne.

– Opowiedz mi jak to jest – prosiła. Przez rozpiętą nieco zbyt głęboko bluzkę widział jej gładki dekolt. Gdyby rozpiął jeszcze jeden guzik, ujrzałby stanik, ten sam, który widział kilka, kilkanaście, kilkadziesiąt razy przy okazji przyklejania elektrod. Ale jakże inaczej wygląda ta koronka spod rozpiętej lekko bluzki, gdy ONA nachyla się nad tobą, a jakże inaczej, gdy wiesz, że to, co robisz, jest tylko i wyłącznie twoją pracą. Że jesteś tym, który nie pozwala jej umrzeć we śnie.

I właśnie wtedy zapukał TEN mężczyzna.

– To jest... Andreas. Mówiłam ci chyba o nim – spłonęła rumieńcem niczym kwiat. Róży.

Próbował sobie przypomnieć, kiedy o nim mówiła. Nie pamiętał. Ostatnio rozmawiali o botanice, historii, próbował ją zarazić psychologią. Nawet o gwiazdach rozmawiali, czasem próbując znaleźć na niebie te, które nie powinny być widoczne. Rozmawiali też o jej ojcu... O jego pracy, o tamtym dniu, który sprowadził go na ziemię z gwiazd.

– Andreas pracował z tatą – wyszeptała cicho.

Jakob spojrzał w oczy mężczyźnie. Był chyba dwadzieścia lat starszy od Matyldy. Ile ofiar miał na sumieniu ten mężczyzna? Czy w przyszłości jego córka również będzie umierać we śnie?

– Andreas zostanie dziś ze mną – powiedziała. I po raz kolejny zaczęła go przekonywać, by nie zakładał jej elektrod.

Nie posłuchał jej. Miała na sobie czarną koronkową bieliznę. Nie widział jej przedtem. Przełknął głośno ślinę i drżącymi palcami poprawił czujniki.

Przygotowała się na przyjście mężczyzny. Założyła bieliznę. Bieliznę, w jakiej on jeszcze jej nie widział. Zobaczył po raz kolejny, że ona jest już dojrzałą kobietą, świadomą swojego piękna.

Zniknęli za drzwiami. Jakob, jak zwykle był tuż obok, jak co dzień gotowy, by wejść do jej pokoju w każdym momencie. Ale dzisiaj nie był osobą, której ona potrzebowała. Potrzebowała Andreasa.

Co pociągało Matyldę w tym wysokim mężczyźnie z nie-odgadnionym wyrazem twarzy? Siła? Stanowczość? Władza? A może okrucieństwo?

Westchnięcie, szepty. Westchnięcia, jęki. Krzyk.

Zacisnął palce na oparciu krzesła.

Zza zamkniętych drzwi usłyszał kłaśnięcie. Po chwili szloch.

Stanął gotowy do przekroczenia progu drzwi.

Ona płakała, była wzburzona. Nie musiał patrzeć na monitory, by to wiedzieć.

Drzwi otworzyły się gwałtownie. Wyszedł z nich Andreas. Czerwony ze złości, w pośpiechu zapinał koszulę.

– Pamiętam cię – syknął. – Szkoda, że wtedy cię nie zabił. Dzisiaj byś nie przeszkadzał.

Trzasnął drzwiami wyjściowymi.

Jakob wstał. Wahał się, czy nacisnąć klamkę. W końcu wszedł do jej pokoju. Leżała naga, szlochając.

Pierwszy raz widział ją nagą. Nie wiedział, czy wyjść, czy zamknąć oczy. Wyglądała inaczej niż zwykle. Gdy go zoba-czyła, przykryła się kołdrą, która zsuwała się z łóżka.

– Uderzył mnie – powiedziała, trzymając się za policzek.

Usiadł obok niej. Przytuliła się do niego.

– Uderzył mnie, bo nie wyszło. Nie byłam wystarczająco dobra. Nie sprawdziłam się jako kobieta.

– Matyldo!

– Nie chciał, byś tam był. Ale przecież musiałeś tam być – szlochała.

– Musiałem tam być.

Głaskał ją po włosach, ramieniu. Wtulił twarz w jej zapach. Zaskakujące, że nigdy przedtem nie czuł go tak intensywnie. Pachniała jak kwiat jaśminu.

Przymknął oczy. Przytulił ją jeszcze mocniej. Była taka drobna w jego ramionach.

– Matyldo… Matyldo… – szeptał tak samo jak wtedy, gdy po raz pierwszy zobaczył jej krew.

– Czy ja jestem ładna? – odsunęła go gwałtownie. – Dlaczego on… on nie mógł?

Siedziała przed nim, osłonięta kołdrą, która zsuwała się z jednej piersi, nie dostrzegała tego. Na pewno by się zasłoniła. Jej długie włosy zasłaniały tę pierś. Zupełnie jak u Anny tyle lat temu.

– Jesteś piękna – powiedział. – Jesteś idealna.

Przysunęła się do niego.

– Gdyby Bóg istniał, na pewno byłby to moment, by Go wezwać. Może nie na pomoc, ale dla dodania sobie otuchy.

Objął ją jeszcze raz, ale tym razem nie jak małą, płaczącą dziewczynkę, ale jak kobietę świadomą swojego rozkwitu. Całował jej szyję, piersi, delikatne miejsce w talii. Poddawała się jego pocałunkom, jego dotykowi.

Zatracił się w niej. Jej zapach stał się całym wszechświatem.

Nie musiał pytać o zgodę. Szeroko otwarte oczy wyrażały pragnienie. Nie sądził, że ktokolwiek w życiu będzie go jeszcze pragnął.

– Jakob… – szepnęła cicho.

Próbował wejść w nią delikatnie. Nie mógł.

– Boli… – szepnęła.

Przytulił ją mocniej. Nie chciał jej sprawiać bólu. Nie będzie sprawiał bólu kobiecie, którą kocha. Od momentu gdy wziął ją na ręce, kiedy szlochała tamtej nocy.

– Jakob – usłyszał w jej głosie prośbę.

Z całej siły pchnął. Matylda krzyknęła.

– Oddychaj. Proszę cię, oddychaj – szeptał, poruszając się w niej miarowo.

Matylda starała się pamiętać o oddechu, było to trudne.

Zatracił się w niej, kobiecie, z którą spędzał każdą noc od siedemnastu lat. Poczuł się jak dawniej. Jak za czasów, gdy całe życie stało przed nim otworem. Jak wtedy, gdy wszechświat planował dla niego karierę w gwiazdach.

– Oddychaj… – jęknął.

Matylda zacisnęła dłonie na prześcieradle.

Czy każda rozkosz musi być poprzedzona strachem? Czy każda zmiana jest bolesna?

Na białym prześcieradle czerwona plama krwi. Tak jak wtedy, gdy został pobity przez jej ojca. Tak jak tej nocy, gdy przestała być dzieckiem.

Matylda zatraciła się w oddechu, ale tym razem nie była to klątwa skandynawskiej boginki, ale miłosne uniesienie.

– Nie zapomniałam oddychać – szeptała. – I nigdy już nie zapomnę.

Uśmiechnął się.

Położył się obok niej. Poprawił elektrody, delikatnie muskając jej piersi dłońmi. Uśmiechała się.

* * *

Pewnej nocy zasnęła. Jakob wyszedł z jej pokoju, by usiąść przed monitorem. By obserwować pracę serca, które go kochało.

Po północy usłyszał krzyk.

Wbiegł do pokoju. Zobaczył szlochającą Matyldę.

– Opowiedz mi o tym – powiedziała. – Opowiedz mi o tym, jak to się stało. Opowiedz mi o tamtych ludziach.

Spojrzał na nią i opowiedział. Opowiedział o Ulrichu, który próbował przejść na drugą stronę muru, o Andrei, która kochała Urlicha tak, że przez niego umarła. Opowiedział o krwi i upokorzeniu.

Matylda słuchała. Widziała tych ludzi. Widziała wszystkich pokrzywdzonych. Ujrzała obraz tego, co działo się w pokoju przesłuchań, codziennym miejscu pracy ojca.

Tamtej nocy długo nie mogła zasnąć.

***

Pewnej nocy, gdy leżeli objęci, Jakob opowiedział jej o innej nocy. Nocy, podczas której jej ojciec prawie go nie zabił. Opowiedział o upokorzeniu i krwi na podłodze. O cierpieniu, szpitalu i strachu.

– Wiesz. Próbowałem sobie to kiedyś wytłumaczyć – wyznał. – Dlaczego jesteś chora, dlaczego ja się tu znalazłem. Teraz chyba wiem. Za każdym razem, gdy przestajesz oddychać, czujesz tych ludzi, którym krzywdę wyrządził twój ojciec. Kiedyś czytałem, że potomkowie oprawców szukają podświadomie potomków ofiar, że czują na sobie ich doświadczenie. Wszyscy jesteśmy nieświadomie uwikłani. To niewidzialny, irracjonalny splot powiązań. Powoduje, że zdarzenie z przeszłości mają wpływ na nasze życie dziś, w teraźniejszości.

Przytuliła się do niego. Słyszał jej równe bicie serca.

3

JANUSZ L. WIŚNIEWSKI
Anorexia nervosa

AGNIESZKA NIEZGODA
Anorexia sclerosis

Anorexia nervosa

Pierwszy raz zobaczyła go w Wigilię. Siedział na betonowej płycie przy ich osiedlowym śmietniku i płakał.

Ojciec powinien lada chwila wrócić z dyżuru w szpitalu; mieli zasiąść do Wigilii. Nie mogła się doczekać. Karp skwierczący na patelni – tak cudownie pachniało w całym mieszkaniu – kolędy, choinka przy nakrytym białym obrusem stole. Tak przytulnie, ciepło, rodzinnie i bezpiecznie. Czy może być świat lepszy niż ten wigilijny?

Dlatego tylko, dla dobra wigilijnego nastroju i dla zachowania „rodzinnej zgody i harmonii", nie zaprotestowała, gdy matka poprosiła ją, aby wyniosła śmieci. W planie Wigilii są choinka, pieczenie karpia i fryzjer rano, ale nie ma śmieci, które mogłyby poczekać do jutra!

Akurat teraz – było już ciemno! Poza tym nie znosiła osiedlowego śmietnika. Był jak śmierdząca, ohydna więzienna klatka. Ale dla jej matki Wigilia nigdy nie była powodem, aby bodaj trochę odstąpić od ustalonego harmonogramu. „Dzień musi mieć plan" – powtarzała przy każdej okazji. Wigilia różni się tylko planem i poza tym jest zaznaczona na czerwono w jej filofaksie. To nic, że Jezus, nadzieja i pasterka. Zupełnie nic. *Wigilia, 11:30, fryzjer* – przeczytała kiedyś przypadkiem w jej kalendarzu pod datą osiemnastego października. W połowie października zarezerwowany fryzjer na Wigilię! Tego nie robią nawet Niemcy w Bawarii! Ten jej cholerny filofax jest jak lista wyroków na dany dzień – myślała czasami.

Rozmawiała kiedyś z nią o Wigilii. Wtedy, kiedy jeszcze rozmawiały o czymś ważniejszym niż lista zakupów w spożywczym za rogiem. To było tuż przed maturą. Przeżywała okres totalnej fascynacji religią. Zresztą, pół żeńskiej części ich klasy to miało. Chodziły na wykłady do Akademii Teologicznej – niektóre pewnie tylko dlatego, że podkochiwały się w przystojnych chłopcach w habitach – uczyły się modlitw, uczestniczyły w akademickich mszach. Czuła, że jest lepsza, spokojniejsza i taka uduchowiona poprzez ten kontakt z religią.

To wtedy właśnie, gdy któregoś dnia przy przedświątecznym myciu okien stały tak blisko siebie, że się niemal dotykały, zapytała matkę, czy ona także odczuwała kiedyś takie „mistyczne" oczekiwanie na Boże Narodzenie. Teraz wie, że wybrała zły moment na to pytanie. Matka przy sprzątaniu była zawsze wściekła, uważała bowiem, że to bezsensowna strata cennego czasu i ona nigdy nie zrozumie, jak te wszystkie gospodynie domowe mogą nie wpaść w depresję po tygodniu takiego życia. Pamięta, że matka odłożyła ścierkę na parapet, cofnęła się o krok, aby móc patrzyć jej w oczy i powiedziała tonem, jakim zwracała się do studentów:

– Mistyczne oczekiwanie?! Nie. Nigdy. Przecież w Bożym Narodzeniu nie ma żadnego mistycyzmu, córeczko.

Pamięta, że nawet w tym „córeczko" nie było bodaj odrobiny ciepła. Zresztą, znała to. Przeważnie po „córeczko" na końcu zdania szła do pokoju, zamykała się i płakała.

– Wigilia i Boże Narodzenie to przede wszystkim elementy marketingu i promocji. Jak inaczej syn cieśli z zabitej dechami Galilei stałby się idolem porównywalnym z tymi twoimi Madonną lub Jacksonem. Cały ten jego dział promocji, tych dwunastu apostołów, łącznie z najbardziej medialnym Judaszem, to jedna z pierwszych tak dobrze zorganizowanych akcji, która wypromowała prawdziwą gwiazdę. Cuda, tabuny kobiet gotowych zdejmować majtki na każde jego zawołanie, ciągnące za idolem od miasta do miasta, masowe histerie, zmartwychwstania i wniebowstąpienia. Jezus, gdyby żył dzisiaj, miałby agenta, prawnika, adres e-mailowy i stronę www.

Podniecona swoim wywodem, ciągnęła z zapałem:

– Oni mieli strategię i Biblia to opisuje w szczegółach. Bez dobrej promocji nie wstrząsa się cesarstwem i nie instaluje się nowej religii.

– Mamo, co ty mówisz, co za strategia – przerwała jej proszącym głosem – jaki dział promocji, oni przecież widzieli w nim syna Boga, Mesjasza…

– Tak?! Niektóre z tych panienek, co spędzają noce pod hotelem Jacksona na deszczu lub mrozie, też myślą, że Jackson jest Jezusem. Jezus, córeczko, to po prostu idol popkultury. A to, co ty mówisz, to są wszystko legendy. Tak samo jak ta o dziecięcym żłobie, pasterzach ze łzami w oczach, wole i osiołku. Bo prawda historyczna jest zupełnie inna. Nie było żadnego spisu ludności, który zmusił Marię i Józefa, aby odbyli podróż do Betlejem. O tym wiedzą nawet ci, co nie są teologami.

Zapaliła papierosa, zaciągnęła się głęboko i mówiła dalej:

– A nawet gdyby był, to do spisu nie zapraszali takich biedaków jak cieśla z Nazaretu. Trzeba było mieć albo ziemię, albo niewolników. Poza tym spis miał być rzekomo w Jerozolimie. Jedyna droga do Jerozolimy z Nazaretu prowadziła wtedy przez dolinę Jordanu. W grudniu dolina Jordanu jest wypełniona błotem po szyję wysokiego mężczyzny. A Maria nie należała do olbrzymów i była w ciąży z Jezusem, jak pamiętasz – skończyła, uśmiechając się z lekką drwiną.

Nie mogła w to uwierzyć. Jeśli to nawet prawda – a najprawdopodobniej tak, jej matka słynęła z mówienia prawdy, głównie naukowej, za co dostała habilitację już w wieku trzydziestu czterech lat – to czy musiała jej mówić to dwa dni przed Wigilią, gdy ona tak bardzo to przeżywa i tak bardzo w to wierzy? I tak bardzo czeka na ten dzień?

Pamięta. To właśnie wtedy, przy tym oknie, postanowiła, że już nigdy nie wysłucha niczego, co będzie chciała powiedzieć matka po „córeczko". Gdy kiedyś po latach opowiedziała tę rozmowę najlepszej przyjaciółce, Marta skomentowała to dosadnie, jak tylko ona to potrafiła:

– Bo twoja jest jak współczesna hetera. Tak w starożytnej Grecji nazywano wykształcone i oczytane kobiety. Przeważnie były samotne, bo żaden mężczyzna ich nie chciał. A twoja matka jest na dodatek heterą walczącą i chce objaśnić świat samodzielnie i na własną rękę. Ale to nie jest wcale żadna samodzielność. Jeżeli facet często robi to sobie sam, to wcale nie znaczy, że jest samodzielny. Twoja matka jest jak ten facet.

Chociaż to było już tak dawno temu, zawsze myśli o tym w Wigilię. I o ojcu. Czasami, szczególnie ostatnio, tuli się do niego wcale nie z czułości ani pragnienia bliskości lub z tęsknoty. Tuli się, aby mu wynagrodzić lodowaty chłód jego zorganizowanej żony. Myśli, że w ten sposób przywiąże go do siebie i domu. Gdyby ona była mężem jej matki, odeszłaby wiele lat temu. Nie wytrzymałaby takiego chłodu. Bo jej matka potrafiła być zimna jak skroplony azot. A on wytrzymuje i jest tutaj. Wiedziała, że jest tylko dla niej.

Dzisiaj też to zrobi. Dzisiaj też przytuli się do niego i obejmie go. On będzie jak zwykle zaskoczony, położy głowę na jej ramieniu, mocno uściśnie, pocałuje jej szyję, powie szeptem „córeczko", a gdy się rozdzielą, będzie miał zaczerwienione oczy i będzie tak śmiesznie udawał, że coś wpadło mu do oka. I to jego „córeczko" jest takie piękne. Takie pełne czułości. Takie wigilijne właśnie.

Ale dzisiaj zrobi to tak od siebie. Bo dzisiaj jest wigilijnie rozczulona. Poza tym nie zna innego mężczyzny, który byłby chociaż w przybliżeniu podobny do jej ojca. Takich mężczyzn już nie ma.

Dlatego, i aby była zgoda, harmonia i wykonał się ten cholerny plan Wigilii z filofaxu jej matki, wyniesie te śmieci. Zaraz i natychmiast. Będzie nawet udawała, że robi to chętnie.

Zeszła z dwoma pełnymi wiadrami. Było wietrznie i zacinał deszcz ze śniegiem. Wpatrzona w okna migoczące blaskiem choinkowych lampek, otworzyła kluczem śmietnik. Popchnęła nogą drucianą bramkę i zobaczyła go. Siedział po turecku na postrzępionej tekturze przy dużym śmietniku na wprost wejścia i osłaniał dłońmi od wiatru świeczkę stojącą na gałęzi choinki. Płomień świeczki odbijał się w jego oczach i płynących z nich łzach.

Stanęła jak wryta. Puściła oba wiadra, które z hukiem upadły na beton i przewróciły się. Chciała odwrócić się i uciec.

– Przepraszam, nie chciałem cię przestraszyć – powiedział cicho zachrypniętym głosem. – Pomogę ci zebrać te śmieci.

Zaczął się podnosić.

– Nie! Nie! Nie chcę. Zostań tam, nie podchodź do mnie! – wrzasnęła.

Chwyciła wiadra, odwróciła się i wybiegła, zatrzaskując z hukiem bramkę śmietnika. Biegła na oślep przez błoto osiedlowych trawników, na których nawet wiosną nie ma trawy. Wpadła do klatki schodowej. Ojciec wyjmował listy z ich skrzynki. Wpadła na niego i przytuliła się z całych sił.

– Córeczko, co się stało?

– Nic. Przestraszyłam się. Po prostu się przestraszyłam. Ten człowiek tam w śmietniku…

– Jaki człowiek? Co ci zrobił?

– Nic nie zrobił. Po prostu tam był. Siedział i płakał.

– Co ty mówisz? Zaczekaj tutaj. Nie ruszaj się stąd. Pójdę i sprawdzę.

– Nie! Nigdzie nie idź. Chodźmy do domu.

Wysupłała się z jego objęć, poprawiła włosy i ruszyła schodami w górę. Wziął od niej wiadra i poszedł za nią. Mogli jechać windą, ale chciała się uspokoić po drodze. Tak aby matka nic po niej nie poznała, gdy wejdzie do mieszkania. Pomyślałaby, że jest histeryczką. Jej ojciec zrozumiał to natychmiast. Bez jednego słowa. Dlatego szedł za nią na ósme piętro, opowiadając o swoim dyżurze w szpitalu i delektując się zapachami wydobywających się z mieszkań, które mijali po drodze. Do mieszkania weszła uśmiechnięta. Matka nic nie zauważyła.

Dowiedziała się, jak ma na imię, gdy wjechał swoim samochodem w punto, którym Marta jechała na swój ślub.

Marta była jej najlepszą przyjaciółką. Od zawsze. Nie pamięta czasów, kiedy nie było Marty w jej życiu. Marta też będzie do końca. Cokolwiek to znaczy.

Gdyby Marta miała czas i zrobiła test na inteligencję, to ona mogłaby z dumą powiedzieć, że jest przyjaciółką najbardziej inteligentnej kobiety w tej części Europy. Ale Marta ani nie miała na to czasu, ani nie było to dla niej istotne. Marta wykorzystywała swoją inteligencję głównie po to, aby przeżywać emocje. Ta wiejska dziewczyna – przyjechała na studia do Krakowa z zapadłej Sękowej, gdzie „telefon miał tylko proboszcz i jego kochanka", jak sama mówiła – nagle odkryła świat. Po roku anglistyki zaczęła równoległe studia na filozofii. „Krztusiła się" życiem w Krakowie. Nie odbyło się nic ważnego w operze, teatrze, muzeum, filharmonii i klubie, w czym nie uczestniczyłaby Marta.

To właśnie w klubie poznała tego ślicznego quasi-artystę w skórzanych spodniach. Powtarzał trzeci rok na Akademii Sztuk Pięknych, ale zachowywał się jak Andy Warhol na stypendium ministerialnym. Nie dość, że jak Warhol, to jeszcze był z Warszawy, co przy każdej okazji podkreślał. Kraków miał zaniemówić. Oszaleć i paść na kolana, bo przyjechał geniusz.

Nie znosiła go od momentu, gdy Marta przedstawiła ich sobie w autobusie.

Siedział bezczelnie i mówił o sobie tak głośno, że cały autobus musiał to słyszeć. Marta stała, ona stała i ta kaszląca staruszka z laską obok też stała. A ten „war(c)hoł" siedział w tych swoich skórzanych przetartych spodniach i wygłaszał wykład o swojej roli we współczesnej sztuce.

Marcie wydawało się to jednak piękne. Zakochała się. Prawdopodobnie tylko „chemicznie", ale skutki były opłakane. Karmiła go ze swojego stypendium, kupowała mu hektolitry alkoholu ze swoich oszczędności, nawet dawała mu pieniądze na jego przejazdy autobusem, aby mógł imponować licealistkom swoimi wykładami w drodze na akademię. To dla niego przestała bywać. A jeśli już bywała, to stała jak szara myszka zaraz za warszawskim „war(c)hołem" i patrzyła na niego z podziwem, gdy opowiadał wszystkim, co to on zrobi w życiu, gdy tylko „to beztalencie mszczące się na prawdziwych artystach" – miał na myśli profesora, który go drugi raz oblał na egzaminie – „pozbędzie się genetycznej zawiści".

Mówiła Marcie, że ma się opamiętać. Prosiła, błagała, groziła. Ale Marta nie słuchała – była w tym czasie jak w reakcji chemicznej. Musiało coś się zdarzyć, aby tę reakcję zatrzymać.

Zdarzyło się. Za pięć dwunasta. Prawie dosłownie.

Ślub Marty był wyznaczony na dwunastą w południe w pewien październikowy piątek. Jechali punto Marty do Urzędu Stanu Cywilnego. Marta, w wypożyczonej sukni ślubnej, prowadziła. Artysta, czyli pan młody, siedział obok, bo nie miał prawa jazdy. Odebrali mu za jazdę po pijanemu. Ona jako oficjalny świadek siedziała na tylnym siedzeniu. Marta była podniecona i pijana – rano wypiły we dwie pół butelki bułgarskiego koniaku na pusty żołądek, bo nie mogła przełknąć śniadania z podniecenia.

Marta myślała, że zdąży, zanim żółte światło zmieni się w czerwone. Nie zdążyła. Usłyszały huk, Marta krzyknęła: „O kurwa!" i zrobiło się cicho. Uderzył w tył z prawej strony. Wina Marty była oczywista.

Artysta wysiadł gwałtownie, zostawiając otwarte drzwi. Podszedł do tamtego auta. Otworzył drzwi, wyciągnął kierowcę i bez słowa zaczął okładać go pięściami. Marta, z czerwonym plamami krwi na welonie i sukni ślubnej, podbiegła do artysty i wepchnęła się między niego i kierowcę tego drugiego samochodu. W pewnym momencie, po przypadkowym uderzeniu w twarz, upadła na asfalt. W tej samej chwili kierowca z całych sił uderzył w twarz artystę.

Widziała to wszystko dokładnie, siedząc w punto. Gdy Marta po przypadkowym ciosie artysty upadła na asfalt, energicznie otworzyła drzwi, wysiadła z samochodu, podbiegła do leżącej przyjaciółki i uklękła przy niej. Kierowca przykląkł także.

– Jest mi tak bardzo przykro. Nie chciałem tego. Ja miałem zielone światło. Dlatego ruszyłem. Jest mi tak bardzo przykro. Miałem zielone. Niech mi pani uwierzy. Miałem zielone – powtarzał bez przerwy, nachylony nad Martą.

Artysta podniósł się i z całych sił popchnął go, przewracając na Martę. Usłyszeli wycie policyjnej syreny i głos:

– Proszę się natychmiast uspokoić. Wszyscy z dokumentami do mojego auta. Wszyscy!

Młody policjant wskazywał na poloneza zaparkowanego na wysepce przystanku autobusowego.

– My nie mamy czasu – wykrzyknął artysta – o dwunastej w południe jest nasz ślub!

Marta podniosła się z asfaltu, podeszła do niego i powiedziała spokojnie:

– Nie ma żadnego ślubu. Przeproś tego pana i spierdalaj, ty gnojku.

Dosłownie tak! To była znowu ta stara, normalna Marta. Nareszcie!

Pamięta, że w tym momencie wpatrywała się w oczy tego mężczyzny i wiedziała, że zna to spojrzenie.

– Ja miałem zielone. Ja bardzo panią przepraszam – powiedział bezradnie.

Marta zerwała welon z głowy, wytarła nim zakrwawiony nos, zgniotła w dłoni i rzuciła na asfalt. Chwyciła mężczyznę za ramię.

– Ja wiem. Niech pan przestanie wreszcie przepraszać. Moje ubezpieczenie zapłaci za wszystko. Nawet pan nie wie, co pan dla mnie zrobił.

Podeszła do niego, wspięła się na palce i pocałowała go
w policzek.

Nie rozumiał, o co chodzi. Stał jak osłupiały.

W tym momencie przypomniała sobie, skąd go zna. To
przecież on siedział przy śmietniku w tamtą Wigilię.

Artysta zniknął w tłumie gapiów, którzy zdążyli zebrać się
na chodniku.

– Pomogę pani ściągnąć auto z jezdni – powiedział mężczyzna.

Wepchali we trójkę punto na chodnik.

– Mam na imię Andrzej. A pani?

– Marta. A to moja przyjaciółka Ada. To znaczy Adrianna.

Spojrzał na nią uważnie. Podał jej rękę i powiedział cicho:

– Andrzej. Przepraszam, że przestraszyłem panią wtedy
w Wigilię.

Tak sobie po prostu! Tak jak gdyby ta Wigilia była przed
tygodniem. A przecież minęły prawie dwa lata.

Był wysoki. Miał czarne włosy, zaczesane do tyłu. Szeroką
bliznę na prawym policzku i bardzo szczupłe dłonie. Nigdy nie
spotkała mężczyzny, który miałby tak szerokie i pełne wargi.
Jego głos był lekko zachrypnięty i niski. Pachniał czymś, co jej
przypominało jaśmin.

– Mam na imię Ada. Pamiętasz to jeszcze? To było prawie
dwa lata temu.

– Tak, pamiętam. Szukałem cię wtedy. Długo cię szukałem. Ale nie znalazłem. Chciałem cię przeprosić. Dopiero
dzisiaj. Ten wypadek…

Uśmiechnęła się do niego.

– Nie ma za co przepraszać. Mieszkam w bloku zaraz przy
śmietniku.

– Dlaczego tam wtedy siedziałeś?

Nie odpowiedział. Odwrócił głowę i zaczął rozmawiać z Martą. Po chwili poszedł do swojego samochodu, zjechał do zatoczki i wrócił do nich. Marta, w poplamionej krwią sukni ślubnej, budziła sensację. Tłum gapiów na chodniku nie przerzedzał się.

Gdy załatwili wszystkie formalności z policjantem w polonezie, zapytał:

– Gdzie mam was wywieźć z tego przedstawienia?

– Pojedźmy do mnie – odparła Marta. – Musimy to uczcić.

Po drodze wstąpili do restauracji, gdzie miało odbyć się weselne przyjęcie. Dowiedzieli się, że goście dzwonią nieustannie, ale Marta nie przejęła się tym w ogóle. Kazała zapakować cały alkohol, który zamówiła, i półmiski z jedzeniem. Przenieśli to wszystko do samochodu Andrzeja i pojechali do mieszkania Marty. Już dawno nie widziała przyjaciółki tak szczęśliwej.

Po kilku kieliszkach wina zaczęli tańczyć. Przytulona do Andrzeja poczuła, że on jest jej dziwnie bliski.

Nad ranem odwiózł ją taksówką do domu. Wysiadł z nią i odprowadził pod klatkę schodową. Gdy przechodzili obok tego śmietnika, podała mu rękę. Ścisnął ją delikatnie i już nie puścił. Przy klatce schodowej podniósł ją do ust i dotknął wargami.

Kochała go już znacznie wcześniej, ale urzekł ją tak naprawdę, gdy rzucił się na maskę jadącego wprost na niego samochodu.

Od tego wieczoru i nocy po odwołanym ślubie Marty prawie wszystko w jej życiu się zmieniło. Andrzej odszukał ją następnego dnia na uczelni; czekał przed salą wykładową. Stał pod ścianą. Nieco zawstydzony, z kwiatami nieudolnie schowanymi za plecami. Gdy podeszła do niego i uśmiechnęła się, nie potrafił ukryć ulgi i radości.

Od tego dnia byli razem. Wszystko przed Andrzejem straciło sens.

Wiedziała to już po tygodniu. Ujęły ją jego wrażliwość i czułość. Później doszedł szacunek, jakim ją otaczał. To chyba przez ten szacunek czekał z pierwszym pocałunkiem tak długo. Mimo że go prowokowała, dotykając, ocierając się o niego, nawiązując do tego w rozmowach, całując jego dłoń w ciemnym kinie. Minęło strasznie dużo czasu, zanim po raz pierwszy pocałował ją w usta.

Wracali ostatnim z tramwajem od Marty, u której zasiedzieli się po koncercie. Na zakręcie, ulegając sile bezwładu, przycisnął ją do szyby.

– Jesteś najważniejsza – wyszeptał i zaczął ją całować. Przestał, gdy motorniczy wykrzyknął, że zjeżdża do zajezdni. To tam, w tym tramwaju, tak naprawdę zaczęła go kochać.

Był zafascynowany tym, że ona studiuje fizykę. Uważał, że jest to nauka „absolutnie podstawowa, nieomal uroczysta", a przy tym wyjątkowo trudna.

Od pierwszej godziny słuchał jej uważnie. Wsłuchiwał się we wszystko, co mówiła. I wszystko pamiętał. Potrafił siedzieć na podłodze naprzeciwko niej, zapatrzony, i godzinami słuchać. Później, gdy byli już parą i sypiali ze sobą, potrafił kochać się z nią, wstać z łóżka, pójść do kuchni, wrócić z torbą jedzenia i napojów i rozmawiać z nią do rana. Czasami denerwowało ją to nawet trochę, bo zdarzało się, że nie kochali się już drugi raz, tylko cały czas rozmawiali.

Uwielbiał, gdy objaśniała mu wszechświat. Opowiadała o zakrzywieniu czasoprzestrzeni lub tłumaczyła, dlaczego czarne dziury wcale nie są czarne. Patrzył na nią wtedy z podziwem i całował jej dłonie. Nie mogła mu wytłumaczyć, że to nic szczególnego, wiedzieć i rozumieć takie rzeczy. A już na pewno nic bardziej szczególnego, niż przygotować dobry materiał do gazety.

Andrzej studiował dziennikarstwo. Kiedy zapytała go dlaczego, odpowiedział:

– Aby mieć wpływ poprzez prawdę.

Zastanawiała się kiedyś, od którego momentu była tak naprawdę nim urzeczona. Może wtedy, gdy przez miesiąc chudł i nie mył się, aby upodobnić się do kloszardów i spędzić tydzień w przytułku dla bezdomnych?

Artykuł, który napisał z przytułku, poszedł w wydaniu krajowym i był cytowany w większości ogólnopolskich tygodników.

A może wtedy, gdy po reportażu z hospicjum dla dzieci za wszystkie swoje oszczędności wyremontował trzy sale „tych na terminalu", jak mawiały pielęgniarki? „Na terminalu"leżały dzieci, które miały już tylko do przeżycia czas mierzony dniami. Zauważył, że te dzieci nie mają nawet siły odwrócić głowy, aby oglądać rysunki i komiksy na ścianach. Były tak słabe lub podłączone do takich urządzeń, że widziały tylko sufit. Powiedział to ordynatorowi. Ordynator wyśmiał go, nie miał pieniędzy na morfinę, więc komiksy na suficie były dla niego jak kwestia z farsy. Ale dla Andrzeja nie. Kupił za wszystkie swoje pieniądze farby i pędzle i kwestował na ASP tak długo, aż studenci wymalowali komiksy na sufitach w hospicjum.

A może wtedy, gdy przyłapała go na tym, że co drugi dzień jeździ do przytułku dla psów i zawozi zebraną żywność?

Andrzej miał obsesję na punkcie psów. Gdy jego koledzy latem na ulicy odwracali głowy za dziewczynami, prowokującymi tym, co miały, a raczej tym, czego nie miały na sobie, Andrzej odwracał głowę za każdym napotkanym psem. Każdy był dla niego „niesamowity", „niezwykły", „zobacz, jaki piękny" lub po prostu „kochany". Lubiła psy, ale nie podzielała jego fascynacji. Teraz kocha każdego psa. Może nawet bardziej niż on. Podziwiała go i była strasznie o niego zazdrosna. Chciała go mieć tylko dla siebie. Chciała, żeby żadna kobieta nie poznała go bliżej i nie dowiedziała się, jaki jest. Czuła, że każda, która go pozna, także zechce mieć go tylko dla siebie.

Mieszkał w akademiku i nigdy nie wspominał swojego domu ani rodziców. To ją trochę zastanawiało i niepokoiło. Powiedział, że przyjechał do Krakowa z Iławy i że kiedyś ją „tam na pewno zabierze, chociaż to bardzo nieciekawe miejsce". Unikał rozmów na temat swojej przeszłości. To było widać niemal od pierwszej chwili.

Nigdy też nie udało jej się dowiedzieć, co robił w tym śmietniku wtedy w Wigilię. Kiedyś, w łóżku, poprosiła go szeptem, aby opowiedział jej o tym. Pamięta, że zadrżał i za chwilę poczuła wilgoć jego łez na swoich policzkach. Postanowiła wtedy, że więcej go o to nie zapyta. Jego przeszłość interesowała ją tylko z ciekawości. Bo ich przeszłość zaczęła się, gdy wjechał na nią swoim samochodem.

Czyli zaczęło od wielkiego Big Bangu. Tak jak wszechświat – myślała rozbawiona.

O początku urzeczenia nim myślała często przed zaśnięciem. Aż do tego czwartku tuż przed przedłużonym weekendem pierwszomajowym.

Znali się wtedy już ponad osiem miesięcy. Pojechali na Hel. Miał uczyć ją surfować po zatoce. Ruszyli w czwartek rano. Była prześliczna pogoda. W południe zatrzymali się na opustoszałym leśnym parkingu przy głównej drodze do Gdańska. Siedli na drewnianej ławce skleconej nieudolnie z desek. Nagle przysiadł na ławce za nią i zaczął ją całować po plecach.

Po chwili rozpiął stanik, zdjął, podał jej i objął dłońmi piersi, nie przestając całować pleców. Pamięta, że drżała. Z podniecenia, oczekiwania i lęku, że ktoś może nagle wjechać na ten parking. Ale najbardziej chyba z ciekawości, co stanie się dalej. Bo odkąd pozwoliła mu robić ze swoim ciałem wszystko, co zechce, nigdy nie wiedziała, gdy kochali się, co stanie się dalej.

Nagle wstał z ławki, podał jej rękę i pociągnął w kierunku lasu. Biegła za nim. Tak jak stała. Z sukienką opuszczoną do pasa, stanikiem w ręku i nagimi piersiami biegła za nim. Nie pobiegli daleko. Tuż za pierwszymi drzewami zatrzymał się. Zdjął koszulę, rozłożył na trawie i położył ją delikatnie na niej. Przez chwilę całował jej usta. Potem przesunął się między uda, zdjął zębami majtki i już tam został. Zapomniała, że są na parkingu, zapomniała, że widać ich od strony leśnej drogi. Zapomniała o wszystkim. Bo ona się przy nim po prostu zapominała. Szczególnie gdy ją tam całował.

Wrócił do jej ust. W tym momencie wjechał na parking jakiś samochód. Zamilkli i leżeli bez ruchu. Odwróciła głowę i widziała to dokładnie. Z samochodu wysiadł niski mężczyzna w garniturze, podszedł do bagażnika, nachylił się, usłyszeli skowyt i zobaczyli, jak wyszarpuje z bagażnika psa. Jego kark obwiązany był grubą, poplamioną smarem liną. Mężczyzna rozejrzał się po parkingu, sprawdzając, czy jest sam. Potem podszedł do najbliższego drzewa, ciągnąc skomlącego psa. Okręcił kilkakrotnie linę wokół pnia i wrócił pośpiesznie do samochodu.

Tego, co nastąpiło, nie zapomni do końca życia. Andrzej zerwał się z niej, tak jak stał. Podciągając spodnie, biegł jak szalony przez krzaki jałowca w stronę wyjazdu z parkingu. Wstała, zakryła sukienką piersi i pobiegła za nim. Andrzej w pewnym momencie schylił się, podniósł kamień. Wybiegł na szosę przed jadący samochód. Zatrzymał się i rzucił. Rozległ się huk

i pisk hamulców. Andrzej rzucił się na maskę. Samochód się
zatrzymał. Andrzej zszedł z maski i szarpnął drzwi, po czym
wywlókł oniemiałego i zszokowanego kierowcę.

– Ty skurwielu jeden, jak mogłeś go tam zostawić?! Jak
mogłeś?!

Ciągnął go za kark w stronę tamtego drzewa i powtarzał
płaczliwie to swoje „jak mogłeś".

Widok był makabryczny. Krwawiący Andrzej, samochód
z rozbitą szybą i śladami krwi na białym lakierze, stojący
w poprzek drogi, odłamki szkła, ujadający rozpaczliwie pies,
klaksony zniecierpliwionych kierowców.

Zjawiła się też karetka pogotowia. Andrzej akurat przy-
ciągnął swoją ofiarę do drzewa. Pies ujadał i skakał z radości,
widząc właściciela.

Popchnął mężczyznę w stronę psa i powiedział cicho, bardziej do siebie niż do kogokolwiek:

– Skurwielu, jak mogłeś go tu tak zostawić.

Wyczerpany usiadł na trawie przy drzewie i zaczął płakać.

Miał oczy pełne łez, jak wtedy w Wigilię przy śmietniku.

Objęła go i okryła koszulą. Drżał na całym ciele.

To, co się później działo na tym leśnym parkingu, przypra-
wia ją o drżenie jeszcze teraz. Przyjechała policja. Kierowca
uszkodzonego samochodu oskarżył Andrzeja o próbę mor-
derstwa. Tymczasem kierowcy ze stojących w korku aut dowiedzieli się, skąd wziął się przywiązany liną do drzewa pies.
Wywołało to prawdziwy wybuch nienawiści do właściciela
psa. Policja spisywała protokół, a kierowcy najgorszymi wy-
zwiskami obrzucali właściciela psa. Andrzej milczał. W pewnym momencie do policyjnej nyski, w której siedzieli, podszedł
staruszek, wsunął tekturowe pudełko wypełnione pieniędzmi
i zwracając się do Andrzeja, powiedział:

– Zebraliśmy dla pana od wszystkich w kolejce. Żeby pan mógł zapłacić za naprawę auta tego... tego osobnika.

Policjanci zamilkli.

Po godzinie droga opustoszała. Siedzieli przytuleni, w milczeniu, pod drzewem na trawie zrytej przez psa, którego policjanci wzięli do przytułku. Wtedy Andrzej zaczął mówić. Monotonnym, spokojnym głosem. Prawie bez emocji.

– Moja matka, jeszcze krwawiąca z rozerwanej moją głową pochwy, z obrzmiałymi, pełnymi mleka piersiami, ta suka jedna, zapakowała mnie nagiego do torby, z którą chodziła po zakupy na róg do mięsnego, i wyniosła na śmietnik. Tak jak ty te wiadra ze śmieciami. To też było w Wigilię. Położyła mnie obok obierek, butelek po denaturacie i zakrwawionych podpasek i odeszła. Po prostu tak. Położyła mnie jak odpad i odeszła. Ale miałem szczęście. Mogła mnie włożyć na przykład do worka po ziemniakach. Takich worków nie rejestrują węchem nawet szczury. Moja torba była po mięsie, więc zarejestrował ją pies. Miałem temperaturę ciała obniżoną do trzydziestu trzech stopni. Ale przeżyłem. Już wiesz, ile zawdzięczam psom. Tak naprawdę nigdy im się nie odwdzięczę.

Pamięta, że siedziała obok niego sparaliżowana tym, co usłyszała, i zastanawiała się, dlaczego akurat teraz nie czuje ani współczucia, ani złości, ani nienawiści. Ani nawet miłości. Czuła jedynie strach. Zwykły biologiczny strach. Bała się, że ten człowiek mógłby kiedyś zniknąć z jej życia.

Przedostał się przez „Aleję Snajperów" do hotelu Holiday Inn. Oddał zaprzyjaźnionemu dziennikarzowi z CNN list do niej. Wracając, postanowił pójść na targowisko i kupić truskawki, które tak lubił. Bomba rozerwała go w południowej części targowiska, gdy wracał, wyjadając truskawki z szarej torebki.

W kwietniu 1992 roku Serbowie otoczyli Sarajewo. Gdy odstąpili od oblężenia we wrześniu 1995 roku, zostawili ponad dziesięć tysięcy zmarłych, w tym tysiąc sześćset dzieci. Wśród zabitych byli także Polacy.

Powiedział jej, że chce tam pojechać, którejś lipcowej nocy w 1993 roku. Siedzieli na kamieniach nad brzegiem morza w Ustce, pili wino z butelki i wpatrywali się w gwiazdy. Wziął jej dłonie, przycisnął do ust i powiedział:

– Pozwól mi... Proszę.

Poprosił dziekana o urlop. Nic nikomu nie mówił. Po telefonie od przyjaciela pojechał do Berlina i stamtąd przedostał się do Sarajewa z transportem pomocy humanitarnej. Po trzech tygodniach PAP cytował jego reportaże w większości swoich relacji z Sarajewa. Dla Marty był bohaterem, a ona nawet nie potrafiła być dumna. Bała się. Cały czas panicznie się bała. Oglądając wiadomości i zdjęcia z Sarajewa, czuła się jak przy ogłaszaniu wyroku na Andrzeja.

Pisał do niej. Codziennie. Listy przychodziły czasami z Berlina, czasami z Wiednia, czasami z Brukseli. Ale najczęściej z Londynu. W Sarajewie zaprzyjaźnił się z dziennikarzami CNN, mieszkającymi w Holiday Inn, i oni właśnie zabierali jego listy i wysyłali ze wszystkich tych miejsc.

Hotel Holiday Inn był tak naprawdę jedynym świętym miejscem, oszczędzanym przez Serbów. Tam mieszkali dziennikarze największych stacji radiowych i telewizyjnych z Zachodu i to powodowało, że artyleria oszczędzała ten budynek. Ale okolicy już nie. Wręcz przeciwnie. Tam można było zabijać. Aleja, przy której stał Holiday Inn, zyskała złowieszcze miano „Alei Snajperów". Serbowie strzelali tam nawet do wałęsających się psów. Ale tylko do zimy 1993/1994. Potem psów już nie było. Wszystkie zostały zjedzone.

Andrzej napisał jej o tym mężczyźnie, który po wybuchu granatu stracił żonę i trzy córki i zwariował. Zrobił sobie hełm z gazety i poszedł spacerować po „Alei Snajperów", wierząc, że w hełmie z gazety jest bezpieczny. *Stałem w pobliżu i widziałem, jak przedziurawili go na wylot w kilku miejscach już po piętnastu sekundach* – pisał.

Pisał także o innych miejscach i o innych śmierciach. Jak na przykład o tej policjantce, kierującej ruchem na ulicach Sarajewa. Zawsze w doskonałym makijażu, zawsze w nienagannie wyprasowanym mundurze i wyjątkowo obcisłej spódnicy. Stawała na skrzyżowaniu i kierowała ruchem. Także gdy nie było już żadnego ruchu. Do kierowania. Taka walka udawaną normalnością przeciwko obłędowi. Umarła któregoś dnia na ulicy.

Albo o tym kwartecie smyczkowym, który grał w oszczędzonej przez artylerię katedrze. Przy siedemnastu stopniach mrozu i świetle świec. Beethoven, Mozart, Grieg. I wtedy obok wybuchł granat.

Ale oni grali dalej. Do końca – pisał.

To po tym koncercie dostała najpiękniejszy miłosny list, jaki mogła sobie wyobrazić. W schronie słuchał z innymi Natalie Cole i pisał:

Adusiu,

są ludzie, którzy piszą takie rzeczy, gdy mają 18 lat, są ludzie, którzy nigdy nie napiszą takich tekstów, są ludzie, którzy uważają takie teksty za nieprawdopodobne, są też ludzie, którzy muszą napisać taki tekst, gdy chcą przekazać jakąś wiadomość.

Bo kochają i są egoistami. Ja jestem takim egoistą. I dlatego piszę takie teksty.

I zawsze będę.

*

Pamiętam, albo sobie przypominam, często tak niezwykle szczegóły z naszego życia.

Niezapomniane, „Unforgettable"...

Puszystość Twoich włosów na moim policzku, spojrzenia, dotknięcia, Twoje westchnienia, wilgotność Twoich warg, gdy spotkały moje w tym nocnym tramwaju, i ich niecierpliwość.

Pamiętam smak Twojej skóry na plecach, pamiętam Twój niespokojny język w moich ustach, ciepło Twojego brzucha pod moją dłonią przyciskaną Twoją, westchnienia, wyznania, oddanie, bezwstyd, pragnienie, spełnienie...

Niezapomniane „Unforgettable, that's what you are...".

I te krótkie momenty, kiedy czułem, że Ty czujesz tak samo...

Gdy czułaś tę dumę z tego, co ja osiągnąłem, kiedy zazdrościłaś mnie kobietom, które nawet mnie nie widziały, kiedy zadzwoniłaś tak po prostu, bez powodu, w poniedziałek lub w piątek, powiedziałaś: uwielbiam cię i odłożyłaś słuchawkę zawstydzona.

„You feel the same way too"...

Wydaje mi się, że jesteśmy nierozłączni...

Że to po prostu już się stało i że tak będzie zawsze.

Że jeśli nawet zostanę zapisem w Twojej pamięci, jakąś datą, jakimś wspomnieniem, to i tak będzie to jak powrót do czegoś, co się tak naprawdę nie odłączyło. Po prostu się przesunęło na koniec kolejki osób istotnych.

I przyjdzie taki dzień, być może po wielu latach, kiedy mnie wyciągniesz – na kilka chwil – na początek kolejki i pomyślisz...

„Tak, to ten Andrzej...".

Niezależnie od tego, co się zdarzy, co zdecydujesz, i tak będzie mi się wydawać, że jesteśmy nierozłączni.

„Inseparable"...

*

To przychodzi tak cicho i niespodziewanie.

Czytam książkę, myję zęby lub piszę kolejny reportaż. Po prostu przychodzi.

Nagle zaczynam myśleć o Twojej wardze albo o tym, co napisałaś ostatnio, albo o Twoich oczach, które są takie śliczne, albo o spódnicy, którą podeptałem Ci, wstając w ciemności z naszego łóżka, albo o sutkach Twoich piersi, albo o bieli Twojego brzucha, albo o wierszu, którego jeszcze Ci nie wyszeptałem do ucha, albo o muzyce, której chciałbym słuchać z Tobą, albo po prostu o deszczu, który by na nas padał, gdy siedzimy gdzieś pod drzewem i mogę Cię przed nim osłaniać...

I gdy tak myślę, to tak rozpaczliwie tęsknię za Tobą, że chce mi się płakać. I nie jestem pewien, czy z tego smutku, że tak tęsknię, czy z tej radości, że mogę tęsknić.

Andrzej
Sarajewo, 18 lutego 1994

W maju 1994 roku Andrzej poszedł na targ kupić truskawki, które tak lubił. I rozerwała go bomba. Pochowali go na cmentarzu w Sarajewie.

Tęskniła.

Tęskniła za nim nieustannie. Oprócz pragnienia odczuwała tylko to jedno: tęsknotę. Ani zimna, ani ciepła, ani głodu. Tylko tęsknotę i pragnienie. Potrzebowała tylko wody i samotności. Tylko w samotności mogła zatopić się w tej tęsknocie, tak jak chciała.

Nawet sen nie dawał wytchnienia. Nie tęskniła, bo śpiąc, się nie tęskni. Mogła tylko śnić. Śniła o tęsknocie za nim. Zasypiała ze łzami w oczach i ze łzami się budziła.

Jej przyjaciele widzieli to. Nie dawali jej żadnych rad. Byli zbyt dobrymi przyjaciółmi. I za dobrze ją znali. Jedyne, co mogli zrobić, to wyrwać jej kilka godzin z tej tęsknoty. Kino, telefony, niezapowiedziane wizyty, nagłe podrzucenie dzieci do opieki. Aby tylko nie myślała. Organizowali ważne przyjęcia, w zasadzie bez powodu, aby tylko mieć pretekst do wyciągnięcia jej na zewnątrz. Chociaż na kilka godzin.

Przychodziła do nich dzielna i uśmiechnięta, mimo że sama nie mogła patrzeć na uśmiechniętych ludzi. Przynosiła im kwiaty, oni układali je w wazonie, a ona już widziała je martwe.

Dbała, aby nie nosić czerni. Ani na sobie, ani pod oczami. Nieustannie skupiona. Do granic. Skoncentrowana, aby nie pokazać bólu. Śmiała się tylko twarzą. Powtarzała śmiech po innych. Było to widać, czasami się spóźniała.

Nie żaliła się. Nigdy go nie wspominała. Z nikim nie chciała o nim rozmawiać. Tylko raz, jeden jedyny raz pękła jak zbyt jeszcze świeża blizna.

Były imieniny Marty. To przecież dzięki Marcie spotkała Andrzeja. Gdyby ona pewnego dnia nie postanowiła wyjść za mąż, nie spotkałaby Andrzeja.

Tego dnia Marta, nie ustalając niczego z nią, przysłała taksówkę. Po prostu. Ktoś zadzwonił do drzwi. Otworzyła. Młody taksówkarz wręczył jej kartkę. Poznała pismo Marty. *Czekamy na Ciebie. Taksówkarz wie, że nie ma prawa odjechać bez Ciebie. Marta.*

Zrobiła makijaż, wypiła dwa kieliszki czerwonego wina jeden po drugim, „na odwagę", wzięła ze stolika nocnego prezent dla Marty i pojechała. Objęły się serdecznie na powitanie. Marta wyszeptała jej do ucha:

– Imieniny bez ciebie nie miałyby sensu. Tak się cieszę się, że przyjechałaś.

Przedstawiła ją wszystkim. Wśród zaproszonych gości był także młody kleryk. Marta wspominała kiedyś, że poznała go, robiąc reportaż – była dziennikarką w jednym z ogólnopolskich tygodników – i że był „interesujący". Kleryk nie odstępował jej na krok. Nie był „interesujący". Ani przez chwilę. Był zarozumiały, powierzchownie inteligentny i miał pianę wokół ust od nieustannego mówienia o sobie i o tym, co „doprowadziło go do prawdy i Pana". Nie mogła się od niego uwolnić. Nawet ucieczka do toalety jej nie pomogła – czekał pod drzwiami. Wyszła, a on zaczął natychmiast mówić. Dokładnie w tym samym miejscu, w którym przerwała mu swoim wyjściem do toalety.

Gdy nawiązał do „straszliwego bezsensu wojny religijnej na Bałkanach", wiedziała, że czas wracać do domu. Nerwowo szukała wzrokiem Marty, aby się pożegnać. Nagle usłyszała to nieprawdopodobne zdanie, wypowiedziane teatralnym, modulowanym głosem ministranta:

– Nie straciliśmy Andrzeja. Zyskaliśmy tylko nowego anioła. Ty też powinnaś tak myśleć.

Odwróciła gwałtownie głowę. Zobaczyła jego złożone jak do modlitwy dłonie, to spojrzenie wszystkowiedzącego mentora i tę wstrętną pianę w kącikach jego ust. Nie wytrzymała. Upuściła kieliszek na podłogę, zbliżyła twarz do niego i powiedziała:

– Co ty palancie wiesz o stracie?! No co?! Czy ty chociaż raz, jeden jedyny raz widziałeś Andrzeja?!

Krzyczała. Histerycznie krzyczała. Wszyscy w pokoju zamilkli i odwrócili głowy w ich stronę.

– Czy ty wiesz, że oddałabym wszystkie twoje zasrane anioły za jedną godziną z nim?! Tę jedną, jedyną godzinę?! Żeby mu powiedzieć to, czego nie zdążyłam. Czy ty palancie wiesz, co powiedziałabym mu jako pierwsze?! Powiedziałabym mu najpierw, że najbardziej żałuję tych wszystkich grzechów, których nie zdążyłam z nim popełnić?! Nie?! Nie wiesz tego! Ty proroku na studiach i mesjaszu amatorze, nie wiesz tego?! Ale wiesz, co ja powinnam myśleć?!

Zamilkła. Zakryła twarz dłońmi. Trzęsła się jak epileptyk. W pokoju panowała absolutna cisza. Nagle opanowała się, sięgnęła do torebki przewieszonej przez ramię, wyszarpnęła chusteczkę higieniczną i jednym ruchem przesunęła ją wokół warg sparaliżowanego tym wszystkim kleryka. Cisnęła z obrzydzeniem biały zwitek chusteczki na podłogę, odwróciła się i po leżącym na podłodze szkle z rozbitego kieliszka pośpiesznie wyszła.

Ale to było ten jeden raz. Jeden jedyny. Nigdy więcej nie zakłóciła żadnego przyjęcia. Zapraszana, przychodziła. Nagle zauważali, że jej nie ma. Wychodziła, nie mówiąc nic nikomu, i wracała w największym pośpiechu, najczęściej taksówką, do domu, aby położyć się na swojej poduszce i płakać w spokoju. Bo ona tak naprawdę chciała tylko pić i tęsknić. I umrzeć też czasami chciała. Najlepiej na atak wspomnień.

Biurko z komputerem przysunęła do łóżka. Aby było blisko i żeby w nocy nie przewracać się o rzeczy na podłodze, gdy nagle zapragnie przeczytać list od niego. Bo wszystkie jego listy zapisała w komputerze. Dwieście osiemnaście listów, które jej przysłał. Gdyby spłonęło całe jej mieszkanie, gdyby zniknął jej komputer, gdyby zapadł się cały ten ohydny blok przy najpiękniejszym osiedlowym śmietniku tego świata, to i tak dyskietka z jego listami ocaleje w metalowym regale w domu Marty.

Budziła się dokładnie o trzeciej rano. Dzisiejszej nocy też. I wczorajszej. I każdej z pięciuset trzydziestu ośmiu nocy przed wczorajszą także. Dokładnie o trzeciej rano. Czy zimą, czy latem, obojętnie. O trzeciej rano zapukała do drzwi Marta i powiedziała jej, że Andrzej nie żyje. Patrząc w podłogę, powiedziała to zdanie:

„Andrzeja zabiła bomba na rynku w Sarajewie".

Dokładnie o trzeciej rano. Ponad dwa lata temu. W maju 1994 roku. Dlatego na jej ścianie wisi kalendarz z 1994 roku, chociaż jest 1996. I dlatego ta reprodukcja „Pola maków" Moneta z kalendarza z maja 1994 wita ją, gdy otwiera drzwi po powrocie do domu każdego dnia. Andrzej bardzo lubił Moneta. To on powiesił na ścianie ten kalendarz. Krzywo i za nisko. Pamięta, że posprzeczali się o to, bo on twierdził, że „jest akurat" i „że ona się po prostu czepia". Zaczęła krzyczeć na niego. Wyszedł obrażony. Wrócił po godzinie. Z kwiatami, lodami waniliowymi, które uwielbiała, i torbą truskawek dla siebie. Zjadła lody i nie zdążyła go nawet zaciągnąć do łóżka. Kochali się na podłodze pod tą ścianą, na której wisi kalendarz. Potem, gdy wyczerpani palili papierosy, on wstał i nagi wyszedł do kuchni. Wrócił z młotkiem i podszedł do kalendarza.

– Nie rób tego teraz, jest przecież trzecia w nocy. Sąsiedzi mnie uduszą. Poza tym chcę, żeby on wisiał, tak jak wisi – wyszeptała i zaczęła go całować.

Dlatego ten kalendarz zawsze będzie wisiał krzywo i za nisko i dlatego też nigdy nie pomaluje tej ściany. Nigdy.

Chudła.

Był dla niej jak kapłan.

Właśnie tak. Pamięta, że od pewnego momentu nie potrafiła tego inaczej określić.

Tylko krótko wydawało się jej, że to jest tak bardzo arogancie i absurdalne, myśleć o tym właśnie wtedy, gdy leżeli przytuleni do siebie nadzy i lepcy od potu i jego spermy, i on szeptał do niej te wszystkie ewangelie o miłości, a ona czuła, jak z każdym wyszeptanym zdaniem bardziej rozpycha prąciem jej uda.

Kapłan z nadchodzącą erekcją.

To było może grzeszne, obrazoburcze i wiarołomne, ale właśnie tak wtedy czuła.

Był wtedy pośrednik – kapłan właśnie – między czymś mistycznym i ostatecznym a nią. Bo miłość jest przecież tak mistyczna i ostateczna i też ma swoje ewangelie. Ma też swoją komunię – gdy przyjmuje się w siebie czyjeś ciało.

Dlatego był dla niej jak kapłan.

Gdy odszedł, nie potrafiła zrozumieć celu swojej cielesności i kobiecości. Po co? Dla kogo?

Po co jej piersi, jeśli on ich nie dotyka lub nie karmią jego dzieci?

No po co?

Brzydziła się sobą, gdy mężczyźni wpatrywali się w jej piersi, gdy w roztargnieniu nie ukryła ich w obszerności czarnego wełnianego swetra, lecz włożyła rano zbyt obcisłą bluzkę. Te piersi były przecież tylko dla niego. I dla jego dzieci.

Tak postanowiła.

Dlatego trzeciego miesiąca po jego śmierci chciała je amputować.

Obie.

Ta myśl przyszła jej do głowy którejś nocy po przebudzeniu z okropnego snu o Sarajewie, przed okresem, gdy swoją opuchlizną i bólem tak wyraźnie przypominały jej o swoim istnieniu.

Oczywiście nie zrobi tego. To zbyt okrutne. Ale zmniejszy je, rozpędzi, rozgoni jak wrzody. Zasuszy.

Weźmie je głodem.

Rano była najchudsza. Dlatego poranki nie były już takie straszne. Ta jej chudość to była taka mała radość, takie małe zwycięstwo nad okrucieństwem dnia rozpoczynającego się tym swoim cholernym słońcem budzącym wszystko do życia, tą swoją świeżością, tą swoją rosą na trawie i tymi swoimi nieskończonymi dwunastoma godzinami do przeżycia.

Weźmie je głodem, zasuszy...

Chudła.

Otworzyła drzwi. Marta. Powiedziała, że nie ruszy się z miejsca, jeśli ona nie pojedzie do lekarza.

– Zobacz – wskazała na wypchany plecak – tam jest żywność na minimum dwa tygodnie. Woda leci z twoich kranów. Strasznie się mieszka ze mną. Pomijając to, że chrapię.

Uśmiechnęła się. Pojechała z Martą. Wyłącznie dla Marty. Ona sama zrobiłaby wszystko dla Marty.

– *Anorexia nervosa* – powiedział psychiatra, przerażająco chudy starzec o białych jak śnieg, gęstych włosach. – Wypiszę pani skierowanie do stołówki – dodał, pisząc coś pośpiesznie w swoim notatniku.

Do stołówki? – odezwała się Marta, która też była w gabinecie. Bo ona tylko pod tym warunkiem zgodziła się na rozmowę z lekarzem.

– Przepraszam – uśmiechnął się – do Kliniki Zaburzeń Odżywiania. Ale i tak przyjmą tam panią dopiero za rok. Tam jest taka kolejka. To teraz bardzo modna choroba. Musi być pani cierpliwa.

– Nie chcę żadnego skierowania – zaprotestowała cicho.

Podniósł głowę znad notatnika, usiadł wygodniej w fotelu.

– Źle pani robi. Bardzo źle. Mam opowiedzieć, co się będzie z panią działo w najbliższych tygodniach i miesiącach? Mam opowiedzieć o tym, jak pani krew stanie się tak wodnista, że najdrobniejsze skaleczenie doprowadzi do krwotoku? O tym, że będzie pani łamała palce lub całe ręce i nawet tego nie zauważy? Że straci pani włosy? Wszystkie. Na głowie, pod ramionami, łonowe. Opowiedzieć o wodzie, która zacznie się zbierać w pani płucach? Opowiedzieć o tym, że zatrzyma sobie pani cykl owulacyjny i praktycznie odłączy od siebie macicę i zatrzyma menstruację? – Spojrzał w jej kartę informacyjną. – I to w wieku dwudziestu ośmiu lat?

Odsunął kartę.

– Ale pani nie chce skierowania. Pani chce się upodobnić do szarej obojnackiej myszy. Chce pani się po prostu zrobić nieważna, mała, nieistotna. Jaka rozpacz pcha panią do tego, że chce pani przestać być kobietą? Ja nie wiem jaka, ale wiem, że żaden mężczyzna, nawet ten, który umarł, nie chciałby tego. Bo pani jest zbyt piękna.

Marta płakała. W pewnym momencie wstała i wyszła z gabinetu.

Ona siedziała oszołomiona i patrzyła na tego lekarza. Przestał mówić. Odwrócił głowę i patrzył w okno.

Siedziała skulona i drżała. Po chwili, nie podnosząc oczu powiedziała:

– Czy pan... to znaczy... czy może mi pan wypisać to skierowanie?

AGNIESZKA NIEZGODA

Anorexia sclerosis

Pierwszy raz zobaczyła go w Wigilię. Siedział na betonowej płycie przy ich osiedlowym śmietniku i płakał.

– Czy tak? Czy tak było na pewno? – Ada zamaszyście wrzuciła *chia seeds* do jogurtu greckiego zero procent, polała nim organiczne jagody. Świeżo mielona etiopska kawa zasyczała w ekspresie, smolista smuga wsączała się do filiżanki. Ada parowała potem. Poranna wspinaczka w kanionie – religijny rytuał, komunia lokalnej wspólnoty, której jestem częścią, pomyślała z ironią, otwierając kuchenne okno na rozpościerające się wokół masyw górski. Piętrzące się wzgórza, połacie rozhukanej wiosną soczystej przyrody przetykane były bielą rezydencji, błękitem przydomowych basenów. Znak Hollywood majaczył na horyzoncie. Komunia? – Ada coraz częściej przyłapywała się na tym, że z upływem czasu przejęła styl życia i retorykę swojej matki. Zerknęła na zegarek: Mercedes będzie tu za kwadrans, Mercedes zajmie się naczyniami i całą resztą. Szkoda czasu na zmywanie. Prysznic! Tak, Ada bardzo upodobniła się do matki. Współczesna hetera? Kobieta współczesna.

Nauczyłam się, że ludzie zapomną to, co powiedziałeś, co zrobiłeś, ale nigdy nie zapomną tego, jak poczuli się dzięki Tobie, ze strugami wody na twarzy, szorując skórę ramion rękawicą z mazią – marokańskim czarnym mydłem, hitem na Amazonie, bo przed każdym zakupem robiła solidny *research* – cytowała w myślach Mayę Angelou, afroamerykańską poetkę. Kochała to zdanie. To zdanie utwierdzało ją w przekonaniu, że nie postradała zmysłów. Lata temu przestała o tym rozmawiać nawet z Martą. Na Skypie oglądała jej rosnącą gromadkę – model dwa plus trzy był obecnie szalenie popularny i to właśnie kolejne świeczki na urodzinowych tortach dzieci Marty i Leszka odmierzały, niczym klepsydra, upływ czasu. Rozmawiały o planowaniu rodzinnych wakacji (Wietnam czy Tajlandia?), zastoju na rynku nieruchomości (niepodobna znaleźć cztery pokoje w cegle poniżej miliona dwieście, a kredyt w tym cholernym franku jest i tak już rujnujący) oraz, to ostatnio, o pierwszych rozwodach wśród znajomych. Wiadomo, nic tak nie cieszy jak krzywda bliźniego, nawet święty zainteresowałby się, kto z kim kogo puścił w trąbę.

Ada wklepała serum i krem pod oczy, serum i krem na twarz, serum i krem na dekolt. Czterdziestka to, owszem, nowa trzydziestka, ale aby była nią pięćdziesiątka, już teraz należy być przezornym inwestorem. Nie ma nic przyjemniejszego od okazywania prawa jazdy przy zakupie wina, kiedy człowiek właśnie wkroczył w wiek, w którym mógłby być matką osiemnastolatki. Wzrokiem oficera odprawiającego żołnierzy Ada powiodła po swoich flakonach Clarins i Esteé

Lauder. Zamknęła szafkę, pośpiesznie narzuciła podkoszulek i dżinsy, kiedy właśnie rozległ się dzwonek.

– *Buenos Dias!* – Ada przywitała stojącą w drzwiach gosposię Mercedes.

– *Good morning.*

Mercedes dziarsko rozstawiała już na podłodze pluton mopów, ścierek i środków czyszczących.

Ada zerknęła na elektroniczny kalendarz, otwarty w jej cieniuteńkim MacBook Air. Dni poszatkowane były kolorowymi kwadratami. Zielone to sprawy prywatne, czerwone zawodowe, żółte towarzyskie. Kalendarz żarzył się od czerwieni. Jakże inaczej miałby wyglądać kalendarz poczytnej dziennikarki „Los Angeles Times", bodaj jedynej w historii kobiety-cudzoziemki, zdobywczyni Nagrody Pulitzera za serię reportaży o handlu żywym towarem na granicy z Meksykiem? Przez amerykańskich redakcyjnych kolegów Ada nazywana była *Polish bullet*. Lecz dzisiejszy dzień był biały. Dziś nie musiała zerkać.

Piątek to dzień wolontariatu. W piątki Ada odwodzi od samobójczych myśli kobiety, które straciły dzieci, rodzeństwo, mężów. Bo żadne kaniony, żadne iPhony ani flakony nie odczarują poezji.

...ludzie zapomną to, co powiedziałeś, co zrobiłeś, ale nigdy nie zapomną tego, jak poczuli się dzięki Tobie.

Nie pamiętała. Czy siedział, a może jednak stał oparty? Czy na pewno płakał? I chyba zrobił gest, drobny, ale jaki? Nigdy nie zapomniała, że dzięki Andrzejowi poczuła miłość. Że po stracie Andrzeja, tamtego makabrycznego roku, straciła duszę.

Dziś był piękny majowy dzień. Dziś była dwudziesta rocznica jego śmierci.

Ada ucałowała za uchem śpiącego na kanapie Kleksa, ukochanego tłuściocha buldoga, umaszczonego czarno-białymi łatami, i wybiegła na spotkanie niedoszłych samobójczyń.

* * *

– Czy to aby nie za bardzo stresujące, córeczko? – Ojciec, pochłonięty na emeryturze lekturami o botanice oraz pielęgnacją kolekcji kaktusów, upewniał się, że zasuwając masywną, atłasową zasłonę nie zahaczy o żaden z kolców jego podopiecznych na parapecie. Wiatr dął za oknem, wzbijał puchy śniegu, hen w powietrze. Ojciec z roku na rok martwił się o Adę coraz bardziej. Owszem, podziwiał jej karierę, z dumą patrzył, jaka była niezależna i dzielna, ale lekko niepokoił się, czy to rzeczywiście prawdziwy wyznacznik szczęścia.

– Tata, jaki stres? Ja tylko opisuję to, co jest faktycznym stresem. – Ada sięgnęła po łyżkę wazową, aby nalać rodzicom barszczu do porcelanowych miseczek.

– Nie chcę być sentymentalna, ale…

– Mama, ty sentymentalna? To jest oksymoron – bez pardonu wparowała matce w słowo.

– Po kim to masz, bo chyba nie po mnie? – Teraz już obie zanosiły się śmiechem.

W domu rodziców pachniało jak zawsze. Leśnym igliwiem: w rogu pyszniła się udekorowana lampionami choinka. Smażonym karpiem – otoczona jajeczną panierką ryba skwierczała w kuchni na patelni. Bezpieczeństwem – wykrochmalony na sztywno biały obrus zastawiony był antycznym Rosenthalem po dziadkach, wyjmowanym z kredensu tylko raz do roku. I oni. Usadowieni przy świątecznym stole we troje, jak dawniej, jak zawsze. Tylko role już inne. Odwrócone. Jakby odbite w zwierciadle.

Ada kochała przylatywać do Krakowa na Wigilię.

– Więc wracając do tematu, po zbytecznej, jak się okazało, przedmowie chciałabym jedynie niniejszym wyrazić swoją opinię, że nawet z ewolucyjnego podejścia do sprawy, no cóż... geny potrzebują kontynuacji. To jest kwestia racjonalizmu. Instynktu przeżycia. Biologii nie oszukasz. To *modus operandi* wszelkich gatunków. Zegar tyka. – Matka sięgnęła po pasztecik.

– Czy słyszę to, co wydaje mi się, że słyszę? – Ada pałaszowała już trzeci, w święta robiła sobie wagary od diety.

– Mama chciałaby wnuka. Lub wnuczkę. Nie powiem, też chciałbym.

– To się znakomicie składa. – Ada tylko czekała na ten moment. Odskoczyła od stołu, pognała do przedpokoju. Po chwili wróciła z portfelem.

– Masz w końcu chłopca do rzeczy? – Perspektywa zostania dziadkiem rozpromieniła ojca. – Wnuk, nareszcie! Wnuk, pierworodny!

– Mam pomysł. – Ada wyjęła fotografię. – Tylko zareagujcie... rozsądnie.

– Śliczny, ale... cóż to ma do rzeczy? – Ojciec przekazał matce zdjęcie.

– Po jakiego wigilijnego grzyba mam dzisiaj oglądać, sympatyczną skądinąd, reklamę UNICEF-u? – Matka wpatrywała się w odbitkę.

– Poznajcie Amadu – swojego, wkrótce, adoptowanego wnuka. Amadu ma pięć lat, jego rodzice zmarli na ebolę. Lekarze bez Granic wydostali go z Sierra Leone.

W ciszy, która zaległa przy stole, dobiegające z kuchni skwierczenie karpia brzmiało niczym koncert rockowy.

– Taki żart na święta, prawda, córeczko? Ale z ciebie psotnik! – Ojciec próbował ratować humorem „cywilizację-jaką--znamy".

– To jest wbrew logice. Wbrew biologii. Dotacja... proszę bardzo... jakaś zapomoga, ale... adopcja? – Matka, wyjątkowo, traciła tempo wypowiedzi.

– Rasiści! Średniowiecze mentalne! – Ada wybuchła. – Wykupię wam wczasy w Korei Północnej, spodoba wam się tamtejszy monochromatyzm! – Choć spodziewała się takiej rezerwy w reakcji rodziców, nie podejrzewała, że tak bardzo ją ona dotknie.

– To ja przerzucę karpia... – Ojciec już umykał do kuchni.

– Po moim trupie!!! – Matka walnęła pięścią w stół.

– Nie przerzucać? – Ojciec zamarł w drzwiach framugi.

– Przerzucać! Nie adoptować! – Matka kipiała furią.

Ada podeszła do odtwarzacza CD, sięgnęła po płytę – na ukojenie nerwów tylko Beethoven. Nastawiła krążek. Z głośników rozbrzmiały dźwięki *Sonaty Księżycowej*. Sięgnęła po butelkę kalifornijskiego Syrah na stole. Właściciel winnicy w Napa Valley wychwalał ten przedni rocznik, kiedy w chłodnej kamiennej piwnicy testowali z Davidem próbki lokalnych win. Ada kupiła skrzynkę na prezenty, zaś David nic nie kupił, bo trudno byłoby mu wytłumaczyć żonie, skąd wziął Syrah, czterdzieści dolarów za butelkę, w katolickiej misji dla bezdomnych, gdzie rzekomo zbierał w weekend materiał do reportażu. Ada napełniła kieliszki matki i swój winem. Nie wyrzucała sobie obsesyjnie tego romansu, ale nie był też to powód do dumy.

– Mama, weź głęboki oddech. – Podała jej kieliszek.

Ojciec obtaczał w kuchni karpia drugą warstwą panierki. Nie śpieszyło mu się wracać do stołu.

– Mam takich sąsiadów. Bob i John. Wychowują troje adoptowanych dzieci z Afryki. Świat potrzebuje takich wzorców. Takich ludzi.

– Kim są Bob i John? – Matka pośpiesznie wychylała lampkę.

– Architektem i pediatrą.

– Bob jest samotnym ojcem, a lekarzem jego dzieci jest John?

– Bob i John są małżeństwem.

Chwila ciszy. Nie pierwsza.

– Wiesz, czasem nachodzi mnie taka nostalgia. Mam córeczkę, która studiuje fizykę. Zakochuje się, przytrafia się tragedia…

– …mama, wystarczy.…

– …mija kilka lat, czas uśmierza ból, siła wraca. Poznaje miłego chłopca, żadne tam wielkie uczucie, ale solidna relacja, powiedzmy, taki przykurzony informatyk. Wprowadzają się do bloku po sąsiedzku, wpadają na niedzielne obiady. Rodzą się dzieci, a dzisiaj babciuję gromadce.

– Naprawdę?

– Naprawdę, co?

– Naprawdę wolałabyś, żebym została tamtą szarą myszą?

– Jeśli taka ścieżka oszczędziłaby mi wnuka z Sierra Leone oraz wzorcowej dla ciebie rodziny Boba i Johna, to owszem. Życie mogłoby być na starość takie wygodne.

– Pominęłaś istotny rozdział.

– Ty i ta twoja skłonność do emfazy…

– Emfazy?! Byłam wrakiem! Na granicy śmierci!

– Miałaś przejściowe problemy z żywieniem, żadną tam wydumaną anoreksję, żadną depresję, to są wszystko wynalazki lobby farmaceutycznych! Apostołów Jezusa dzisiaj przebijają swoją marketingową ściemą reprezentanci medyczni!

– Kochane, karpik! – Ojciec wparował z dymiącym półmiskiem. – Jest Wigilia.

W ciszy spożywali panierkę z karpiem.

Ada szybowała w myślach. Kończył się rok 2014. Ciężki rok. Rok rocznicy. Bała się zawsze tych okrągłych: wtedy dziesiątej, teraz dwudziestej. Rok wielu tragedii. Jesień spędziła na pisaniu serii artykułów o czarnoskórych ofiarach amerykańskiej policji. Z filmowego okrzyku „Stój, bo strzelam!" amerykańscy gliniarze A.D. 2014 często pomijali pierwszy czasownik. Strzelali bez ostrzeżenia, w ciągu kilku sekund po przybyciu na miejsce. Ulicami miast przetaczały się protesty. Ludzie byli wściekli. Ferguson, Missouri: osiemnastoletni Michael Brown. Ukradł kilka cygaretek z osiedlowego sklepiku. Zastrzelony. Cleveland, Ohio: dwunastoletni Tamir E. Rice. Bawił się na placu zabaw o zmroku zabawkowym pistoletem, przechodzień zgłosił przypadek na linię 911, zaznaczając, że pistolet może być atrapą. Zastrzelony. Beavercreek, Ohio: dwudziestodwuletni John Crawford. Znów, alarm na linię 911, że jeden z klientów Wal-Mart przechadza się z karabinem. Policja na miejscu otwiera ogień w mgnieniu oka. Strzela w plecy Johna. Owszem, przechadzał się z karabinem. Plastikowym, chwilę wcześniej wziął go z półki sklepu. Zastrzelony. Na Facebooku na stronie Killed by Police z końcem roku podano, że od 1 stycznia policja w USA zastrzeliła ponad 1060 cywilów. W większości Afroamerykanów, także Latynosów. Cudem uniknięto zamieszek rasowych na wzór Rodney King Riots z 1992 roku, kiedy Los Angeles zapłonęło, zaś w ciągu kilku dni życie straciło prawie 60 osób.

To był rok, w którym poznali się z Andrzejem. Żaden magik nie przewidziałby wówczas takiej trajektorii losu. Zamieszki w L.A., śmietnik w Krakowie, Sarajewo, Ada w Los

Angeles, jej reportaże na temat, którego medialny początek zadział się właśnie w roku ich spotkania? Czy czas jest tylko iluzją? Złudzeniem w pętli kwantowej? Refleksem energii? Ada nigdy nie dokończyła fizyki. Przeniosła się na dziennikarstwo, ukończyła je z wyróżnieniem, otrzymała stypendium Amerykańskiej Izby Handlowej, przyjechała na University of Southern California. To była jej pętla kwantowa. Dziedzictwo Andrzeja. Zatrzymanie chwili.

– W Kalifornii są doskonałe banki spermy. – Wygłoszone przez matkę żelaznym tonem stwierdzenie przywróciło Adę z kosmosu na Ziemię.

– Kutii? Dałam mnóstwo rodzynek.

– Tak, na bulwarze Santa Monica w West Hollywood, w każdym nocnym klubie co piątek i sobotę. Szkopuł tylko w tym, że te banki spermy zwykle preferują siebie nawzajem.

– Dziękuję. Hm… Palce lizać! – Kutia, wedle babcinej receptury, udała się matce wyśmienicie.

– Nawet w takim wariancie? Przecież można się z kimś przespać, choćby z gejem, cóż to za poświęcenie? Dwa ruchy i sprawa z gruchy.

– Pijany gej nie stanie na wysokości tej sprawy. – Znów obie pękały ze śmiechu.

– To ja pozbieram półmiski… – Skonfundowany ojciec w pośpiechu zgarniał puste talerze.

– Mama, przespać się z kimś można zawsze, czasem nawet trzeba, ale – Ada przybrała ton poważny – to nie o to chodzi. Nie chcę być sama w ciąży, w połogu, samej zarywać noce przy noworodku, użerać się o alimenty czy to z płowym surferem lat 42, który dzień w dzień na plaży „cieszy się młodością", czy to z utalentowanym pisarzem lat 62, przejściowo kelnerem, który wyczekuje, aż świat odkryje jego talent, czy to…

– ...starca po osiemdziesiątce nie polecam na dawcę materiału genetycznego. Potwór Picasso, ciemiężyciel swoich kobiet, był może i reprodukcyjnym wyjątkiem, ale czy w przyrodzie nie występuje już gatunek: Inteligentny, Odpowiedzialny Facet w Twoim Wieku z Karierą oraz Pieniędzmi?

– Dinozaur na wymarciu. Pojedyncze okazy, od dawna wzięte, trzymane są przez treserki za wysokim murem ogrodu zoologicznego zwanego pożyciem małżeńskim.

– A rodziny...

– ...rozbijać nie chcę.

– W naturze wygrywa najsilniejszy.

– Kłusownikiem nie będę.

– Jakże szlachetnie! – Matka żachnęła się, lecz zaraz wycofała. Mało skutecznie. – Wiem, wiem... Przeszedł ci syn cieśli w słomianej kolebce, ale nie przeszło ci... serce.

– Słucham? – Ada zamarła z łyżeczką kutii w powietrzu. Matka patrzyła jej teraz prosto w oczy.

– Przecież to wiesz. Serce jest wieczne.

***

– Od tyłu cztery czwarte, z boku jedną trzecią. Stoi prosto! Co mi się tu garbi! – Hanna od Biustonoszy zatrzęsła swoim bordo tapirem nad koronkowym golfem, tak tupnęła bamboszem, że aż zatrząsł się wełniany pompon na góralskim pantoflu barwy écru.

– Aua! Halo! – Uderzona w nagie plecy Ada zatrzęsła nagim biustem, który odbijał się przed nią w lustrze przymierzalni. Piersi u kobiety jak jądra u faceta. Sęki w pniu upływającego czasu. Może kryterium dobierania się w pary po przekroczeniu pewnego wieku powinien być Test Zwisu? Ada śmiała się w duchu, lustrując swój biust nie pierwszej świeżości, kiedy poczuła pięść Hanny pomiędzy łopatkami.

– Co aua, co halo, co tutaj taki francuski piesek!

Sroga Hanna przebierała modele staników na wieszaku. Hanna to była instytucja. Dawna pielęgniarka, która wkroczyła na ścieżkę edukacji kobiet – źle dobrany biustonosz przyczyną nowotworu piersi. Oraz ścieżkę biznesu – butik Hanny, początkowo na odległej warszawskiej Pradze, obecnie mieścił się przy warszawskim Nowym Świecie. Każdy stanik przerabiała pod indywidualne wymagania, niczym prywatna gorseciarka.

– Odbierze we czwartek, uiści przy kasie za trzy pary.

Hanna szurnęła kotarą. Już było po Hannie. Całkiem odmienna obsługa klienta niż w Ameryce, pomyślała Ada, sięgając po bluzkę. A jednak odwiedzała butik przy każdej wizycie w Polsce. Spojrzała na zegarek: Marta powinna być lada chwila na miejscu. Zapłaciła, opatuliła się szczelnie szalikiem, dopięła puchówkę i wybiegła na spotkanie przyjaciółki, z którą nie widziały się od roku.

Nowy Świat skrzył się. Nad głowami nieśpiesznych przechodniów migotały sznury bajecznych lampionów, w oknach wystawowych przysadziste krasnale-mikołaje cumowały pod rozłożystymi choinkami niczym boje w morskiej marinie. Ukokardzone renifery, piernikowi pastuszkowie, czekoladowe śnieżynki, cała ta świąteczna hałastra zawładnęła Traktem Królewskim, moszcząc się wygodnie na pluszach i atłasach, spowijających knajpki, sklepiki, a nawet słynną Palmę na rondzie: okutana była czerwonym szalem, zaś na jej wierzchołku telepał się na wietrze niczym zalany w trupa krasnal-mikołaj ze świątecznym banerem *Palma z Tobą*. Zacierając dłonie z zimna, marszcząc nos na szczypiącym twarz mrozie, Ada przecięła ulicę i z ulgą pchnęła drzwi do kawiarni Bliklego. Ogarnęła ją fala ciepła. Wśród noszących kapelusze wielbicieli kremowych eklerek, wiedeńskich torcików i lukrowanych pączków z różą Marty nie trzeba było długo szukać.

– Franek, do cholery! Stasia, pilnuj brata! Gucio, nie!!! – czternastoletnia Stasia zajęta była kontemplacją swojego niebieskiego manikiuru na przemian z kompulsywnym przeglądaniem się w ladzie cukierniczej oraz jeszcze bardziej kompulsywnym kreowaniem wirtualnej wersji samej siebie za pomocą iPhona 5: Instagram Stasi wyświetlał już zdjęcie niebieskiego paznokcia na tle malinowej tarty, Twitter Stasi zagajał #cozaqurwatrupiarnia#padakapoświąteczna#, Facebook Stasi apelował zaś do bratnich dusz stanem duszy Stasi: Dżizas… kto mnie uratuje… w budzie emerytów… Dżizas!!! (trzydzieści lajków w trzy minuty). Bracia Stasi także nie próżnowali. Dziewięcioletni Franek umościł właśnie kawową bezę z bitą śmietaną na moherowym toczku niczego nieświadomej i zatopionej w rozmowie dystyngowanej damy, zaś cieszący się nieskrępowaną wolnością trzyletni Gucio wypatrzył kameralny kącik pod choinką w rogu sali, gdzie zrolował rajstopki, przykucnął i akurat szykował się do zrobienia „dużego be". Marta pochwyciła go w ostatniej chwili przed katastrofą. Miała obłęd w oczach.

– Mogę jakoś pomóc? – Ada wtuliła się w jej wełniany kardigan, przylgnęła policzkiem do policzka najukochańszej przyjaciółki. Włosy Marty, jak zawsze, pachniały szamponem rumiankowym, a skóra kremem Nivea. Jej twarz, pełna słonecznych piegów, z zadartym nosem, rozbieganymi błękitnymi oczami – gdyby nie tych kilka roześmianych zmarszczek – mogłaby należeć do nastolatki.

– Oczywiście. Poproszę kolonie dla całej trójki na Księżycu na następnych dziesięć lat.

– Się robi! – rzuciła Ada do Marty, oddalającej się w stronę toalety ze Stasiem, który całym swoim jestestwem zaświadczał, że „duże be" jest w drodze. Ada rozparła się w fotelu, sięgnęła po żurawinową tartaletkę na kruchym spodzie, zanurzyła usta w kremie waniliowym i popadła w błogostan.

Z wielu pieców się jadło chleb, bo od lat przyglądam się światu... – zachrypiał wiecznie młody głos Maryli Rodowicz (sącząca się z odbiornika za ladą radiowa Trójka nadawała wiecznie młode przeboje) *...i choć tyle się zdarzyło to do przodu wciąż wyrywa głupie serce... choć w papierach lat przybyło, to naprawdę wciąż jesteśmy tacy sami...* I nagle, całkiem niespodziewanie, Ada rozbeczała się jak głupia.

* * *

– *Please fasten your seatbelt.* – Smagły steward w lila obcisłym kostiumie stapiał się z lila oświetleniem linii Virgin Atlantic. Ada podała mu pustą minibutelkę po szampanie, dopite w pośpiechu bąbelki miło podrażniały język. Samolot podchodził do lądowania. Maszyna przechyliła się ukosem na prawą stronę i teraz nocny mrok za oknem rozjaśniła jarząca kula: Los Angeles strzelało w niebo milionem świateł. Ada rzuciła jeszcze okiem na precyzyjnie zorganizowane czerwone, zielone i żółte kwadraty w iCal na swoim MacBooku. Pierwszy tydzień stycznia 2015 roku żarzył się czerwienią, jak zwykle. Do piątkowego spotkania klubu niedoszłych samobójczyń Ada dołożyła sobotni wolontariat w przytułku dla pitbulli. Zawsze raz w miesiącu spędzała tam sobotę. Sprzątała klatki, wyprowadzała na spacer spragnione miłości czworonogi, cieszące się reputacją seryjnych morderców.

Wystukała jeszcze ostatniego przed lądowaniem maila do Marty – solidnie razem zaszaleli na sylwestra w Zakopanem, szampan na szczęście złagodził już bolesne reperkusje, ale koniecznie muszą do niej przylecieć na wiosnę. Kto by przewidział dwadzieścia lat temu taką nowoczesność, Wi-Fi na pokładzie! Ada zamykała otwarte na pulpicie dokumenty i foldery, kiedy w skrzynce wyskoczyła nowa wiadomość.

Najechała kursorem na nadawcę. SBHJ94. Temat: Witaj.

Nawykła do spamu, ledwie rzuciła okiem na treść maila.

„Żaden magik nie przewidziałby takiej trajektorii losu. Nie wiesz, jak jestem szczęśliwy, że mogę Cię dzisiaj poznać. M.".

Ada zamarła. Wystukała pośpiesznie: „Co to za żarty, z kim mam przyjemność?". Odpowiedź nadeszła po dwudziestu sekundach.

„Nazywam się Mark Schwartz. Mamy wspólnych przyjaciół".

„Jakich?".

„Z przeszłości".

„Czy to spam, czy podryw, o co chodzi?".

„Obejrzyj się za siebie. Twoja 12.20. Miejsce 19J".

Ada odwróciła głowę przez ramię. Na miejscu 19J siedział Mark Schwartz – Andrzej.

JANUSZ L. WIŚNIEWSKI
Kochanka

4

PAULINA HOLTZ
Róża

Kochanka

Wchodził. Czasami zrzucał marynarkę na podłogę, czasami wieszał ją na wieszaku w przedpokoju. Bez słowa podchodził do mnie, podnosił spódnicę lub zsuwał gwałtownie moje spodnie, wpychał swój język w moje usta, potem rozsuwał moje nogi i wsuwał dwa palce we mnie. Czasami nie byłam wcale wilgotna i gdy wybrał niewłaściwe palce, czułam jego obrączkę w swojej pochwie.

Co czułaś w takim momencie?

Drut kolczasty. Po prostu drut kolczasty. Zardzewiały drut kolczasty w mojej pochwie i jego język w moich ustach. Każda litera wygrawerowana na tej obrączce była jak zahaczający i rozrywający mnie kolec. *Joanna 30.01.1978.* Zaczynało boleć przy „J", pierwsze łzy przychodziły przy pierwszym „a", przebijało mnie przy „30". Urodziłam się trzydziestego stycznia. W dniu jego ślubu, tylko że osiem lat wcześniej. Gdy przychodził do mnie w urodziny, miał zawsze dwa bukiety. Jeden dla mnie. Ten mój urodzinowy. Przepiękny. Taki, aby obejmując go, trzeba było wyciągać obie ręce. Drugi dla żony. Kładł go na parapecie w kuchni. Tak, aby go przemilczeć. Udawać, że jest jak jego aktówka. Bez znaczenia. Tak, aby nie leżał w salonie, gdy kochamy się na podłodze, lub w sypialni, gdybyśmy zdążyli tam dotrzeć. Gdy po wszystkim przestawał mnie całować i odwracał się, wstawałam z podłogi w salonie lub z łóżka w sypialni i naga szłam do łazienki. On zazwyczaj leżał i palił papierosa. Wracając z łazienki przez przedpokój, zauważałam ten bukiet. Podchodziłam do szafy w przedpokoju, brałam ten największy wazon z fioletowego szkła, nalewałam wody, szłam do kuchni i wstawiałam kwiaty dla jego żony. Bukiet taki, aby obejmując go, trzeba było wyciągać obie ręce. Także przepiękny. Bo on nigdy nie kupuje kwiatów w pośpiechu. Nigdy. On kupuje kwiaty tak naprawdę dla siebie, aby cieszyć się widokiem radości, którą nimi sprawia. Mnie. I swojej żonie także.

Róże dla niej były zawsze purpurowe. Wstążki zawsze kremowe. Za folią między kwiatami zawsze biała koperta. Niezaklejona. Kiedyś miałam ją już w dłoniach. On leżał w pokoju, palił papierosa, zmęczony i uspokojony tym, co zrobiliśmy przed chwilą, a ja stałam naga w kuchni przy bukiecie purpurowych róż dla jego żony i przyciskałam do piersi kopertę, w której były słowa mogące mnie jedynie zranić. Pamiętam, że spojrzałam na tę kopertę i widząc pisane jego ręką słowo *Joanna*, poczułam w sobie po raz drugi ten drut. Ale tym razem już w całej sobie, wszędzie. Odłożyłam wtedy tę kopertę za folię. Opadła między purpurowe róże dla jego żony. Musiałam odwrócić się od tego wazonu, aby więcej nie patrzeć na niego, i stałam odwrócona plecami do okna, naga, drżąc z zimna i z bólu, i z poniżenia, i z litości nad sobą, czekając, aż drżenie przejdzie. Aby niczego nie zauważył.

Potem wracałam na podłogę lub do łóżka, wtulałam się w niego i zapominałam o wszystkim. Pomagał mi w tym. Czasami miałam wrażenie, że wie, co działo się ze mną w tej kuchni i chce mi to wynagrodzić. Tak jak gdyby pocałunkami chciał zatkać dziury we mnie po tym kolczastym drucie. I zatykał. Bo on kocha kobiety tak samo, jak kupuje dla nich kwiaty. Głównie po to, aby czuć radość, patrząc na nie, gdy są szczęśliwe. I to jest chyba to, co tak bardzo uzależnia mnie od niego. To uczucie, że nie można przeżyć bez niego czegoś „równie dobrego" albo czegoś „lepszego". Po prostu nie można.

Czasami wydawało mi się, że to absurd. Że to tylko moja niedorozwinięta wyobraźnia. Kiedyś odważyłam się i powiedziałam to swojemu kolejnemu psychoterapeucie. To, co usłyszałam, było jak wykład, który miał mnie chyba wprowadzić w stan podziwu. Powiedział, że to nie ma nic wspólnego z wyobraźnią i że to jest „edypalny przejaw pragnienia bycia żoną swojego ojca i uczynienia z niego swej własności oraz pragnienia rodzenia mu dzieci". Wyobrażasz to sobie?! Taki palant! Takie coś mi powiedział. Mnie, która nie miała ojca od drugiego roku życia. A przed drugim rokiem życia miała go ponoć sześć miesięcy i dwadzieścia trzy dni zanim trawler, na którym był oficerem, uderzył w górę lodową i zatonął koło Nowej Fundlandii. Wyszłam w połowie drugiej terapii i nawet nie chciało mi się trzasnąć drzwiami. Mógłby poczuć się zbyt dobrze, myśląc, że udało mu się mnie zdenerwować. „Edypalny przejaw pragnienia". Coś takiego! Zarozumiały psychol w czarnym golfie, spodniach, które chyba nigdy nie widziały pralni, i z brzydkim kolczykiem w uchu. Mówić coś takiego mnie, która zaraz po „Dzieciach z Bullerbyn" przeczytała „Psychologię kobiety" tej genialnej Horney!

To na pewno nie był „edypalny przejaw pragnienia". To były jego usta. Po prostu. I dłonie także. Wtulałam się w niego, a on dotykał i całował. Wszystko. Usta, palce, łokcie, włosy, kolana, stopy, plecy, nadgarstki, uszy, oczy i uda. Potem oczy, paznokcie i znowu uda. I trzeba było mu przerywać. Aby wreszcie przestał całować i aby wszedł we mnie, zanim zrobi się za późno i będzie musiał wstać, ubrać się i zejść do taksówki, która zawiezie go do żony.

I gdy później wychodził do domu, zabierając bukiet z wazonu w kuchni, miałam to wyraźne uczucie, że nie można bez niego przeżyć „czegoś równie dobrego". Po prostu nie można. I że to akurat mam takie ogromne szczęście z nim przeżywać. I że tego nie wyjaśni żaden psycholog i że sama Horney, gdyby jeszcze żyła, także nie potrafiłaby tego wyjaśnić. I że nawet gdyby mogła, to ja i tak nie chciałabym tego słuchać.

Czasami z korytarza lub już z ulicy wracał i wbiegał na moje czwarte piętro, wpadał zdyszany do mieszkania, aby podziękować mi, że włożyłam kwiaty do wazonu. I wtedy bolało mnie najbardziej. Bo ja tak samo jak on chciałam przecież, aby to przemilczeć. Udawać, że ten bukiet jest jak jego aktówka. Bez znaczenia. Nie udało się to nam nigdy. Ja za każdym razem wyciągałam fioletowy wazon, a on zawsze wracał, aby podziękować.

A wracał, bo nigdy niczego nie bierze za oczywiste. I to jest – i zawsze był – także kawałek tego nieosiągalnego „czegoś równie dobrego", czego nie przeżyje się z innym mężczyzną. On się nad wszystkim zastanawia, pochyla troskliwie lub w najgorszym przypadku wszystko dostrzega. Traktuje wdzięczność jak coś, co powinno się wyrazić tak samo jak szacunek. Najlepiej natychmiast. I dlatego nie wiedząc nawet, jaki ból mi tym sprawia, wbiegał zdyszany na czwarte piętro, całował mnie i dziękował za to, że kwiaty wstawiłam do wazonu. I gdy on zbiegał do taksówki schodami, ja wracałam do sypialni lub do salonu, gdzie przed chwilą mnie całował, dopijałam resztki wina z jego i mojego kieliszka, otwierałam następną butelkę, nalewałam wino do obu i płakałam. Gdy wino się kończyło, zasypiałam na podłodze.

Czasami nad ranem, ciągle jeszcze pijana, budziłam się, drżąc z zimna, i musiałam pójść do łazienki. Wracając, widziałam swoje odbicie w lustrze. Policzki poorane ciemnymi strużkami resztek po makijażu. Czerwone plamy zaschniętego wina, rozlanego na moje piersi, gdy ręce trzęsły mi się od łkania lub gdy byłam już tak pijana, że rozlewałam wino, podnosząc kieliszek do ust. Włosy przyklejone do czoła i szyi. I gdy widziałam to odbicie w lustrze, dostawałam ataku nienawiści i pogardy do siebie, do niego, do jego żony i do wszystkich cholernych róż tego świata. Wpadałam do salonu, chwytałam ten bukiet, co to trzeba było wyciągnąć obie ręce, żeby go objąć, i tłukłam nim o podłogę, o meble lub o parapet. Bo ja także dostawałam od niego róże. Tylko że białe. Przestawałam tłuc, gdy na łodygach nie było już żadnych kwiatów. Dopiero wtedy czułam się uspokojona i szłam spać. Budziłam się około południa i chodziłam boso po białych płatkach leżących na podłodze w salonie. Na niektórych były plamy krwi z moich dłoni pokłutych kolcami. Takie same plamy były zawsze na pościeli. Teraz już będę pamiętała, aby nie zapalać światła w łazience nad ranem trzydziestego pierwszego stycznia.

Ale róże ciągle lubię i gdy już się uspokoję tego trzydziestego pierwszego stycznia i gdy wieczorem piję herbatę z rumianku i słucham jego ulubionego Cohena, to myślę, że on jest właśnie jak róża. A róża ma też kolce. I myślę, że można płakać ze smutku, że róża ma kolce, ale można również płakać z radości, że kolce mają róże. Kolce mają róże. To jest ważniejsze. To jest znacznie ważniejsze. Mało kto chce mieć róże dla kolców...

Ale przy Cohenie ma się takie myśli. Bo on jest taki przeraźliwie smutny. Rację ma ten brytyjski krytyk muzyczny: do każdej płyty Cohena powinni dodawać darmowe brzytwy. Wieczorem trzydziestego pierwszego stycznia potrzebuję herbaty z rumianku i właśnie Cohena. To przy jego muzyce i przy jego tekstach mimo tego jego sztandarowego smutku najłatwiej jest mi poradzić sobie z moim własnym.

I tak jest od sześciu lat. Od sześciu lat trzydziestego stycznia najpierw on doprowadza mnie do szaleństwa, dotykając, całując i pieszcząc moje dłonie, a potem ja sama kaleczę je sobie do krwi kolcami róż z urodzinowego bukietu od niego. Ale tak naprawdę to głównie kaleczą mnie litery i cyfry *Joanna 30.01.1978*, wygrawerowane delikatnie na wewnętrznej stronie jego obrączki. Kaleczą mnie jak drut kolczasty w podbrzuszu.

Dlaczego się na to godzisz?

I ty także o to pytasz?! Moja matka mnie o to pyta, gdy jadę do niej na święta. I zawsze przy tym płacze. I wszyscy moi psychole, oprócz tego od „przejawu edypalnego", mnie o to nieustannie pytali i pytają. Ja doskonale rozumiem intencję, niemniej to pytanie jest niewłaściwie postawione. Bo ja wcale nie mam uczucia, że się na coś godzę. Nie można godzić się na coś, co jest potrzebne lub czego się pragnie, prawda?

Ale pomijając pytanie i rozumiejąc intencję, trwam – bo chyba wszystkim o to trwanie w tym pytaniu chodzi – przy nim głównie dlatego że kocham go tak bardzo, że czasami aż mi dech zapiera. Czasami marzę, aby mnie porzucił, nie raniąc przy tym. Wiem, że to niemożliwe. Bo on mnie nie porzuci. Po prostu to wiem. Bo on jest najwierniejszym kochankiem. Ma tylko mnie i żonę. I jest nam obu wierny. Odejdzie wtedy, gdy ja mu to nakażę lub gdy znajdę sobie innego mężczyznę. Ale ja nie chcę mu tego nakazać. A to z innymi mężczyznami także nie funkcjonuje. Wiem, bo miałam kilku „innych mężczyzn". Głównie po to, aby z tymi mężczyznami uciekać od niego.

To było przed dwoma laty. Wyjechał na kilka tygodni do Brukseli, na jakieś szkolenie. Odkąd przeszedł do tej firmy internetowej, często wyjeżdżał. Miałam do niego polecieć na ostatni tydzień. Planowaliśmy to w szczegółach na dwa miesiące przed jego wyjazdem. Już samo planowanie wprowadzało mnie w ekstazę. Kiedy znalazł się w Brukseli, dzwonił każdego dnia. Miałam już wszystko przygotowane. Mieliśmy być z sobą siedem dni i osiem nocy. Byłam niewiarygodnie szczęśliwa. Tabletkami tak przesunęłam moją menstruację, aby w żadnym wypadku nie wypadła na ten tydzień w Brukseli. Miałam lecieć w piątek, a w środę dostałam gorączki. Ponad trzydzieści dziewięć stopni. Płakałam z wściekłości. Gdybym mogła, udusiłabym tę koleżankę, która przywlokła się z anginą do biura i mnie zaraziła. Jadłam łyżkami sproszkowaną witaminę C, garściami łykałam aspirynę, chodziłam z torebką wypchaną pomarańczami i cytrynami, które jadłam, nie posypując cukrem, jak jabłka. Postanowiłam, że będę zdrowa na moje siedem dni i osiem nocy w Brukseli. To było jak projekt w pracy: „Bruksela, czyli zdrowa za wszelką cenę". Kiedy nic nie pomagało, zaczęłam brać wszystkie antybiotyki, które znalazłam w apteczce w łazience. Większość była już przeterminowana, bo ja normalnie prawie nigdy nie choruję. Właśnie we środę, gdy antybiotyki się skończyły, a ja ciągle miałam prawie trzydzieści dziewięć stopni gorączki i uczucie, że pod łopatką mam wbity nóż, który się rusza, jak kaszlę, poszłam do prywatnej przychodni koło mojego biura.

Stanęłam w wąskim korytarzu prowadzącym do gabinetów lekarzy. W fotelu przed drzwiami gabinetu ginekologicznego siedziała jego żona i czytała książkę. Pod oknem, przy niskim stoliku z kredkami i plasteliną jego córka rysowała coś na dużej kartce papieru. Podniosła głowę, gdy weszłam, i uśmiechnęła się do mnie. Uśmiechała się identycznie jak on. Całą twarzą. I tak samo jak on mrużyła przy tym oczy. Poczułam, że drżą mi ręce. W tym momencie jego żona wstała, wywołana przez pielęgniarkę. Odłożyła książkę, powiedziała coś do córki i uśmiechając się do mnie, wskazała zwolniony fotel. Przechodząc obok mnie w wąskim korytarzu, otarła się o mnie ogromnym brzuchem. Była w ostatnich tygodniach ciąży.

Pociemniało mi w oczach. Podeszłam do okna i nie zważając na protesty, otworzyłam je na oścież i zaczęłam głęboko wciągać powietrze. Ktoś pobiegł przywołać pielęgniarkę. Po chwili, odurzona powietrzem, poczułam się lepiej. Zamknęłam okno i wyszłam. Jego córka patrzyła na mnie przestraszona, nie rozumiejąc, co się dzieje.

Nie potrzebowałam już antybiotyków. Po drodze wysypałam do ulicznego kosza pomarańcze i cytryny z torebki. Do następnego wyrzuciłam wszystkie aspiryny. Nagle poczułam, że bardzo chcę być chora. Najpierw być śmiertelnie chora, a potem gdzieś się zakopać. Tak, aby mnie nikt nigdy nie odnalazł. Wziąć swojego pluszowego łosia z dzieciństwa, przytulić się do niego i zakopać na jakiejś najbardziej opustoszałej działce za miastem.

Gdy dotarłam do domu, nie miałam siły wejść na moje czwarte piętro. Zatrzymywałam się na każdym i odpoczywałam. Piętnaście minut lub dłużej. Nagle byłam bardzo chora.

Tak jak sobie życzyłam. Zasnęłam w ubraniu na kanapie w salonie. Nie miałam siły rozebrać się i przejść do sypialni. Śniło mi się, że jego córka ukryła się ze strachu przede mną w szafie i bawi się moim pluszowym łosiem, wydłubując jego plastikowe czarne oczy widelcem.

Obudziłam się po osiemnastu godzinach. Wstałam, wyjęłam swój bilet do Brukseli i spaliłam go nad umywalką. Potem wyciągnęłam wtyczkę telefonu z gniazdka. Przedtem zamówiłam ślusarza i zmieniłam zamki w drzwiach. Żeby on nie mógł tutaj już nigdy wejść. Gdy ślusarz wyszedł, zamknęłam drzwi na nowy klucz i schowałam go pod poduszkę. Tego dnia także postanowiłam, że gdy tylko wyleczę się z anginy, to znajdę sobie innego mężczyznę. I zaraz potem zajdę z nim w ciążę. I to będzie znacznie pewniejsze niż zmiana zamków w drzwiach.

Najpierw płakałam albo spałam. Potem samolot do Brukseli odleciał beze mnie. Tego samego dnia kaszel osłabł i wypadł ten nóż z pleców. Gdy opadła gorączka, zdałam sobie sprawę, że on z pewnością nie wie, dlaczego mój telefon nie działa i dlaczego nie było mnie w tym samolocie. I dlaczego nie ma mnie w biurze. Byłam pewna, że te dzwonki i pukanie do drzwi, które słyszałam, ale ignorowałam w ciągu ostatnich dni, to z pewnością któryś z jego przyjaciół albo nawet on sam.

Mijały moje dni i moje noce z tych siedmiu i ośmiu w Brukseli, a ja przechodziłam powoli z fazy „jak on mógł zrobić mi taką podłość" do fazy „jaką właściwie podłość mi zrobił?". Co ja sobie wyobrażałam? Że on wraca do łóżka żony i grają w szachy lub oglądają albumy z fotografiami z młodości całe noce? Tym bardziej że to nie było tak, że ona to „ponad dwa cetnary mamuśka w domu", a ja to „90–60–90 kochanka dziesięć ulic dalej". Jego żona była piękna, nie ten model. Nigdy tak zresztą nie myślałam. Ale to, że jest aż tak piękna, jak tam w tej poczekalni, na krótko przed porodem, zabolało mnie dotkliwie.

I ten brzuch, gdy przeciskała się przez wąski korytarz obok mnie. Gdy dotykała mojego brzucha swoim brzuchem z jego dzieckiem w środku, czułam się, jak gdyby ktoś odciskał mi nad pępkiem gorącym żelazem to *Joanna 30.01.1978.* Tak jak znaczy się owce lub krowy.

Bo ja miałam w mózgu – chyba wyczytany z książek i zaimpregnowany własną wolą – schemat psychologiczny, w którym jego żona to prawie jego matka. Aseksualna. Konkurentka, ale tak, jak konkurentką pozostaje zawsze teściowa. Taki absurdalny – Freud mógłby być ze mnie dumny – model skonstruowałam sobie. Nigdy nie pytałam go, czy sypia z żoną. Nigdy też nie pytałam, czy chce z nią mieć kolejne dzieci. Po prostu jakoś tak podświadomie założyłam, że jeśli zostawia we mnie swoją spermę, to niegodziwością byłoby zostawianie jej w innej kobiecie. Szczególnie tak świętej i tak aseksualnej jak jego żona.

Dla mnie była ona po części otoczona kultem świętości. Ladacznicą miałam być wyłącznie ja. Ona miała prawo do jego szacunku i codziennych mszy, ja za to miałam mieć wyłączne prawo do jego ciała i czułości. Pomyliłam to, co psychoanalityk zdiagnozowałby jako nerwicę, z modelem życia i ten właśnie model rozsypał się z hukiem na drobne kawałki w poczekalni u lekarza, gdy brzuch jego ciężarnej żony otarł się o mój. I tak naprawdę to powinnam być wściekła na siebie za to, że konstruuję sobie utopijne modele. Ale byłam wściekła na niego. Za to, że zamiast odmawiać na jej cześć różańce, chodził z nią do łóżka. Co przez ten jej ogromny brzuch tak ewidentnie wyszło na jaw.

Poza tym ja zdecydowanie przeceniałam seksualność w moim związku z nim. I to jest powszechne. Właśnie tak. Powszechne i przeciętne. Seksualność jest jednym z najpowszechniejszych, najtańszych i najprostszych sposobów zapewnienia sobie uczucia. I dlatego tak łatwo się ją przecenia. I dlatego też pewnie tylu mężczyzn wraca do domu na obiad, ale po uczucie idzie do prostytutki.

I ja także przeceniłam tę seksualność. I mnie się to także zdarzyło. Mnie, regularnej petentce psychoterapeutów. Bo ja tak bardzo potrzebowałam uczucia. I dlatego gdy minęła mi ta brukselska angina, poszłam na nie polować.

Samotna inteligentna kobieta przekraczająca trzydziestkę, która niecierpliwie chce znaleźć uczucie w tej dżungli na zewnątrz, rzadko upoluje cokolwiek. Już raczej sama zostaje upolowana. I to najczęściej przez myśliwych, którzy albo strzelają na oślep, albo mylą strzelnicę w wesołym miasteczku z prawdziwym polowaniem i traktują kobietę jak plastikowy goździk lub stokrotkę, w którą trafili z wiatrówki na tej strzelnicy.

Kobieta przekraczająca trzydziestkę jest z reguły bardzo interesująca dla pięćdziesięciolatków i wyżej oraz ciągle jeszcze dla osiemnastolatków i niżej. To jest fakt, o którym czytałam najpierw w „Cosmopolitan", potem w „Psychologii dzisiaj", i który odczułam na własnej skórze i to w różnych jej miejscach.

Bo większości tych mężczyzn tak naprawdę to głównie o moją skórę chodziło. Tylko jednemu – tak mi się wydawało – chodziło o duszę. Przynajmniej tak mówił i na początku wcale nie chciał mnie rozbierać, gdy zaprosiłam go do siebie po drugiej kolacji. Dałam mu czas. Potrafił nawet przerwać monolog o sobie i pozwolić powiedzieć coś o moim

świecie. Po około dwóch tygodniach, po koncercie w filharmonii przyjechaliśmy taksówką do mnie. Miało być wreszcie
intymnie. Bo to był koncert Brahmsa, a dla mnie Brahms jest
bardzo sexy i działa mi na receptory. Ale nic z tego nie wyszło. Tego wieczoru przyłapałam go w łazience, jak wyciągał
z kosza z bielizną do prania moje majtki i wąchał. I wtedy
wiedziałam, że jeśli nawet chodzi mu o duszę, to z pewnością
nie moją.

Po pewnym czasie pogodziłam się z faktem, że trzeba dobrze wyglądać, być szczupłą, świeżo wykąpaną i ładnie pach-
nieć oraz pozwolić bardzo wcześnie minimum na petting, aby
„zaparkować" mężczyznę na chwilę przy sobie. Taki polski
młody, bardzo warszawski, seksualny kapitalizm z dużą poda-
żą i kontrolowanym popytem. Ciekawe, że wyłącznie żonaci
mężczyźni potrafili pogodzić się z faktem, że dla mnie intymność to nie jest coś, co można zamówić DHL-em z doręcze-
niem na sobotę wieczorem. Ale żonaci mężczyźni mają swoje
madonny od obiadów w domu i ja nie po to wydałam tyle
pieniędzy na ślusarza, żeby teraz znowu zmieniać zamki.

Ci starsi, nieżonaci przeważnie z orzeczeń sądów, i ci bardzo młodzi, nieżonaci z definicji, oczywiście nie wszyscy, ale
w większości, mieli jedną wspólną cechę: jeśli już nie mieli
kłopotów z erekcjami, to mieli erekcje z kłopotami.

Ci młodzi to przeważnie Hormonici. Tak ich nazywałam.
Całkowicie na testosteronie i adrenalinie. Nie wiedzieli dokładnie, co robią, ale robili to całą noc. Kłopoty z ich erekcją
polegały na tym, że mieli ją znowu po piętnastu minutach,
ale dla mnie nic z tego nie wynikało, im zaś się zdawało, że
należy im się za to medal. Rano szli dumni jak gladiatorzy do
domu, a ja miałam otartą twarz od ich dwudniowego zarostu
i obolałą pochwę od ich adrenaliny.

Ci w moim wieku najpierw całe wieczory opowiadali, kim już są lub kim zostaną wkrótce, a zaraz potem mieli umiarkowane, normalne erekcje, ale byli za to za bardzo oczytani. Naczytali się instrukcji obsługi łechtaczki, punktu G, wiedzieli wszystko o grze wstępnej i oksytocynie i traktowali mnie jak kino domowe. Naciśnij tutaj, przekręć gałkę tam, trzymaj dwa wciśnięte przyciski przez minimum pięć sekund i będziesz miał najlepszą jakość obrazu i najlepszy dźwięk. Ale to nie działa. Kobiety nie są szafkami z Ikei, które da się zmontować według instrukcji.

Ci około pięćdziesiątki byli przekonani, że są tak samo piękni i tak samo ważni jak te wszystkie tytuły lub stanowiska na ich wizytówkach. Mieli więcej siwych włosów, ale spokoju także mieli więcej. Potrafili dłużej czekać, przeczytali więcej książek, mieli więcej do opowiedzenia o swoich eksżonach i zawsze płacili wszystkie rachunki. A potem w nocy byli tak zajęci spowodowaniem, utrzymaniem lub wzmocnieniem swojej erekcji, że całkowicie zapominali o tym, po co ją chcą spowodować, utrzymać lub wzmocnić. Zapominali całkowicie o mnie, skupieni na swoim czternasto- lub mniej centymetrowym ego. Potem rano znajdowałam w torebce ich żałosne wizytówki, z których byli tacy dumni.

Dokładnie sto osiemdziesiąt dwa dni po tym, jak zmieniłam zamki w drzwiach swojego mieszkania, wyjeżdżałam służbowo z Dworca Centralnego w Warszawie do Torunia, przygotować jakiś wywiad dla mojej gazety. Płacąc za bilet, wyciągnęłam z portmonetki banknot dwustuzłotowy i kasjerka w kasie nie miała reszty. Odwróciłam się, aby zapytać osobę w kolejce za mną, czy mogłaby rozmienić mi te dwieście złotych. Stał za mną. Milcząc, wziął dwieście złotych z mojej dłoni zastygłej w zdumieniu i lęku, podszedł do kasy i powiedział, że on także jedzie do Torunia i że chciałby miejsce obok mnie. Kasjerka podała mu dwa bilety i wydała resztę. Wziął moją walizkę i milcząc, poszliśmy na peron. I gdy schodami ruchomymi zjeżdżaliśmy na peron, z którego miał odjechać pociąg do Torunia, stanął blisko za mną i zaczął szybciej oddychać, a potem całować moją szyję i brać do ust i ciągnąć delikatnie moje włosy. I wiesz, co wtedy czułam?! Kiedyś czytałam reportaż o narkomanach, było tam między innymi także o tym, jak czuje się narkoman, który przez dłuższy czas nie mógł brać, bo był na przykład w więzieniu. Potem, gdy wreszcie ma swoją kreskę lub porcję LSD i wciąga ją do nosa lub wstrzykuje do żyły, czuje coś w rodzaju orgazmu lub wigilijnej sytości po całych tygodniach głodowania. Na tych schodach na peron pociągu do Torunia, gdy on dotykał ustami mojej szyi, czułam dokładnie to. I wtedy, na krótko, przestraszyłam się myśli, że być może ja mylę miłość z uzależnieniem od niego. Takim narkotycznym uzależnieniem. Jak od LSD, morfiny albo od Valium na przykład. I to wcale nie wydawało mi się absurdem.

Od tego Torunia miał znowu klucze do mojego mieszkania. Te nowe. I znowu przyjeżdżał w piątki na parking pod mój biurowiec i zabierał mnie na Hel, do Ustki albo w Bieszczady. Jego żona tymczasem urodziła drugą córkę, Natalię.

Co jest w nim takiego szczególnego?

Szczególnego w nim? Jak to co?! Wszystko jest w nim szczególne! Już pierwsze godziny jego obecności w moim życiu były szczególne. Pierwszy raz zobaczyłam go, zapłakana, w kostnicy we Włoszech.

To było na ostatnim roku studiów. Pisałam pracę magisterską z twórczości włoskiego noblisty z lat siedemdziesiątych, poety Eugenia Montale. Tak sobie wybrałam. Ja, studentka romanistyki urzeczona poezją Montalego, postanowiłam napisać po francusku pracę z włoskiej poezji. To Monika namówiła mnie na wyjazd do Ligurii we Włoszech. Przełożyłam termin obrony na wrzesień i pojechałyśmy do tej Genui z zamiarem zwiedzenia całej Ligurii. Monika, widząc, że targają mną wyrzuty sumienia z powodu przesunięcia terminu obrony, uspokajała: „Żadna praca o Montalem nigdy nie będzie prawdziwa, jeśli człowiek nie upije się chociaż raz winem w miejscu urodzin Montalego, Genui. Potraktuj to jako wyjazd studyjny – mówiła, uśmiechając się do mnie – i pamiętaj, że to ja stawiam to wino".

Miałyśmy najpierw zarobić, pracując jako kelnerki, a potem spędzić dwa tygodnie „studyjnie", przejeżdżając Ligurię od Cinque Terre na wschodzie do Monako na zachodzie, i jak to sformułowała Monika, „nie oddalać się od plaż na więcej niż pięć kilometrów i dłużej niż pięć godzin".

Nic nie było tak, jak zaplanowałyśmy. Gdy wędrowałyśmy w Genui od restauracji do restauracji, miałyśmy wrażenie, że pracują tam wyłącznie polskie studentki i rosyjscy ochroniarze. Nie stać nas było na hotel w Genui, więc wycofałyśmy się z wybrzeża w głąb lądu. Tam wszystko było pięć razy tańsze. Po tygodniu, bez pieniędzy i bez nadziei, trafiłyśmy do Avegno, małej miejscowości blisko głównej autostrady biegnącej wzdłuż Zatoki Genueńskiej. Było już po południu, gdy wylądowałyśmy na małym rynku z fontanną w centralnym punkcie. W pewnym momencie przez rynek przeszła procesja. Kobiety w czarnych sukniach, czarnych kapeluszach, z twarzami za czarnymi woalkami. Niektóre z powodu upału schowały się pod czarnymi parasolami. Wiedziałyśmy, że ten korowód to coś szczególnego. Podążyłyśmy za nim. Niedaleko rynku był cmentarz z aleją drzew pomarańczowych i z małą kostnicą w białym budynku z drewnianym krzyżem na dachu. W kostnicy w małej białej trumnie wyścielonej białym aksamitem leżało niemowlę w białej jedwabnej sukience. W pewnym momencie jedna z kobiet zaczęła głośno się modlić. Uklękłam obok i modliłam się z nią. Po włosku. Bo ja umiem modlić się i kląć w dwunastu językach. Nawet po flamandzku. I to nie ma nic wspólnego z moją romanistyką. To jest po prostu praktyczne.

Trumienka została przesunięta na niewidzialnym taśmociągu do ściany, otworzyła się metalowa przegroda i trumienka została praktycznie wessana za metalową ścianę oddzielającą kostnicę od krematorium. Wszyscy obecni jęknęli przerażająco. Po chwili zapadło milczenie i słychać było wyraźnie syk płomieni za metalową ścianą. Aby to zagłuszyć, zaczęłam modlić się głośno. Po włosku. Monika wtórowała mi jeszcze głośniej po polsku.

Ojcze Nasz...

Nagle wszyscy w kostnicy dołączyli do nas po włosku.

Po kilku minutach za metalową ścianą zapadła cisza i wtedy zapłakana kobieta z drugiego rzędu ławek odsłoniła twarz, podeszła do mnie i pocałowała w rękę. Potem wszyscy wyszli.

Monika klęczała nadal. Ja siedziałam ze złożonymi dłońmi i wpatrywałam się przerażona w krzyż na metalowej ścianie. To odbyło się tak szybko. Za szybko. Spalono niemowlę, odmówiono dwie modlitwy i wszyscy rozeszli się do domów. Jak po akademii.

Do kostnicy wszedł niski, bardzo gruby mężczyzna. Podszedł do Moniki i zaczął mówić do niej po włosku. Monika wskazała na mnie.

Po piętnastu minutach zostałyśmy pracowniczkami tej kostnicy i sąsiadującego z nią cmentarza. Miałyśmy przygotowywać trumny i rozpoczynać oraz prowadzić modlitwy tuż przed kremacją. Gruby Włoch oferował trzy razy więcej, niż dostałybyśmy w jakiejkolwiek restauracji w Genui.

„Bo ludzie lubią i zapłacą więcej, gdy ktoś zupełnie obcy zaczyna płakać za ich bliskich..." – powiedział.

I tak na dwa tygodnie zostałyśmy płaczkami w przedsiębiorstwie Najlepsze Pogrzeby sp. z o.o. z siedzibą w Avegno. Oczywiście, zbyt mało ludzi umiera w Avegno, aby właściciel mógł mieć godziwe dochody, dlatego płakałyśmy i modliłyśmy się na pogrzebach w okolicznych miejscowościach: Cicagan, Nervi, Rapallo, Carasco, Camogli, a czasami aż w Moneglii. W ciągu dwóch tygodni wyściełałyśmy trumny i płakałyśmy trzydzieści osiem razy na pogrzebach dwudziestu dwóch mężczyzn, czternastu kobiet i dwojga dzieci w okolicy Avegno.

Tego pierwszego dnia, gdy spalono to niemowlę, do kostnicy wszedł on i ukląkł naprzeciwko mnie. I patrzył mi w oczy, gdy płakałam. Potem siedział przy fontannie, gdy wyszłyśmy z tej kostnicy i wróciłyśmy na rynek. Następnego dnia miałyśmy pogrzeb staruszki. Już o dziewiątej rano. Matki burmistrza Avegno. Właściciel kostnicy prosił nas, aby płakać szczególnie intensywnie. On wszedł do kostnicy kwadrans po rozpoczęciu pogrzebu. Chyba nie mógł zrozumieć, dlaczego ja także tam jestem. I na dodatek jak wczoraj klęczę przy trumnie i płaczę. Po pogrzebie znowu czekał przy fontannie i tam odważył się i zapytał o coś po angielsku. Tak go poznałam.

Spędzał urlop w Ligurii. Z żoną, która tego dnia została na plaży w Savonie. On nie znosił całych dni na plaży. Wynajął samochód i „jeździł po okolicy". Tak trafił do Avegno. I tak trafił do kostnicy tuż przed spaleniem tego niemowlęcia.

„A ty tak płakałaś, że ja myślałem, że to twoje dziecko, i tak mi było przykro, i chciałem cię utulić – powiedział kilka dni później, gdy jedliśmy pierwszą wspólną kolację w portowej restauracji w Genui. I tym „utulić" wzruszył mnie pierwszy raz w życiu. I wzrusza mnie do teraz.

Dwa miesiące później w Warszawie pocałował mnie po raz pierwszy. Byliśmy wprawdzie w kontakcie, ale tego dnia spotkaliśmy się zupełnie przypadkowo w empiku na Nowym Świecie. Kupowałam książkę na prezent urodzinowy dla Moniki. Najnowszą książkę mojej ulubionej Gretkowskiej. On kupił taką samą. Dla siebie. Zapytał nieśmiało, czy mam czas pójść z nim na lampkę wina do kawiarni. Miałam. Wypiliśmy całą butelkę. Nie jadłam nic od rana. I to od rana przed dwoma dniami. Bo rozpoczęłam kolejną dietę. Mimo to nie byłam wcale pijana. Był czarujący. Podnosił kieliszek z winem, widziałam, że ma tę obrączkę, ale to nie miało żadnego znaczenia. Wyszliśmy. Odprowadził mnie do domu. Pożegnał, całując w rękę. Po minucie wrócił. Dopędził mnie na pierwszym piętrze i po prostu objął i pocałował. Ale nie tak z sympatii w policzek. Prawdziwie, rozpychając moje zęby językiem.

Następnego dnia zadzwonił rano do biura. Przepraszał za to, co stało się „wczoraj na schodach". Wieczorem ktoś przyniósł mi kwiaty od niego do domu. I wszystkie książki Gretkowskiej w kartonie owiniętym błyszczącym papierem. Czasami wieczorami przyjeżdżał pod mój blok i przez domofon pytał, czy pójdę z nim na spacer. Schodziłam na dół i spacerowaliśmy. Zauważyłam po pewnym czasie, że nie spotykam się już z nikim wieczorami i tak ustawiam swoje plany, aby być w domu, gdyby na przykład wpadło mu do głowy podjechać, nacisnąć przycisk domofonu i zaprosić mnie na spacer. Tęskniłam za nim, gdy nie przyjeżdżał. Już wtedy, choć nawet nie można było nazwać tego, co odbywało się między nami, zaczęłam dostosowywać moje życie do jego planów. Już wtedy czekałam na telefon, sygnał domofonu lub dzwonek u drzwi. Już wtedy nie znosiłam weekendów, cieszyłam się na poniedziałki i nieustannie sprawdzałam swój telefon komórkowy. Kochanką zaczęłam więc być bardzo wcześnie. On nawet o tym jeszcze nie wiedział.

Po miesiącu zaczęłam oczekiwać, że po powrocie z któregoś spaceru wejdzie wreszcie ze mną na górę. Ale on tylko czasami wbiegał na schody, tak jak za pierwszym razem, i mnie całował. Dwa miesiące później w dniu moich imienin przyszedł wieczorem z fotografiami z Ligurii. Nie uprzedził mnie telefonicznie. Po prostu zadzwonił do drzwi, otworzyłam z ręcznikiem na głowie, a on tam stał z różami. Oglądaliśmy fotografie, wspominaliśmy. Nie podchodziłam do telefonu, aby odbierać życzenia. Szkoda mi było czasu. Gdy poszliśmy do kuchni zrobić herbatę, stanął za mną, podniósł mój sweter, zsunął ramiączka stanika i zaczął całować te wgłębienia w skórze pleców. Odwróciłam się do niego, podniosłam ręce do góry, a on zdjął ten mój sweter przez głowę. Wtedy zamknęłam oczy i podałam mu swoje usta.

Oczywiście, że on jest szczególny! Naprawdę. Trudno minąć go na ulicy i spojrzawszy mu w oczy, nie odczuć przy tym, że to ktoś wyjątkowy, z kim chciałoby się spędzić czas. I tego właśnie najbardziej zazdroszczę jego żonie. Tego, że ona ma tak dużo jego czasu dla siebie.

W tym czasie można przecież go słuchać. A ja ze wszystkiego, co mnie spotyka z jego strony, najbardziej lubię go słuchać. Z naszych nocy – myślę, że nie byłby zadowolony, wiedząc to – dokładniej pamiętam jego opowieści, niż to, co robiliśmy przed nimi.

Dzwonił do mnie rano, w dzień, czasami nawet w nocy i mówił podnieconym, niecierpliwym głosem: „Słuchaj, muszę ci coś jak najprędzej opowiedzieć".

I ja wiedziałam, że tym jednym zdaniem stawia mnie przed wszystkimi. Także przed żoną. Bo to ja, a nie kto inny, miałam wysłuchać opowieści o jego sukcesie, porażce, wzruszeniu, planie lub pomyśle. Jako pierwsza. Absolutnie pierwsza. I to był dla mnie prawdziwy dowód miłości. Przez sześć lat nie powiedział mi ani razu, że mnie kocha, ale za to ja słuchałam wszystkiego pierwsza. Dla mnie już do końca życia żadne „kocham cię" nie zastąpi tego „słuchaj, muszę ci coś natychmiast opowiedzieć". Zrozumiałam, jak ważne to jest dla niego, gdy przez przypadek, kiedyś przy winie w pubie, byłam świadkiem, jak dyskutował zażarcie z jednym ze swoich kolegów o tym, w którym momencie rozpoczyna się zdrada. Ze zdumieniem słuchałam, gdy mówił, że zdrada jest dopiero wówczas, gdy zamiast żonie coś ważnego „jako pierwszej osobie pragnie się natychmiast opowiedzieć innej kobiecie" i „żeby zdradzić, nie trzeba wcale wychodzić z domu, bo wystarczy mieć telefon lub dostęp do Internetu".

Od sześciu lat opowiadał mi wszystko najważniejsze jako pierwszej. Czasami czekał z tym do rana. Czasami, gdy był za granicą, czekał nawet kilka dni, ale najczęściej przyjeżdżał natychmiast. Bo ja o wszystkim najważniejszym dla niego miałam wiedzieć jako pierwsza. Od sześciu lat nie zdradzał mnie. Nawet ze swoją żoną.

To, co opowiadał, było zawsze takie… takie istotne. Istotne. Albo przytrafiały mu się rzeczy, które normalnie się nie zdarzają, albo to on był na tyle wrażliwy, aby te rzeczy zarejestrować i dać się im przerazić, wzruszyć, odurzyć lub oburzyć. Niektórzy chcieliby świat przytulić, inni pobić. On należał do tych pierwszych. I to o tym swoim przytulaniu świata najczęściej mi opowiadał.

Tak jak wtedy, gdy tuż przed Wielkanocą wrócił z Frankfurtu nad Menem i opowiadał mi, jak to pierwszego dnia pobytu rano w drodze z hotelu do centrum targowego przysiadł się do niego w metrze mężczyzna z białą laską. I tak jechali chwilę w milczeniu, a potem ten mężczyzna zaczął opowiadać, jak pięknie jest na Wyspach Kanaryjskich. Jak wygląda zatoka na Lanzarote po wiosennym deszczu i jaki kolor mają kwitnące kaktusy, rosnące w leju po wulkanie na Palmie, i jak aksamitne są ich kwiaty, i o tym, że najbardziej niebieski horyzont jest w maju. Potem była jakaś stacja i ten mężczyzna wstał, spojrzał na niego z uśmiechem i wysiadł. I jak chodząc po targach, przez cały dzień nie mógł zapomnieć spojrzenia mężczyzny z białą laską.

Albo wtedy, gdy jedenastego września przyjechał do mnie do domu i siedząc oniemiali na podłodze, wpatrywaliśmy się w ekran telewizora, nie rozumiejąc świata. Bał się. Usiadł za moimi plecami, objął mnie mocno i położył głowę na moim karku. Drżał. I mówił takim dziwnym, zdławionym głosem. Wiesz, że ja go kocham także za to, że on potrafi tak się bać i nie wstydzi się tego przy mnie okazać? On, który z bezkompromisową bezwzględnością, ale pedantycznie uczciwą i sprawiedliwą, kieruje setką ludzi i którego boją się w jego firmie prawie wszyscy. On, który nigdy nie godzi się siedzieć na miejscu pasażera, gdy tylko coś mu nie odpowiada. Prosi natychmiast o zatrzymanie i sam siada za kierownicą.

Żaden mężczyzna, którego znałam, nie bał się tak pięknie jak on. Nigdy nie zapomnę, jak tego jedenastego września w pewnym momencie wstał i pierwszy raz z mojego domu zadzwonił do żony. I chociaż płakać mi się chciało, gdy powiedział do słuchawki „Joasiu…", czułam, że to jest piękne i że gdyby tego nie zrobił, nie szanowałabym go tak bardzo, jak szanuję.

Tego dnia, patrząc na te surrealistyczne obrazy z Nowego Jorku, po raz pierwszy tak naprawdę rozmawialiśmy o Bogu i religii. Nieochrzczony katolik, chodzący do kościoła po południu lub wieczorami, tylko wtedy, gdy na pewno nie ma tam księży, po tym, jak żaden z nich nie chciał pochować jego ojca, od którego odeszła pierwsza żona i on, nie mając wyboru, zgodził się, aby się z nim rozwiodła. Siedział za mną i szeptał mi do ucha, jak bardzo marzy o tym, żeby wysłać w jednym przedziale pociągu do Asyżu lub Mekki najważniejszych czarowników i papieży wszystkich religii. I żeby w tym przedziale była kapłanka wudu, która wierzy, że zmarli pośród nas żyjących odbywają doczesną wędrówkę i że za pomocą szmacianej lalki i igły do szycia można spowodować ciążę lub nieurodzaj w całym kraju. Żeby obok niej siedział buddysta, który wierzy, że Bóg jest mrówką lub kamieniem. A pod oknem taoista, który milionom Chińczyków opowiada, że Yin i Yang to Prawda i Fałsz, to Kobieta i Mężczyzna, to Dobro i Zło jednoczące się w Dao lub Tao i na końcu wszystko to i tak jedno Wu Wei, czyli, tłumacząc dosłownie, „bez znaczenia". A przy drzwiach żeby siedział polski rabin z Nowego Jorku, a naprzeciwko niego brodaty szejk, najważniejszy szejk z najważniejszego muzułmańskiego meczetu Al-Azhar. I żeby wysiedli wszyscy razem z tego pociągu w Mekce lub Asyżu, i żeby stanęli razem i powiedzieli każdy w swoim języku, że żadna religia nie usprawiedliwia zabicia ciężarnej pakistańskiej sekretarki ze 104 piętra w tym WTC. I żeby powiedzieli, że nie można nikogo zabić w imię Boga, w imię szmacianej lalki lub w imię mrówki. I on tak szeptał mi to do ucha, a ja ze łzami w oczach zakochiwałam się w nim coraz bardziej.

W takich momentach chciałam być dla niego wszystkim. Różańcem i ladacznicą. I nigdy go nie zawieść lub rozczarować. Ale nie tak jak dla matki. Bo dla matki chciałam być idealna dla jej, nie mojego dobrego samopoczucia. Nigdy nie zapomnę, gdy na Gwiazdkę kupiła mi łyżwy i poszłyśmy na lodowisko. Miałam dwanaście lat. Nie potrafiłam jeździć. Nie lubiłam poza tym. Ale moja matka potraktowała tę jazdę na łyżwach jak test „dobrego wychowania". Czułam podświadomie, że ja nie tylko jeżdżę na łyżwach. Gdy się przewracam na lód, to przewracam także na lód ego mojej matki. Dumnej wdowy po oficerze, która „sama wychowa swoją córkę na prawdziwego człowieka". I ja się przewracałam ze wstydem i nie mówiłam jej, że boli mnie ręka. Dopiero wieczorem, gdy ręka przypominała już zbyt dużą protezę i miałam gorączkę z bólu, powiedziałam jej o tym. Ręka była złamana w dwóch miejscach. Kiedyś opowiedziałam mu o tym – nie zapomnę tych jego rąk złożonych jak do modlitwy, przerażenia w oczach i milczenia, które zapadło.

Co jest w nim takiego szczególnego? Szczególne jest w nim także to, że on mnie nieustannie pożąda. Mimo swojego wieku jest jak młody chłopak, który myśląc cały czas o „tym jednym", ma erekcję także wtedy, gdy słucha hymnu narodowego. Wysłucha hymnu, zdejmie swoją patriotyczną rękę ze swojej lewej piersi i chce natychmiast położyć swoją lubieżną rękę na mojej prawej. To jest nieprawdopodobnie budujące uczucie dla kobiety przekraczającej trzydziestkę – być pożądaną niemal zwierzęco i niemal bez przerwy. Ma się przy tym niezapomniane chwile na bezdechu i ten pulsujący cudownie ból w podbrzuszu.

W takich chwilach zostawiał wszystkich i wszystko, nachylał się do mojego ucha i szeptał, że mnie pragnie. W autobusie, gdy „jakoś tak wyszło", że jechaliśmy do mojego mieszkania w czasie przerwy na lunch, aby wrócić po godzinie do swoich biur i natychmiast dzwonić do siebie i umawiać się u mnie na popołudnie. W teatrze, gdy zatrzymywał mnie w antrakcie tak długo, aż wszyscy wrócili na swoje miejsca, i zaciągał mnie do damskiej toalety i kochaliśmy się w jednej z kabin. W taksówce, gdy kazał kierowcy zatrzymać się przy parku, mrugał do niego, dawał plik banknotów i prosił, aby wysiadł „na jakiś czas" i „zamknął nas od zewnątrz". Nigdy się nie zdarzyło, żeby kierowca odmówił.

Tak! Przy nim dowiadywałam się natychmiast, że mnie pragnie.

Pewnie myślisz, że on był taki, bo nie miał czasu się „wychłodzić", będąc ze mną od rana do rana i od poniedziałku do poniedziałku. Jak także tak myślałam, szczególnie gdy słuchałam koleżanek opowiadających, jak to ich nowo poślubieni mężowie lub nowo sprowadzeni narzeczeni tak mniej więcej po czterech miesiącach zaczynali mieć problemy z „obniżonym współczynnikiem pożądania własnej kobiety", jak to sarkastycznie określała pani Kazia z księgowości. Mądra, spokojna, bezdzietna, po dwóch rozwodach i trzech ślubach. On nie miał problemu z tym współczynnikiem. Wiem to z pewnością. Były takie cztery miesiące w ciągu tych sześciu lat, że był u mnie codziennie. I codziennie zaczynaliśmy lub kończyliśmy w łóżku. Gdy teraz o tym myślę, to wydaje mi się, że tak naprawdę najczęściej nie wychodziliśmy z łóżka w ogóle.

Często myślałam o tym, czy był – wtedy wydawało mi się, że nie może być „jest" w czasie teraźniejszym – taki okres w jego życiu, że pożądał tak samo żony. Tylko raz, jeden jedyny raz zapytałam go o to. Kiedyś na plaży na Helu o wschodzie słońca.

Przyjechał w piątek po południu pod moje biuro. Zadzwonił z recepcji na dole. Zeszłam na parking, wsiadłam do jego samochodu i pojechaliśmy z tego parkingu w centrum Warszawy na plażę na Helu.

„Wiedziałem, że nie masz żadnych planów na weekend – mówił, mrużąc oczy. – Pojedź ze mną, proszę…".

I to mnie tak cholernie zabolało. Że on wie, że ja nie mam żadnych planów na weekend. I że on wie z pewnością także to, że moje plany to on. I że czekam na niego. I że mój telefon czeka, i mój zamek w drzwiach, i moje łóżko. I że ja czekam na niego, wracając w sobotę rano w pośpiechu z piekarni na rogu i bojąc się, że on mógł zadzwonić, a mnie akurat w tym czasie nie było. I że kupuję tak na wszelki wypadek dwa razy więcej bułek i dwa razy więcej jajek, gdyby na przykład nie zadzwonił, tylko po prostu przyszedł na śniadanie. I pomidory też kupuję. Bo przecież lubi jajecznicę z pomidorami.

On planował swój czas i mój, nie pytając mnie o nic; przyjeżdżał po prostu na parking pod moje biuro w piątek po pracy. Wsiadałam. Całował moje dłonie i nadgarstki. Kłamałam, że „mam swoje plany na weekend". Najpierw udawał, że jest rozczarowany, i podwoził mnie w milczeniu pod mój blok. Wysiadałam. On czekał. Potem ja udawałam, że zmieniłam plany, cofałam się do samochodu i wsiadałam.

– Zmieniłam plany. Dla ciebie. Ostatni raz. Naprawdę ostatni – mówiłam, udając rozdrażnienie.

On za każdym razem uśmiechał się jak zadowolone z prezentu dziecko i jechaliśmy spod mojego bloku na Hel, do Kazimierza lub w Bieszczady. Kiedyś nawet pojechaliśmy spod mojego bloku prosto do Pragi. I za każdym razem zmieniałam plany „naprawdę ostatni raz", i za każdym razem miałam wrażenie, że to jest jak spełnienie marzeń. Ta zmiana planów, których w ogóle nie miałam.

Trzymałam go za rękę, a on opowiadał mi, co zdarzyło się w jego życiu ostatnio. W każdej takiej podróży byliśmy trochę jak nastolatki, których rodzice wypuścili na wakacje pod namiot. Śmialiśmy się do bólu brzuchów albo kilometrami milczeliśmy, rozczuleni, dotykając swoich dłoni. Czy wiesz, że można mieć orgazm od muskania zewnętrznej strony dłoni? I że to może zdarzyć się na szosie za Łodzią lub przy wjeździe na obwodnicę Trójmiasta?

Czasami słuchaliśmy mojej ulubionej muzyki, czasami zatrzymywał się nieoczekiwanie na leśnym parkingu, aby mnie całować. Czasami prosił, abym czytała mu w drodze książki, które chciał przeczytać i nigdy nie miał na to czasu. Czy wiesz, że wspólne czytanie książek na głos znacznie mocniej wiąże ludzi niż wspólne spłacanie kredytu?

Czasami opowiadał coś, co wydawało się fantazją, a okazywało prawdziwym wykładem z fizyki lub kosmologii. Bo on, jak sam to mówił, „nie z własnej winy został informatykiem", ale tak naprawdę, to gdy go pytają, zawsze odpowiada, że jest fizykiem. I gdy ta fizyka nim zawładnęła, to zatrzymywał samochód na poboczu, wyciągał kartki lub wizytówki i rysował mi na nich teorię wszechświata. Tak jak wtedy, gdy przypomniały mu się te wszechświaty niemowlęce. Już sama nazwa podziałała na mnie tak, że natychmiast chciałam wszystko wiedzieć. Wszechświaty niemowlęce! Cale wszechświaty jak bańki mydlane, tyle że nie z mydła, tylko z czasoprzestrzeni powstałej po Wielkim Wybuchu lub zapadnięciu się do jednego punktu czarnych dziur. Niemowlęta zrodzone z piany wszechświatów lub z parujących czarnych dziur, wypełniających wszechświaty rodzicielskie. Niezależne od nich w sensie rządzących nimi praw fizycznych, ale będące ich kontynuacją. Zatrzymywał przy drodze samochód i tłumaczył mi z przejęciem te wszechświaty.

A gdy mijała ta podróż i zbliżaliśmy się do Helu, Kazimierza lub Bieszczad, byłam pewna, że następnym razem także „zmienię plany dla niego" i to także będzie „naprawdę ostatni raz". Tak kobieta niepostrzeżenie staje się kochanką.

Podróż mijała i to dopiero był początek. Dopiero teraz mieliśmy rozbić przecież ten namiot i wślizgnąć się do śpiwora.

Tak jak wtedy na Helu. To było pod koniec sierpnia. Mieszkaliśmy w pachnącym sosną i żywicą małym drewnianym domku tuż przy plaży. Nie spaliśmy całą noc. W pewnym momencie on wstał i przyniósł z łazienki biały frotowy ręcznik i owinął mnie nim. Wyszliśmy na mały taras zbity z desek pokrytych resztkami schodzącej płatami farby, oddzielony od plaży niską barierką ze spróchniałego drewna. Wschodziło słońce. Tylko na Helu i w Key West na Florydzie słońce wschodzi tak, że zaczyna się wierzyć w Boga, jeśli dotąd się nie wierzyło.

Usiedliśmy na tarasie, wpatrując się urzeczeni w horyzont. Wsunął rękę pod ręcznik i dotykał mojego podbrzusza. Podał mi otwartą butelkę z szampanem. Nie wiem do dzisiaj, czy to alkohol, czy to ten Bóg wypychający tego ranka tak pięknie słońce nad horyzont, spowodował, ale poczułam nagle niesamowitą bliskość z nim. Czułaś kiedyś coś takiego w stosunku do mężczyzny? Miałaś uczucie jego całkowitej przynależności do ciebie? Wydało ci się nagle, że jest jakaś mistyczna i uroczysta, ewangeliczna więź między wami? Taka tantra o wschodzie słońca. Ja to wszystko po kolei odczuwałam tam na tym obskurnym drewnianym tarasie na Helu. I chyba dlatego odważyłam się wtedy i powiedziałam:

— Tak bardzo chciałabym być twoją jedyną kobietą. Jedyną! Rozumiesz?! I wiedzieć, że będę cię miała jutro, w przyszły poniedziałek i także w Wigilię. Rozumiesz?!

Płakałam.

– Chciałabym być twoją jedyną kobietą. Tylko to.

Schylił głowę. Skulił się, jak gdyby to, co powiedziałam, było jak cios i teraz oczekiwał następnych. Wyciągnął palec z szyjki butelki z szampanem i zastygł w tej pozycji. Milczał. Po chwili wstał i poszedł w kierunku morza. Ja siedziałam, nie mogąc się ruszyć. Wracając, dotknął mojej głowy i powiedział cicho: „Wybacz mi".

Potem poszedł do kuchni i zaczął przygotowywać dla nas śniadanie. Nie kochaliśmy się już tego dnia. Następnej nocy także nie. A potem wracaliśmy w milczeniu samochodem do Warszawy.

To wtedy, w drodze powrotnej z Helu, zrozumiałam, że on nie będzie nigdy tylko moim mężczyzną. Jego można mieć całego dla siebie tylko okresowo. I powinnam to zaakceptować. Jeżeli nie można mieć całego ciasta, to i tak można mieć radość przy wydłubywaniu i jedzeniu rodzynków. Poza tym warto żyć chwilą, choć często chce się własne serce odłożyć do lodówki. I gdy w drodze powrotnej z Helu dotarliśmy do granic Warszawy, byłam już taka jakaś pogodzona, że znowu dotknęłam jego dłoni. Tam gdzie ma najbardziej wystające żyły. I gdy podjechaliśmy pod mój blok, on przyszedł do mnie na czwarte piętro. Pomógł wnieść walizkę. I został na noc. I taka pogodzona jestem także dzisiaj.

Jutro są moje urodziny. I jego rocznica ślubu. Od dziewięciu tygodni nie mam okresu. Będę miała jego dziecko. Już wcale nie boję się tej obrączki. Powiem mu jutro, że nie można kupować dwóch bukietów róż i myśleć, że wręcza się je kobietom z dwóch różnych, rozdzielonych wszechświatów.

On to z pewnością zrozumie i odejdzie od nas. Ale i tak pozostanie mi po nim cały wszechświat. Niemowlęcy.

PAULINA HOLTZ

Róża

Biegła po mokrym bruku. Obcasy niebezpiecznie ślizgały się po kamieniach. Mrok wypełzał z mijanych bram i zaułków. Padał marznący deszcz, mokra walizka podskakiwała, co chwilę traciła kontakt z podłożem, upadając z głośnym łoskotem o bruk i kołysała się na nowo.

Nierówny, urywany oddech rozbrzmiewał we wczesnowieczornej ciszy wąskich uliczek. Czuła, że nie da rady. Że nic z tego nie będzie. Powinna biec coraz szybciej, ale zamiast tego zatrzymała się nagle, położyła walizkę na chodniku i zaczęła zdejmować przemoczone szpilki. Paranoja, biegać po kałużach na początku grudnia, zamiast leżeć przy kominku w górach albo pod palmą na Seszelach. Cholerne globalne ocieplenie! Ręce, porządnie zmarznięte, miały już prawie ten sam odcień, co paznokcie polakierowane na kolor „niewinne wino" (Swoją drogą, kto wymyśla te nazwy!?), ale udało jej się rozpiąć zamek w walizce i wsunąć stopy w suche nowiuteńkie, wiązane półbuty. Trudno. Może się nie zniszczą. Rajstopy

kleiły się do nóg. I gdzie znowu udało jej się zgubić rękawiczki?! Pewnie zostały w sklepie z butami.

Nerwowo rozejrzała się dookoła. Czy na pewno biegnie
w dobrym kierunku? Nie znała za dobrze tego miasta. Była
tu drugi raz w życiu. I jak się nie pośpieszy, to zostanie tu
już na wieki... Nie było czasu, żeby odpalać GPS w telefonie.
Usłyszała zbliżające się pośpiesznie kroki. Zdecydowała błys-
kawicznie, że albo dokona tego ostatniego wysiłku, albo to
nie ma już sensu. Ciągle jeszcze nie złapała oddechu. Chyba
powinna rzucić wreszcie palenie, zacząć, do cholery, uprawiać
jakiś sport, może bieganie? Zaśmiała się sama z siebie. Kurio-
zalny pomysł! Mąż by chyba do końca życia podśmiewał się
z takiego jej zrywu. Dobrze wiedział, że jej ukochanym spor-
tem była... praca, a w miarę przyzwoitą figurę utrzymywa-
ła tylko dzięki temu, że odziedziczyła dobre geny po mamie
i po dziewiętnastej piła już tylko, co najwyżej, wino. Zerknęła
w głąb ciemnej ulicy i ruszyła nierównym truchtem we właściwym, jak miała nadzieję, kierunku.
Kroki w uliczce ucichły.

Na peronie kłębił się tłum. Ludzie stali, rozglądając się nerwowo. Schowani pod niewielkimi zadaszeniami lub parasol-
kami patrzyli tęsknie w kierunku, z którego miał nadjechać
pociąg. Miał. Ale nie nadjeżdżał. Kiedy skończyła swój bieg
dokładnie w minucie, w której pociąg miał zacząć swój i zobaczyła ten tłum, pomyślała, że pomyliła perony, a w następnej
sekundzie, że musi zapalić, bo nie może złapać tchu. Najpierw
jednak sprawdziła, czy na pewno stoi we właściwym miejscu.
Owszem. Stary wyświetlacz zawieszony nad peronem zapo-
wiadał pociąg do Warszawy. I tyle...

Czas mijał. Nic się nie działo. Oczekujący podróżni nerwowo dreptali i próbowali uciekać przed deszczem i wiatrem, chowając się za murkami i sobą nawzajem. Postanowiła poczekać, aż ktoś łaskawie powiadomi podróżnych o tym ewidentnym opóźnieniu. Mokrą ręką sięgnęła do kieszeni po, suche Bogu dzięki!, papierosy. Zapaliła. Odetchnęła. Spojrzała na swoje buty. Kretyńsko wyglądają do tej eleganckiej garsonki i konferencyjnego płaszcza. *Dress code.* To na pewno wymyślił jakiś facet! Czy naprawdę kompetencje maleją, kiedy ma na sobie adidasy? Albo, co gorsza, megaszpilki? A może w dresie mózg się kurczy, a mięśnie automatycznie rosną?! Niestety, nie, stwierdziła z przykrością, przypominając sobie oponkę, którą rano z trudem upchnęła w służbową spódniczkę. Geny genami, ale jednak musi się chyba zaprzyjaźnić z obciskającymi majtkami pod pachy albo pożegnać z sernikiem. Sama nie wiedziała, która myśl napawa ją większą rozpaczą.

Znowu zerknęła na zegarek i powoli podeszła do rozkładu jazdy… OK, skup się − …twój pociąg się spóźnia… kolejny dopiero rano… jakby co, to wracasz do hotelu, po prostu. Nie panikuj! Wyciągnęła kalendarz, żeby sprawdzić, czy musi odwoływać jakieś poranne spotkania z klientami, w razie gdyby to urocze miasteczko miało ją pochłonąć na jeszcze jedną noc. Spojrzała na datę i zamarła. Chryste Panie! To dziś!!! To dlatego on dzwonił do niej, trzy razy upewniając się co do godziny jej przyjazdu, dlatego pytał, czy nie da rady wcześniej! dlatego wysłał rano SMS-a, którego nie pokazałaby nawet najbliższej przyjaciółce i który zaróżowił jej policzki, ale wcale nie z podniecenia, tylko z gniewu, bo natychmiast pomyślała, że skoro pisze do niej takie wiadomości, po tylu latach małżeństwa, to z pewnością ma kochankę, czuje się winny i teraz się podlizuje! Albo pomylił numery? Postanowiła sprawdzić tę hipotezę, jak tylko wróci do domu. Nie do końca jeszcze wiedziała jak, ale z pewnością powinna zacząć się mu i jego zajętym w pracy wieczorom dokładniej przyglądać. Nie, żadna kochanka (chyba!), tylko po prostu piętnaście lat, do cholery, właśnie dziś mija te piętnaście lat. A ona stoi tu jak głupia, zmoknięta, i zdyszana na peronie w obcym miasteczku. On będzie musiał sam sobie zjeść tę kolację, wykwintną, co nad nią stał (albo kucharz z jakiejś knajpy?) przez kilka godzin, a ona mu nawet na tego SMS-a nie odpowiedziała. Z trudem odebrała trzeci już, kolejny, od niego telefon, żeby burknąć tylko pod stołem konferencyjnym, że wraca wieczorem i „nie dzwoń do mnie, bo nie mogę tu gadać!".

Piętnaście lat… Jakie to są gody? W ogóle jakieś są? Dostaje się za to jakiś medal albo chociaż uścisk dłoni prezesa?

Piętnaście lat temu miała…?

Ślub był skromny, cywilny, sukienka służyła jej jeszcze wiele razy, a on był młody i piękny, i szczupły, i pełen zapału. Tyle się zmieniło…

Na stole w pokoju (na pewno!) jak zwykle, stoi, ogromny bukiet czerwonych róż, a ona przez te lata jeszcze nigdy się nie odważyła mu powiedzieć… Najpierw nie chciała studzić jego młodzieńczego zapału, no i wiedziała, jak się wykosztował ze studenckich oszczędności na taki, nawet ją to ciut wzruszyło. Potem było już niezręcznie, skoro nie powiedziała od razu, no i odpuściła. Kwiaty, zresztą, pojawiały się coraz rzadziej, w sumie raz w roku. A teraz?… Teraz to już chyba tylko w testamencie zapiszę, pomyślała, że sobie nie życzę róż na grobie. Nienawidzę tych kwiatów. To się wszyscy zdziwią. Szok w rodzinie!

– Podróżni oczekujący na opóźniony pociąg do Warszawy proszeni są o uwagę...

Ostry głos informujący o zwiększeniu opóźnienia do osiemdziesięciu minut wyrwał ją z rozmyślań. Wcześniejszy, do Warszawy, również nie przyjechał, zwiększył opóźnienie do stu dwudziestu minut. Tłum na peronie zafalował.

Chryste, nie będę przecież tu tkwić wieczność w tych mokrych rajstopach. Może pójdę się gdzieś schować, napić jakiejś kawy, rozejrzała się dookoła. Jej uwagę przykuł młody mężczyzna w cieniutkiej, zdecydowanie zbyt cieniutkiej jak na warunki pogodowe marynarce i niedbale przerzuconym wokół szyi szaliku. Stał i bezradnie rozglądał się wokół, dygocząc z zimna. Spojrzała na jego buty. Dobre, wypastowane, eleganckie, oceniła.

Obcokrajowiec – zgadła natychmiast. Zastanawiała się przez chwilę, czy do niego nie zagadać, nie pomóc. No, nie, dosyć mam niańczenia facetów w swoim życiu, stwierdziła. Była zła, zmęczona, głodna. Marzyła o wannie, i winie. Myśl o długim sterczeniu na peronie, a potem w śmierdzącym przedziale wypełnionym po brzegi parującymi deszczem, zmęczeniem i frustracją ludźmi napawała ją odrazą. Na wszelki wypadek wysłała SMS-a: *Pociąg opóźniony o 80 min. Nie wiem, o której dojadę. Dam znak, jak ruszę.*

Zadygotała z zimna. Zapaliła jeszcze jednego papierosa, nadal przyglądając się facetowi w marynarce, który obserwował ludzi na peronie, ewidentnie próbując wytypować kogoś, kto mówi w jakimś europejskim języku, rozumianym w więcej niż jednym kraju. Ostatecznie zdecydował się na ciepło, a może po prostu odpowiednio do warunków atmosferycznych, ubranego mężczyznę w górskich butach i sportowej kurtce, z małym plecakiem na plecach. Dziwne. Na peronie stało sporo

eleganckich osób, które na pierwszy rzut oka wyglądały na
władających językami obcymi, a on wybrał akurat tego go-
ścia, który sprawiał wrażenie, jakby zszedł właśnie z górskiego
szlaku. Paliła papierosa i przyglądała się, jak obcokrajowiec
podchodzi do mężczyzny, a tamten nienaganną angielszczy-
zną tłumaczy mu, o co chodzi z Polskimi Kolejami Państwo-
wymi, co samo w sobie było zadaniem karkołomnym i z góry
skazanym na niepowodzenie. Potem prowadzi go do gabloty,
coś pokazuje, objaśnia. Wypuściła dym z płuc i dopiero wtedy
zdała sobie sprawę, że na kilka sekund, wstrzymała oddech.

Zadzwonił telefon. Mama. Odebrała zniecierpliwiona
i w momencie kiedy wysłuchiwała tyrady narzekań na pogo-
dę i podagrę, padł kolejny komunikat, z którego nie zrozumiała prawie nic, próbując jednocześnie słuchać głosu matki
i głosu kobiety z megafonu. Kiedy nerwowo krzyknęła do
słuchawki, chcąc uciszyć matkę, głos z głośnika właśnie za-
milkł, a mama w tym samym momencie, obrażona, rozłączy-
ła się. Cóż. Musi ją przeprosić… chyba że poczeka do jutra?
(metoda „na przeczekanie" na ogół działała doskonale).

Musi się koniecznie dowiedzieć, jaka jest sytuacja z pociągami, bo może powinna już rezerwować nocleg. Mężowi zaś
oznajmić, że *sorry*, ale z uroczystej kolacji i wręczenia dyplo-
mu oraz medalu nici, i ruszyć z tą mokrą walizką z powrotem.
Zresztą, i tak nie ma żadnego prezentu, więc może lepiej dziś
nie wracać, poddać się losowi, ominąć to jakoś, może się temat
rozpłynie w obrażonej, jak zwykle nudnej codzienności?

A zatem trzeba kogoś zapytać o te najnowsze wieści z frontu walki z kolejowymi wiatrakami. Przyjrzała się stojącym na
peronie ludziom.

Za każdym razem w takich sytuacjach musiała najpierw
przemóc w sobie niechęć do wchodzenia w konwersację

z obcym człowiekiem, potem wytypować kogoś, do kogo rzeczoną niechęć odczuwała w najmniejszym stopniu, na koniec zmobilizować się, na koniec zmobilizować się, uśmiechnąć, podejść, zapytać, wysłuchać, podziękować i czym prędzej odejść, nie wdając się w dalsze, grzecznościowe rozmówki. Wykluczyła stojące obok paniusie w garsonkach i płaszczach, bo kontaktu z takimi kobietami miała już dość po dwóch dniach konferencji, a poza tym nie spodziewała się od nich żadnej sensownej odpowiedzi. W zasięgu wzroku, i kilku kroków, była jeszcze grupa studentów, jakaś mama z dwójką rozbieganych, rozwrzeszczanych dzieci, para staruszków ledwo trzymających się życia i siebie nawzajem, no i ten facet z plecakiem, który właśnie kończył coś tłumaczyć obcokrajowcowi. Obejrzała go sobie raz jeszcze. Trudno było ocenić wiek, ale był od niej z pewnością trochę starszy. Chociaż, czy ja wiem? Tu się zawahała. Chociaż, kiedy oceniała, ile ktoś ma lat, zawsze świtała jej w głowie taka myśl, że może jej się tylko wydaje, że ona sama nieźle wygląda i z pewnością nie na swoje lata (a może nawet jak nastolatka czasami!), podczas gdy każdy z zewnątrz bez pudła lokował ją we właściwym przedziale wiekowym, czyli tuż przed czterdziestką… Boże… Wzdrygnęła się. Nie chciałaby za nic mieć znowu dwudziestu lat. Ale czterdzieści?! No cóż, nieważne, ile ten facet z plecakiem ma lat, wygląda w każdym razie na kompetentnego. Ruszyła w jego stronę, przybierając zagubiony wyraz twarzy i w ostatniej chwili reflektując się, że ma na nogach te durne buty. Już chciała go minąć, przejść obok bez słowa, obejść, udać, że tylko stał jej na drodze i zagadać do rozgadanych i roześmianych studentów tuż za nim, ale on podniósł głowę i spojrzał na nią wyczekująco. Jakby wiedział, że ten wyraz zagubienia i szeroko otwarte oczy są specjalnie przeznaczone dla niego, że dla studentów jej twarz wyrażałaby tylko leciutką irytację i ślad wyższości z racji posiadania biletu w pierwszej klasie i mieszkania w Warszawie, w dobrej dzielnicy. No to pięknie – przez myśl przemknęły jej znów te nieszczęsne buty – należy teraz zrobić wszystko, aby na nie spojrzał...

W tym momencie zrozumiała, że nie ma szans, że facet już dawno ją sobie całą obejrzał, więc chyba może przestać się wygłupiać. Pomyślała o przyjaciółce z podstawówki, która straszliwie wstydziła się swoich, zupełnie normalnych, skądinąd, palców u stóp. I żeby nikt nie zauważył, jakie są straszne, chodziła boso na podkulonych palcach, powodując, że wszyscy patrzyli wyłącznie na jej stopy. Hm, chyba nie tędy droga... Wyprostowała się. Przywołała na twarz najpiękniejszy z uśmiechów i aksamitnym głosem spytała o to, co padło w komunikacie.

Pomimo dziwnie niedopasowanego obuwia uśmiech ma wspaniały, pomyślał.

Przypomina mi mojego pierwszego szefa. Tego, na którego widok, zawsze... pomyślała, i wzięła głęboki oddech.

Facet z plecakiem spojrzał na nią, wysłuchał z uwagą i cierpliwym, uprzejmym i zaangażowanym tonem, czy takiego samego używał do obcokrajowca, wyjaśnił, że oba pociągi są opóźnione, a raczej oba nie przyjadą wcale. Ale podstawiony zostanie trzeci, który zabierze wszystkich naraz. Wszystkich?! No cóż, pewnie wiedzą, co robią. Ryzykowne było tak twierdzić, ale i tak nie miała już nic do stracenia. Podziękowała. Odwróciła się i odeszła kilka kroków w stronę filaru.

Ma niezłe nogi, pomyślał.
Muszę zapalić, pomyślała. I zadzwonić.

Wyciągnęła komórkę. Przez chwilę wpatrywała się w roz-
jaśniony ekran. Zaczęła pisać SMS-a. Cholernie jej się nie
chciało odbywać w tym momencie rozmowy z mężem, który z pewnością się trochę obrazi (znów pomyślała: „Tak się
starał!”), i przyznała w duchu, że tak naprawdę mogła zdążyć
na wcześniejszy pociąg, gdyby nie zatrzymała się jeszcze po
drodze w tym sklepie z butami... *Kochanie, pociąg ma ogromne
opóźnienie, stoję na peronie, jak się uda, to wyruszę za 20 min i za
3h jestem w domu. Kończy mi się bateria. Pieprzone PKP. Całuski.*

Deszcz przestał siąpić i zrobiło się trochę cieplej. Głośniki
zapowiedziały, że: „Za czy minuty z peronu czeciego odjedzie
pociąg do Pragi Czeskiej”.

– Dlaczego by nie do Pragi? Można by. Secesję na ulicach
pooglądać. Odpocząć od szarego, brzydkiego miasta, w którym
codziennie, no, prawie codziennie...Wsiąść i odjechać. Tak po
prostu. Ileż to razy, kiedy mijała dworzec lub stała na peronie
przed wyjazdem służbowym, przychodziła jej do głowy taka
prosta myśl. Wsiąść. Do pociągu. Byle jakiego. Nie dbać. O ba-
gaż. Nie dbać! O bilet (no chyba że to Pendolino, bo tam straszne kary za wsiadanie bez biletu). Albo tak po prostu gdzieś pojechać, gdzie nikt na nią nie czeka, gdzie jeszcze nie była.

Przypomniała sobie, jak miała piętnaście czy szesnaście lat
i z ówczesnym chłopakiem szli w niedzielę rano na dworzec
podmiejski, wsiadali, jechali, wysiadali, gdy spodobał im się
krajobraz, pili piwo pod sklepikiem w najbliższej miejscowości, łazili po łąkach. Wracali, kiedy zgłodnieli. Było dobrze.
Było lato...

Z zamyślenia wyrwał ją kolejny komunikat. Wreszcie. Pod-
stawiają pociąg do Warszawy. Jeden dla wszystkich. Wszyscy

do jednego?! Wyciągnęła z torebki bilet, żeby sprawdzić wagon i miejsce, i nagle naszła ją straszna myśl: przecież do tego pociągu wsiadają ludzie z dwóch innych! A co, jeśli się nie zmieszczą, a co, jeśli zabraknie miejsca w pierwszej klasie albo będzie musiała się wykłócać z hordą, wrzucających oknem bagaże, pasażerów?! Albo być upychaną przez profesjonalnego upychacza do przedziału?! Albo siedzieć w przedziale z pięcioma śmierdzącymi całodniowymi, superważnymi facetami, non stop gadającymi głośno przez telefon, albo z wykończoną matką tej rozwrzeszczanej dwójki. Albo, co gorsza, stać na korytarzu?!

Spanikowana podniosła głowę i napotkała spokojny, lekko rozbawiony wzrok faceta z plecakiem. Ostatnia rzecz, na jaką miała ochotę, to ta, żeby ktoś się jej teraz przyglądał. Poprawiła włosy i chwyciła za rączkę walizki, żeby znaleźć się bliżej nadjeżdżającego pociągu, a tym samym dalej od uśmiechniętych, wpatrujących się w nią oczu.

Inteligentna, bystra i silna, więc dlaczego jest zakłopotana?, pomyślał.

Po co mi się tak przygląda?, pomyślała odwrócona już do niego tyłem. Uśmiechnęła się pod nosem.

Pociąg wjechał na stację i zahamował ze zgrzytem. Tłum ruszył. Paranoja! Zniesmaczona odsunęła się od krawędzi peronu i omiotła sytuację wzrokiem. W drzwiach wagonu pierwszej klasy, który był zdecydowanie mniej oblegany mignął jej znajomy plecak...

Odruchowo ruszyła w tamtym kierunku i już po chwili szła korytarzem, zaglądając do kolejnych przedziałów, aż wreszcie go zobaczyła. Weszła. Siadła. Tak po prostu, jakby miała właśnie to miejsce, w tym właśnie przedziale.

– Znowu się spotykamy. – Uśmiechnął się i pomógł jej wrzucić walizkę na półkę. Poczuła, jak jej nieadekwatne do stroju buty palą ją w stopy. Co mnie obchodzi opinia obcego faceta, którego już na pewno nigdy nie spotkam?, pomyślała. Poruszyła niespokojnie palcami w butach i z westchnieniem ulgi usiadła *vis-à-vis* niego, przy oknie.

Szykuje się ciekawa podróż, pomyślał. Zobaczymy, co zrobi z tym swoim zakłopotaniem?

Spojrzała w mokrą ciemność za oknem. Krople wody na szybie zaczęły rysować ukośne linie. Ruszyli. Sprawdziła telefon, ale ciągle nie dostała odpowiedzi od męża. Może powinna zadzwonić? Tyle że ostatnie, na co miała ochotę, to obrażony ton i wymówki, na które nie znajdzie kontrargumentów. Bo co mogła powiedzieć. Że konferencja się przedłużyła, że musiała pogadać z dawno niewidzianymi koleżankami i postanowiła nie śpieszyć się jak wariatka na wcześniejszy pociąg. Że te buty na wystawie tak do niej wołały i wołały i szczęście, że sobie je kupiła, bo teraz przynajmniej było jej ciepło w stopy? Czy zrozumie to ktoś, kto nie stał przez ostatnią godzinę, marznąc w deszczu? Że przecież nie mogła wiedzieć, że będzie takie opóźnienie i że splot nieszczęsnych zdarzeń czasem po prostu się zdarza, oczywiście zdarzał się znacznie częściej jej niż jemu. Jemu się chyba w ogóle nie przytrafiały takie przygody, zawsze był na czas, zawsze był w odpowiednim momencie.

Spojrzała ponownie na wyświetlacz. Kontrolka baterii wskazywała jedną kreskę. Rozejrzała się za gniazdkiem, ale stary wagon, którym jechali, powstał w czasach, kiedy komórki były większe od głowy rozmówcy, więc nikt nie przewidział konieczności zamontowania gniazdek do ładowania wiecznie rozładowanych smartfonów. Nawet nie mogła sobie pograć w swoje ukochane sudoku. Chryste, ta podróż to jakiś koszmar. Wydęła usta i z westchnieniem wypuściła powietrze. Mężczyzna spokojnie patrzył przez okno. Do przedziału wsadził głowę jakiś przemoczony garniturowiec i zapytał, czy wolne. Niechętnie skinęła głową, ale w tym momencie głowa zniknęła i facet, zawołany przez kolegę, zaczął przeciskać się w kierunku wolnych przedziałów. Wygląda na to, że będą sami. Pociąg nie zatrzymywał się na stacjach pośrednich. Żeby było jeszcze przyjemniej, nie było w nim Warsu, o czym poinformował przez interkom ledwo słyszalny głos konduktora. Ale będą roznosić herbatę i kawę. Na pocieszenie.

Mijali kolejne ciemne ściany lasów, samotne przejazdy kolejowe w polu, migoczące w oddali wsie. Przez jakiś czas panowała cisza. I dobrze. Tego jej trzeba. Ciszy. Więc dlaczego całym ciałem czeka na to jego pierwsze pytanie, które on zada, a ona odpowie? Wyjęła książkę, ale nie mogła się skupić, czwarty raz czytała to samo zdanie. Zamknęła oczy i mimowolnie westchnęła.

Fajne ma usta, pomyślał.

Niech się wreszcie odezwie, pomyślała.

– Często jeździ pani pociągami? – zapytał.

Przez chwilę zaskoczyła ją banalność tego pytania. Potem jednak stwierdziła, że mężczyzna pyta „naprawdę". Pyta i jest ciekaw odpowiedzi. Czekał, co powie, lekko pochylony w jej stronę, patrząc prosto w oczy. Tak jakoś otwarcie. Bezproblemowo. Bez podtekstu.

Odpowiedziała.

Godzinę później nadal nie przestawali wzajemnie zadawać pytań i odpowiadać, słuchać i mówić. Telefon rozładował się kompletnie. W tym czasie on wysłał kilka SMS-ów i dwa

razy rozmawiał, z żoną i córką. Wywnioskowała to po tonie
głosu i odpowiedzi, jakich udzielał. Pokazał jej zdjęcie córki.
Była śliczna. Ona pokazała mu zdjęcie swojego psa. Też się
zachwycił.

– Niedawno zdechł – powiedziała. Zmartwił się. Pomyślała, że cała ta przygoda nadaje się na słabe opowiadanie w jakimś zbiorku romansideł. Ale tylko pod warunkiem że skończy się co najmniej pocałunkiem na peronie.

A potem dojechali.

Na dworcu wymienili się wizytówkami. Gadali tyle godzin,
a nie wiedzieli, jak się nazywają.

– Róża – przeczytał na głos jej imię. Potem podniósł głowę
i powiedział z pytającym uśmiechem: – Pewnie nie znosi pani
dostawać róż?

Na chwilę zgubiła rytm oddechu. A potem, patrząc mu
prosto w szare oczy, zapytała: – Czy możemy sobie mówić po
imieniu?

Szła przygarbiona wiatrem i zimnem na postój taksówek.
Ręka w kieszeni raz po raz zatrzymywała się na niewielkim kartoniku, na którym ostatnich kilka godzin jej życia
układało się w jego imię i nazwisko, numer telefonu, adres
mailowy.

Podjechała pod dom. Spojrzała w ciemne okna. Ścisnęło ją
w żołądku. Nie znosiła robić mężowi przykrości. Ale jeszcze
bardziej nie znosiła tego, że przez niego czuje się winna. Winna, że pracuje, że wyjeżdża. Że zapomniała o tej nieszczęsnej
rocznicy. Weszła po schodach na trzecie piętro, cicho otworzyła drzwi. Już w przedpokoju poczuła zapach róż. I jego nie-
obecność. Cisza była pusta w środku. Niewypełniona niczyim
oddechem. Pod bukietem leżała kartka.

Wybacz, kochanie, musiałem zostać dziś dłużej w pracy. Może jutro pójdziemy na jakąś kolację?

Dłużej? Zerknęła na zegarek. Wpół do jedenastej. Dłużej... Zastanowiła się chwilę nad tym, czy chce się dowiedzieć prawdy? Czy jej się chce. Czy to coś zmieni?

Podłączyła telefon do ładowarki, puściła wodę do wanny i zaczęła powoli rozgaszczać się w pustym mieszkaniu. Z kieszeni płaszcza wyciągnęła wizytówkę i odruchowo schowała ją do kalendarza, nie wiedząc jeszcze, że nie wyjmie jej przez kolejne dwa miesiące.

W restauracji panował harmider. Kończył się karnawał i wszyscy postanowili to uczcić. Grupa jej przyjaciół z pracy siedziała przy barze i okolicznych stolikach, zamawiając kolejne drinki. Mówili coraz głośniej, tańczyli coraz chętniej. Za barem pobłyskiwał telewizor nastawiony na kanał muzyczny. Nie znosiła tego zwyczaju. Telewizory w knajpach. Naprawdę nie można spotkać się i pogadać? Bez wgapiania się w ekran telefonu, telewizora?

– Przepraszam, może pan wyłączyć ten telewizor? – Róża uśmiechnęła się do barmana, ukrywając irytację. Właśnie leciał jakiś bollywoodzki teledysk, podczas gdy z głośników sączył się delikatny jazz. Abstrakcja. Barman niechętnie wyjął pilot i przerzucił kilka kanałów w poszukiwaniu jakiegoś bardziej adekwatnego obrazka. Nagle mignął czerwony pasek w dole ekranu.

POLSKA: KATASTROFA KOLEJOWA. NAJNOWSZE INFORMACJE.

I barman, i Róża, i kilka innych osób na chwilę zawiesili wzrok na zdjęciach: pogięte, dziko splątane wraki wagonów upstrzone kolorowymi plamami ubrań, które powypadały z rozbitych walizek. Zapadła cisza. Ktoś wyłączył muzykę i włączył dźwięk. Spływały kolejne informacje. Gdzie, co, jak, ile ofiar, kiedy, dlaczego. Nastroje opadły. Róża kilkakrotnie powtarzała w myślach nazwę miejscowości. Wydała jej się znajoma, ale nie mogła usytuować jej na mapie swoich podróży. Po wielu minutach obrazy przestały szokować, alkohol przypomniał, że przecież jest i rozgrzewa serca do radości, a nogi do tańca. Ekran zgasł. Róża uśmiała się z dowcipu opowiedzianego przez przyjaciółkę i o mało nie spadła z barowego stołka. Wyraźnie nie powinna już pić, pomyślała, zamawiając z uśmiechem kolejnego drinka. I nagle – olśnienie! Ta miejscowość! Tak, mijała ją dwa miesiące temu, wracając z tej nieszczęsnej konferencji w piętnastą rocznicę ślubu! Przypomniała sobie wizytówkę schowaną w kalendarzu i słowa: „Często jeżdżę na tej trasie i zawsze bawi mnie nazwa tej miejscowości"…

Chryste… Nerwowo zaczęła przeszukiwać torebkę, ale kalendarzyk w żaden sposób nie dawał się znaleźć. Wyrzuciła zawartość torby na ladę baru. Jest. Wizytówka? Jest. Godzina? Za późno.

Napiszę maila, zdecydowała, wyciągając telefon. Sprawdzała pisownię trzy razy, bo jednak alkohol narobił bałaganu nie tylko w torebce, ale i w głowie. Wysłane. Może jutro odpisze.

128 ofiar.

Oddzwonił cztery minuty później. – Nic mi nie jest. Straszna tragedia. Dziękuję, że się troszczysz. Dziękuję, że o mnie pomyślałaś. Pójdziemy na kawę?

I znowu pomyślała, że to jakieś takie bezpardonowe, nagłe. Ale w sumie uczciwe. Bez kombinowania. Bez podtekstów. „Miło, że pomyślałaś, chcę się z tobą spotkać". I tyle. Tyle? To skąd to łaskotanie w brzuchu?

Dobrze jest być dorosłym.

Bo można robić, co się chce i liczyć się z konsekwencjami.

Można się kochać i nie zakochiwać.

Można się zakochiwać i z tym żyć i nie pisać koszmarnych wierszy.

Można brać i dawać bez wstydu.

Można nie udawać.

Można nie mieć zobowiązań, ale mieć ochotę.

Można nie mieć ochoty i już.

Można wsiąść do pociągu w środku tygodnia i nikt nie musi nam pisać usprawiedliwienia...

W zamyśleniu poruszyła palcami w swoich eleganckich szpilkach i uśmiechnęła się do marznącego deszczu za oknem.

JANUSZ L. WIŚNIEWSKI
Noc poślubna

MARIKA KRAJNIEWSKA
Klaustrofobia

Noc poślubna

A Helga mnie okropnie rozczarowała – pomyślała z wściekłością, pchając plecami z całej siły ciężkie stalowe drzwi za sobą i zmiatając przy tym z betonowej podłogi kawałki gruzu i odłamki szkła z rozbitej żarówki.

Chciała być przez te ostatnie dwie godziny zupełnie sama. Odwróciła się twarzą do drzwi, aby przekręcić klucz w zamku, i wtedy dostrzegła nad swoją głową kalendarz, który Hedda zawiesiła na jednej z pordzewiałych śrub, wzmacniających konstrukcję drzwi.

Moja mała Hedda – pomyślała rozczulona, przypominając sobie tę scenę sprzed kilku dni. To było bardzo wcześnie rano. Wszyscy leżeli jeszcze w łóżkach. Dawno przyzwyczaili się do wybuchów na zewnątrz, ale ten wydawał się tak bliski, że mała Heide, która spała przytulona do niej, obudziła się przestraszona i zaczęła płakać. Wtedy Hedda wstała z łóżka, w samej nocnej koszuli i boso przebiegła po betonowej podłodze, podsunęła do drzwi krzesło stojące zwykle przy toaletce, stanęła na nim i zawiesiła kalendarz na tej ohydnej śrubie. I gdy schodziła z krzesła, zahaczyła koszulą nocną o oparcie i rozdarła ją niefortunnie. Pamięta, że roześmiała się tak głośno, że nawet Helmuth, którego, jak sądziły dotychczas, nie obudziłby granat wrzucony pod łóżko, otworzył oczy. A Hedda, chociaż nie miała jeszcze nawet siedmiu lat, z godnością, spokojnie opuściła resztki koszuli i wróciła z podniesioną głową do łóżka.

Moja mała, kochana Hedda…

Dzisiaj także połknęła spokojnie zawartość ampułki, którą podał jej ten zasmarkany, trzęsący się ze strachu pożal się Boże doktorek, ten Stumpfegger, czy jak mu tam. Połknęła i z godnością osunęła się na kanapę, a ten Stumpfegger jęknął przy tym tak, że Helga zaczęła patrzeć na mnie z przerażeniem.

Moja mała Hedda…

To ona powiesiła ten kalendarz. I potem zaczynali w siódemkę, ona i dzieci – Joseph mieszkał w głównym bunkrze blisko Führera – każdy dzień od zrywania kartki z kalendarza, co robiła Hedda. Tak teatralnie skupiona, uważająca, aby nie zaczepić koszulą nocną o krzesło – one zawsze uśmiechały się w tym momencie. Tylko Helmuth spał jak zwykle. I dzisiaj rano nie było inaczej. Hedda wspięła się na krzesło i zerwała kartkę. Ostatnią. Pierwszego maja 1945 roku. Czwartek.

Moja mała Hedda…

Przekręciła klucz w zamku stalowych drzwi, oddzielających jej komorę od korytarza prowadzącego do głównego wejścia i dalej stromymi schodami dwie kondygnacje w dół do głównego bunkra. Nie znosiła tego miejsca. Jak Joseph mógł się zgodzić, aby ona z dziećmi mieszkała tak wysoko, pod samym dachem lewego skrzydła bunkra?! Nad nimi była już tylko warstwa ziemi w ogrodzie przy Kancelarii Rzeszy. Te wybuchy i eksplozje na zewnątrz stały się nie do wytrzymania. On miał wygodną komorę szesnaście metrów niżej, tuż obok sypialni Führera w bunkrze głównym, i wcale nie słyszał tego piekła!

Odwróciła się i przeszła na kanapę obok umywalki. Miała dokładnie 2 godziny i 17 minut czasu. Była 17:03. Joseph przyjdzie tutaj punktualnie o 19:20. Będzie jak zwykle elegancko ubrany. Kapelusz, skórzane białe rękawiczki. Ciekawe, czy włoży te, które podarowała mu w dniu jego czterdziestych czwartych urodzin?

Rok temu Hanna na jej prośbę w październiku poleciała z nimi w nocy do Wenecji. Wystartowali z Tegel. Joseph zupełnie się tego nie spodziewał; w limuzynie powiedziała mu, że „wyciąga go tam, gdzie było nam tak dobrze". To było takie podniecające. Nie wie do dzisiaj, jak Hannie udało się wydostać tym samolotem z Berlina. Joseph mówił, że ona miała zawsze dostęp do specjalnych map. Zamieszkali w tym samym hotelu co wtedy, w 1936 roku, gdy pojechali na prywatne zaproszenie Mussoliniego. Ale nie było tak jak wtedy. Zupełnie nie. Wtedy kochali się całą noc i Joseph spóźnił się na konferencję prasową następnego ranka. Teraz Joseph nawet jej nie dotknął i całą noc czytał jakieś raporty i opowiadał jej o „złych doradcach Führera", o „ogromnym poczuciu winy z powodu niedokończonego problemu ostatecznego rozwiązania sprawy Żydów". I płakał z bezsilności, a czasami wcale do niej nie mówił, tylko przemawiał jak na wiecu do tych prymitywnych analfabetów gdzieś na zapadłej wsi koło Hamburga. Następnego dnia kupiła mu te rękawiczki w sklepie obok hotelu i po południu po prostu wrócili z Hanną do Berlina. Nie chciała spędzać kolejnej nocy w Wenecji z ministrem propagandy.

Joseph przyjdzie o 19:20. Porozmawiają o tym, że „dzieci odeszły godnie". Nie powie mu oczywiście, jak zachowała się Helga. Jego pierworodna, ukochana córeczka tatusia, Helga

Goebbels, którą do chrztu trzymał sam Führer. Nie! Nie powie mu tego. Wpadłby w wściekłość i zanim udałoby się jej go uspokoić, spóźniliby się z pewnością na pożegnanie. A Joseph i Magda Goebbels nie spóźniali się nigdy. Nigdy. I ten ostatni raz także się nie spóźnią. I tak ma zostać. I taka prawda o nich ma być zapisana w historii. Dlatego nie powie mu, że musiała dzisiaj po południu siłą wlewać Heldze cyjanowodór do gardła. I że ten zasmarkany kretyn, to zero, ten Stumpfegger, który nawet nie zasługuje na rozstrzelanie, gdy zobaczył, że Helga klęczy na podłodze i zanosi się od płaczu, wybiegł po prostu, krzycząc na cały korytarz i zostawił ją tam zupełnie samą.

No więc Joseph przyjdzie o 19:20, zlustruje ją od stóp do głów i gdy wszystko będzie w porządku, zejdą schodami dwie kondygnacje w dół, do głównego bunkra. Dokładnie o 19:30, tak jak wczoraj było zapowiedziane. Mają być wszyscy. Tak ustalił Joseph. I dlatego też będą wszyscy. I dlatego ona musi wyprasować jeszcze spódnicę i odświeżyć tę granatową marynarkę. To w niej była cztery dni temu, gdy Führer w pewnym momencie przy kolacji zupełnie nieoczekiwanie odpiął złoty krzyż od swojego munduru, podszedł powoli do niej i jako pierwszej damie Rzeszy, przy wszystkich, przypiął go do jej granatowej marynarki. I wtedy poczuła tę olśniewającą dumę. To mistyczne poruszenie i bezgraniczne oddanie Führerowi, Partii i Sprawie. I to wtedy tak naprawdę poczuła, jak wielkie jest to „wyróżnienie, którym obdarzył ją, Josepha i ich wszystkie dzieci: Helgę, Hildę, Helmutha, Holde, Hedde i Heide łaskawy los, że mogą być tutaj razem z Nim, z Führerem, a potem razem z Nim odejść z tego świata". I wtedy także wiedziała, że „Bóg da jej siłę, aby to ostatnie, najtrudniejsze zadanie wypełnić godnie, nieodwołalnie i do końca". I dzisiaj po południu wypełniła to zadanie, a teraz odświeży tę granatową marynarkę, przypnie złoty krzyż i będzie czekać na Josepha. A potem, krótko po 19:30, gdy już pożegnają wszystkich, powoli przejdą schodami na górę i będzie koniec. Joseph się zastrzeli, a ona połknie swoją ampułkę. Adiutant Josepha ma przykazane spalić ich ciała, ale przedtem strzałem z pistoletu w głowę ma „upewnić się, że z pewnością nie żyją".

Miała jeszcze trochę czasu. Zdjęła buty i położyła się na kanapie przykrytej poplamionym przez dzieci pledem. W zasadzie, zamiast leżeć, powinna usiąść teraz przy stoliku obok umywalki i pisać swój dziennik. Nie miała jednak siły pisać. Chociaż powinna. Poza tym jutro Joseph przy śniadaniu nie zada jej pytania, które zadaje od lat: „Spisałaś wczorajszy dzień?".

Nie. Jutro nie zada tego pytania. Jutro nie będą po prostu jedli razem śniadania.

Dlatego dzisiaj nie ma absolutnie żadnego znaczenia, że Joseph przykazał jej „spisywać swoje życie", a ona tego nie zrobi. Wieczorem zawsze powtarzał dzieciom: „Wasz ojciec nie pójdzie spać, póki nie spisze historii, którą tworzył w trakcie upływającego dnia". Bo Joseph wierzył, że nieustannie tworzy historię. Ciekawa była czasami, jakie to on historie – bo przecież nie Historię – tworzył każdego dnia w tym swoim Ministerstwie Propagandy. Bardzo była ciekawa.

Ciekawe też, czy spisał tę pikantną historyjkę z tą małą zarozumiałą „artystką" z Pragi, tą pożal się Boże aktorką, Lidą Baarovą. Ona chodziła z Hode, ich czwartym dzieckiem, w ciąży, a on zapraszał tę Baarovą do Ministerstwa Propagandy i gził się z nią na marmurze lub dębowym biurku w tym swoim biurze przypominającym pałac Nerona. Gdy jego sekretarz, Karl Hanke, który potajemnie się w niej kochał, doniósł jej o tym, Joseph próbował ją wzruszyć kiczowatą opowieścią, jak to „śmiertelnie i nieopatrznie zakochał się w tym aniele" i gadkami, że on ją szanuje i mogą jakoś to „we troje zorganizować". Ciekawe, że miłość do „anioła" minęła natychmiast i bez śladu, gdy tylko dotarło to do Führera. Gdy Hitler otrzymał potwierdzoną przez SS wiadomość, że jego minister propagandy chce rozwieść się z ciężarną matką trójki wzorcowych aryjskich dzieci, to po prostu dostał ataku szału. Takiego prawdziwie nazistowskiego. Z pianą na ustach, bieganiem po kancelarii i groźbami, że „ten kulawy Goebbels skończy jako garstka prochu w Buchenwaldzie, który już przecież budujemy". Hitler wściekł się tym bardziej, że akurat planował aneksję Czech, nikomu w Europie niepotrzebnego kraju Baarovej, a prasa i tak już pastwiła się nad nim za to, że toleruje swojego ministra wojny, marszałka polowego Blomberga, który zakochał się i pojął za żonę jedną z bardziej znanych w Berlinie prostytutek. Bo w 1936 roku ciągle jeszcze była w Niemczech wolność prasy i można było pisać o marszałkach polowych. A tym bardziej o prostytutkach.

To było tak dawno temu...

Nie mogła przestać myśleć o Heldze. Rozczarowała ją! I to akurat Helga, z której zawsze była taka dumna. I Joseph także. Ale ona była najstarsza i być może zauważyła, że dzisiaj, a tak naprawdę to od ślubu „wujka Adolfa" z „tą panią Braun", było wszystko inaczej.

„Ta pani Braun"...

Tak nazywali ją wszyscy, którym chociaż raz dane było otrzeć się o kancelarię Rzeszy lub Obersalzberg, gdzie mieszkał Hitler. „Ta pani Braun" z akcentem na „ta". Bo oficjalnie Führer – to głównie Joseph na wiecach osobiście wykrzykiwał tę absurdalną bzdurę – „nie ma prywatnego życia i dzień i noc służy niemieckiemu narodowi". Naród oczywiście nie wierzył. I miał rację. Bo przynajmniej raz, a czasami dwa razy w miesiącu Führer służył na początku w dzień, a z upływem czasu także w nocy córce krawcowej z Monachium, „tej" Evie Braun, zmarłej Hitler. Tak było na początku, jeszcze w Monachium, w mieszkaniu Hitlera na Prinzregentenplatz, w trzydziestym drugim, gdy dwudziestoletnia Braun bywała na „sofie Wilka", i tak było do końca w sypialniach Führera w rezydencji w Obersalzberg, począwszy od trzydziestego szóstego. Wie to dokładnie od najlepszej przyjaciółki siostry Braun, Gretl. Przyjaciółka Gretl Braun bardzo lubiła „bywać w dobrym towarzystwie", więc zapraszała ją regularnie, oczywiście gdy Josepha tam nie było, do ich berlińskiego domu, aby dokładnie wiedzieć, jak „daleko zaszły sprawy" między tą Braun a Wilkiem. Sprawy „zachodziły daleko", ale bardzo rzadko, bo Wilk rzadko miał czas i ochotę bywać na sofie z kimkolwiek.

Poza tym rzadko był wilkiem. Pamięta, jak poruszona słuchała opowieści, „pod przysięgą na Boga, że to prawda", jak to Eva żaliła się siostrze, że „nie jest dla A. kobietą, tylko matką". Hitler bałwochwalczo kochał swoją matkę. To wiedzieli wszyscy. To jej fotografia była zawsze nad jego łóżkiem. Nawet w hotelikach, w których zatrzymywał się na dłużej niż trzy noce. Ale to, co opowiadała ta przyjaciółka Gretl Braun, było jak nie z tego świata. Eva żaliła się mianowicie siostrze, że „Adolf kazał jej spryskiwać piersi perfumami, których używała jego matka, potem przychodził do niej do łóżka i ssał je, imitując płacz niemowlęcia i powtarzając imię «Klara»". Tak na imię miała matka Hitlera!!! Była tak poruszona tą historią, że opowiedziała ją wieczorem w sypialni Josephowi. Dokładnie go obserwowała, aby zarejestrować jego reakcję. Zapytał spokojnie, skąd wie, i nie zaprzeczył ani słowem. Znała go dobrze. Joseph reagował tak jedynie na fakty. Radził tylko, aby nikomu tego nie opowiadać, bo „przyjaciółka Gretl i może nawet sama Gretl mogą wkrótce nic już nigdy nie opowiedzieć, jak zna gestapo". Tylko jeden jedyny raz wrócili potem do tego tematu.

To było w dzień po zamachu na Hitlera w jego twierdzy w Kętrzynie. Przeszmuglowana przez hrabiego Stauffenberga bomba wybuchła w niewłaściwym momencie. Akurat gdy Hitler przesunął się za stołem konferencyjnym w taki sposób, że znalazł się dokładnie za jego betonową nogą. To był kolejny zamach. Kolejny nieudany. Tak jak gdyby przeznaczeniem Führera było przeżyć. Gdy zwróciła na to uwagę Josephowi, ten wcale nie był zdziwiony i opowiedział jej w najgłębszej tajemnicy niesamowitą historię, potwierdzającą, że „Führer ma swojego anioła stróża, który prowadzi go do zwycięstwa". Do końca nie udało jej się osiągnąć tego, aby Joseph, rozmawiając z nią, darował sobie te patetyczne propagandowe bzdury.

Okazało się, że zupełnie pierwszym aniołem stróżem Adolfa Hitlera, kanclerza Trzeciej Rzeszy, która miała być wieczna, był żydowski robotnik z Braunau nad Innem na granicy Austrii z Niemcami, gdzie w Niedzielę Wielkanocną 20 kwietnia 1889 roku przyszedł na świat Adolf, czwarte dziecko Klary Hitler z domu Poelz. Wiosną 1891 roku niespełna dwuletni Adolf oddalił się niezauważony przez matkę z podwórka ich domu w Braunau i przeszedł nad pobliski Inn, gdzie wpadł do wody i tonął. Idący tamtędy na ryby żydowski robotnik nie zastanawiał się ani chwili, wskoczył do lodowatej rzeki i uratował chłopca. Żyd z Braunau tamtego dnia zmienił historię świata.

Nie znosiła organicznie Evy z domu Braun, umarłej Hitler. Organicznie, znaczy tak, jak nie znosi się na przykład kaszanki, po której kiedyś jako dziecko musiała zwymiotować.

To było jeszcze w Brukseli. Najpierw matka dała jej to dziwne „coś" na obiad, a potem wrócił z biura jej przybrany ukochany ojciec i opowiedział, jak i z czego robi się kaszankę. Bo on jej wszystko opowiadał, choć była jeszcze dzieckiem. I tak naprawdę to tylko on miał dla niej zawsze czas i to on przez długie lata przychodził jej do głowy, gdy pomyślała lub wypowiedziała słowo „ojciec".

Ale potem dowiedziała się, kim naprawdę był jej ojczym. Joseph nigdy jej tego nie zapomniał. Pamięta – jej ojczym już dawno nie żył – wrócił kiedyś wściekły z ministerstwa i przy dzieciach zrobił jej straszną awanturę. Zwymyślał ją za „ohydną żydowską biografię, która nie przystoi pierwszej damie Rzeszy". Tak jak gdyby ona miała wpływ na to, z kim chadzała do łóżka trzydzieści lat wcześniej jej matka. A chadzała z Richardem Friedländerem, żydowskim przemysłowcem handlującym skórą.

Dlatego Joseph chciał wymazać Friedländera z historii tej ziemi. Nie mógł dopuścić, aby świat drwił z niego, dowiedziawszy się, że żyjący Żyd Friedländer jest czymś w rodzaju przybranego teścia ministra propagandy doktora Goebbelsa. Mimo że nigdy nie rozmawiali o nim, oboje wiedzieli, że tak będzie najlepiej. Friedländer był w pierwszej setce Żydów wysłanych z Berlina do Buchenwaldu w 1938 roku. Joseph zrobił to bardzo dyskretnie. Jeszcze dyskretniej Friedländer powrócił do Berlina z Buchenwaldu w niecały rok później. W urnie. Za zaliczeniem pocztowym 93 RM.

Nie znosiła tej Braun głównie jednak za to, że to do Braun, a nie na przykład do niej, Hitler mówił „Ewuniu" lub „Perełko", że była jedenaście lat młodsza, a do tego wyglądała, jak gdyby to było osiemnaście lat, i że Joseph wpatrywał się jak urzeczony w jej ogromne piersi za każdym razem, gdy byli z wizytą w Obersalzbergu.

Co Hitler widział w tym głupim dziewczęciu, czytającym mimo dwudziestu lat ciągle jeszcze książki o Winnetou albo zawsze te same bezsensowne romanse kupowane na wagę?! A na dodatek śmierdziała papierosami! Kto śmierdzi papierosami i spryskuje się jednocześnie najdroższymi perfumami z Paryża?! Bo ona przecież nieustannie paliła. Po prostu nie usiedziała dłużej niż kwadrans bez papierosa. Hitler opowiadał na tarasie w Obersalzbergu, jak bardzo szkodliwa jest nikotyna dla „niemieckich kobiet", a ona demonstracyjnie gwizdała przy nim „Smoke gets in your eyes". A on tylko uśmiechał się, rozbawiony. Joseph opowiadał jej, że Braun, gdy mieszkała w Obersalzbergu, przebierała się minimum siedem razy w ciągu dnia. Ale to i tak nie pomagało. Papierosami śmierdziała zawsze.

Poza tym Braun nie miała żadnej klasy! Kompromitowała nieustannie Führera, Ojczyznę i niemieckie kobiety. Nawet nie potrafiła się zabić tak, aby nie trzeba było się za nią wstydzić na drugi dzień. Najpierw „nie trafiła" z rewolweru ojca i kula została w jej szyi. A dwa lata później, gdy Hitler znowu traktował ją tylko jako kobietę do „niektórych zadań", połknęła dwadzieścia tabletek nasennych – chociaż jakiś idiota napisał w raporcie dla Hitlera, chyba żeby zrobić większe wrażenie, że trzydzieści pięć, ale przez przypadek uratowała ją siostra Ilsa. Ona przecież wcale nie chciała się zabić! Kto zabija się w tych czasach vanodormem?! To tak, jak gdyby próbować uspokoić się witaminą C zamiast morfiną. Ale Hitler dał się na to nabrać i był urzeczony tą „miłością do końca i tym poświęceniem". Kupił jej te dwa wstrętne, nieustannie szczekające małe psy – jak można chcieć psy przypominające wypasione szczury ze sterczącym uszami?! – o których marzyła i zaczął pokazywać się z nią – jako prywatną sekretarką oczywiście – na przyjęciach w Monachium i Berlinie. Kiedyś byli u nich, w ich wiejskiej rezydencji nad jeziorem Bogen. Sama słyszała, jak Hitler, rozmawiając z ministrem uzbrojenia Albertem Speerem, powiedział, mimo że Braun stała obok i niewątpliwie musiała to słyszeć: „Inteligentni ludzie powinni wiązać się z prymitywnymi i głupimi kobietami".

A ta Braun stała tam i milczała jak słup soli. Nawet nie stać jej było, aby demonstracyjnie odejść. Grała rolę prywatnej sekretarki do końca. Speer uśmiechnął się tylko i zaciągnął głęboko cygarem.

Albo to! Kiedyś Joseph konferował z Hitlerem w jego gabinecie w Obersalzbergu. Ona siedziała na fotelu przy oknie, czekając, aż skończą, czytała gazetę. Usłyszała pukanie. Po chwili weszła Braun z bukietem świeżo zerwanych w ogrodzie kwiatów. Uśmiechnęła się do Hitlera i chciała wstawić je do wazonu stojącego na granitowej płycie nad kominkiem. Hitler warknął tylko znad biurka: „Nie chcę żadnych trupów w tym pokoju". Braun zrobiła się cała czerwona na twarzy, wzięła kwiaty i bez słowa wyszła.

No tak. Ale ona zniosłaby wszystko, aby tylko zostać „panią Hitler". Miała dwadzieścia lat, gdy zaczęła o tym marzyć i dopiero trzy dni temu, po trzynastu latach została „panią Hitler". Na dwie noce i półtora dnia. I na dodatek Hitler nie spędził z nią tych dwóch nocy.

A ten cały ślub?! Ta kiczowata farsa tuż przed północą dwudziestego ósmego kwietnia? I ta noc poślubna. Kto w noc poślubną pisze testament, zamiast iść do łóżka poślubionej żony?!

Joseph powiedział jej o tym dopiero o 18:38. Nie mogła w to uwierzyć, gdy wszedł do ich bunkra i podnieconym głosem powiedział:

– Dzisiaj przed północą w bunkrze głównym Bormann i ja będziemy świadkami na ślubie Führera z Evą. Proszę, abyś była z Helgą pół godziny przed północą na dole.

Uśmiechnął się tylko dwuznacznie, gdy Helmuth zapytał ni stąd, ni zowąd:

– Dlaczego tylko Helga? Ja także chciałbym zobaczyć, jak wujek Adolf całuje się z panią Braun.

Zeszły na dół do głównego bunkra już o dwudziestej trzeciej. Helga była tak jak dzisiaj po południu, w białej sukience i białych rękawiczkach do łokcia. Ona w granatowej marynarce i stalowej spódnicy. Przypięła krzyż. Włożyła złoty łańcuch, który Joseph podarował jej na czterdzieste urodziny. Wolałaby kolię z pereł, ale do złotego krzyża nie pasowałaby za bardzo. Wiedziała, że Braun powiesi na sobie wszystkie brylanty, które dostała od Hitlera w ciągu całego życia, więc nie chciała przy niej wyglądać jak uboga kuzynka z bunkra na górze. Poza tym krzyż był ważniejszy. Tym bardziej że pamięta, jakim grymasem na twarzy zareagowała Braun, gdy Führer, przypinając jej ten krzyż, powiedział: „Dla pierwszej damy Rzeszy". I dlatego przypięła krzyż i włożyła złoty łańcuch.

Gdy zeszły z Helgą, byli już wszyscy oprócz Josepha. Bormann nerwowo chodził wzdłuż ściany i raz po raz sprawdzał, czy na biurku leżą wszystkie niezbędne dokumenty. Było wyjątkowo jasno. Paliły się wszystkie żarówki. Nawet te na korytarzu. Bormann, mimo absolutnego, pod groźbą rozstrzelania, nakazu oszczędzania benzyny polecił, aby tej nocy pracowały wszystkie agregaty.

Hitler, Braun i Joseph weszli przez boczne drzwi o 23:45. Jeszcze nigdy nie widziała Braun tak uśmiechniętej. Weszła do sali trzymana pod ramię przez Hitlera i od razu przeszli do biurka, za którym stał sekretarz udzielający ślubu.

Braun miała na sobie kremową suknię z jedwabiu zapiętą pod szyję i, tak jak oczekiwała, kilogramy brylantów. Była bardzo zdenerwowana. Joseph opowiadał później, że podpisując akt małżeństwa, pomyliła się i zaczęła od litery „B". Ale ją przekreśliła i po raz pierwszy – i także ostatni – podpisała cokolwiek jako Eva Hitler.

Po ceremonii Joseph odprowadził Helgę, mimo jej głośnych protestów, do bunkra na górę. Gdy wrócił, Hitler wznosił toast „za historię, która kiedyś doceni naszą sprawę i nasze ofiary". Tej Braun, a w zasadzie już wtedy Hitler, nie było przy tym toaście! Wyszła akurat zapalić.

Szampana dostali tylko wybrani. Reszta wznosiła toast tanim rieslingiem przyniesionym w skrzynce przez adiutanta Hitlera Juliusa Schauba. Schaub zachował się wyjątkowo godnie. Odmówił wypicia szampana, którego podał mu sam Bormann, i pił ze wszystkimi innymi wino, które przyniósł.

O drugiej w nocy Hitler z sekretarzem wyszli do pomieszczenia obok, gdzie Hitler podyktował swój ostatni testament. Bo Hitler napisał wiele testamentów. To w nim ogłosił historii, że Braun i on popełnią samobójstwo, aby „uniknąć hańby rezygnacji lub kapitulacji".

Potem wrócili z sekretarzem do wszystkich. Około czwartej nad ranem Braun i Hitler podeszli do Bormanna i Josepha, dyskutujących za biurkiem.

Po chwili Joseph poprawił mundur i kazał adiutantowi Hitlera poprosić o ciszę.

Zrobiło się niesamowicie. Umilkły wszystkie rozmowy. Z zewnątrz dochodziły głuche eksplozje. Hitler trzymał Braun za lewą rękę. Stanęli za biurkiem. W pewnym momencie Hitler położył prawą dłoń na swojej lewej piersi, Braun wyciągnęła prawą dłoń do góry. Joseph krzyknął na całą salę:

– Führer z małżonką wychodzą!

Wszyscy jak na komendę podnieśli swoje prawe dłonie i wrzasnęli:

– Heil Hitler!!!

Pamięta, że dostała gęsiej skórki z podniecenia i ze wzruszenia.

Joseph do końca wiedział, jak przypodobać się Hitlerowi. „Führer z małżonką". Coś takiego! On to potrafił się znaleźć w każdej sytuacji.

I wyszli faktycznie. Spędzić swoją noc poślubną. Ona do swojej sypialni, a Hitler do swojej. Bo Eva Braun, od kilku minut Eva Hitler z domu Braun, miała w nocy z 28 na 29 kwietnia 1945 „swoje dni". Wie to z całą pewnością od pokojówki Braun, Liesl Ostertag, która była u niej dwa dni przed tym pożyczyć watę lub „coś podobnego", bo „moja pani ma... no wie pani... ma te... no wie pani... te swoje dni, a nie mogę dostać się do magazynu na górze, bo cały korytarz jest od wczoraj po wybuchu zasypany". I dała jej wtedy całą watę, jaką miała. Ona miała menstruację tydzień temu i to była na pewno jej ostatnia. Więc po co jej wata. Nie wiedziała, jak zapakować jej tę watę. Nie mogła wysłać pokojówki kochanki Hitlera z naręczem waty przez cały bunkier pełen żołnierzy. Nie miała żadnego papieru oprócz kartek z maszynopisem przemówień Josepha. Dzieci używały ich do rysowania. To było ryzykowne. Wata „na te dni", opakowana w „nieśmiertelne" przemówienia ministra propagandy Rzeszy. Ale teraz wszystko było ryzykowne. Ułożyła kilkanaście kartek na biurku i zawinęła w nie watę. Liesl nawet nie zwróciła na to uwagi.

Hitler nie znosił „nieczystych kobiet". Nie znosił mięsa, dymu papierosowego, hałaśliwej muzyki, obcych języków i „nieczystych kobiet". Braun często skarżyła się swojej siostrze Gretl, że Hitler potrafił nie odwiedzać jej w Monachium przez dwa tygodnie, gdy tylko dowiedział się, że jest niedysponowana. Zresztą ten austriacki koleżka Hitlera z Linz, ten jego bezsensowny „przyjaciel na śmierć i życie", August Kunitzek, także wszystkim wokół rozpowiadał, że „Adolf ucieka jak od ognia od takich kobiet".

Liesl sama jej wszystko w szczegółach opowiedziała wczoraj późnym popołudniem, gdy wstrząśnięta przybiegła do niej do bunkra po tym, jak Hitler i Braun popełnili razem samobójstwo. Trzęsła się z przerażenia i łkała, gdy o tym mówiła. Wyszły na korytarz, aby dzieci tego nie słyszały, ale Helga i tak zrozumiała, o co chodzi.

Braun wyszła po nocy poślubnej ze swojej sypialni i powiedziała jej dumnym głosem: „Możesz mi spokojnie mówić «pani Hitler» od dzisiaj".

Potem zdjęła z palca obrączkę i podała jej torbę, w której była jedwabna suknia ślubna, i kazała to „bezzwłocznie przekazać mojej przyjaciółce Hercie Ostermayer". Potem wróciła do swojego pokoju i przez cały dzień i całą noc nie wychodziła stamtąd. Hitler nie zjawił się u niej przez cały ten czas. Następnego dnia rano, trzydziestego kwietnia, poprosiła o papierosy i kawę na śniadanie. Tę noc także spędziła sama u siebie w sypialni. Około południa weszła do niej jej fryzjerka Milla Schellmoser, po godzinie wyszła zapłakana. Około 13:30 Braun wyszła ze swojej sypialni, ubrana w szary kostium; do tego miała czarne buty na wysokim obcasie i czarne skórzane rękawiczki. Ze schodów cofnęła się na chwilę do sypialni i po chwili wróciła, zapinając swój wysadzany brylantami zegarek. Zeszła do gabinetu Hitlera. Za kwadrans czternasta przyszedł Hitler. Nie zamienili ze sobą ani słowa. Kazali jej wyjść.

Potem wszystko zdarzyło się tak szybko. Słyszała strzał. Ale tylko jeden. Po chwili kamerdyner Linge i jakiś esesman wynieśli ciało Hitlera na zewnątrz bunkra i położyli na ziemi. Zaraz potem Bormann i jego adiutant wynieśli ciało Braun i przekazali temu Kempkę, szoferowi Hitlera. Kempke przyniósł kanister z benzyną, wylał całą jego zawartość na oba ciała i podpalił. Liesl zanosiła się od płaczu, gdy jej to opowiadała. „Führer z małżonką odeszli" – powiedziałby Joseph, gdyby byli jacyś ludzie, którzy chcieliby jeszcze słuchać jego propagandowych bzdur na tym cmentarzu w środku Berlina – pomyślała, uspokajając Liesl.

Coś takiego! Eva Braun, zmarła Hitler, odeszła nietknięta przez męża. Czy takie małżeństwo jest w ogóle ważne?

Liesl wróciła do głównego bunkra, a ona do dzieci. Helga patrzyła na nią dziwnie, ale o nic nie zapytała. Inne dzieci może jeszcze nie, ale Helga musiała wiedzieć i rozumieć, że to wszystko się kończy. Miała przecież już trzynaście lat. I może dlatego tak się dzisiaj po południu zachowywała. Bo dzisiaj przez cały dzień wszystko było inaczej.

Nie mogła leżeć. Podniosła się i usiadła na kanapie. Widziała swoje odbicie w wyszczerbionym lustrze toaletki stojącej naprzeciwko kanapy. Czuła niepokój. Tylko to. Żadnego żalu, żadnej tęsknoty, żadnej winy, żadnego strachu. Przebieg dzisiejszego dnia wracał do niej jak zapis, którego już nie umieści w swoim dzienniku.

Najpierw, jeszcze w południe, w korytarzu głównego bunkra, tam gdzie ostatnio podawano posiłki, spotkałam tego Stumpfeggera, który zrobił mi wykład o tym, że „nie poświęca się tak młodych istnień dla idei", i to przy tej Schellmoser, fryzjerce Evy Braun, och, przepraszam, od wczoraj świętej pamięci Evy Hitler. Jak mógł? I ta fryzjerka patrzyła na mnie z taką pogardą i wyniosłością. Na mnie, Magdę Goebbels. Matkę, która urodziła ojczyźnie siedmioro dzieci i trzy razy dla ojczyzny poroniła. W ciągu 19 lat dziesięć ciąż i siedem porodów.

Zupełny kretyn ten Stumpfegger. To jest niepojęte, aby coś takiego mówić przy personelu. I poza tym, jak on wyglądał?! Ohyda. Nieogolony, w rozchełstanym mundurze, z poplamionymi krwią mankietami koszuli. W zakurzonych butach. I na dodatek śmierdział potem. Gdyby Joseph to widział... To nic, że nigdy nie wiadomo, kiedy będzie woda w kranach w tym bunkrze. To go wcale nie usprawiedliwia. Joseph nigdy tak nie wyglądał.

Potem Hanna Reitsch wywołała mnie na zewnątrz i powiedziała, że ona jest gotowa wylecieć z dziećmi samolotem jeszcze tej nocy z Berlina i że choć istnieje „pewne ryzyko, że Amerykanie przechwycą jej samolot", to ona mnie bardzo gorąco prosi i zaklina, abym się zgodziła. Oczywiście, że się nie zgodziłam. To było już postanowione i ostateczne. Poza tym, co powiedziałby Joseph?

Około czternastej, zaraz po obiedzie, zamiast iść jak zwykle czytać książki do naszego bunkra, tak jak było ustalone, zostaliśmy w bunkrze głównym i poszliśmy do komory tego radiotelegrafisty Mischa. Miły człowiek. Usłużny. A przy tym prawdziwy aryjczyk. Zawsze nosił w kieszeni cukierki dla dziewczynek. Czasami brał na kolana małą Heide i pozwalał jej kręcić tymi ogromnymi pokrętłami radiostacji.

O czternastej trzydzieści wydałam polecenie Liesl, aby ubrała dzieci na biało. Tak jak na tym zdjęciu z czerwca czterdziestego trzeciego, gdy Harald przyjechał do nas na krótki urlop z frontu. Mój dzielny Harald. Gdzie on teraz jest? Czy dostanie mój list, który Hanna ma wywieźć z Berlina jeszcze dzisiaj w nocy?

Gdy weszłam do dzieci, Liesl kończyła ubierać Holde. Po chwili wyszła, nie żegnając się z dziećmi. Tak jak miała polecone. Gdy ja czesałam Heide, Helga wzięła grzebień i zaczęła czesać Heddę. Helmuth w tym czasie bawił się radiostacją Mischa stojącą na metalowym stole.

Potem przyszedł ten Stumpfegger. Miał w kieszeni siedem ampułek z cyjanowodorem. Sześć dla dzieci i jedną dla mnie. Na dzisiaj wieczór. Powiedziałam dzieciom, że muszą połknąć to, co przepisał nam doktor Stumpfegger i że to wcale nie jest gorzkie. Stumpfedgger podszedł najpierw do metalowego stołu, na którym stała radiostacja. Helmuth połknął jako pierwszy. Połknął i dalej bawił się radiem. Potem Stumpfegger podszedł do Hilde, a ja podałam ampułkę Holde i Heddzie, które podeszły do mnie same. W tym momencie upadł na podłogę Helmuth i po chwili Heide. Hedda zaczęła przeraźliwie płakać, gdy Stumpfegger zbliżał się do niej. I wtedy Helga mnie zawiodła. A ten Stumpfegger wybiegł z wrzaskiem na korytarz…

Joseph przyjdzie o 19:20. Nie powie mu oczywiście o Heldze. Chociaż chciałaby. Bardzo chciałaby. Aby on też trochę pocierpiał. A nie jak ten tchórz ukrył się z Bormannem w gabinecie Hitlera i zajął się „usuwaniem istotnych dokumentów" z kancelarii Hitlera. Tak jak gdyby to było teraz najważniejsze. I tak cały świat już wie, ilu Żydów zagazowali w Polsce. On usuwał papiery, a jej zostawił usunięcie szóstki jego własnych dzieci. Nawet nie pofatygował się do niej po południu, mimo że wiedział, iż o 15:15 musi być już po wszystkim.

Ale to typowe nie tylko dla Josepha, także dla całej reszty tych trzęsących się teraz ze strachu nazistowskich pyszałkowatych wymoczków, którym wydawało się, że byli, i ciągle jeszcze są, na kilka minut przed opadnięciem ostatniej kurtyny, szczególnymi bohaterami. A tak naprawdę, patrząc na historię ostatnich lat z tego żałosnego bunkra przypominającego podziemny grobowiec, szczególne to były nazistowskie kobiety. I to nie tylko niemieckie.

Taka na przykład Gerda Bormann. Jak tylko ją pamięta, zawsze była albo w ciąży, albo w połogu. Dziesięcioro dzieci urodziła Rzeszy. Dziesięcioro! Hitler traktował ją jak rzymską matronę i gdyby mógł, i nie było to sprzeczne z rolą niemieckiej kobiety, zrobiłby z niej ministra do spraw rodziny. Hitler lubił takie kobiety jak „płodna Gerda", jak ją nazywali w Berlinie. Głównie za to, że rodziła praktycznie bez przerwy, całkowicie podporządkowała się temu dyktatorskiemu Bormannowi i siedziała cicho, nie robiąc żadnych skandali, mimo iż doskonale wiedziała, że Bormann ją nieustannie zdradza z tymi aktoreczkami i piosenkarkami, które podsyłał mu Joseph.

Gerda Bormann była dla niej – do pewnego czasu – szanowaną, wyróżnioną przez Führera Złotym Honorowym Krzyżem Niemieckiej Matki, pogodzoną z losem żoną nazistowskiego choleryka. Ale tylko do czasu. Potem jednak zupełnie odebrało jej zmysły. Nie dość, że chciała, aby Bormann zapraszał swoją kochankę do ich domu, to jeszcze radziła mu, żeby „uważał, aby ona nosiła jego dziecko w jednym roku, podczas gdy kochanka w kolejnym, tak aby zawsze miał jedną kobietę gotową do poczęcia". Taki plan rozpłodowy rodziny Bormann. Ale co gorsza, nie tylko rodziny Bormann, jak się wkrótce okazało. W czterdziestym trzecim „płodna Gerda" Bormann wystąpiła, korzystając z koneksji męża, z tym absurdalnym pomysłem Małżeństw Narodowych publicznie. Chciała, aby prawnie usankcjonowano posiadanie przez „zdrowych, wartościowych aryjskich mężczyzn" dwóch żon. Tak jak było to praktykowane po wojnie trzydziestoletniej! Hitler musiał zacierać ręce. To przecież on wykrzykiwał na którymś zjeździe NSDAP, że „polem walki kobiety jest sala porodowa".

Niektóre kobiety w Rzeszy zrozumiały te słowa Führera zbyt dosłownie. Jak ta czterdziestotrzyletnia „doktorowa" Karolina Diehl. Obdarowała męża i Rzeszę czwórką dzieci, z których żadne nie było jej – wszystkie były ukradzione ze szpitali lub odkupione jak małe szczeniaki na targowisku. A Diehl nie była niezrównoważoną psychopatką i fanatyczką. Zupełnie nie. Była wykształconą, grającą na fortepianie, mówiącą po francusku i udzielającą się w filantropii żoną doktora Raschera, „wybitnie zdolnego lekarza bezgranicznie oddanego Führerowi i Rzeszy", jak pisał o nim Himmler. Ale co innego miał pisać ten stary pantoflarz Heinrich Himmler, szef SS, na którego zlecenie Rascher przeprowadzał w Buchenwaldzie eksperymenty na ludziach? Wyciągał przecież od Hitlera na te eksperymenty miliony marek. Gdyby te eksperymenty robił jakiś wiejski weterynarz, napisałby o nim dokładnie to samo.

Gdy myśli o Himmlerze, to musi się zawsze dziwić. Heinrich Himmler, pan nad wszystkimi obozami koncentracyjnymi na tej planecie, człowiek, który za swój życiowy cel uznał usunięcie z tej ziemi wszystkich Żydów, co do ostatniego, był w domu absolutnym zerem. Chował jak przestraszony pies ogon pod siebie, gdy tylko Marga Himmler zawarczała to swoje słynne „Heinrich!". A wieczorem zamiast schnapsa lub piwa pił razem z Margą słabą herbatkę z rumianku. Jego żona zaczęła go szanować dopiero wtedy, gdy wyszło na jaw, że ma odwagę mieć kochankę. Himmler kupił dla swojego „zajączka" mieszkanie pod Berlinem i „płodna Gerda" Bormann często tam bywała, rozpowiadając potem po całym mieście, jak to „pięknie i praktycznie Heinrich urządził to gniazdko".

Diehl zakochała się w przystojnym i zdolnym lekarzu pracującym dla Himmlera. Miała wtedy 43 lata, a Rascher 27. Himmler nie godził się z początku na to małżeństwo. Wie to od Josepha. Himmler twierdził, że Diehl jest za stara na rodzenie dzieci. Ale Diehl nigdy się z tym nie pogodziła i udowodniła wkrótce, że Himmler się myli. Chociaż Himmler się nie mylił.

W czterdziestym roku Karolina Diehl wydaje na świat pierwsze dziecko. Syna oczywiście. Kilka tygodni przed tym Diehl ze swoją kuzynką, którą wtajemniczyła w całą sprawę, ukradła to niemowlę ze szpitala, a potem przekupiła akuszerkę i gdy Rascher był z Himmlerem w podróży służbowej, zasymulowała przedwczesny poród. Rascher był dumny, Himmler zdziwiony. Ale ciągle nie zgadzał się na małżeństwo swojego nadwornego lekarza. Ponad rok później „zbiegiem okoliczności" na dzień przed urodzinami Führera, dziewiętnastego kwietnia, przychodzi na świat drugi syn Raschera. Ojciec jest tak zajęty pracą, że nie zauważa nawet, że jego nowo narodzony syn to ośmiotygodniowe dziecko. Wszystko przez ten stres. Jak nie ma mieć stresu, gdy akurat w trakcie eksperymentu zmarło mu siedemdziesięciu więźniów. Himmler w końcu godzi się na małżeństwo Raschera i Diehl. Po ślubie, w nagrodę, Karolina – już teraz Rascher – jedzie do zbombardowanego przez aliantów Drezna i odkupuje od biednej zdesperowanej matki zdrowego chłopca i „rodzi go w bólach" dla swojego męża.

Po pewnym czasie Rascher zauważa, że żaden z jego synów nic a nic nie jest podobny do niego. Karolina decyduje się na nieprawdopodobny krok. Rodzi w domu kupionego wcześniej czwartego chłopca. Pokój, w którym rodzi, wygląda tak jak życzył sobie Führer. Jak „pole walki". Całe łóżko we krwi. Ona z zakrwawionym niemowlęciem na piersi. Jak mogło być inaczej. Same przed godziną z kuzynką nakładały czerwoną farbę na pościel i zanurzyły niemowlę w rzeźniczej krwi. Doktor Sigmund Rascher ma czwartego syna. To z pewnością jego syn. Siedział przecież obok w pokoju, gdy żona rodziła.

Ale Führer tak naprawdę zafascynowany był kobietami, które na oczy nie widziały żadnego „pola walki" i nie urodziły żadnego aryjskiego dziecka. Nie musiały być nawet Germankami. Wystarczyło, że miały „sto osiemdziesiąt centymetrów wzrostu, były blond i gdy szły przyśpieszonym krokiem, miały przed sobą kobiecość", jak powiedział swojemu szoferowi, który, gdy wypił za dużo, powtarzał to wszystko bez wahania Josephowi.

Dokładnie taka, poza piersiami, których nie miała prawie wcale, była „ta angielska żmijka", jak mówił o niej Joseph, Unity Mitford. Spotkali się przypadkowo w Osteria Bavariai w trzydziestym piątym. Pamięta ją bardzo dobrze. Podobna do Marleny Dietrich. Krótkie, lekko falowane włosy. Ponad sto osiemdziesiąt centymetrów. Przeważnie w czarnej koszuli zapiętej pod szyję, czarnym krawacie z odznaką NSDAP, czarnych spodniach, takich samych, jakie ona wkładała Heldze, gdy ta szła jeździć konno, i czarnych skórzanych rękawicach, jakich używali motocykliści. Angielska arystokratka, która opuściła swój zamek Tudorów w Anglii i przyjechała do Monachium, aby zamieszkać w małym mieszkaniu na poddaszu w starej kamienicy bez windy, z toaletą na korytarzu i „być blisko Niego". Ona chyba naprawdę była zakochana w Hitlerze.

Prawdziwe niemieckie nazistki mogłyby się wiele nauczyć od angielskiej nazistki Unity Mitford. Ale potem Anglicy popełniają ten idiotyczny błąd. Do teraz nie może tego zrozumieć. Co ich obchodziła ta dzika Polska, żeby zaraz trzeciego września trzydziestego dziewiątego wypowiadać wojnę Rzeszy?! Nie zrozumie chyba tego nigdy. Była raz w Polsce z Josephem. W Gdańsku czy w Krakowie, już nie pamięta. Wie tylko, że na ulicach było pełno pijaków, wszędzie stali żebracy i w restauracjach śmierdziało kaszanką. A ona przecież organicznie nie cierpi kaszanki. I dla takiego kraju Anglicy wypowiedzieli wojnę Rzeszy!!! Spodziewała się trochę więcej inteligencji po tym zarozumiałym grubasie Churchillu.

Dla Mitford trzeci września był dniem ostatecznym. Zapakowała do koperty fotografię Hitlera z jego podpisem, odznakę partyjną i pożegnalny list i ubrana w swój mistyczny czarny mundur poszła wczesnym rankiem do Ogrodu Angielskiego w Monachium, usiadła na ławce i się zastrzeliła.

Ona uważała, że Unity zastrzeliła się dla „naszej sprawy". Joseph uważa, że według niego Unity do końca była angielskim szpiegiem i zastrzeliła się „dla sprawy Churchilla". Ale Joseph nie ma racji. On jej po prostu nie znosił, bo Unity totalnie ignorowała go jako mężczyznę, na każdym przyjęciu u Hitlera. Poza tym on nie cierpiał kobiet wyższych od niego.

Ale niższych od siebie czasami też nie znosił. Szczególnie takich, które były bardziej nazistowskie niż on. To się rzadko zdarzało. Ale zdarzyło. Tak jak w przypadku „matki wszystkich nazistowskich suk", jak ją nazywał Himmler, gdy wypił za dużo malinówki. A Himmler jako szef SS wiedział, co mówi. „Matką wszystkich nazistowskich suk" był nie kto inny tylko Lina Heydrich. Brzydka kobieta o męskich rysach twarzy, wąskich, prawie zawsze zaciśniętych ustach i nienawistnym spojrzeniu. Małżonka Reinharda Heydricha nazywanego w Reichstagu „pierwszym śmieciarzem Rzeszy Niemieckiej". I wszyscy wiedzieli, o jakie „śmieci" chodziło. Tak naprawdę, jak informował ją Joseph, wszystkie pomysły na „ostateczne oczyszczenie od zarazy żydowskiej" miała Lina Heydrich, a nie jej zatrudniony w tym celu mąż. Ale apogeum dla wdowy Heydrich nastąpiło, gdy w Pradze, w zamachu w czterdziestym drugim, zginął jej mąż. W akcie oślepiającej zemsty opracowała szczegółowe plany budowy niewolniczych kolonii żydowskich na terenie całej Rzeszy. Z krematoriami obok stodół, stajni i studni. Z tatuowaniem numerami żydowskich dzieci bez nadawania im nazwisk. Z ustaleniem nieprzekraczalnej granicy wieku życia dla niewolników na 40 lat i natychmiastowym eliminowaniem chorych. Chyba tylko kobieta potrafi tak nienawidzić i tak się mścić.

Joseph przyjdzie o 19:20. Nie powie mu oczywiście o Heldze.

Gdy ten Stumpfegger wybiegł z wrzaskiem na korytarz, podeszłam do radiostacji i przeniosłam Helmutha na dywan przy kanapie. Położyłam go obok Heddy i Heide. Potem obok nich ułożyłam Hilde i Holde. Potem przeniosłam Helgę. Helmuth miał rozerwane spodnie na kolanie, a Hedda nie miała wszystkich zapinek w swojej sukience. A wyraźnie przykazałam przecież Liesl, aby ubrała dzieci w najlepsze ubrania!

Na leżance przy drzwiach były tylko trzy małe haftowane poduszki. Podłożyłam je pod głowę Heide, Heddy i Hildy. Otworzyłam też zaciśniętą rączkę Heide i wyjęłam z niej pustą ampułkę. W tym momencie wszedł radiotelegrafista Misch z doktorem Naumannem. Obydwaj uklękli przy dzieciach i zaczęli się modlić. Ja siedziałam na kanapie i ściskałam w dłoni swoją ampułkę na wieczór. Wstałam po chwili i poszłam na górę, do naszego bunkra. Misch i Naumann ciągle się modlili, gdy wychodziłam.

Joseph przyjdzie o 19:20. Nie powie mu oczywiście o Heldze.

Klaustrofobia

– Nie jesteś konsekwentna – powiedział i przycisnął wargi do jej ust. Gdy to usłyszała, zrobiło jej się niedobrze. Bała się, że zwymiotuje, dlatego jakoś wydostała się z jego uścisku i wybiegła do toalety. Gdy wróciła, przytuliła się do niego. Zrobiło się jej go żal. A on zaczął ją całować, po całym ciele. Zamknęła oczy, leżała nieruchomo. Płakała. Właśnie wtedy zaczęła za nim tęsknić. Zdała sobie sprawę, iż musi przestać. Przestać tęsknić, przestać udawać, iż nie przeszkadza jej, że ma żonę. Przestać z nim bywać. Kilka razy podjęła temat. Kilka razy mówiła, że czuje się upokorzona, kiedy po cichu, po kryjomu, żeby nikt się nie dowiedział, całował, dotykał, przyciągał ją do siebie. A ona chciała, i nie chciała jednocześnie. Ale bardziej nie niż tak. Dlatego powtarzała, żeby przestali. On naciskał, ona się poddawała. A potem czuła pustkę i lęk. I ciągle, ciągle nie potrafiła być konsekwentna.

Przekroczyła próg wieżowca i od razu poczuła upragniony chłód. Mimo że lubiła lato i upalne popołudniowe spacery, dziś wolała skryć się w cieniu. Stanęła przed windą i znów poczuła lęk. Nieuzasadniony lęk przed zamkniętymi pomieszczeniami, przed brakiem możliwości wyjścia. Klaustrofobia – jedna z odmian fobii. Podobno pojawia się po traumatycznym przeżyciu, na przykład, kiedy ktoś zostanie raz uwięziony w windzie lub ciasnym przejściu. Freud uważał, że klaustrofobia jest pozostałością po wydostawaniu się na świat z ciasnego łona matki. Ot, taki skutek uboczny.

– Wygląda pani, jakby zobaczyła ducha. Czy pani się czegoś boi? – Miał lekki zarost, długi, prosty nos, oczy niezbyt duże, ale patrzące z uwagą. To takie... rzadkie, pomyślała, na chwilę zapomniawszy, że stoi przed otwartą windą i nie rusza się z miejsca. Przystanął obok, nie przekraczając progu windy, chociaż powinien do niej wejść i wcisnąć przycisk z jakimś numerem.

– Czekam na pana – powiedziała prawie szeptem, patrząc w jego twarz.

To takie rzadkie, pomyślała znowu, zastanawiając się, czy właściwie odbiera jego pytanie, uwagę, skupienie. Czy były przeznaczone dla niej? Drzwi windy wciąż pozostawały szeroko otwarte. Tak jak jego oczy.

– Bo wie pan, ja mam klaustrofobię.

– Boi się pani zamkniętych małych pomieszczeń? – Lekko się uśmiechnął, wszedł do windy i wyciągnął do niej rękę.

– To niezupełnie tak – odparła, i niepewnie zrobiła krok do środka.

– A jak? – spytał, kiedy drzwi się za nią zamknęły.

– Moja klaustrofobia zaczęła się w celi Lenina. – Przymknęła oczy, jakby chciała się przenieść w zupełnie inny świat.

Zdziwił się i wyglądał na zaciekawionego. Słuchał z uwagą.

A ona opowiadała. Winda sunęła cicho, prawie niezauważalnie. Zatrzymała się zaledwie po kilku sekundach na właściwym piętrze.

Miałam wtedy około ośmiu lat. Dumnie nosiłam na piersi znaczek w kształcie czerwonej gwiazdy, w środku którego widniała podobizna wodza rewolucji, bardzo przypominającego aniołka z bujnymi lokami dookoła pyzatej buzi. Ośmiolatka, która zostaje wepchnięta do ciasnego, ciemnego i zimnego pomieszczenia z niskim sufitem i kratami w masywnych drzwiach, ma prawo poczuć się nieswojo. Jednak każdy oktiabrionok musi znieść taki dyskomfort, by choć w minimalnym stopniu na własnej skórze poczuć brzemię cierpień Wielkiego Człowieka. Przydomek oczywiście wpływał na wyobraźnię, gdyż długo widziałam w swych fantazjach rosłego pana, co najmniej takiego wzrostu jak inny wielki pan, car Piotr.

Tak więc cela była zimna, mroczna, wilgotna, ale to nie wszystko. W celi był on! On, którego zobaczyłam, kiedy zatrzasnęły się drzwi i oczy przywykły do ciemności. Nie był wcale taki wielki. Rozczarowanie wprawdzie przyszło później, gdyż pierwsze było przerażenie – ścisnęło mnie włochatą łapą za serce. Nie, ośmiolatka nie bała się o siebie. Ośmiolatka bała się o niego. Siedział skulony, osamotniony, porzucony. Tak nie można! Z pewnością cierpiał. Musiało mu tam być samemu strasznie źle.

Twierdza Piotra i Pawła to miejsce szczególne, wie pan. Odwiedzałam je wielokrotnie, ale do celi Lenina nigdy więcej nie poszłam. Mimo że moim ulubionym opowiadaniem z dzieciństwa było to o wielkim wodzu, który okazał się

niskiego wzrostu, i który siedząc w więzieniu, zrobił kała-
marz z chleba, by móc go szybko zjeść, kiedy nadchodziła
straż. Pewnie wydaje się to panu bardzo śmieszne, a może
nawet pan tego nie rozumie. Oczywiście nie mam do pana
żalu. Z dzieciństwa pamiętam czarno-biały film, w którym
Lenin wraca z Finlandii do Petersburga. Co mi zostało
w pamięci? Twarz wodza rewolucji. Była taka bez wyrazu.
Czy on się bał?

Klaustrofobia powróciła kilka lat później. To był koniec lat
osiemdziesiątych. Minionego stulecia. Plac Czerwony, maje-
statyczny i dumny jak paw, rozkładający na pokaz swój ogon,
zagrzebujący pod dywan ogryzki. Stojąc w sześciogodzinnej
kolejce, nauczyłam się go na pamięć. Kręcąc się z zamkniętymi oczami wokół własnej osi i zatrzymując się na chybił trafił,
potrafiłam określić, co zobaczę po otworzeniu oczu. Kręcić
się musiałam, żeby się ogrzać. Była wtedy zima, ta rosyjska.
Gdy znalazłam się już w środku, odepchnęło mnie przyćmio-
ne światło. Może wcale takie nie było, ale tak je odebrałam
i zapamiętałam. I uporczywe, powtarzające się co kilka kroków słowa: „Chłopczyku, zdejmij czapkę". Wodza rewolucji
należało czcić, zwłaszcza pośmiertnie, problem polegał tylko
na tym, że mimo czapki uszanki nie byłam chłopcem. Kiedy przebrnęłam przez kontrolę wartowników, pełnych wiary
w wagę swojej służby, spotkaliśmy się ponownie. Wydał mi się
jeszcze mniejszy niż w celi i znów przypominał wymęczoną
kukłę. Nie dali mu odpocząć nawet po śmierci. Z całą pewnością też cierpiał na klaustrofobię.

Wielkie mocarstwo, w którym się urodziłam, zrodziło moją
klaustrofobię. Mniejsze państwo, które mnie zaadoptowało,

kiedy miałam dwanaście lat, choć wcale tego nie chciałam, jeszcze ją pogłębiło. A pytanie, które zakiełkowało wówczas w samym środku mnie, z biegiem lat, coraz głośniej dobijało się do mojej świadomości. Kim jestem? Nieumiejętność odnalezienia odpowiedzi sprawiła, że nie wiedziałam, co znaczy być konsekwentną. To było niemożliwe dla kogoś, kto zaczyna wierzyć w otaczający go świat i próbuje w nim umiejscowić siebie, a ten świat zmienia się w kalejdoskopie wydarzeń na jego oczach – z krajobrazem za oknem, treścią w podręczniku historii i poglądami w prasie. A z nim zmieniasz się ty. Zaczęło się wszystko bardzo niewinnie w szpitalu położniczym w 1979 roku w pięknym zimnym Leningradzie. Listopadowy wieczór, ojciec, któremu nie pozwolono wejść na porodówkę, i matka. Standardowy obrazek. Początek milionów istnień ludzkich. Całkiem nieważny dla milionów. Ważny dla mnie. Najważniejszy. Moje życie nadeszło wraz z podmuchami jesiennego wiatru w mieście, którego nie sposób zapomnieć. Mieście niebezpiecznie klaustrofobicznym przez swoją wielkość.

Bycie jedną z licznych republik wielkiego, a jednocześnie ciasnego mocarstwa może przyprawić o fobię, i to niejedną. Wszyscy byliśmy jednością. Nawet łokciami się nie rozpychaliśmy za bardzo, mimo że powinniśmy. Wielka przyjaźń wszystkich narodów. Wielkie czyny godne naśladowania. Czytając szkolne lektury, można się było nabawić kompleksów nie do wyleczenia. Z drugiej strony tak właśnie hartowała się stal. Klaustrofobia rozwija się również wtedy, kiedy społeczeństwo oczekuje od ciebie bycia kimś, kim nie jesteś. Gdy ma się dziewięć lat, słabo rozwinięta samoświadomość zaczyna się buntować pod naporem wciskanej przez wszelkie szczeliny małego rozumku postawy, którą należy naśladować. Wszystko zgrzyta i rzęzi, ale brniesz dalej, bo nie masz prawa mieć wyjścia. Masz być Morozowem, więc nim będziesz. A najśmieszniejsze w tym wszystkim jest to, że mimo całego dyskomfortu, który odczuwasz, kiedy wbijają ci do głowy prawdę, lubisz to i przyjmujesz z ubóstwieniem. Po latach zdajesz sobie sprawę, że byłeś jednym ze stada głupich baranów.

Czy słowa, które wypowiadam, mają dla pana jakaś barwę? Moja klaustrofobia ma kolor czerwony. Nie ma to większego związku ze zjawiskiem synestezji, czyli określaniem kolorów poszczególnych liczb, liter czy wyrazów. Jestem synestetykiem, podobnie jak moja córka, co jest rzadkim zjawiskiem, ale mamy dzięki temu niezłą zabawę, spierając się, jakiego koloru jest, dajmy na to, cyfra cztery. Wyraz klaustrofobia w moim rozumieniu tego zjawiska powinien mieć kolor szary lub grafitowy, mentalnie jednak to czerwień z domieszką pomarańczowego. Kolor chusty pionierskiej zawiązywanej na szyi po uroczystym wstąpieniu w szeregi. Był to awans – znaczek z anielskim wizerunkiem wodza rewolucji zmieniało się na dorosłą podobiznę tegoż jegomościa na tle krwawych płomieni. Skrawek materiału był dla czwartoklasistki symbolem. Przypominał o wielkiej przynależności. Na tyle silnej, że stanowił główny element marzeń dorastającej dziewczynki. Miał powiewać na mojej szyi, kiedy idąc do domu ze szkoły, dostrzegę mojego starszego brata i pobiegnę mu na spotkanie. Był rok 1989, kiedy wstawałam w nocy i zastawałam w kuchni moją mamę przyklejoną do radioodbiornika w znużonym oczekiwaniu na wiadomość, czy jednostkę, w której służył mój brat, wyślą do Afganistanu. Wtedy po raz pierwszy doświadczyłam klaustrofobicznej siły uczuć i tęsknoty. Po tylu latach wciąż nie umiem sobie z nią poradzić, może dlatego że wcale nie chcę. Zadomowiłam się w niej.

Czy wie pan, co najbardziej wzmaga klaustrofobię? Poczucie wstydu. Najgorzej jest, kiedy wstyd pojawia się z dwóch stron. To wstyd dwukulturowy, można powiedzieć. W moim przypadku wstyd polsko-rosyjski. A teraz tak łatwo o poczucie wstydu – słuchasz wiadomości i się wstydzisz, idziesz ulicą, słuchasz ludzi i zaczynasz się wstydzić jeszcze bardziej. Zaś gdy do tego dojdzie strach, wtedy nawet największa przestrzeń nie pomoże. Bo w klaustrofobii najgorszy jest brak możliwości ucieczki, a kiedy uświadamiasz sobie, że twoje dwie tożsamości walczą ze sobą, zaczynasz uciekać. Problem polega na tym, że nie masz dokąd. I nie masz jak. Siedzisz w zamkniętej windzie i drżysz.

Mój pradziad drżał o los całej miejscowości Stawiszcze położonej niedaleko Kijowa. Na Ukrainie, wie pan. Tak bardzo drżał, że ze stresu miał rozstrój żołądka. Wzięto to za chorobę zakaźną, więc ominął go pobór do wojska, a następnego dnia Niemcy zajęli wieś. Tego roku był niezły urodzaj, pradziad zorganizował zbiory, oczywiście część żywności trafiła do Niemców, ale przynajmniej mieszkańcy wsi nie głodowali. Pradziad się cieszył, dopóki nie został nazwany wrogiem ludu. A wrogów ludu, wie pan, rozstrzeliwano. Nie znałam swojego pradziadka. Wielu ma takie historie w swoich rodzinach, prawda? Tylko czy o nich pamiętamy? Może i nie warto pamiętać. Sama nie wiem. Jak pan sądzi?

Żona mojego drugiego pradziadka była piękną kobietą. Czarne długie, gęste włosy, piwne oczy. Choć ja ją pamiętam czarno-biało. Może dlatego że zawsze była dla mnie kimś w rodzaju bohaterki wojennego filmu, które uwielbiałam oglądać, osobą z innego świata. Mówiłam na nią Baba Nina. Straciła na wojnie męża, choć nie zginął w walce. Był maszynistą i podczas ewakuacji ludności z miasta Smiła, zajmowanego przez Niemców, wydarzył się wypadek. Nie z jego winy, ale to nie miało żadnego znaczenia. W łagrze się rozchorował. Kiedy go uniewinnili i wypuścili, umierał na gruźlicę. Nie doszedł do domu. Baba Nina miała dzieci, więc próbowała sobie jakoś ułożyć życie. Wyszła ponownie za mąż. Już myślała, że znów może być szczęśliwa, ale wie pan, okazało się, że jej mąż ma żonę. Inną. I syna, którego ta żona wyrzuciła z domu i kazała iść mieszkać do ojca. Baba Nina przyjęła dziecko jak swoje. Kiedy szyła ubrania dla swoich dzieci, ten obcy dostawał identyczne. Tak było ze wszystkim. To była rodzina. Wszyscy czuli przynależność, a teraz to, wie pan, mam wrażenie, że oprócz przynależności do społeczeństwa wirtualnego nie odczuwamy żadnej. Czy to nie jest klaustrofobiczne?

Zamilkła. Stali na trzynastym piętrze, patrzyli przed siebie – i ona, i on. Ona zawstydzona, on poruszony. Zaciekawiony też. Winda kilkakrotnie zatrzymywała się na ich piętrze, przywożąc modnie ubrane kobiety i eleganckich mężczyzn.

– Proszę wybaczyć – szepnęła – zazwyczaj z nikim nie rozmawiam na ten temat.

Uśmiechnął się i wskazał gestem fotele i mały prostokątny stolik w rogu korytarza, tuż przy dużym oknie z widokiem na ulice miasta.

– Jeśli się pani nigdzie nie śpieszy, chętnie posłucham o pani klaustrofobii.

Przytaknęła skinieniem głowy. Gdy usiedli, oboje poczuli twardość poduszek obitych szorstkim materiałem. Westchnęła, odważyła się na uśmiech. Czuła skrępowanie, mimo to podjęła wątek.

– Bardzo chaotycznie mówię, proszę mi wybaczyć. Chodzi o to, że chyba nie umiem opowiadać po kolei. Kolej rzeczy w moim odczuciu i wspomnieniach nie ma nic wspólnego z chronologią, ale może to i lepiej. Leningrad. Ulica Czwarta Sowiecka i niewyróżniająca się niczym kamienica w centrum wielkiego miasta. To w tej dzielnicy mieszkała między innymi Edyta Piecha, kilka przecznic dalej znajdował się (nadal tam jest) polski konsulat, parę kroków stamtąd była i wciąż ma się nieźle sala widowiskowa, w której często bywałam. Elton John miał tam koncert, tak mi mama mówiła. Nasza kamienica była jak każda inna. Kręte schody, żółty tynk, podwórka nie zawsze czyste, śmietniki pod oknami. Dlaczego, kiedy zamykam oczy i w pamięci przekraczam próg pierwszego mieszkania, w którym się znalazłam jako małe dziecko, widzę wszystko w ciemnych barwach? Z ciemnością kojarzą mi się komunałki, w których spędziłam dość czasu, aby przesiąknąć nimi na wskroś. Ich mieszkańcami, historiami, potrzebami, awanturami, dziwnymi przypadkami. Nie pamiętam z tamtych lat żadnego marzenia. Czy ludzie ich wtedy nie mieli? Upchani byliśmy jak sardynki. Nie, raczej jak suszone banany, które jako jeden z niewielu produktów spożywczych był dostępny w sklepach. Było ich mnóstwo, całe mnóstwo obrzydliwie wyglądających przesłodzonych owoców. Cieszyły mnie jak małe buteleczki pepsi kupowane na urodziny. Po kilka rodzin w jednym mieszkaniu. Za cieniutką ścianą jedna, druga, trzecia. To też było klaustrofobiczne przeżycie. Wszyscy wydawali mi się tacy, wie pan, swoi. Nawet ta dziwaczna kobieta, która ciągle się awanturowała. Wyzywała moją matkę. Mieszkała tuż za ścianą. Ze swoją matką staruszką. Nie pamiętam tej matki zupełnie. Tak jakby nie istniała. Na dobrą sprawę ona sama chyba czuła podobnie. Może wierzyła, że nie istnieje, bo dzięki temu mogła bardziej istnieć jej córka? Po cichu wymykała się do kuchni, kiedy miała pewność, że nikogo w niej nie spotka. A raczej że nikt nie spotka jej. Myszkowała. Zabierała resztki jedzenia do kieszeni i znosiła do pokoju. Dla córki. Córka była po czterdziestce. Staruszka wyłaniała się coraz rzadziej. Aż całkiem zniknęła. Zapomniała, że aby pomóc dziecku, trzeba też dbać o siebie. Jeść na przykład. Została sama Ninel. Jej mała Ninel. To imię pogłębia moją klaustrofobię. To imię jest wspomnieniem z dzieciństwa, jasną plamą w ciemnych barwach mieszkań komunalnych. Niech pan spróbuje odczytać je od tyłu.

Moi dziadkowie przeżyli głód. Na Ukrainie. Babcia jako młoda dziewczyna, będąc w technikum farmaceutycznym, podkradała parafinę przeznaczoną do wyrobu świec. W ten sposób oszukiwała głód. Oczywiście mogło to mieć tragiczne konsekwencje, zwłaszcza że przecież była córką wroga ludu. Na szczęście udało jej się samodzielnie opuścić miasto i wyjechać do rodziny. Kiedy wyszła za dziadka, wyjechali do republiki Komi. Tam dziadek pracował w więzieniu dla kobiet. Była tam jedna taka, wariatka, jak ją nazywali. Kradła jedzenie ze stołówki i chowała pod materacem. Awantury robiła, krzyczała po nocy, że zagłodzić chcą ją i jej dziecko. Śmiali się, z niej, wie pan, dziadek opowiadał. Nie wiedzieli, że w czasie wielkiego głodu uratowała swoje dzieci przed śmiercią głodową. Topiąc je w jeziorze. Kiedy poznajesz ludzkie tragedie, to jakbyś wpadał w ciemny loch. Nie czuje pan tak czasem?

A potem, jak już jedzenia było pod dostatkiem, dziadkowie ciągle pracowali na działce, w ogródku, pielili, siali, zbierali, słoiki na zimę, cały garaż zastawiony sokami, konfiturami. Sił już nie mieli, a dalej robili zapasy. Harowali, by nie zabrakło. Im więcej pracowali i nakładali mi na talerz, tym większy czułam dyskomfort. I lęk.

Wojna była we mnie zawsze. Nic dziwnego, takie wychowanie. O wojnie przypominało mi w dzieciństwie wszystko. Przed budynkiem szkoły podstawowej znajdował zniszczony postument przypominający garaż, na którym stał stary Mig-17. Stał dostojnie. Gdy byliśmy na wagarach, włazilišmy na niego całą paczką i siedzieliśmy na nim w milczeniu. Długo. A potem wojna zaczęła ze mnie wychodzić. W Polsce jej prawie nie czułam. Ani klaustrofobii z nią związanej. Nawet przez chwilę byłam pewna, że się jej pozbędę. Do tego stopnia w to wierzyłam, że mogłam samodzielnie jeździć windą. Na drugie piętro też wjeżdżałam windą, uwierzy pan? Z zakupami czy bez, wsiadałam do windy i jechałam. A potem wróciło. Środek Europy, wie pan, XXI wiek. Znowu poczułam wstyd i w końcu przestałam wsiadać do windy. Wojna mnie dogoniła. Wybuchła na Majdanie. Byłam tam mentalnie. Po dwóch stronach jednocześnie. To tak, jakby wojował brat z bratem. Fizycznie tkwiłam w mojej drugiej ojczyźnie. Tutaj, w Warszawie. I wie pan, tak jakbym się przeniosła do trzydziestego dziewiątego. Bo pojawiły się napisy, że Rosjanom wstęp wzbroniony albo że nie mogą kupować tego czy tamtego. Wie pan, znów poczułam wstyd, ale i strach. Czy pan się kiedyś czegoś bał?

Najgorszy strach to ten z dzieciństwa. Bo żadne dziecko nie powinno się bać. Niczego. W dzieciństwie bałam się tylko

wtedy, kiedy zostawałam sama w domu i ktoś dzwonił do
drzwi. Zachowywałam się, jak tylko potrafiłam najciszej, żeby
się wydawało, że w mieszkaniu nikogo nie ma. A potem podchodziłam do telefonu, wykręcałam 08 i słuchałam, jak ko-
biecy głos mówił: *Московское время десять часов, сорок
шесть минут.* Nie czułam już strachu ani samotności. Głos
po drugiej stronie odpowiadał zawsze. Był na każde moje zawołanie. Bardzo lubiłam jego właścicielkę. Pierwszego lutego
trzydziestego pierwszego roku w jednej z gazet ukazała się
wzmianka o tym, że można skorzystać z takiej oferty teleko-
munikacji. I ludzie zaczęli dzwonić. Nie musieli nic mówić,
za to mówiono do nich. Przekazywano im jedną z ważniej-
szych informacji – dokładny czas. Musiał być podawany co
do sekundy. W ciągu miesiąca numer ten wykręca trzy miliony osób. A przecież są teraz komórki, więc nawet ludzie bez
zegarków wiedzą, która jest godzina. Może to chodzi o ten
głos? Jak pan myśli? Czyli o samotność? Samotność sprzyja
klaustrofobii, która się wyostrza, tak jak wyostrzają się wszystkie zmysły, kiedy odczuwasz lęk. Najgorszą z samotności jest
samotność narodowościowa. Kiedy nie wiesz, kim jesteś i kim
powinieneś być.

Stali na trzynastym piętrze przy wielkich oknach. Wybiła
siedemnasta. Milczeli i patrzyli na Warszawę, która, wydawało się, zasnęła. Ona też przymknęła powieki, zastanawiając
się, czy kiedy je otworzy, on nadal będzie tam stał. Może go
sobie wymyśliła, żeby móc wjechać bezpiecznie na trzynaste
piętro, na którym nie miała żadnej sprawy do załatwienia.
Chciała się odważyć i wreszcie przezwyciężyć swoją klaustrofobię. Bo jeśli jej się uda, może wreszcie będzie potrafiła być
konsekwentna.

JANUSZ L. WIŚNIEWSKI
Cykle zamknięte

IZABELA SOWA
Łabędzi śpiew

Cykle zamknięte

Wyszli w morze z Halifaksu tuż po trzeciej nad ranem. Po sześciu godzinach i piętnastu minutach postoju.

Miał pecha. Losowali, wybierając numery z czapki drugiego oficera, kto może zejść na ląd. Przegrał. Ktoś musiał przegrać. Inaczej do obsługi całego trawlera zostaliby tylko bosman i praktykant, który był tak mało ważny, że nawet nie miał swego numeru w czapce. Przegrał już drugi raz. Od dziewięciu miesięcy i czterech dni nie dotykał stopami ziemi. Bosman też nie brał udziału w losowaniu. Po prostu podszedł do Drugiego, bez słowa wyjął swój numer z czapki i zszedł do kabiny pod pokładem. Bo bosman nie lubił przegrywać.

Wzięli ropę, wodę, lód i żywność. Wymienili zepsuty silnik windy trałowej. Lekarz uzupełnił w kapitanacie portu zapas morfiny, całkowicie zużyty przez ostatnich sześć miesięcy, oraz jodyny i aspiryny. Morfina, aspiryna, jodyna. Kanadyjski lekarz portowy tylko kiwał głową.

Zaspany przedstawiciel polskiego armatora przyszedł tuż po północy z przedstawicielem Lloyda, ubezpieczyciela statku, aby oficjalnie odebrać od lekarza odciętą przez windę lewą nogę Jacka. Lekarz czekał przy trapie i gdy pojawił się ten z Lloyda, kazał bosmanowi wysłać praktykanta do chłodni. Chłopak w charakterystycznej czarnej pilotce zbiegł po schodach i po kilku minutach wyszedł z zarzuconą na ramię zamarzniętą i pokrytą lodem kończyną. W czarnym, dziurawym nad piętą kaloszu, z odbijającymi się w świetle latarni na kei napisanymi koślawo srebrnym mazakiem inicjałami *JBL*, w poplamionej krwią jasnogranatowej nogawce drelichowych spodni. U góry, tak mniej więcej w połowie uda, tuż przy miejscu, gdzie stalowa lina windy odcięła nogę od korpusu Jacka, bosman skręcił postrzępione resztki drelichu stalowym drutem, zamykając ciało, jak zamyka się kawę w torebce, żeby nie uleciał aromat. Ubezpieczyciel wepchnął zamrożoną nogę do długiego foliowego worka, podpisał papier podsunięty przez lekarza i zszedł. Przedstawiciel polskiego armatora poszedł za nim. Idąc betonowym nabrzeżem wzdłuż ich trawlera, znaleźli się na wysokości mostka kapitańskiego, na którym stał i obserwował całe zdarzenie. Ubezpieczyciel zatrzymał się, podał foliowy worek drugiemu mężczyźnie, wyjął papierosy i zapalił. W tym momencie ten drugi powiedział coś i obaj roześmiali się głośno. Patrzył na to z mostku i chciało mu się wymiotować.

Pamięta dokładnie, jak to się stało. To było trzy tygodnie temu. W niedzielę. Tuż przed północą. Od rana wiało z północnego zachodu, ale nie na tyle mocno, aby nie łowić i mieć wolną niedzielę. Czwarty raz tego dnia wyciągali sieci. Hamulec windy nagle przestał działać. Szef trzeciej zmiany, który obsługiwał windę, krzyknął coś, ale zagłuszył go wiatr. Musieli zahaczyć o coś na dnie. Jacek stał najbliżej. Przez nieuwagę w rozkroku nad stalową liną prowadzącą od sieci poprzez slip do prowadnic i dalej do windy. Gdy sieci pociągnęły przeszkodę lub po prostu się na niej rozdarły, napięcie lin nagle gwałtownie spadło, opór stawiany windzie zniknął. Hamulec zaskoczył, gdy odcięta noga Jacka odleciała pod lewą burtę jak wycięta dorszowi wątroba. Pamięta, że bosman rzucił się w kierunku windy i wyciągnął Jacka tuż przed nakręceniem na bęben. Dopiero wtedy winda stanęła. Nie zapomni nigdy histerycznych wrzasków bosmana:

– Kurwa, Jacek! Coś ty zrobił?! Jacuś, co ty, Jacuś, nie uważałeś… Kurwa, Jacuś, nie uważałeś, Jacuś!!!

Z postrzępionej nogawki spodni Jacka wypływała pulsacyjnie krew, oblewając gumowy, oklejony łuskami fartuch bosmana. Bosman niósł Jacka na rękach, idąc tyłem w kierunku schodów prowadzących do mesy na rufie. Jacek obejmował jego szyję jak dziecko niesione na rękach po tym, jak przewróciło się i stłukło kolano, ucząc się jeździć na rowerze. W pewnym momencie bosman, nie mogąc utrzymać Jacka, podszedł do burty i oparł się o nią plecami.

– Jacuś, wszystko będzie dobrze. Zobaczysz, kurwa, Jacuś, wszystko będzie dobrze – mówił, patrząc na twarz Jacka. – Jacek, nie zamykaj oczu, proszę cię. Jacuś, nie rób mi tego i nie znikaj!

Podniósł głowę, spojrzał na zszokowanego i oniemiałego szefa trzeciej zmiany, stojącego cały czas przy drążkach windy trałowej, i wrzasnął:

– Do kurwy nędzy, rusz wreszcie dupę i przywlecz tu lekarza!!!

Szef schylił się, przeczołgał pod opuszczonymi dźwigniami i popędził na dziób, gdzie znajdowała się kabina lekarza okrętowego. Bosman dotknął ustami czoła Jacka i zaczął go delikatnie całować. Tuż przy nasadzie włosów. Delikatnie przesuwał wargi po czole Jacka i od czasu do czasu przyciskał je, zamykając oczy.

Bosman całował Jacka! Ten bosman, który nie tak dawno nie potrafił podzielić się z nimi w Wigilię opłatkiem, wstydząc się wzruszenia, i milczał, nie wiedząc, jak odpowiadać na życzenia i co zrobić z rękami, gdy inni go obejmowali, składając życzenia. Bosman, o którym nikt nie wiedział nic poza tym, że ma tatuaż z imieniem „Maria" na prawym przedramieniu, że spędził kilka lat w więzieniu w Iławie i że urodził się w Kartuzach. Tylko jedna osoba na statku mówiła do niego po imieniu. Reszta zawsze mówiła po prostu „Bos". Po imieniu mówił kapitan. Mimo to on zawsze odpowiadał mu: „Panie kapitanie".

Bosman należał do tego statku jak kotwica lub ta nieszczęsna winda trałowa. Był tutaj zawsze. Tak samo funkcjonalny jak kotwica. Wiedziało się o niej, że jest podwieszona pod burtą na dziobie i myślało się o niej tylko, gdy była potrzebna. O bosmanie myślało się jeszcze rzadziej. Był bardziej samotny, niż samotna może być kotwica i czasami wydawało się, że nawet ona ma w sobie więcej emocji niż bosman. I dlatego teraz, gdy z taką czułością całował czoło Jacka, wszyscy patrzyli na to jak na coś, co ich zdumiewało, peszyło lub wprawiało w zakłopotanie. To tak jak gdyby kotwica miała nagle wargi. Sam był zdumiony.

– Jacuś, kurwa, nie rób mi tego. Nie znikaj! – krzyczał bosman, patrząc w twarz Jacka.

Raz tylko podniósł oczy i spojrzał na wszystkich, którzy zgromadzili się przy nim, i powiedział spokojnym głosem, nieomal szeptem:

– Jeśli lekarz nie będzie tutaj za minutę, to przepuszczę go przez tę windę. Zmielę skurwysyna na mączkę rybną i spłuczę do morza. – Gdzie on jest?!

W tym momencie pojawił się lekarz, a zaraz po nim kapitan.

Lekarz boso, w białych kalesonach i szarym podziurawionym
podkoszulku, wypchniętym przez brzuch. Miał w dłoni strzy-
kawkę. Bez słów podniósł resztkę nogawki tuż nad miejscem,
gdzie lina oderwała nogę, i wbił igłę. Bosman przytulił Jacka z całych sił do siebie. Tak jak przytula się dziecko przy
szczepieniu. Żeby mniej bolało. Po chwili przyniesiono nosze
i bosman zaczął delikatnie układać Jacka na szarym brezencie.
Jacek nie chciał puścić go z objęć.

– Jacuś, puszczaj. Jacuś, musisz przemyć to jodyną. Jacuś,
naprawdę musisz. Jacuś puść, kurwa. Musisz to przemyć – powtarzał bosman.

– Bos… – Jacek obudził się nagle – ona mnie zostawi. Teraz już na pewno.

Kapitan stanął za plecami bosmana i rozwarł ściśnięte na
jego szyi dłonie Jacka; we dwóch ułożyli go delikatnie na brezencie noszy. Jacek wpatrywał się w oczy bosmana i powtarzał
płaczliwym głosem:

– Bos, ona mnie zostawi…

Lekarz poszedł szybkim krokiem w kierunku mesy, z trudem utrzymując równowagę na zmytym lodowatą wodą pokładzie. Tuż obok mesy, w przerobionym z magazynku na
żywność niskim, wilgotnym i chłodnym pomieszczeniu znajdował się prymitywny gabinet lekarski. Szef trzeciej zmiany
i kapitan podążali za nim, dźwigając nosze.

Bosman usiadł na pokładzie, opierając się plecami o burtę.
Schował głowę w dłoniach i siedział, milcząc. Wszyscy rozeszli się powoli, zostawiając go samego. Sieci musiały być wy-
ciągnięte na pokład.

Pamięta, że po kilku minutach bosman wstał, otworzył
metalową szafkę wiszącą tuż obok drzwi magazynku z rakiet-
nicami sygnalizacyjnymi, wyciągnął brunatny zwój i odciął

nożycami do metalu pół metra zardzewiałego drutu. Podszedł do burty, gdzie leżała odcięta noga Jacka, podniósł ją, przeciągnął drut przez drelich spodni i skręcił materiał na drucie, tak jak folię z opakowania czegoś sypkiego nakręca się na pasku z tektury lub tworzywa, aby zabezpieczyć przed zepsuciem albo rozsypaniem. Skręcając materiał na drucie, wyciskał z niego krew na swoje dłonie. Gdy skończył, wytarł je w fartuch i trzymając nogę Jacka przed sobą, poszedł do chłodni.

Jacek zawsze kochał złe kobiety.

Właśnie tak. Złe. I okrutne. Ale ta ostatnia, ta „która go na pewno zostawi" po tym, jak winda oderwała mu nogę, była z nich najgorsza. Wiedzieli to wszyscy. Nawet praktykant. Tylko Jacek nie. Ona traktowała go jak gdyby miał wieczną ospę lub różyczkę, a on przynosił jej za to róże.

Poznał ją w pociągu z Gdyni do Świnoujścia. Odwiedził matkę w Malborku i wracał przez Gdynię, aby następnego dnia wieczorem zamustrować na trawler wychodzący w morze.

Jacek robił się niesamowicie nerwowy, gdy nie miał kogoś, za kim mógłby tęsknić przez sześć miesięcy na morzu. Taki już był. Po tym, jak ostatnia kobieta uciekła od niego, nie zostawiając ani swojego adresu, ani złotówki na wspólnym koncie, Jacek wytrzymał tylko dwa rejsy bez „swojej kobiety" na lądzie. W trakcie pierwszego któregoś wieczoru zaczął po pijanemu wydzwaniać do matki, aby odnalazła mu za wszelką cenę tę kobietę, która opróżniła mu konto, i powiedziała jej, „że on to rozumie, że to w końcu tylko pieniądze i że on jej wybacza". Bo na statku, po sześciu miesiącach i tęsknocie, która jest u niektórych jak szkorbut, od którego wypadają zęby, można w nagłym ataku rozczulenia zapomnieć nawet największe zdrady. Na szczęście matka Jacka kochała go na tyle rozsądnie, aby skłamać, że mimo starań nie może odnaleźć tej kobiety, bo „na pewno jest w jakimś więzieniu".

W czasie drugiego rejsu „bez nikogo na lądzie" Jacek po prostu pił. Gdy tylko nie pracował, pił.

Wtedy w tym pociągu z Gdyni siedziała naprzeciwko i czasami spoglądała na niego ukradkiem. Była blada, smutna, milcząca, z cierpieniem wypisanym na twarzy; wydawało się, że potrzebuje pomocy. Była dokładnie taką kobietą, jakiej szukał Jacek. Uważał bowiem, że cierpiące kobiety przywiązują się do człowieka szybciej, mocniej i na dłużej. Tak jak jego matka, którą ojczym lał po pijanemu kablem od żelazka tak długo, aż wyszły na nią wszystkie kolory, a ona i tak trwała przy nim i szukała go po melinach, gdy nie wracał na noc.

Zanim dojechali do Świnoujścia, opowiedział jej wszystko o sobie i o tym, jak bardzo jest samotny. Wzięli wspólną taksówkę z dworca. Zatrzymał się niby tylko po to, by pomóc jej zanieść walizkę na górę. Po chwili zbiegł, aby powiedzieć taksówkarzowi, że dalej nie jedzie. Został na noc. Tego wieczoru nie zastanowiło go to, że w łazience wisi męski szlafrok i leżą przybory do golenia na półce nad pralką. Pierwszy raz kochał się z kobietą, którą poznał w pociągu przed kilkoma godzinami i pierwszy raz z taką, która akurat miała menstruację. Tamtej nocy po dwóch rejsach bez tęsknoty i tuż przed trzecim Jacek pomylił spełnione pożądanie ze spełnioną miłością. Rano obudziła go pocałunkiem i przez kilka minut tak nieprawdopodobnie czule gładziła jego włosy. Potem wzięła go do łazienki po drugiej stronie korytarza. Z ręcznikami w dłoniach, nago, przemykali się przez korytarz na klatce schodowej. Zamknęli drzwi na klucz i weszli oboje pod prysznic, gdzie robiła z nim rzeczy, jakie widział tylko na filmach wideo, które puszczał im czasami elektryk w swojej kabinie na statku. A potem dała mu swoje zdjęcie i książkę z wierszami. Przy pożegnaniu całowała jego dłonie i powtarzała szeptem, że będzie czekać.

Ale najbardziej poruszyło go to, że jest studentką. Bo Jacek miał niespełnione marzenie, że kiedyś skończy studia i będzie taki mądry jak brat jego ojca, do którego studentki i studenci mówią „panie doktorze". Poza tym był pewny, że jeśli studentka klęka przed nim pod prysznicem i robi to, co widział na filmach w kabinie elektryka, to... to musi być prawdziwa miłość. I to było takie cholerne wyróżnienie dla niego. Prostego rybaka. Ze studentka i że właśnie przed nim klęczy pod prysznicem. Wziął jej fotografię w kopercie, książkę z wierszami i już w taksówce czuł, że wróciła tęsknota i że teraz może spokojnie wypływać i łowić wszystkie ryby tego świata. Miał wreszcie „swoją kobietę" na lądzie. Na całe sześć miesięcy tęsknoty.

Było dobrze po północy, gdy zamówił rozmowę u radiotelegrafisty. Ledwie kilka godzin po wyjściu w morze. Nie było jej w domu. Już pierwszej nocy. Wrócił do kabiny, oprawił książkę w gruby papier, aby się nie poplamiła, i zaczął uczyć się wierszy na pamięć.

Po trzech tygodniach umiał wszystkie. I tęsknił. Tak, jak należy tęsknić „na rybaku" za swoją kobietą. Z uroczystym zrywaniem kartki z kalendarza wieczorem, gdy minął kolejny dzień, z dotykaniem fotografii przypiętej pinezkami do ściany kabiny nad koją i z fantazjami na jej temat, gdy gasło światło w kabinie lub wyłączało się lampkę nocną nad koją. On zawsze fantazjował o tym prysznicu rano i o jej krwi na nim, kiedy kochali się w pierwszy wieczór, gdy ona miała menstruację. Nie o jej włosach, nie o jej piersiach, nie jej ustach i nawet nie o jej podbrzuszu. Fantazjował o jej krwi. Wydawało mu się, że dopuszczenie go do uczestnictwa w tym zdarzeniu, i to w taki sposób, jest jak odrzucenie absolutnie wszelkich granic. Taka ostateczna, nieskończona, bezgraniczna intymność. Nigdy nie pomyślał, że mógł to być po prostu przypadek i że takie coś normalnie jest przez mężczyznę i kobietę negocjowane, zanim nastąpi, i że z intymnością to ma raczej mało wspólnego, już raczej z higieną. Ale Jacek po tej nocy odjechał taksówką z książką pełną wierszy i marzeniami „o swojej kobiecie" na lądzie na następnych ponad sześć miesięcy samotności. I ta jej krew na jego ciele stała się dla niego symbolem. Najpierw nieprawdopodobna rozkosz, a zaraz potem krew. Nie jakaś tam nieistotna krew jak z rozciętej ręki. To zestawienie było dla Jacka czymś zupełnie nowym. Miało coś z grzechu i świętości ofiary jednocześnie. Poza tym było niesamowitym tematem do marzeń.

Gdy przypomni sobie, jak Jacek opowiadał mu o tej krwi, wraca myśl o tym, że gdyby Freuda lub Junga można było w tamtych czasach wysłać z rybakami w rejs na dziewięć miesięcy pod Nową Fundlandię lub Wyspy Owcze, to po powrocie napisaliby zupełnie inne teorie.

To, co przeżywał Jacek, martwiło go bardzo, Jacek bowiem był jego przyjacielem i opowiadał mu to kiedyś w najdrobniejszych szczegółach, gdy sztormowali w jednej z zatok przy Nowej Fundlandii. Stali ukryci za skałami i czekali, aż uspokoi się wiatr, który przegonił ich i wszystkie inne statki z łowisk. Od trzech dni pili, nie wiedząc, jak poradzić sobie z czasem, który bez ryb i wyznaczającego rytm życia wyrzucania i wybierania sieci nagle tak boleśnie zwolnił swój upływ. W czwartym miesiącu rejsu najlepiej pomagają na to wszystko etanol i sen. Należy się upić i iść spać lub zasnąć tam, gdzie się piło.

Jacek znał już wtedy na pamięć wszystkie wiersze z książki od niej. Doznał już tylu rozczarowań, dzwoniąc do niej i jej

nie zastając lub zastając ją i nie doznając od niej żadnej czułości. Pewnego dnia te rozczarowania przekroczyły wartość pro-
gową i Jacek przyszedł do niego z butelką wódki i opowiedział
wszystko od początku do końca. O tej krwi także. Pamięta, że
powiedział mu wtedy:

„Jacek, to, że kobieta ma okres i pozwala ci wejść w siebie,
wcale nie znaczy, że jest stworzona dla ciebie i trzeba myśleć
o ślubie z nią. Zaczekaj, aż wrócimy. Upewnij się, że czekała".

Dwa miesiące później Jacek upewnił się, że faktycznie czekała. Odebrała go taksówką spod statku. Okazało się, że nie
mieszka już w tym mieszkaniu z łazienką przez korytarz, bo
„właściciel wyrzucił ją za to, że późno wracała z biblioteki".
Jacek uwierzył i wynajął jej nowe mieszkanie, i zapłacił za
pół roku z góry. Na czas jego pobytu na lądzie zamieszkali
razem. Prawie każdego wieczoru gdzieś wychodzili. Gdyby on nie gotował, czekając na nią, chyba nigdy nie zjedliby
wspólnego obiadu. W dzień prawie jej nie było; tłumaczyła
się zajęciami na uczelni. Nawet w soboty. Nie czuł wcale, że
ma „swoją kobietę". Tylko seks mieli wciąż tak niezwykły jak
pierwszej nocy. Pewnego razu poprosił ją, aby poszła z nim
pod prysznic. Gdy wrócili do sypialni i leżeli w łóżku, paląc
papierosy, opowiedział jej o swoich fantazjach i o krwi. Tak
delikatnie, jak tylko potrafił. Parsknęła histerycznym śmiechem i powiedziała:

– Słuchaj, rybaku! Ty jesteś normalny perwers.

Pierwszy raz poczuł, że go zraniła. Po dwóch tygodniach
wyjechała na obóz studencki. Został sam. Zdarzały się dni, że
nawet nie dzwoniła do niego.

Zaczął tęsknić za statkiem. Siedział wieczorami w pustym
mieszkaniu przed telewizorem, słuchał ludzi, których nie znał,
i historii, które w ogóle go nie obchodziły, bo były dla tych

z lądu, pił wódkę i myślał o tym, co kiedyś powiedział mu jego zupełnie pierwszy bosman, gdy mieli nocną psią wachtę. To był statek szkolny, łowili u wybrzeży Chile. Bosman powiedział, że rybak zawsze tęskni. Nieustannie. Tęskni w cyklu zamkniętym. Tak to nazwał. Na statku tęskni za domem, kobietą lub dziećmi, na lądzie za statkiem, który jest dla prawdziwego rybaka „jedynym miejscem, w którym ma się jeszcze jakieś znaczenie".

Ten bosman już dawno nie żyje, ale Jacek ciągle pamięta, jak przysłuchiwał się mu, gdy stał odwrócony twarzą do echosondy, rzucającej zielonkawy odblask na jego porytą zmarszczkami chudą twarz.

– Bo widzisz, synku – mówił spokojnym głosem – wraca człowiek po miesiącach do domu i przez tydzień jest tak, jak gdyby każdego dnia była Wigilia. Tyle że bez choinki i kolęd. Jest odświętnie, wszyscy są dla ciebie dobrzy, chcą ci sprawić jakąś radość i traktują cię jak prezent, który znaleźli pod choinką. Ale potem Wigilia się kończy i po kilku dniach świąt wraca normalny dzień. Dla nich normalny. Ale nie dla ciebie. Ty masz tak cholernie duże zaległości z tak zwanego życia codziennego, że zaczynasz to łapczywie, w pośpiechu nadrabiać. Sprawdzasz nieproszony dzieciakom zeszyty, wyciągając je bez pytania z tornistrów, chodzisz do nauczycielek do szkoły, mimo że nikt cię tam nie chce oglądać, a tym bardziej z tobą rozmawiać, i chcesz koniecznie grać w piłkę na podwórku z synem, mimo że to jest na przykład koniec stycznia. Poza tym chcesz każdego wieczoru wychodzić z kobietą do świata albo wchodzić z nią do łóżka. Nie możesz zrozumieć, że ją boli podbrzusze, bo ma dostać swoje dni, że wraca skonana z pracy, że jest na kolejnej diecie, przyzwyczajona do szklanki zielonej herbaty z cytryną i jogurtu bez tłuszczu zamiast wystawnej kolacji, serialu wieczorem w telewizji i spokojnego snu bez chrapania w dużym, pustym łóżku przy otwartym oknie w sypialni z szafą, w której nie ma żadnej półki, na której ty mógłbyś położyć swoje piżamy i swoją bieliznę.

Odpakowali cię, synku, jak prezent spod choinki, pocieszyli się tobą trochę i odstawili w kąt, bo mają ważniejsze sprawy na głowie. Kochają cię, ale tego nieobecnego. Tego, który dzwoni od czasu do czasu, przyjeżdża z prezentami, wysyła kolorowe widokówki z Makao koło Hongkongu i jest w ich życiu z krótką wizytą. Gdy wizyta się przedłuża, zaczynasz im po prostu przeszkadzać. Ale ponieważ ty, synku, nie jesteś normalnym gościem, co to się z wygody lub wyrachowania zapomina i zostaje zbyt długo, tylko ojcem, mężem lub narzeczonym, trudno ci powiedzieć to prosto w oczy. Jednakże ty to widzisz i tak jak oni w tajemnicy przed tobą czekają na twój wyjazd, tak ty w tajemnicy przed nimi czekasz, aby wrócić na statek. I tęsknisz. Tym razem za twoją kabiną, za kucharzem, co przypala jajecznicę w dwudziestym pierwszym tygodniu rejsu, kiedy statystycznie najwięcej rybaków wychodzi nad ranem za burtę, za napięciem i ciekawością, co wyciągnie winda trałowa z morza, ale także za radością zrywania kartki z kalendarza wieczorem. I gdy myślisz o tej kartce z kalendarza już tam, w swoim domu, ciągle jeszcze będąc na lądzie lub leżąc w łóżku przy swojej śpiącej kobiecie, to zamknąłeś w tym momencie cykl.

Ale ty jesteś młody, synku. Ty wcale nie musisz łowić ryb. Możesz wyjść z tego cyklu, nie jest jeszcze za późno.

Jacek jednak nie opuścił tego cyklu. Tak samo zresztą jak on. Bo każdy prędzej lub później spotka swojego mądrego bosmana od teorii zamkniętego cyklu. Ale mimo to uwierzy w nią dopiero całe lata później. I wtedy bardzo często jest już za późno, aby przerwać ten zamknięty cykl.

Jacek zawsze kochał złe kobiety.

Praktykant opuścił jeden rejs, bo złamał nogę. Miał przeczekać na lądzie i gdy noga mu się zrośnie, pływać tymczasem na pilotówkach wprowadzających statki do portu. A potem wrócić na trawler i zamustrować być może już nie jako praktykant, ale jako młodszy rybak. Poznał kobietę Jacka któregoś wieczoru, gdy po pijanemu zadzwonili z kolegą do agencji towarzyskiej w Świnoujściu. Taksówką przyjechały dwie dziewczyny. Pamiętał jej twarz z fotografii przypiętej nad koją Jacka. Pamiętał też wiersze, które Jacek czasami recytował, gdy się upił. I pamiętał, że Jacek nieraz nawet przy tym płakał. Bo praktykant „na rybaku" jest tak mało ważny, że nie tylko nie ma swojego numeru w kolejce do zejścia na ląd, ale nawet płaczą w jego obecności starsi rybacy.

Skłamał, że się źle czuje. Obie dziewczyny poszły do łóżka kolegi, który mamrotał coś po pijanemu. Dopił swój kieliszek wódki, zostawił swoją część zapłaty i wyszedł.

– Bos, ona mnie zostawi... Bos!!!

Wyszli w morze z Halifaksu tuż po trzeciej nad ranem. Po sześciu godzinach i piętnastu minutach postoju.

Obudził się około ósmej. Odkąd Jacka po tym wypadku zdjął z pokładu helikopter kanadyjskiej straży przybrzeżnej i przewiózł do szpitala w Halifaksie, był sam w kabinie. Wstał, wziął swój koc, koc z koi Jacka, włożył ciepłe granatowo-zielone skarpety, które zrobiła na drutach Alicja, wsunął do kieszeni paczkę papierosów i poszedł na dziób. Było jasne, że nie dotrą na łowiska i nie rzucą sieci przed południem.

Usiadł na pokładzie za windą kotwiczną, osłaniającą go od wiatru. W tym miejscu nie mogli go widzieć z mostku. Spojrzał na horyzont. Kompletna szarość. Zapalił papierosa. Ocean był czarnosiwy, połyskiwał martwym metalem, jak rtęć. Nad nim wisiał gigantyczny klosz z chmur. Było mroczno i ciemno. Wszystkie odcienie szarości. Wiatr namawiał do samobójstwa. Jedynie silnik przeszkadzał. Bywają takie momenty, najczęściej po sztormie i najczęściej na Atlantyku, przy martwej fali. Po południu. Klosz chmur odgradza słońce. Szarość wody niezauważalnie przechodzi w szarość powietrza. Gdyby wychylić się przez burtę, oderwać ręce od relingu, poddać się opadaniu i wznoszeniu na martwej fali i nie słyszeć silnika, to można mieć w tej szarości uczucie nieważkości. Tak jak gdyby czas się zatrzymał i przestrzeń nie miała punktu odniesienia. Wielu wychodzi w tę pustkę przez burtę i zatapia się w tej szarości. Robią to szczególnie chętnie, gdy ból życia zabija radość życia. Niby mimochodem, bo to przecież porażka dla rybaka, tak odchodzić, wychylają się trochę za bardzo i z pluskiem wpadają w tę szarość. Na zawsze. Nie nazwano jeszcze tego fenomenu ani tego stanu ludzkiego ducha, gdy po martwej fali przychodzi szarość. Nie nazwano tego ani w psychologii, ani przy wódce w kabinach na statku. Pewnie dlatego, że mało naukowców jest rybakami. Dopiero potem, wieczorem, przy kolacji w mesie zauważa się, że kogoś brakuje. Nawet nie wiadomo, gdzie szukać. Dlatego przeważnie nie zawraca się, zapisuje tylko w dzienniku pokładowym, że „liczebny stan załogi zmniejszył się" i wysyła faks do armatora z prośbą o powiadomienie rodziny.

Czasami też myślał o samobójstwie. Ale nie zrobiłby tego, wychodząc tak po prostu za burtę. Może przy Kapsztadzie, Mauretanii lub Wyspach Kanaryjskich. Ale nie tutaj. Przy

Fundlandii. Tutaj bardzo zasolona woda ma najczęściej temperaturę poniżej zera stopni, a on po prostu nie znosi zimna. Alicja budziła się w nocy i okrywała go szczelnie kołdrą, żeby nie było mu zimno. Czasami wyrywało go to ze snu, otwierał oczy, przytulał ją i całował. A potem brał w dłonie jej zawsze zimne stopy. I tak często zasypiali. Bo bardzo dbali, aby żadnemu z nich nie było zimno. Ani w łóżku, ani w sercu. Więc on z pewnością nie wychyli się za bardzo nad zimną wodą przy Fundlandii. Jeśli już umierać, to gdy jest przyjemnie i w ogóle tak, jak się to lubi najbardziej. Przecież to byłoby ostatnie wspomnienie.

Myślał o samobójstwie głównie wtedy, gdy wracali na ląd. Wszyscy czekali uroczyście podnieceni, palili papierosy jeden po drugim, golili się drugi albo trzeci raz w ciągu ostatnich dwóch godzin, sprawdzali, czy prezenty zapakowane, choć były zapakowane i leżały równo ułożone w szafkach już od wejścia na Bałtyk w cieśninach duńskich – a jemu było przykro, że ten rejs się kończy.

Cztery lata temu też golił się dwa razy w ciągu dwóch godzin. I także dotykał prezentów od dawna zapakowanych. I żuł cztery gumy, aby Alicja nie wyczuła przy pocałunku, że pił z Jackiem wódkę po śniadaniu. Przybili do kei, a jej nie było. Po tumulcie powitania wszyscy się rozjechali, a jej nie było. Zadzwonił do jej matki do Poznania. Nikt nie odbierał. Po sześciu godzinach taksówką przyjechał jej brat.

Pożyczyła od niego samochód. Chciała zrobić miłą niespodziankę i ze Świnoujścia zabrać go samochodem i pojechać prosto do Gdańska, aby przedstawić go ojcu. Mieli wziąć ślub w Gdańsku. Pod Piłą ciężarówka z przyczepą, nie chcąc wjechać na nieoświetlony wóz z pijanym woźnicą, zaczęła gwałtownie hamować. Przyczepa stanęła w poprzek drogi, ale zanim się zatrzymała, zepchnęła skodę Alicji na wiadukt. Policjanci mówili, że zgniecione było wszystko, nawet obie tablice rejestracyjne, więc na pewno nie cierpiała.

Znali się pięć lat, zanim poprosił ją o rękę. Zamieszkali ze sobą w Poznaniu już po roku. Miesiąc po tym, jak zobaczył ją pierwszy raz nagą. Zabrała go na wystawę Warhola do Warszawy. Wynajęli pokój w hotelu. Zupełnie po ciemku weszła do łazienki, a gdy wróciła, on szukał zegarka, chcąc sprawdzić, która jest godzina, i zapalił lampkę na stoliku. Stała przed nim zaczerwieniona ze wstydu, a on, nie mogąc ukryć zażenowania, spuścił głowę i nie patrzył. Od tego wieczoru tak naprawdę czuł, że jest jego kobietą.

Nikt nie potrafił czekać tak jak ona. Nikt. On wypływał na miesiące, a ona czekała. Zrywali kartki z kalendarza razem. Umówili się, co do godziny. Ona wieczorem w sypialni w wynajętym maleńkim mieszkaniu na poddaszu, a on koło Islandii, Labradoru lub Wysp Owczych. Dlatego jego dzień kończył się przeważnie zaraz po południu.

Oprócz tych samych tekstów po drugiej stronie kartki z kalendarza czytali także te same książki. Nauczyła go je czytać. Potem nauczyła je kochać. Z zazdrością mówiła o całym tym czasie, który on ma na trawlerze, i przeliczała te miesiące na książki, które przeczytałaby. Zrobiła całą listę książek, które „prawdziwy mężczyzna musi przeczytać przynajmniej raz w życiu". Opowiadała mu niby żartem, że rybacy mają wiele wspólnego z literatami. Tak samo często są alkoholikami jak prozaicy i tak samo często samobójcami jak poeci. Opowiadała z przejęciem swoje sny, w których mieszkała w małym domku z bujanym fotelem i kominkiem, z książkami Marqueza, Kafki, Camusa i Dostojewskiego na półce. Bo Alicja chciała, aby jej mężczyzna był dobrym i mądrym człowiekiem. I aby mogła być z niego dumna. I wierzyła, że rybak także może być mądry. Bo przecież „dobry to on jest z definicji".

Kupowała mu książki, pakowała w tajemnicy przed nim do walizek, torby i jego worka marynarskiego. Potem odnajdował je w złożonych spodniach, pomiędzy skarpetami i bielizną, zatopione w foliowej torbie pod kilogramami krówek, które tak lubił, lub w kartonach z butami, które mu kupiła. W portach lub gdy przybijali do statku bazy, aby wziąć lód, wodę, wymienić sieci czy usunąć awarię, zawsze czekały na niego listy i przesyłki z książkami. Nie miał gdzie ich trzymać w ciasnej kabinie dzielonej z Jackiem. Kiedyś zapytał stewarda, czy może postawić je na tej pustej półce nad telewizorem zaraz przy wejściu do oficerskiej mesy.

– Oczywiście, że możesz. Książek ta banda nie czyta, więc ci nie ukradną. Oni wolą pornosy u elektryka.

Steward się mylił. Bardzo się mylił. Już po tygodniu książki zaczęły znikać z półki. Po kilku dniach wracały. Oficjalnie nikt w rozmowach przy posiłkach, w kabinach przy wódce albo przy pracy na pokładzie nie przyznawał się, że czyta książki z półki w mesie. Po miesiącu półka stała właściwie cały czas pusta. Co kto położył tam książkę, znikała. Sprawa nagłośniła się, gdy wyszło na jaw, że trzeci mechanik trzyma książki tygodniami w swojej kabinie i na dodatek podkreśla długopisem całe fragmenty tekstu. Rozpoznał to lekarz, u którego mechanik kwitował tym samym długopisem odbiór apteczki dla maszynowni.

Kiedyś przy kolacji lekarz, jak zawsze podniecony – niektórzy twierdzili, że regularnie wykrada morfinę z przeszklonej szafki w gabinecie i tylko dla niepoznaki wypija pół butelki piwa, aby cuchnąć alkoholem – zaczął dyskutować o polityce z radiowcem. Jak zawsze przy tym temacie zaczynała się najprawdziwsza uliczna pyskówka. W pewnym momencie trzeci mechanik, siedzący po przeciwnej stronie stołu, poparł radiowca. I wtedy lekarz wrzasnął na całą mesę:

– A ty kurwa co? Myślisz, że książki to twoje zaświadczenie o poczytalności, na którym możesz sobie podkreślać fragmenty, z których wynika, że nie masz jeszcze szajby? Poza tym już dwa tygodnie trzymasz „Bębenek…" Grassa pod swoją obślinioną poduszką. Co ty, onanizujesz się do tego Grassa?! Pornos u elektryka już ci nie wystarcza?!

W ten oto sposób wyszło na jaw, że rybacy w wolnych chwilach, nawet jeśli niechętnie się do tego przyznają, czytają Grassa, Hemingwaya, Dostojewskiego, Remarque'a, ale także Ankę Kowalską i Chmielewską. Alicja śmiała się, gdy po powrocie z tego rejsu opowiedział jej tę historię.

Ona tak cudownie się śmiała. Ostatnio myślał, że najgwałtowniej pożądał jej, właśnie gdy się śmiała. Ona chyba rozpoznała ten mechanizm, być może podświadomie, często bowiem najpierw prowokowała go, aby ją rozbawiał, a potem trafiali zaraz do łóżka.

Nigdy nie wątpiła w jego wierność. Zawsze broniła swojego prawa do tej wiary. Nigdy nie zapomni, gdy kiedyś przy wódce jej brat z dumą w głosie powtórzył mu to, co Alicja odpowiedziała kiedyś zapytana zgryźliwie przez zawistną koleżankę, czy ona naprawdę wierzy, że jej rybak jest wierny przez te wszystkie długie miesiące: „Moja droga, oczywiście, że jest mi wierny. Ale mimo to się martwię. Bo jak pomyślę, że jakaś kurwa bierze mu go do ust i robi to nie tak, jak on to lubi, to po prostu jako normalna kobieta się wściekam".

Opowiadano mu później, że ta pytająca koleżanka zakrztusiła się ciastem, słysząc odpowiedź, a to jej „jako normalna kobieta" rozniosło się wkrótce po Poznaniu i było opowiadane na niektórych przyjęciach jako anegdota.

Bo Alicja taka była. Niezależna. Mądra. Piękna. Kochająca życie. I kochająca jego. I dlatego on nigdy nie popełni samobójstwa. Ani tu, ani u brzegów ciepłej Mauretanii, ani nigdzie indziej. Bo wtedy przecież skończyłyby się mu wspomnienia. Takie jak na przykład to, gdy mówiła: „Bo gdy ty jesteś, to dni tak uciekają, jak ziarnka maku z dziurawego wiadra. A potem wyjeżdżasz i to wiadro się nagle zatyka, i mam wrażenie, że ktoś w nocy w tajemnicy przede mną przychodzi tutaj i dosypuje mi maku do tego wiadra".

Dla takich wspomnień warto żyć, nawet jeśli nie ma z kim zamykać cyklu. I dlatego, że wspomnienia zawsze będą nowe. Wprawdzie nie można zmienić przeszłości, ale można zmienić wspomnienia.

„Bo gdy ty jesteś, to dni tak uciekają, jak ziarnka maku…".

Usłyszał kroki za sobą. Ktoś wchodził metalowymi schodami na pokład dziobowy. Pośpiesznie wytarł łzy nasadą dłoni, w której trzymał papierosa. Dym dostał mu się do oczu, przez co stały się jeszcze bardziej czerwone. Bosman przeszedł obok szalupy. Nie zauważył go. Poszedł na dziób, usiadł na odrapanym słupku cumowniczym i zapatrzył się w morze. Był w roboczych granatowych spodniach podtrzymywanych przez elastyczne, postrzępione na krawędziach gumowane szelki, skrzyżowane na plecach. Oprócz spranego podkoszulka nie miał na sobie nic więcej. A było z dziesięć stopni mrozu i wiał silny wiatr.

Obserwował bosmana, ukryty za szalupą. Gdyby miał opisać go jednym zdaniem, powiedziałby, że bosman jest po prostu ogromny. Jak dotąd nie spotkał – a pływał na wielu statkach – tak dużego i silnego mężczyzny. Miał ogromne ręce. Tak duże, że nie mógł nosić zegarka, paski bowiem były zbyt krótkie, aby którykolwiek z nich dało się zapiąć na najbardziej ostatnią dziurkę. Jacek zamówił kiedyś dla niego, gdy zatrzymali się na jedną dobę w Plymouth w Anglii, specjalny pasek w sklepie jubilerskim, i podarował mu zegarek na urodziny. Bosman był tak rozczulony faktem, że ktoś pamiętał o jego urodzinach, że miał łzy w oczach, gdy odbierał ten zegarek od Jacka; nosił go potem zawsze i wszędzie. Patroszył w nim ryby, zalewając krwią, chodził z nim pod prysznic, miał go przy wyciąganiu sieci. Któregoś dnia pasek po prostu pękł i bosman zgubił zegarek. Przez dwa dni go szukał. Na kolanach przesuwał się metr po metrze po pokładzie od dziobu do rufy i od rufy do dziobu i szukał. Był nawet w maszynowni, do której nigdy nie zaglądał. Kiedyś po pijanemu odważył się i przyszedł do ich kabiny przepraszać Jacka, że on, „kurwa, taki dobry był dla niego i dał mu ten zegarek, a on go jak szczeniak posiał". Bo Bos czuł, że należy być wdzięcznym za dobroć.

Patrzył teraz na bosmana siedzącego bez ruchu jak posąg i zastanawiał się, czy jego też na ten słupek cumowniczy przygnała myśl o jakiejś kobiecie. Gdy tak się zastanowić, to w tym pływającym więzieniu, którego lokatorzy mają umowę o pracę, prawo do strajku i minimum czterech godzin snu na dobę, a do swojej dyspozycji kucharza i stewardów, telewizję, elektryka udostępniającego kasety i swój odtwarzacz, najwięcej napięć i smutku generowały kobiety. Kobiety, których tutaj wcale nie było. Jak pamięta, najwięcej zła rybakom wyrządzały kobiety. Te nieobecne.

Pierwszy raz odczuł to, kiedy jeszcze był w technikum. Dawno temu, kiedy fortuny w rybołówstwie rodziły się nie ze sprzedaży dorszy lub morszczuków, ale ze sprzedaży parasolek automatycznych dla tych wylęknionych w Polsce i kokainy w Rotterdamie dla tych, którzy poszli na „całą całość". To była Wigilia. Miał siedemnaście lat. Nawet nie był jeszcze praktykantem. Dopływali do przetwórni zakotwiczonej na Morzu Barentsa, aby opróżnić swoje ładownie. Stał na mostku i trzymał ster. Przez osiem godzin Wigilii, od pierwszej gwiazdki do pasterki wpatrywał się w żyrokompas, aby nie zboczyć z kursu o więcej niż plus minus cztery stopnie. Odkąd rozpoczął wachtę, na mostek przychodzili rybacy. Jeszcze we wrześniu, tuż po wyjściu w morze z Gdyni, zamówili u radioficera rozmowę z Polską w Wigilię. Każdy nie więcej niż trzy minuty. Bez gwarancji połączenia, bo „to zależy, gdzie będą w Wigilię". Mieli szczęście, bo znaleźli się w miejscu, gdzie był odbiór. Radiostacja jest tuż przy radarze, prawie w samym centrum mostku. Na mostku jest Pierwszy, Kapitan, bo to Wigilia, radiooficer i „ten szczeniak przy sterze". Odbiór jest tak zły, że przypomina zakłócany odbiór Radia Wolna Europa, w czasach gdy Europa nie była jeszcze wolna.

Na mostek przychodzi rybak. Jest trochę zdenerwowany. Ma swoje trzy minuty, na które czekał od Zaduszek, i ma przy kapitanie, radiooficerze i „tym szczeniaku przy sterze" między trzaskami radia powiedzieć, że tęskni, że jest mu źle, że to ostatnia Wigilia bez nich lub bez niej, że ma już wszystkiego dosyć, że chciałby przytulić ją i martwi się, bo długo nic nie pisała. Ale najbardziej chce jej lub im powiedzieć, że jest lub są dla niego najważniejsi. I chce usłyszeć, że on także jest najważniejszy. W zasadzie tylko to jedno jedyne zdanie chce usłyszeć. I wcale nie musi być tak wprost. A tymczasem w ciągu swoich trzech minut, na które czekał od Zaduszek, dowiaduje się, że „mama już nie chce tej halki, o którą go prosiła", że „nie ma kupować tych kremów, bo dostała je w Polsce" i że „gdyby przez Baltonę przysłał pomarańcze, to chłopcy by

się cieszyli". Wychodzi rybak po swoich trzech minutach na
wiatr w wieczór wigilijny i ma tak potłuczoną duszę, że nie
pomaga mu ani etanol, ani sen. I pozostaje dla pewności w kabinie i nie wraca na wiatr, aby nie dostać znowu jakichś głupich myśli. Bo tak naprawdę po zejściu z tego mostku chciał
iść na sam koniec rufy trawlera. Albo jeszcze dalej.

To było bardzo dawno. Teraz już na szczęście tak nie jest,
żeby rozmawiać ze swoimi kobietami o pomarańczach i kre-
mach przy „szczeniakach" stojących przy żyrokompasie. Teraz
dba się o prywatność i stosunki międzyludzkie. Mają przecież
na statku związki zawodowe. Poza tym świat zmienił się na
lepsze. Ostatnio nawet widział, jak pierwszy oficer kupił sobie
w Bremerhaven telefon komórkowy z satelitarnym GPS i mógł
rozmawiać, z kim chciał i jak długo chciał z pokładu na dziobie.
Tyle tylko że pierwszy oficer i tak nie miał z kim rozmawiać.

Jeśli się nie mylił, ostatnią kobietą, z którą rozmawiał bosman, była sędzia sądu rejonowego w Elblągu. To nie była
długa rozmowa. Ona spytała go na sali sądowej pełnej ludzi,
czy przyznaje się do winy. On cichym głosem odpowiedział:
„Oczywiście" i wtedy ona skazała go na pięć lat więzienia za
„ciężkie pobicie z trwałym uszkodzeniem ciała".

Bosman przed wielu laty pobił męża kucharki ze stołówki w Domu Rybaka w Gdańsku Wrzeszczu, gdzie mieszkał
przez dziewięć miesięcy, gdy lekarz zakładowy nie podpisał mu książeczki zdrowia po tym, jak stwierdził migotanie
przedsionków i arytmię serca.

Bosman miał migotanie i arytmię serca, kiedy go pierwszy raz lekarze dokładniej zbadali w domu dziecka, tyle tylko że i migotanie, i arytmia były incydentalne. Ostatnio

przychodziły i odchodziły po kilkunastu godzinach, jeśli powstrzymał się od picia. Traf chciał, że miał długi incydent akurat w trakcie obowiązkowych badań lekarskich. Ponieważ rybak musi być zdrowy i silny, przenieśli go tymczasowo na ląd. Miał pracować w przetwórni „na taśmie" i leczyć sobie serce. I wtedy dopiero bosman zachorował na serce.

  Nawet „na taśmie" wszyscy mówili do niego „Bos". I w Domu Rybaka także. I ona mówiła do niego „Bos". Stała za szybą w okienku w stołówce i wydawała obiady. Miała nienagannie czysty biały fartuch, usta pomalowane krwistoczerwoną szminką, włosy związane jedwabną chustką i miała na imię Irena. Tak jak jego matka. Zawsze dawała mu podwójne porcje i zawsze uśmiechała się do niego, czerwieniąc się, gdy dłużej patrzył w jej oczy. Czasami znikała na kilka dni; wtedy wypatrywał jej i było mu smutno. Potem wracała za szybkę i często miała siniaki na rękach lub twarzy. Pewnego wieczoru czekał na nią przy śmietnikach, gdzie było tylne wyjście z budynku stołówki. Odprowadził ją do autobusu. Poszli dokoła parku, żeby było dalej. Potem czekał przy śmietnikach już każdego wieczoru. Po kilku tygodniach nie wsiadała w ogóle do autobusu. Całą drogę do jej domu szli pieszo i rozmawiali. Wracał sam, tą samą drogą, do Domu Rybaka i przypominał sobie każde jej słowo.

  Po pewnym czasie zauważył, że jedyne, co ma dla niego sens, to czekanie najpierw na obiad, a potem na wieczór. Po kilku tygodniach Irena zniknęła. Bez słowa. Czuł się wtedy dokładnie tak samo, jak czasami czuł się w domu dziecka, gdy zostawał sam, jeden jedyny, na ławce w holu i pani kierowniczka zabierała go do gabinetu, dawała kredki i papier do rysowania, aby się czymś zajął i nie było mu smutno. A on miał wtedy ochotę rysować tylko cmentarze.

Gdy wróciła po tygodniu z bandażem na ręce i opuchniętą wargą, odważył się i zapytał. Opowiedziała mu o swoim mężu. Słuchał jej i przypominał sobie, że najgorsze, czego nie mógł znieść w domu dziecka, to gdy wytatuowany gnojek zupełnie bez powodu tłukł malucha, który sięgał mu do łokcia. Przechodzili przez park. Przytulił ją. Drżała. Była taka mała. Taka krucha.

Uczył się, jak jej to powie. Cały tydzień się uczył. Wracał z taśmy, zmywał smród ryb z siebie, zamykał pokój na klucz, aby mu nikt nie przeszkadzał, golił się, ubierał się w garnitur, który dał sobie uszyć, bo jego rozmiaru nie było w żadnym sklepie, wkładał krawat, stawał przed lustrem i uczył się, jak powiedzieć, że ją bardzo prosi, że już nigdy nikt jej nie uderzy i żeby ona... no, żeby ona jego... no, żeby chciała...

To nie był żaden szczególny dzień. Po prostu nie poszedł do przetwórni. Włożył garnitur i krawat. Czekał z kwiatami, jak zawsze przy śmietnikach. Nie zdążył jej powiedzieć. Dochodzili do parku, gdy podjechała taksówka i zahamowała z piskiem opon. Wyskoczył z niej mężczyzna, podbiegł i pięścią uderzył ją w twarz. Osunęła się bez słowa na trawnik. Mężczyzna zamierzył się, by ją kopnąć. Bosman rzucił kwiaty i złapał mężczyznę, tak jak łapie się dużego dorsza przed wbiciem mu noża i rozcięciem podbrzusza. Potem uderzył jego twarzą o swoje kolano. I jeszcze raz. I jeszcze. Spojrzał na jej zakrwawioną twarz i rzucił nim o trawnik. Podbiegł do niej i wziął na ręce. Nawet nie płakała. W tym momencie podjechał radiowóz wezwany przez taksówkarza.

Jej mąż miał połamaną szczękę i obojczyk, złamany nos, wstrząśnienie mózgu, rany tłuczone czaszki i złamane żebro z przebiciem prawego płuca.

Bosman wyszedł po trzech latach. Ona nie odwiedziła go

w więzieniu ani razu. Rok po wyjściu z Iławy przypadkowo spotkał kapitana, który jechał z Gdańska do Świnoujścia przejąć statek, i zatrzymał się, czekając na przesiadkę, w Słupsku. A właściwie to kapitan go spotkał. To było w dworcowej hali około piątej rano. Po ścianą dworca tuż przy zamkniętym kiosku „Ruchu" siedziała grupa bezdomnych. Pijana kobieta w zaszczanych spodniach klęła i wyzywała od najgorszych ogromnego mężczyznę z krwawym opatrunkiem na nosie, z butelką piwa w dłoni i papierosem w ustach. Kobieta podbiegała do mężczyzny, kopała go, uderzała pięściami i natychmiast uciekała. Gdy podbiegała, aby kopać olbrzyma, inny mężczyzna – niski, w czarnej ortalionowej kurtce z napisem Unloved na plecach – wbiegał między nich, nieporadnie próbując ich rozdzielić. W pewnym momencie kobieta stanęła i powiedziała coś niewyraźnie, mężczyzna w kurtce odsunął się, olbrzym wyjął papierosa z ust i podał kobiecie. Ta zaciągnęła się głęboko. Przez chwilę patrzyła na papierosa, a potem oddała go olbrzymowi i jak gdyby nic się nie stało i nie było tej przerwy, z okrzykiem „Ty skurwysynu jeden" podbiegła, aby go dalej kopać. Kapitan podniósł walizkę i podszedł bliżej, by przyjrzeć się tym ludziom. Wtedy go poznał.

– Andrzej, no co ty... Z kobietą się tłuczesz? Bos, no co ty... Kurwa. Bos!!!

Mężczyzna z opatrunkiem na nosie odwrócił głowę. Kobieta wykorzystała moment jego nieuwagi, podbiegła i z całej siły uderzyła go otwartą dłonią w twarz, przesuwając opatrunek z nosa. Olbrzym zignorował cios. Stał ze spuszczoną głową jak przyłapany na kłamstwie mały chłopiec.

– Panie kapitanie... Ja jej nie dotknę. Przecież pan wie, że nie. Ona tak zawsze. Nad ranem wpada w szał, to pozwalam jej, aby się na mnie rozładowała.

Kapitan zabrał bosmana z hali dworcowej w Słupsku i przywiózł pod statek. Kazał mu się najpierw wykąpać, a po kąpieli lekarz zmienił mu opatrunek na złamanym nosie. Potem kapitan opóźnił dobę wyjście w morze, aby bosman mógł załatwić wszystkie formalności związane z zamustrowaniem go na statek i przyjęciem do pracy. Tak naprawdę to wszystko było załatwione, gdy kapitan zadzwonił do jednego z dyrektorów u armatora – kolegi ze studiów w szkole morskiej – i powiedział, że bez bosmana to on „wyjdzie na spacer, a nie w morze" i że on to „pierdoli, że Bos jest karany, bo rybom to spływa równo po skrzelach, czy wyciągają je z morza karani czy ministranci".

Odtąd bosman jest jak kotwica na tym statku. I wie już raz na zawsze, że kobiety to ból. Najpierw przy tatuowaniu ich imion na przedramieniu, a potem przy wspominaniu.

W końcu bosman podniósł się ze słupka cumowniczego, stanął przy burcie i patrząc w horyzont, przeżegnał się. Po chwili wrócił schodami na śródokręcie.

Pływał z bosmanem już tyle lat, ale dopiero teraz, ukryty za szalupą, dowiedział się, że ma on coś wspólnego z Bogiem.

Wiatr powoli cichł.

Zapalił kolejnego papierosa, wsunął się głębiej pod windę i okrył szczelnie kocem.

Na statkach, na których pływał, było mało Boga. Rybacy są raczej zabobonni niż religijni. Mimo skrajności warunków życia, stałego niebezpieczeństwa i poczucia zagrożenia oraz swoistego pustelnictwa, za które, nie bez racji, uważał pływanie – po siedmiu miesiącach rejsu osiemdziesięciu facetów na statku traktuje się raczej jako współwięźniów lub braci z zakonu niż towarzyszy podróży – nie zetknął się z wyrazistymi przejawami religijności na statkach. Owszem, wiszą krzyże w mesach, niektórzy mają książeczki do nabożeństwa w szafkach, wielu nosi medaliki i krzyżyki na łańcuszkach, ale sam Bóg i wiara nie są prawie nigdy tematem rozmów i nie ma demonstrowania uczuć religijnych. Ale one są i nieraz religijność miesza się z instynktami i jeśli stanie się tak na statku, z którego nie ma jak uciec, często zdarzają się tragedie.

Łowili pod Alaską. Po siedemdziesięciu dniach weszli w nocy na krótko do Anchorage, aby zostawić w szpitalu chorego z podejrzeniem zapalenia wyrostka robaczkowego. Na zastępstwo armator znalazł czekającego na jakiś statek Filipińczyka. Wprawdzie od pewnego czasu pływali na statkach z polskimi załogami także cudzoziemcy, więc nie było to aż tak bardzo dziwne, niemniej często zdarzały się konflikty i armator amerykański wiedział, że „Polacy najbardziej lubią kłócić się ze swoimi".

Filipińczyk był drobny i niski. Nosił okulary i z daleka, gdy stał na kei, ubrany w granatowy garnitur i białą koszulę, wyglądał jak chłopiec idący do pierwszej komunii. Nikt nie chciał go przyjąć do swojej kabiny, więc zesłali go do praktykantów na dziobie. Wszyscy wiedzieli, że to straszna niesprawiedliwość, bo kabina praktykantów była najmniejsza na statku. Miała wprawdzie trzy koje, ale ta trzecia zastępowała praktykantom szafę, na którą nie starczyło miejsca. Pamięta, jak kiedyś młody motorzysta, który przez miesiąc mieszkał w tej kabinie, żartował przy obiedzie:

„Ta kabina jest tak mała, że gdy miałem erekcję, musiałem otwierać drzwi na korytarz".

Praktykanci zdjęli swoje rzeczy z najwyższej koi, poupychali gdzie się dało i Filipińczyk mógł pójść spać. Następnego dnia, gdy praktykanci jedli obiad, Filipińczyk, nie pytając nikogo o zgodę, zdjął wieżę stereofoniczną jednego z nich i na jej miejscu, tuż przy umywalce, ustawił ołtarzyk. Normalny zminiaturyzowany kościelny ołtarz. Ze schodami, z krzyżem, na którym wisiał miniaturowy Chrystus z przerobionej lalki Kena, przybity miniaturowymi gwoździami i w miniaturowej koronie cierniowej, zrobionej z cienkiego sznurka usztywnionego pastą do butów i kawałków wykałaczek. Wokół krzyża zwisał czarny przewód z czerwonymi i oliwkowymi diodami, które migotały nieregularnie. Bateria zasilająca diody leżała przy figurze klęczącej Matki Boskiej, zrobionej z lalki o skośnych oczach. Lalka była owinięta skrawkiem białego płótna spiętego agrafką na plecach i w miejscu, gdzie sterczały nieproporcjonalnie duże piersi, namalowane zostało czerwoną farbą duże serce przebite cierniami.

Gdy praktykanci wrócili z obiadu, Filipińczyk klęczał i modlił się na głos, kolorowe diody migotały na miniaturowym ołtarzyku, a cała kabina wypełniona była dymem kadzidła, które tliło się w szklance do płukania ust stojącej na umywalce.

Filipińczyk okazał się ortodoksyjnym katolikiem – popołudniowa modlitwa należała do rytuału dnia powszedniego. Nie mógł zrozumieć, że oni inaczej wyobrażają sobie wiarę w Boga. Wyciągał z kieszeni portfel, w którym nosił zdjęcie papieża, i całował je przy nich.

Gdy wiadomość rozniosła się po statku, wszyscy przychodzili do kabiny praktykantów i tylko kiwali głowami, a Filipińczyk siedział na najwyższej koi pod sufitem i uśmiechał się dumny, i składał ręce do modlitwy.

Filipińczyk był dobrym rybakiem. Potrafił jak oni godzinami patroszyć dorsze, zawsze chętnie przynosił, zapalał i wkładał w usta papierosy i zawsze śmiał się, gdy inni się śmiali.

Po trzech tygodniach umiał we właściwym momencie powiedzieć „kurwa" i na prośbę praktykantów zrezygnował z palenia kadzidła w kabinie. Zaczęto go nawet lubić i zapraszać na pornosy do kabiny elektryka. Ale po tygodniu zrezygnowano, bo w trakcie projekcji dyszał z podniecenia tak głośno, że robiło się jakoś tak nieswojo.

Po sześciu tygodniach elektryk przyłapał Filipińczyka na dziobie.

To wtedy przyszedł do kabiny, wywołał go na korytarz i powiedział:

– Słuchaj, Żółty chodzi po dziobie ze spuszczonymi spodniami i pokazuje światu swoją fujarę! Jak Boga kocham. Naprawdę. Właśnie wracam z dziobu. Normalny exi! Tego tylko nam brakowało.

To było oczywiście absurdalne. Ekshibicjonista na „rybaku"! Steward, który dzielił kabinę z elektrykiem, zaraz dodał: „Katolicki ekshibicjonista na rybaku". Z drugiej strony, dlaczego akurat wszyscy spośród przypadkowo zebranych ponad osiemdziesięciu mężczyzn odsuniętych na długie miesiące od normalnego seksu mają być heteroseksualni i jak to mawiała Alicja, „katolicko-heteroseksualnie poprawni?".

To, że elektryk nie zareagował natychmiast i udawał przy Filipińczyku, że przygląda się jego fujarze, zachęciło go do powtórki.

Czyhali na niego. Prosił, aby tego nie robili. Nie usłuchali. Polowali na niego. Tego dnia jak zwykle zaczaili się po kolacji. Było już ciemno. Elektryk wyszedł z papierosem w ustach na dziób. Filipińczyk wyłonił się w pewnej chwili z ciemności i stanął przy windzie. Wtedy zapalili wszystkie reflektory na dziobie, łącznie z tym najsilniejszym przy bomie ładunkowym, i skierowali na Filipińczyka, stojącego z opuszczonymi

220

do ziemi spodniami. Pierwszy mechanik włączył syrenę alarmową, a praktykanci zaczęli krzyczeć po angielsku przez megafony. Filipińczyk był tak przerażony, że zaczął oddawać mocz. Stał ze sterczącym prąciem i sikał, trzęsąc się przy tym jak epileptyk. Niespodziewanie podniósł spodnie, podbiegł do burty i skoczył.

Gdy wciągnęli go na pokład, był tak wychłodzony, że lekarz wątpił, czy przeżyje. Przeżył. Odstawili go pośpiesznie do Anchorage. Dwaj sanitariusze amerykańskiego Blue Cross znieśli go na noszach do szpitalnego ambulansu, który podjechał pod statek. Praktykanci taszczyli za nim zapakowany w karton miniaturowy ołtarzyk. Kapitan wystąpił do izby morskiej, aby pierwszego mechanika ukarać odebraniem licencji za „bezzasadne, narażające życie członka załogi użycie syreny alarmowej". Do elektryka już nikt do końca rejsu nie przyszedł na pornosy.

Chociaż o incydencie z Filipińczykiem wszyscy chcieli jak najszybciej zapomnieć i nie wracali do tego, to właśnie po tym rejsie pierwszy raz tak prawdziwie głęboko i poruszająco rozmawiał na temat Boga.

Wracał z łowisk do Polski. Siedział w samolocie z Anchorage do Moskwy – ostatnio często wynajmuje się całe załogi obcym banderom i transportuje się je na statek samolotami – w pierwszej klasie, obok kapitana, którego znał jeszcze z rejsów szkolnych. Prawdziwa legenda polskiego rybołówstwa. Po Królewskiej Szkole Morskiej w Szkocji, ponad czterdziestu latach pływania i po krótkim epizodzie rektorowania w Polsce szkole morskiej, w której bez morza wytrzymał tylko dwa lata.

Rozmawiali prawie całą drogę. O Bogu i religii też.

– Bo widzi pan, panie oficerze – kapitan miał zwyczaj zwracać się do wszystkich „per panie oficerze", nawet do praktykantów – ja zacząłem wierzyć w Boga dopiero dwa lata temu, po tym, jak zmarła moja żona – powiedział, spoglądając za okno. – Mając ją, nie potrzebowałem żadnego Boga. Tyle razy mnie prosiła, abym wierzył. Ciągała mnie po kościołach, a gdy byłem dłużej na lądzie, woziła na chrzciny, śluby i pogrzeby. Ostatnio przeważnie na pogrzeby. Cztery lata temu, wtedy już miała raka, wróciłem na Wielkanoc do Gdyni i poprosiłem ją, aby wyszła za mnie za mąż po raz drugi. I ona, panie oficerze, się zgodziła. Po tym wszystkim, co ja jej zrobiłem, po tym, jak ją tak dziesiątki razy na całe miesiące zostawiałem samą i goniłem po świecie za rybami. Po tych Wigiliach beze mnie, urodzinach i chorobach dzieci beze mnie i po tylu pogrzebach beze mnie. Wyobraża pan to sobie, panie oficerze?! Zgodziła się!

– I zadzwoniłem wtedy do znajomego proboszcza, co był u nas kiedyś na „Turlejskim" – pan przecież był ze mną na „Turlejskim", panie oficerze, prawda? – drugim mechanikiem, tylko że później zwariował i poszedł do zakonu. I powiedziałem mu, że za tydzień przyjeżdżamy z Martą do Lublina, po to, aby w jego kościele wziąć ten ślub, na który nie było czasu trzydzieści siedem lat temu, bo musiałem wtedy wychodzić w morze. I żeby załatwił chór i organistę, i żeby to mogło się obyć bez tych kursów czy szkoleń, co robią teraz przed ślubami.

Pamięta, że po tych słowach przerwał na chwilę, skinął ręką na stewardesę i gdy ta podeszła, poprosił:

– Czy mogłaby mi pani nie podawać już więcej tych szampanów i zamiast tego przynosić dobrze schłodzoną wódkę?

Gdy stewardesa odeszła, mówił dalej:

– Ale nawet wtedy, gdy szedłem obok niej do ołtarza, podczas tego ślubu, ciągle jeszcze nie wierzyłem w Boga. Bo ja
jeszcze wtedy nie potrzebowałem ani Boga, ani religii. Szczególnie religii nie potrzebowałem. Bo religia to czasami, panie
oficerze, tak trochę tumani. Bo z religii czasami wynika, że
łatwiej kochać ludzkość niż kolegę z wachty.

Uwierzyłem dopiero wtedy, gdy ona odeszła i zrobiło się
tak przeraźliwie pusto na świecie, że musiałem sobie kogoś
znaleźć, aby nie być sam jak palec, gdy wrócę do swojej kabiny
z mostku. I wtedy sobie pomyślałem, że Marta też nie chciała
być pewnie sama i mogła mieć rację przez całe życie. I wtedy
znalazłem Boga.

Czasami myślę, że go znalazłem, a czasami, że po śmierci
Marty po prostu zmieniłem Boga, nie zmieniając wyznania.
Ale na statku można obyć się także bez Boga i religii. Ja się
ponad trzydzieści lat obywałem.

– To na zdrowie, panie oficerze – zakończył, uśmiechając
się, i podnosząc kieliszek z wódką.

Gdy wypili, nachylił się i dodał:

– Ale powiem panu, panie oficerze, że jeśli nie ma pan
swojej kobiety, to wtedy z Bogiem jest człowiekowi w życiu
lepiej…

Łabędzi śpiew

— Tak nie może być — oświadczył lekarz, wyjmując z apteczki butelkę spirytusu. W połowie pełną lub, jak kto woli, pustą.

Nieśpiesznie przelał zawartość do słoja po kiszonych ogórkach, dorzucił kilka garści lodu zgarniętego z burty, dosypał szczyptę tajemniczego proszku, energicznie zamieszał ołówkiem bosmana, doprawił kapitańskim rumem i z aptekarską precyzją napełnił cztery musztardówki. W mesie trzymali wprawdzie komplet eleganckich szklaneczek do wódki, ale myśl o ich kruchości znacznie obniżała komfort picia. Za to kac nazajutrz sięgał dziesięciu w skali Beauforta.

— Tak nie może być, kolego — powtórzył lekarz.

— Nie może — potwierdził kapitan. — Do dna!

W zasadzie rozkaz był zbędny. Lekarski koktajl smakował piekłem (nie pomagał nawet dodatek zacnego rumu), dlatego pito go duszkiem i natychmiast zagryzano, czymkolwiek, inaczej lubił się zwrócić.

Odstawili puste szklanki, wzdychając głęboko. Kapitanem wstrząsnęło, ale zaraz odzyskał równowagę. I swój tubalny głos.

– Żeby do morza skakał nasz doktor, to bym zrozumiał. Bo z pana, panie oficerze – skinął z uznaniem – prawdziwy mors, może nawet lew morski.

– Lew morski – przytaknął lekarz, bo i nie było co się bawić w skromnisia. – Ostatnie ciepłe wody, w których pływałem, należały do mojej mamusi.

– Dlatego właśnie bym zrozumiał. Choć nie powiem, że bym nie żałował. Nic tak bowiem nie wybija z dołka jak te pańskie mikstury, panie oficerze.

– Słynne na całą Nową Fundlandię – nie omieszkał przypomnieć lekarz. – Niestety, mamy do czynienia z prawdziwym Rowem Mariańskim. Tu trzeba czegoś głębszego... – Przygryzł wydatne wargi. – Jest sposób. Skuteczny, sam przetestowałem. – Urwał, zastanawiając się, czy upił się na tyle, by zdradzać szczegóły. Co nie umknęło uwadze kapitana.

– Polewamy, panie oficerze! – wskazał słój.

Lekarz napełnił musztardówki, nie wyróżniając nikogo. Po tym można rozpoznać zaprawionego w bojach długodystansowca, jak mawiają mniej dokładni i mniej doświadczeni. Ale załoga umiała docenić precyzyjne rozlanie. Wypito, nie czekając na komendę. Bosman i Martin rozsiedli się wygodnie, lekarz zaś rozwinął temat, zaczynając od pierwszej, jakby to ująć, sesji terapeutycznej.

– Na trzeciej, całkiem już wyluzowałem, zacząłem nawet konwersować. A teraz... – czknął – mamy nieustający miesiąc miodowy. Zawsze po powrocie z rejsu szykuję Penny gorącą kąpiel, przy świecach. Sam siadam na brzegu wanny, bo wiecie...

Przytaknęli. Gdyby lekarz mógł wybrać rodzaj ablucji, tarzałby się nago w śniegach Syberii.

– ...biorę Penny na ręce, ostrożnie przenoszę do salonu.

Włączam atrapę kominka, całkiem udaną... – Jak się jeszcze odpali „płonące polana i jazz w tle", symulacja niemal pełna. I stymulacja także.

– Do rzeczy, panie oficerze – niecierpliwił się kapitan.

– Kładę ją na puchatym dywaniku przed kominkiem i zaczynamy się kochać. Raz, drugi, trzeci! – Lekarz podniósł głos. – Coraz ostrzej...

– Wystarczy – uciął kapitan z lekką irytacją. A może i zazdrością.

Lekarz zrobił przepraszającą minę.

– Po wszystkim zjadam kolację, opowiadając zdarzenia z rejsu. Penny lekko się uśmiecha...

– Ale nie słucha – mruknął pod nosem Martin.

– Jak one wszystkie. – Bosman machnął wielką dłonią. – Kobiety!

– Penny przynajmniej nie przerywa i nie zadaje głupich pytań. Nie marudzi, nie czepia się o nic. Nie domaga się też ciągłej uwagi ani francuskich kosmetyków, bo wystarczą jej delikatne żele do kąpieli.

– A jak się znudzi, zawsze można spuścić powietrze – dokończył bosman.

Lekarz pokręcił głową.

– Ten model jest silikonowy. W dotyku zupełnie jak człowiek albo i lepiej. Piersi rozmiar D. Czy to się w ogóle może znudzić?

Nie odpowiedzieli. Kapitan lekko westchnął.

– W razie czego można zamówić trzy różne peruki intymne. Masz wtedy cztery kobiety w jednej.

– Każda milcząca – zauważył Martin.

Zawsze pociągały go wygadane, bystre dziewczyny. Najlepiej o perłowych włosach.

– Jest taka opcja, z głosem – zdradził lekarz. – Wciskasz guzik na karku, wybierasz program i panna mówi, co tylko ci pasuje. Na przykład, jaki jesteś zajebiście utalentowany, nie tylko w łóżku.

– Po śląsku to bym nawet posłuchał – ożywił się bosman.

– Na razie dołączyli wersję chińską. Za to kolędy nuci aż w dwudziestu językach – przypomniał sobie. – I na koniec składa życzenia. Jak papież.

Świąteczna atmosfera na puchatym dywaniku obok atrapy kominka, podsumował w myślach Martin, ze wzrokiem wbitym w swoje spracowane dłonie.

– Zastanowię się – obiecał, nie chcąc psuć kolegom humoru.

Jakby cokolwiek mogło zepsuć go bardziej. Trzecią dobę przeczekiwali sztorm w zatoce nieopodal Halifaksu. Dla rybaka to chleb powszedni, pod warunkiem że ma go czym zapić. Niestety, przez ostatnie tygodnie wyżłopali niemal wszystko, co zawierało jakiekolwiek procenty, nawet ocet jabłkowy, bezskutecznie ukrywany przez kucharza. Wiało tak, że nie mogli dopłynąć do portu, by uzupełnić nadwątlone zapasy. Dlatego ów chleb zaczął im stawać ością w gardle.

– Zastanowi się, pan, panie oficerze, owszem – kapitan pokiwał głową. – Na lądzie. Znaczy w Halifaksie. Będzie miał pan trzy tygodnie chorobowego na przemyślenia.

– Chętnie wypiszę – zaoferował się lekarz.

– Ale przecież… – Martin urwał, bo nagle przypomniała mu się wbijana latami zasada: „Kapitanowi się nie odmawia. Nawet po wódce".

– Jak tylko uda się podpłynąć bączkiem – oznajmił z naciskiem ten, którego słowo było święte aż do linii brzegowej – odstawimy pana do portu. Odpocznie pan, panie oficerze.

Popatrzy sobie na linię horyzontu, zyska dystans. A my najdalej za miesiąc wrócimy po drodze z New Glasgow.

– Nic mi nie jest – bąknął Martin i zaraz sobie uświadomił, jak to brzmi.

Jeszcze tydzień temu był pewien, że nigdy nie skoczy z burty. Nie o tej porze roku i nie tu, daleko na północy. Przecież zawsze cenił ciepło. Gdyby już naprawdę miał dość, wolałby podciąć sobie żyły we własnej wannie. Najpierw włączyłby mistrzów baroku, których słuchali z Alicją w trakcie gry wstępnej, potem zanurzyłby się w wodzie pełnej soli o zapachu jej ulubionego igliwia. Nową żyletką przeciąłby żyłę wzdłuż nadgarstka, przymknąłby oczy i masturbował się do samego… musi tylko pamiętać, żeby nie naciąć lewej ręki, prawa nie jest tak czuła. I jednak nie sypałby soli, pieczenie może utrudniać…

– Podobno nic panu nie jest, panie oficerze – zaśmiał się kapitan.

– Przepraszam.

– Najpierw proszę podziękować praktykantowi, że w porę chwycił pana za kapok, panie oficerze.

– Ma chłopak chwyt i refleks – zauważył lekarz, drapiąc się po brzuchu opinającym sprany dziurawy podkoszulek. – Tacy szybko awansują.

– Albo idą na dno – mruknął bosman, bo nagle mu się przypomniało, dlaczego trafił za kratki. Gdyby nie refleks (i celne oko), dostałby najwyżej rok w zawiasach. A tak stracił trzy lata, zyskując w zamian paskudne wspomnienia spod prysznica i tandetny tatuaż. Nierówno wydziarany rekin z otwartą paszczą. Mógł się zastanowić i wybrać coś małego, na plecach, żeby się nie rzucało w oczy. Ale oczywiście musiał się śpieszyć. Cholerny refleks! – Na samo dno, w zimny piach.

– Ten wiatr nas wykończy. Chyba że znajdziemy jakiś alkohol. – Kapitan spojrzał z nadzieją na lekarza.

– Mogę oddać swoją wodę kolońską – zaoferował się Martin. – Setka, nie ruszana.

– Mnie pan, panie oficerze nie przekupi nawet litrem najnowszego *Bossa*. Zresztą kolońska przyda się panu w Halifaksie.

– Co ja tam będę robił?

Zapadła krępująca cisza.

– Nowa Szkocja pierwsza zalegalizowała prostytucję – przypomniał im lekarz. – Przyciągała więcej żeglarzy niż Tajlandia obecnie.

– Rewelacja.

– Podobno mają też ładne parki miejskie – dodał bez przekonania kapitan.

– O tej porze roku, z pewnością – prychnął Martin, ale tak, żeby nie irytować kapitana.

– Zawsze możecie sobie poglądać groby ofiar Titanica – podsunął bosman.

***

Wystarczy, że co roku na wiosnę odwiedza grób Alicji. Kładzie w wazonie ogromny pęk chińskich róż, choć jego niedoszła żona wolałaby polne kwiaty, ale trudno o nie w dużym, obcym już mieście. Staruszki handlujące bławatkami na rogu wykruszyły czas, pestycydy i straż miejska. Pozostaje kwiaciarnia, a w niej chińskie róże sprowadzane z Holandii. Martin wybiera kremowe, jedzie z bukietem prosto na cmentarz, potem długo krąży alejkami, szukając grobowca Alicji. Wreszcie trafia zdyszany, układa kwiaty w mosiężnym wazonie, próbuje się modlić, ale rozpraszają go plamki po deszczu widoczne na błyszczącej, czarnej płycie.

On sam zamówiłby szary kamień, ale zadecydowali jej rodzice, kiedy miesiąc po pogrzebie Alicji płynął na Wyspy Owcze. Chcieli zaoszczędzić mu zachodu, tłumaczyła przez telefon jej matka, no i przy okazji wykupili miejsce dla siebie. Poszli nawet krok dalej: na płycie widniały już ich imiona, daty urodzenia, a nawet dwie pierwsze cyfry z roku śmierci. Ta źle pojęta zapobiegliwość drażni Martina i nie pozwala mu się skupić na modlitwie. Usiłuje prześlizgnąć się wzrokiem niżej na płytę. Wtedy znowu dostrzega plamki. Nerwowo przeciera je zwilżoną chusteczką, żałując, że w ogóle tu przyjeżdżał, na ten wielki, obcy cmentarz w mieście, którego nie zdążył polubić. Stoi przed ogromnym czarnym grobowcem i czuje, że Alicji tam nie ma. Jest w jego sercu, na fotografii i we wspomnieniach. Coraz bledsza, coraz mniej rzeczywista, ale nadal tam tkwi. To tylko mu uświadamia, że nie ma jej nigdzie indziej.

– Żadnych grobów nie będzie – mruknął, biorąc kurs na knajpę. To najsensowniejsze, co można zrobić w sobotni wieczór: pobyć wśród ludzi, obcych brodatych facetów w przepoconych koszulach… lepsze to, niż siedzieć samemu w identycznej koszuli i ogłupiać się przeterminowanym talk-showem, uznał.

Pchnął ciężkie, drewniane drzwi, wkroczył do środka niczym John Wayne i stanął zdumiony panującym wewnątrz ściskiem. Martin widywał już ludzi stłoczonych na mniejszej powierzchni, ale były to sytuacje, jakby to ująć, filmowe, a ich bohaterowie (lub, jak kto woli, ofiary) mieli znaczną niedowagę. Ci zaś tutaj… „dieta północnoatlantycka", skwitował, zastanawiając się, czy nie zmienić lokalu. Nie miał nic do otyłych, po prostu nie chciał im zabierać ostatnich centymetrów. A poza tym nagle poczuł się obco, choć nikt nie zwracał na niego uwagi. Może właśnie dlatego. W swojej ulubionej Regacie zawsze przybił z kimś piątkę i zażartował, choćby ze złych wiatrów po niedogotowanej fasoli. Tu zaś... i tak gdzie indziej nie będzie lepiej, uświadomił sobie z goryczą. Może zatem wrócić do motelu? Tam przynajmniej nikt nie będzie go trącał łokciem. Będzie miał dla siebie całe dwanaście metrów kwadratowych podłogi, w miarę wygodny fotel, i ciszę, a w niej myśli, niedobre myśli, przez które o włos nie znalazł się za burtą. Co robić? Strapiony przygryzł wargę. Iść? Zostać? Powłóczyć się po zasypanym śniegiem mieście?

Gwar nagle przycichł, światła przygasły, nie licząc choinkowych lampek nad barem. Rozległy się pierwsze akordy melodii. *Moon river*, rozpoznał natychmiast; *Śniadanie u Tiffany'ego* obejrzeli z Alicją wiele razy, za każdym wzruszając się ostatnią sceną w deszczu, kiedy Holly usiłuje odnaleźć wyrzuconego z taksówki kota. Najpierw wzruszał się on, ukradkowo trąc lewą powiekę, co zawsze rozczulało Alicję. Zaczynała wtedy szybko mrugać, żeby powstrzymać napływające łzy. Ten widok sprawiał, że... Dosyć! – zganił samego siebie Martin, robiąc krok w tył. Tu czy tam, nie ucieknie od przeszłości.

Wtedy usłyszał jej głos. Delikatny, pozbawiony efekciarstwa oraz zmysłowej chrypki, która tak go kręciła u Alicji. Podobnym głosem trudno wykrzyczeć protest song, nadaje się raczej do nucenia starych, niemodnych już piosenek, a jednak... Martin poczuł nagle, że nie chce mu się stąd ruszać. Od tragicznego wypadku Alicji czuł, że życie toczy się gdzie indziej, czasem tuż obok, za cienką ścianą sąsiedniego pokoju, do którego nie sposób odnaleźć drzwi. Dopiero teraz uświadomił sobie, że znowu jest mu dobrze. Tu, gdzie jest, w tej zatłoczonej knajpie, wśród obcych facetów, w kraciastych, flanelowych koszulach i tak daleko od rodzinnego kraju. Przez

chwilę naszła go ochota, by przyjrzeć się właścicielce cza-
rodziejskiego głosu, ale przypomniał sobie, że wizja rzadko
dorównuje olśniewającej fonii. Jak mawiał bosman: „Kobiety,
których warto słuchać, nie warto oglądać. I na odwrót". Stał
więc z przymkniętymi oczami, wsłuchany w melodię. Czas
zaś stanął w miejscu do chwili, kiedy mikrofon przejął pod-
chmielony brodacz w przyciasnej koszulce z napisem: *King of
the world* i zaczął nieudolnie udawać Michaela Hutchence'a.

Martin natychmiast wycofał się z pubu. W markecie nieopodal kupił lokalne piwo, które wysączył w swoim pokoju,
bezmyślnie surfując po kanałach. W połowie starego westernu
zasnął na siedząco, z pustą butelką w dłoni.

Zerwał się tuż przed północą, nie wiedząc, gdzie się znajduje. Brakowało mu znajomego pochrapywania bosmana.
Ach, przecież odpłynął wraz z innymi. A jego, Martina, zostawili w Halifaksie zaledwie wczoraj rano. Cały dzień nie ruszał
się z motelu, dopiero nazajutrz wieczorem wyszedł połazić po
dzielnicy portowej. Zmarznięty zajrzał do pubu, gdzie nawet
nie zamówił piwa... nagle poczuł, że musi tam wrócić. Nie wie
dlaczego, po prostu musi. Szybko przepłukał twarz chłodną
wodą, zamienił koszulę na sweter, w którym było mu podobno
do twarzy. Tak mawiała poprzednia narzeczona Jacka, mrugając do Martina za jego plecami.

Stanął przed lustrem, zastanawiając się, czy nie powinien
się ogolić. Bez sensu, mruknął, mierzwiąc włosy, by osiągnąć
efekt „out of bed". Może nie tak, jak wyobrażają go sobie sty-
liści, ale zawsze lepsze to niż wersja „natural" z kosmykami
sterczącymi na wszystkie strony świata. Pośpiesznie spryskał
sweter oldskulową Havaną, chwycił kurtkę i wybiegł z pokoju,
głośno trzaskając drzwiami. Na zewnątrz owionęło go rześkie,

morskie powietrze, a uszy zaatakowała cisza, do jakiej nie
był przyzwyczajony na statku. Nawet w czasie flauty budziły
ich stuknięcia lub chrapanie bosmana. Cisza jak na wsi zimą,
stwierdził Martin, rozglądając się zdziwiony na boki. Nigdzie
żywego ducha. Zgoda, Halifaks to nie Praga, ale żeby iść spać
o tej porze? W sobotnią karnawałową noc? „Purytanie – skwitowałby lekarz – stanowczo zbyt szybko kończą w łóżku".

Czy zatem jest sens wracać do knajpy? – mruknął Martin,
od razu przyśpieszając kroku. Nawet jeśli nie zdąży, przynajmniej zaliczy nocny spacer, którego tak mu brakowało podczas nużących się rejsów. Trochę to przypomina spanie „na zapas", pomyślał. Niczemu nie służy, podobnie jak obżeranie się
czekoladkami czy seks… A jednak ciągle to robią, niemal na
każdym postoju, magazynując puste kalorie i przykre wspomnienia.

Wpadł do pubu niemal w ostatniej chwili. Pchnął mocno
drzwi i znalazł się dokładnie w tym samym miejscu, co wieczorem. I tak jak wtedy, nie miał ochoty nigdzie się stąd ruszać.

– Jedno piwo – usłyszał nagle. – Pod warunkiem, że zdą-
żysz je wypić w kwadrans. Stała za barem, przecierając do
sucha umyte naczynia. Była drobniejsza, niż sobie wyobrażał,
niemal bez biustu, i w tym świetle dziwnie blada. Dziewczyna
o perłowych włosach.

– W kwadrans – powtórzyła, nalewając mu kufel do pełna.

Skinął w geście podziękowania.

– Nie jesteś stąd.

Lekarz na jego miejscu zacząłby się przekomarzać, kokie-
teryjnie dopytując dziewczynę, po czym poznała. Kazałby jej
zgadywać, skąd przypłynął. Ale Martin nigdy nie był dobry

w podobnych zabawach, może dlatego że nie miał z kim nabierać wprawy. Żadnej Penny, na której mógłby szlifować swój szorstki dowcip.

– Europa? – zgadła barmanka. – Północny wschód? Przytaknął zdziwiony.

– Inne zęby – wyjaśniła, niepytana.

– Nawet ich nie wyszczerzyłem – bąknął.

– No właśnie. Dwa dolary.

Położył piątkę na blacie i przez krótką chwilę korciło go, by powiedzieć, żeby zatrzymała sobie resztę. Tak właśnie zrobiłby lekarz. Trzydolcowy podryw, uświadomił sobie Martin zażenowany, choć przecież jeszcze niczego nie zaproponował.

– Napiwki wrzucamy tutaj. – Drobną dłonią o wydłużonych palcach wskazała puszkę po kawie.

– Umiesz czytać w myślach.

– Raczej z twarzy. – Poprawiła, nie przestając się krzątać.

– A jeśli trafi się wytrawny pokerzysta?

– Czytam z nóg.

Zapadła cisza. Martin popijał piwo, co i rusz zerkając na wodoszczelny zegarek, który dostał od Alicji pod choinkę. Ich pierwsze wspólne święta, tak bardzo cieszyli się ze wszystkich drobiazgów. Niczym dzieciaki, które dostają wymarzony prezent… Nagle dostrzegł na cyferblacie liczne, drobne ryski. Czas biegnie, uświadomił sobie z przykrością.

– Zwolnij – odezwała się tamta. – Jeszcze trochę mi zejdzie.

– Mówiłaś o kwadransie – przypomniał tonem usprawiedliwienia.

– To nie Titanic. Kwadrans więcej nie zrobi ci różnicy – lekko się uśmiechnęła. – Mnie również.

– Często występujesz w pubie? – zmienił temat.

– Występuję? Takie tam wygłupy. Trudno je łączyć z poważną pracą barmanki – mrugnęła. – Ale w czasie sobotnich wieczorów karaoke daję się namówić na kilka rzewnych kawałków.

Więc miał szczęście, że trafił akurat na jej „wygłup". Czekają go dwie magiczne soboty, a potem? Wróci na statek i będzie jak dawniej. Czy na pewno? Co się u licha dzieje, zganił samego siebie. Nie można dać się tak zaczarować. To tylko parę rzewnych kawałków.

– No dobra – usłyszał – masz jeden ekstra. Do piwa, zamiast fistaszków.

Wcisnęła guzik wysłużonego odtwarzacza i usłyszeli *Why don't you do right*.

Martin znał tę piosenkę na pamięć, kapitan nucił ją w czasie flauty, kiedy dla zabicia nudy grali w tysiąca. – Idealny hymn dla dziewczyny marynarza – zauważył wtedy nowy praktykant, przysłuchawszy się słowom. – Dla szczwanej flądry, którą nęcą portfele wypchane złotymi… – i umilkł, widząc napiętą twarz bosmana. Tego bosmana, który od lat nie powiedział dobrego zdania o żadnej kobiecie, nawet o własnej matce. – Odrobinę szacunku, smarku – warknął, i rzuciwszy kartami o stół począłap na górny pokład. Martin pobiegł wtedy za nim, przysiadł tuż obok, nie zważając na marznący deszcz i czekał w milczeniu. – Nie lubię, kiedy ktoś się mądrzy, choć niczego nie przeżył – odezwał się wreszcie bosman. – Jeszcze nic go nie zabolało, więc powtarza ze słyszenia. Jak ci niedzielni żeglarze śpiewający przy ognisku o pięciu chłopcach z Albatrosa. Wzruszają się, jakby sami przeżyli biały szkwał. Nawet nie wiedzą, że ten przedwojenny szlagier nie ma nic wspólnego z tamtą tragedią. Cholerne żółtodzioby.

Martin już poznał mdły smak zdrady, ale nadal nie lubi się wypowiadać w kwestii idealnych hymnów. Woli delektować się wykonaniem.

Głosowi barmanki brakowało zmysłowości Julie London, ocenił, naśladowała raczej zawadiacki styl Peggy Lee, z żartobliwą przesadą, jakby chciała powiedzieć Martinowi: „Ej, kolego, to tylko piosenka. Nie traktuj jej poważnie". „Dziewczyny również" – dorzuciłby bosman.

Kiedy skończyła, zaklaskał. Niespeszona skłoniła lekko głową i orzekła:

– Bisów nie będzie.

– Za dużo magii mogłoby zabić – zażartował, uświadamiając sobie, że taki tekst pasowałby lekarzowi. A jednak nie poczuł się zakłopotany. Może dlatego że zaszumiało mu w głowie?

– Zwykle zabija co innego – rzuciła po chwili, odbierając jego pusty kufel. – Na dzisiaj finito. Czas do domu, kolego.

* * *

Nawet nie wie, które miejsce chciałby tak określić. Na pewno nie swoje mieszkanie w Gdańsku, które odwiedza zbyt rzadko, by poczuć się w nim jak u siebie. Może gdyby w salonie czekała stęskniona kobieta, ale wcześniej musiałaby u Martina pomieszkać, zająć szuflady jego segmentu, rozpakować w nich bieliznę, tę codzienną, nie od święta, powiesić na sznurze sprane figi… Alicja zdążyła zostawić szczoteczkę do zębów po pierwszej wspólnie spędzonej nocy. Tę szczoteczkę Martin trzyma w łazience do dziś, sam nie wie, po co. Żeby pamiętać, jak mogłoby być, gdyby polskie drogi miały nieco lepszą nawierzchnię, a kierowcy litewskich tirów wykazali się mniejszą brawurą? A może Martin nie ma odwagi wyrzucić szczoteczki, bo to oznaczałoby, że już czas na poważny

związek. Tylko jaka dziewczyna potrafiłaby tak czekać jak Alicja?
O tej samej porze, co i on odrywać kartki z kalendarza, nawet jeśli
ma właśnie lekcję rumby... więc szczoteczka nadal tkwi w plasti-
kowym kubku, przypominając Martinowi, że to nie jest jego dom,
zaledwie mieszkanie, do którego wpada, by odsapnąć po długim
rejsie. Tak naprawdę czuje się u siebie tylko na statku, zwłaszcza
nocą, kiedy leży w koi, opatulony aż po uszy miękką kołdrą i wsłu-
chany w pochrapywanie za ścianą. Ale nie nazwałby tego domem.
Raczej azylem, w którym przeczekuje się długie trudne miesiące...

Albo kokonem, z którego rano nie wyfrunie żaden mo-
tyl – zaśmiał się, skręcając w znajomą uliczkę. Znajomą, choć
szedł nią zaledwie dwa razy, tej samej nocy. Zanim tu wrócił,
odczekał czterdzieści godzin. Korciło go, by zajrzeć do pubu
w niedzielę, ale nie chciał, by uznała go za natręta. Dziewczyna o perłowych włosach.

– Przyszedłeś – nie wydawała się zdziwiona.

Inni też tu wracają, nie tylko w soboty, uświadomił sobie
Martin i poczuł lekkie ukłucie. Nie jest jedyny, nigdy nie był
dla nikogo, poza Alicją. I tak miał szczęście; Jacek albo bosman zawsze dołączali na trzeciego. Jacek zdawał się tego nie
dostrzegać, uszczęśliwiony okruchami czułości, jakimi od niechcenia częstowały go kolejne „narzeczone". Bosman zaś...
trudno powiedzieć, co naprawdę myślał. Na ogół, po dużym
rumie, zrzucał całą winę na kobiety. Są samolubne, dowodził,
kapryśne i nie potrafią czekać jak należy. Zamiast ronić łzy
z tęsknoty, organizują sobie wygodne życie z kimś, kto jest
akurat pod ręką. Z facetem, który zabierze je na sobotnie
tańce, w niedzielę poda alkaprim, przed świętami wytarga
z piwnicy choinkę, i w przeciwieństwie do bosmana będzie
wiedział, w którym pudle ją schowano. Zawiesi lampki i nie
będzie przy tym klął jak kapitan podczas mistrala. Podręczny

wyrzuci też, nieproszony, śmieci, a w poniedziałek rano skoczy po ciepłe bułki.

– W sumie nie można im się dziwić – rzucił kiedyś bosman, całkiem trzeźwy. – Każdy lubi odrobinę troski w niedzielny poranek. Kiedy doktor szykuje mi podwójnego klina... to... – potarł pobrużdżone czoło – mam ochotę mu się oświadczyć.

Innym razem sikali w portowej toalecie, niechętnie zerkając w brudne lustro zawieszone tuż nad pisuarem. Bosman mruknął wtedy do siebie:

– Gęba, która przypomina wyrok za napad z rozbojem. A tobie marzy się, żeby panna nie odrywała od niej wzroku, ech...

– Duże ciemne? – dobiegło uszu Martina.

– Przepraszam, wspomnienia – bąknął, nie rozwijając tematu.

– Chleb powszedni ludzi morza?

– Dlatego tyle pijemy – odparł. Na wiele się to nie zdaje, uświadomił sobie zaraz. Im więcej rumu, tym więcej wspomnień.

– Może naleję od razu dwa kufle?

– Jeden dla siebie? – usiłował zażartować.

Klepnęła dłonią w dzielącą ich ladę baru, przypominając Martinowi, że jest w pracy. Lekarz od razu by zapytał, co robi potem. To znaczy zapytałby od razu po wypiciu dużego piwa. Martin potrzebuje aż czterech. Ale i wtedy nie wypada najlepiej, więc na ogół słyszy: – Potem? Wiem, co ty będziesz robił: rzygał jak stąd na księżyc. Dlatego woli ograniczać. I alkohol, i słowa.

– Zresztą zaraz zrobi się gwarno i nie będzie miejsca na głupie myśli – dodała, pocieszającym tonem. Jakby to mogło go podnieść na duchu.

– Nie będzie miejsca na nic – mruknął.

238 IZABELA SOWA

Nie skomentowała, zajęta podczepianiem pełnej becz-
ki. Martin przygryzł usta. Jak sprawić, żeby przestała w nim
widzieć tylko klienta? Na ogół nie musiał się starać. Kobiety
widząc jego rezerwę, szybko przejmowały głos i dowodzenie.
Nawet Alicja, pozornie nieśmiała, chwilami wręcz wycofana,
decydowała niemal o wszystkim. Prowadziła nawet w tańcu,
uświadomił sobie nagle. Że też wcześniej tego nie dostrzegał.
Bo mu nie przeszkadzało?

– Lubisz tańczyć? – zapytał z głupia frant.

Zdziwiona przestała majstrować przy beczce.

– Nie znoszę – odparła wreszcie. – Ulżyło ci?

– Niby dlaczego?

– Bo nie musisz nam fundować gorączki sobotniej nocy
w portowej tancbudzie.

Chętnie by się poświęcił, gdyby to dało jakiś efekt. Ale na
ogół nie dawało. Martin za bardzo deptał po palcach, by zapunktować w innym miejscu.

– Skąd wiesz, że…

– Ludzie morza nie czują lądu – przerwała. – Już zwykły
spacer stanowi wyzwanie, a co dopiero skomplikowany układ
dziwnych kroków do hałasu zwanego *dance music*.

– Na spacer akurat bym się wybrał – zdradził.

– Teraz?

– Jeśli tylko ci pasuje. – Urwał zaskoczony własną odwagą,
więc zaraz dodał: – Bo widzisz, zupełnie nie znam Halifaksu,
ty zaś…

– Też nie jestem stąd.

– Mieszkasz tu, a ja przypłynąłem dosłownie na chwilę.

Jeszcze w piątek ta chwila zdawała mu się wiecznością, na
którą zupełnie nie zasłużył. Cały miesiąc w Halifaksie – mru-
czał, pakując rzeczy. Tego się nie robi staremu druhowi.

– Ja też jestem tu tylko… – szukała właściwego słowa – przelotem.

– Wyjeżdżasz? Kiedy? – spytał, uświadamiając sobie, jak rozpaczliwie to brzmi. – Przepraszam, nie powinienem.

Nie odpowiedziała, może dlatego że pojawili się stali bywalcy, już w progu domagając się „tego, co zawsze". Martin dopił swoje piwo i odstawił kufel. Nie miał odwagi ponownie zapytać o spacer. Stracił też ochotę na kolejne. Powoli zsunął się z emaliowanego stołka.

– Księżniczka – usłyszał. – Nie lubi o nic prosić.

– Nie potrafi – wyjawił, odwracając wzrok.

– Nie musiała się uczyć, zawsze prosili ją inni – ciągnęła. – Nie wiem, czy powinnam ci zazdrościć, czy współczuć.

Martin poczuł dziwny ucisk w skroni.

– Pójdziesz ze mną na ten spacer? – wyrzucił nieco zbyt podniesionym głosem.

– To prośba czy rozkaz? No dobra. – Przestała kpić, widząc, jak czerwienieją mu policzki. – W piątek po zmierzchu przed knajpą. Pokażę ci, gdzie leżą biedacy z Titanica.

Żadnych cmentarzy, przypomniał sobie.

– Super – odparł natychmiast.

* * *

Bo jak mawiał bosman: „Nieważne, gdzie ani kiedy, tylko z kim". „Z człowiekiem tak boleśnie doświadczonym trudno polemizować" – dodawał lekarz, polewając drugą kolejkę. Ciekawe, co teraz piją, zastanawiał się Martin, schowany przed ostrym wiatrem w bramie naprzeciwko pubu. Przybiegł tu o zachodzie słońca, zajrzał nawet do knajpy, ale za barem krzątała się nieznajoma szatynka. Zupełnie nie w jego typie. A gdyby zaśpiewała jak tamta? – przyszło mu nagle do głowy.

Czy czekałby teraz cierpliwie, on, który nie znosi spóźnial-skich kobiet? Gdyby zaśpiewała… nawet nie potrafi sobie tego wyobrazić. Ten głos pasuje tylko do jednej osoby, z którą jest gotów oglądać cudze nagrobki. Choć zwykle omija cmen-tarze szerokim łukiem.

– Długo tu stoisz? – zapytała go ta, dla której marzł w bramie.

– Nieważne. – Wzruszył ramionami, przyglądając się wło-som dziewczyny. W świetle latarni wydały mu się jeszcze bar-dziej perłowe. Dokładnie takie, jakie lubił. – Daleko jest ten cmentarz?

– Nie musimy brać taksówki – uśmiechnęła się, pociągając go za rękaw kurtki.

Zupełnie jak Alicja, pomyślał. Porównanie go rozdrażniło, sam nie wiedział, dlaczego.

– Dajże jej wreszcie spokój – szepnął przez zaciśnięte zęby.

– Komu?

– Masz słuch jak nietoperz – pochwalił, licząc, że odwróci tym jej uwagę.

– Komu nie chcesz dać spokoju?

Przyśpieszył kroku, ale słysząc, jak zdyszana próbuje za nim nadążyć, natychmiast przystanął. Odczekał chwilę i ruszyli, ramię w ramię.

– Cholerne wspomnienia, co? – zagaiła znowu. – Trudno się od nich uwolnić…

– *Bo i nie tędy droga* – *przekonywał lekarz.* – *Pewnych rze-czy nie da się, ot tak, wymazać czy schować w pawlaczu. To jak z nałogiem* – *ciągnął, przeczesując szafki w mesie.* – *Musisz go zastąpić innym, mniej szkodliwym. Na przykład fajki zamieniasz na pierwszorzędną, czyściutką maryśkę. Albo na lekcje fletu, o ile*

potrafisz sobie wmówić melomanię. – A słodycze, panie oficerze? –
zainteresował się kapitan. – Tu sprawdza się alkohol. – Wyja-
wił lekarz, zadowolony, bo w koszu na puste słoje znalazł butelkę
brandy, którą kucharz dostał od żony i miał nadzieję przechować
aż do sylwestra. Nadzieja okazała się równie cicha, co płonna. –
Na przykład taka brandy. Może w smaku nie dorówna orzecho-
wym pralinom, ale nie rujnuje zębów. – No dobra, a co z alkoho-
lem? – zapytał wtedy bosman. – Alkoholu... – lekarz podrapał się
po wydatnym brzuchu – to ja bym nie zamieniał na nic.

– Cholerne wspomnienia – powtórzył cicho Martin.

– Nic nie smakuje bardziej niż chleb powszedni – skwitowała dziewczyna.

– Bo i nie ma innego pożywienia – westchnął do siebie. –
Może gdyby w trakcie rejsów więcej się działo, ale na ogół...
nuda. Towarzyszy nam na okrągło, nawet podczas ciężkiej fi-
zycznej pracy.

– Więc czemu wybrałeś takie życie? Mogłeś zostać na
lądzie.

– Otóż, panie oficerze – kapitan miał na podobną okoliczność
anegdotkę, którą serwował niczym ulubioną starą płytę. Zwracał
się tak do każdego rozmówcy niezależnie od stopnia lub jego bra-
ku. – Za moich szkolnych lat pornografia była zakazanym owo-
cem. Winnym jabłkiem, słodką figą – co tam kto woli. Jedyne zdję-
cia, powiedzmy, że erotyczne, a na pewno legalne i czarno-białe,
można było znaleźć w starych książkach podróżniczych o Afryce.
Oglądaliśmy te fotki półnagich kobiet, które można było wtedy
nazywać Murzynkami... dziś już, panie oficerze nie uchodzi –
wtrącał. – Te wszystkie Masajki, Pigmejki z piersiami o kształ-
tach, jakie trudno sobie nawet wyobrazić. Emocji było, co niemia-
ra, ale też pewien niedosyt. I właśnie wtedy, panie oficerze, wujek

mojego kumpla, marynarz, przywiózł ze Szwecji prawdziwe świerszczyki. A tam takie zdjęcia! – Uniósł ręce, jakby chwalił się złowioną rybą. – Kolorowe, wyraźne. I te wszystkie zbliżenia... mój Boże. Człowiek nie mógł oderwać wzroku, o rękach już nie wspomnę. Kończyłem właśnie podstawówkę i kiedy przyszło do wybierania szkoły średniej, bez wahania oznajmiłem rodzicom: – Technikum Morskie. Tak to rozbuchane hormony decydują o całym życiu mężczyzny. A mogłem skończyć medycynę, bo byłem świetny z anatomii. – Ja skończyłem, i na wiele mi przyszło – wtrącał wtedy lekarz, co było sygnałem do następnej kolejki.

– Zwykle decydują za nas inni – odezwał się Martin. – Czasy, okoliczności, miejsce zamieszkania. Ja urodziłem się w Gdańsku w siedemdziesiątym roku – zdradził tonem, który miał wyjaśniać wszystko.

– Polak, tak podejrzewałam.

– Dlaczego?

– Szczerze? – Lekko zmrużyła oczy. – Przeceniacie historię, zwłaszcza własną. Zawsze rozdarci pomiędzy tym, co było, a tym, co mogłoby być. Nie doceniacie tego, co jest, dopóki jest. – Stanęła przed prostą metalową bramą. – Fairview Lawn Cemetary. Wchodzimy?

Bez słowa pomaszerował za dziewczyną alejkami zasypanymi mokrym śniegiem.

– To tutaj – wskazała pustą przestrzeń, a na niej ukośnie ścięte kamienne klocki, ustawione w paru półkolistych rzędach. Niektóre z monumentów były wyższe i jakby to ująć, bardziej efektowne, bo ufundowane przez nieutuloną w żalu (oraz zamożną) rodzinę. Na wielu brakowało nazwisk, na wszystkich wygrawerowano datę śmierci: *April, 15, 1912*. I numer, przypisany jeszcze na statku, podczas wstępnych oględzin zwłok.

Tym samym numerem opatrzono worki z płótna żaglowego, w których znajdowały się osobiste rzeczy ofiar. Ubrania niszczono natychmiast po zdjęciu, by nie dostały się w ręce sępów. Pamiątki zaś przeglądano w obecności dwóch osób, aby zmniejszyć ryzyko kradzieży. System ten opracował John Henry Barnstead, niewyróżniający się niczym urzędnik miejski.

– Gdyby nie tragedia Titanica, zapomniałaby o nim nawet jego własna rodzina.

– A tak zyskał sławę – dodała z przekąsem.

– Zasłużoną – przekonywał. – Podobno jego metodę nadal stosuje się do identyfikacji ofiar katastrof.

Przecież ona to wszystko wie, uświadomił sobie zaraz.

– Podobno – przytaknęła. – Choć dziś tożsamość ofiar rozpoznaje się zwykle po DNA, bo osobiste pamiątki... no cóż... są zbyt mało osobiste.

Przez chwilę stali w milczeniu, przyglądając się kolejnemu bezimiennemu nagrobkowi.

– Właściwie nie wiem, jak się nazywasz – uświadomił sobie nagle. – Gdybyś zginęła na morzu...

– Nie rozpoznałbyś mnie. Śmierć zmienia nas w nędzne strzępy. – Lekko przesunęła palcem po wygrawerowanej dwójce. – Zresztą czy imię naprawdę coś znaczy?

Tylko dla bliskich, zgodził się w duchu. Dla reszty świata ważniejszy jest kod paskowy. A jednak on wolałby, żeby nazywała go po imieniu.

– Martin – powtórzyła za nim miękko.

– A jak ja mogę nazywać ciebie?

Wzruszyła ramionami. – Niech będzie Stella.

– Di mare?

– Widzę, że znasz włoski – skwitowała, wprawiając go w zakłopotanie. Nerwowo potarł koniuszek nosa, jak przyłapany na kłamstwie uczniak. Udała, że tego nie widzi i pociągnęła go w stronę pomnika opatrzonego napisem: *Bezimienne dziecko.*

– Pochowano tu malca, którego ciało udało się wyłowić po sześciu dniach. Większości dzieci nie odnaleziono. Wiesz, czemu utonęły? Nie było wystarczająco małych kamizelek ratunkowych. Ciągle tak się dzieje: ktoś jest za biedny, za stary, zbyt drobny, żeby przeżyć. A śmierć wbrew pozorom niczego nie zrównuje. Wystarczy przejść się po cmentarzu.

– Okropne! – westchnął.

– Śmierć tak małego dziecka zawsze robi wrażenie.

– Na tobie nie?

– Dla mnie bez różnicy, kto odchodzi. Śmierć to śmierć.

***

Tak się mówi, dopóki nie umrze ktoś naprawdę bliski, z kim planowało się całe życie. Wtedy dostrzega się różnicę i żal człowiekowi każdej odebranej godziny, każdej niewypitej kawy, nie obejrzanego filmu, nawet kłótni, których nie było. Później pojawiają się pretensje, których nie ma komu wykrzyczeć. Przez długi czas Martin był zły na Alicję, że wybrała tę właśnie trasę, że chciało jej się jechać do Świnoujścia, jakby nie mogła poczekać na niego w Gdańsku. Obwiniał i siebie o to, że pożyczył jej swoje auto i że nie miał żadnych złych przeczuć. O wiele rzeczy się obwiniał, wyobrażając sobie alternatywną wersję wydarzeń. Analizował minuta po minucie ten ich ostatni, nie-wspólny dzień, zastanawiając się, co by było, gdyby... – Jest tylko to, co jest! – wykrzyczała mu Katrina, z którą umawiał się w ostatnie wakacje. Nagadała do słuchu, a potem kazała się określić. Zerwał wtedy, przerażony wizją życia u boku kobiety, do której nic nie czuje. Katrina wyszła, ale jej słowa zapadły Martinowi

głęboko w pamięć. Jest to, co jest. Plus wspomnienia. Może warto
je zastąpić lepszymi?

   – Pojawią się same, czy tego chcesz, czy nie – odezwała się
Stella, przysiadając na brzeżku oszronionej ławki.

Znowu dała się wyciągnąć na wieczorny spacer. Po opustoszałym parku, który przypominał Martinowi cmentarz.

   – Cały Halifaks jest naznaczony tragedią Titanica – zauważył.

   – Dzięki niej ludzie go w ogóle kojarzą.

„Lepsza zła sława niż żadna", mawiał lekarz, przeglądając
tabloidy.

   – Ciągle nie mogę zapomnieć tego bezimiennego dziecka – przyznał Martin.

   – Może ci ulży na wieść, że odzyskał imię dzięki badaniom
DNA. Rodzina chłopczyka może go wreszcie opłakiwać, sto
lat po pogrzebie.

   – Ciebie żadna z tych śmierci nie ruszyła?

   – Ależ ruszyła.

   – Na przykład?

   – Skrzypek John – wymieniła bez wahania. – Wiedział, że
utonie, ale grał do samego końca.

Po co i dla kogo tak się starał? Dla bogatych dam, które załapały się na szalupy? A może dla biedaków z dolne-
go pokładu, którzy nie mieli szans na żaden ratunek? Nie
rozumieli nawet, co się dzieje, bo nie mówili po angielsku, ale
mogli sobie wyobrażać, że nie jest tak źle, skoro orkiestra na
górze nadal gra skoczne melodie.

   – Co z tym skrzypkiem? – zapytał Martin, choć wolałby
wiedzieć, dlaczego właśnie on tak poruszył Stellę. On, a nie
mały, jasnowłosy chłopczyk.

– Zagrał *Bliżej ciebie być chcę*, a potem zasnął w lodowatej wodzie. Zostawił narzeczoną w ciąży. Jego rodzice nie chcieli uznać wnuka, nawet po przegranej w sądzie.

– Ciekawe, czy by się poświęcał, wiedząc, że zostanie ojcem.

– Chyba wiedział. I to, że nie ma miejsca w szalupach. Więc mógł tylko jedno: trzymać fason.

– Okropna, nikomu niepotrzebna śmierć.

– Niepotrzebna na pewno – przytaknęła. – Jak wiele innych.

– Uważasz, że umieranie wśród...

– Znam gorsze zakończenia – przerwała poirytowanym głosem.

Czy i ona kogoś straciła? Powinien zapytać, ale zabrakło mu śmiałości.

– Grupka Niemców wybrała się w wakacyjny rejs – zaczęła nagle. – Był piękny, słoneczny dzień, żadnego wiatru, stanęli na kotwicy i zeskoczyli do morza. Nie został nikt, kto mógłby spuścić im drabinkę, nie mogli więc dostać się na jacht. Pływali i pływali w spokojnej wodzie, czekając na cud. Utonęli, jeden po drugim.

Czuł, że opowiada mu o kimś bliskim, więc odwzajemnił się tym samym.

– Moją narzeczoną zabił rozpędzony tir. Kierowca tłumaczył się potem, że chciał wyminąć nieoświetlony wóz. Tak bardzo nieoświetlony, że nikt nie widział go na drodze. Gdyby Alicja została wtedy w Gdańsku, dziś obchodzilibyśmy stalowe gody.

– Zginęła na miejscu?

Przytaknął.

– Miała szczęście. Moi najbliżsi umierali kilka godzin.

– To ci z jachtu?

– Daleko mieszkasz? – spytała, wstając z ławki. – Strasznie
zmarzłam.

* * *

Już dawno nie prowadził żadnej kobiety do swojej sypialni,
nawet tej wynajętej na godziny. Kobiety lub sypialni. Zwykle to one zapraszały go do siebie. Przez chwilę konwersowali
o niczym, one jak zwykle śmiały się zbyt głośno, rozglądając się za kieliszkami do wina. Napełniały je po brzegi zbyt
mocno schłodzonym rieslingiem. W przerwie między kolejnymi łykami rozpinały Martinowi spodnie, same odziane
w kusy szlafroczek uszyty na takie właśnie okazje. Po wszystkim Martin wymykał się przed świtem, zniesmaczony i pełen
poczucia winy wobec Alicji. Może gdyby wydarzyło się coś
wyjątkowego, ale żenujące przygody, w których brał udział,
przypominały raczej usunięte sceny z czeskiego filmu. Martin
chętnie by je wymazał, jedną po drugiej. Więc dlaczego zgadzał się na kolejne? I dlaczego pozwala Stelli, by rozsiadła się
na jego fotelu? Dlaczego daje sobie rozpinać pasek u spodni?
Pasek, który podarowała mu Alicja, cały teraz spękany... jęknął, delikatnie gładząc dziewczynę po miękkich włosach. Nie
pora myśleć o starych paskach, gdy płoną...

Tego, co zdarzyło się potem, nie wymyśliłby nawet Coelho. Stella wyczyniała językiem takie rzeczy... tak cudowne
i równie magiczne jak jej śpiew. „Najlepszy kucharz to głód" –
skwitowałby bosman. Alicja nie miałaby się o co wściekać,
podsumował Martin, leżąc bez tchu na wąskim tapczaniku.
Wyczerpany, a jednocześnie czuł, że chciałby powtórzyć to
wszystko. Jak najszybciej.

– Może jutro – usłyszał szept Stelli i zaraz usnął. Nie zauważył nawet, kiedy wyślizgnęła się z jego pokoju.

Obudził się przed południem, oszołomiony. Poczłapał do łazienki i dopiero pod prysznicem przypomniał sobie szczegóły poprzedniej nocy. Natychmiast odkręcił kurek z lodowatą wodą: musi zachować *power*, Stella obiecała przecież, że dziś... skierował strumień wody na podbrzusze. Syknął z bólu, starając się myśleć o czymś równie aseksualnym jak kapcie bosmana. Podziałało. Na szczęście nie jest morsem jak lekarz, ale też nie ma jak tamten apteczki pełnej wspomagaczy, dzięki którym można piłować bez ustanku... aż dziw, że Penny wytrzymuje to wszystko. „Silikon – skwitowałby bosman – z tego właśnie zrobiono kobiece serca".

– Nie serce Stelli – zapewnił samego siebie Martin, wychodząc spod prysznica. Wytarł się szorstkim ręcznikiem, starannie omijając podbrzusze, by nie fundować sobie ponownie szkockich biczów. Włożył czyste ubranie, rozmyślając, jak spędzi godziny, które pozostały do zmierzchu. Pamiętał, że Stella nigdy nie umawia się za dnia, jest zbyt zajęta, wyjaśniła mu ostatnio. Czym zajęta, nie miał odwagi zapytać. Cieszył się, że zgodziła się na spacer. Dziś pracuje do pierwszej, przypomniał sobie, dopinając pasek. Znowu usłyszy jej magiczny śpiew, potem odczeka, aż z lokalu wyfrunie ostatnia ćma barowa, wtedy pójdą do niego... poczuł, że jeszcze chwila, a będzie musiał wrócić pod zimny tusz. Musi myśleć o czymś... Alicja. Czy życzyłaby sobie takiej następczyni? Czy byłaby zazdrosna? O włosy na pewno. Jej, miały kolor świeżych kasztanów i farbowanie na opalizujący blond mijało się z celem. Po trzech myciach wracał żółtawy odcień. Że też myśli o takich bzdurach. Tylko po to, by nie wyobrażać sobie... poczuł delikatne wibrowanie. Ach, telefon! Kto mógłby do niego dzwonić? Zaciekawiony zerknął na ekran. Kapitan?

– No i jak tam nastroje, panie oficerze? – zaczął, bez powitania.

– Dużo lepiej.

– A dystans?

– Odzyskany.

– Bardzo nas to cieszy, bo... – kapitan odchrząknął. – Za tydzień będziemy w Halifaksie.

– Za tydzień? – jęknął Martin.

– Gwoli ścisłości w następny czwartek. New Glasgow nie wypaliło, łowiska są tak przetrzebione, że... no wracamy. A potem kierunek północ, już z panem na pokładzie, panie oficerze.

* * *

– Więc to ostatnia sobota – powtórzyła Stella, odkładając czyste kufle na szklaną półkę.

– Chciałbym tu wrócić – bąknął Martin i zaraz sobie uświadomił, jak to brzmi. A przecież naprawdę chciał, z całego serca. – Podpisałem kontrakt – dodał, szukając dla siebie usprawiedliwienia. – Ale za rok...

– Za rok – skinęła głową, jakby wierzyła. A przecież czuł, że nie wierzy już w nic, zupełnie.

– Co mogę zrobić?

Przygryzła usta, zastanawiając się nad czymś.

– Odejść już teraz – rzuciła wreszcie. – Zostawić statek i pracę, która tak cię podobno nudzi. – Zerknęła na jego twarz i cicho się zaśmiała. Prawie usłyszał, jak szepcze do siebie: „Oni nie zostawiają niczego poza obietnicami".

– Myślisz, że to tak łatwo? – wybuchnął. – Spakować worek i w obcym miejscu zaczynać wszystko od zera?

– Ja nie zdążyłam nawet spakować worka.

Czy kochała kogoś aż tak, żeby rzucić wszystko? Kim był ten mężczyzna? Czy nadal o nim myśli? Martin poczuł, jak w gardle rośnie mu ogromna gula.

– Wspomniałam ci o moich bliskich – usłyszał jej przytłumiony głos. – Chcesz wiedzieć, jak zginęli? To był niewielki trawler, rodzinna firma żyjąca z połowów halibuta i krewetek. Znasz metodę.

– Trałowanie denne – przytaknął. Nigdy nie zdradzał dziewczynom szczegółów swojej pracy. Próbował raz, Alicji, ale przerwała mu, narzekając, że psuje jej apetyt na homara.

– Ciągniesz sieć po dnie, zgarniając wszystko, co znajdzie się na drodze. Muszle, żółwie, unikatowe wodorosty, ryby, których nie potrzebujesz, delfiny albo młode foki.

– Tak zwany przyłów.

– Neutralne słowo, które oznacza tysiące przypadkowych ofiar. Okrutna, niepotrzebna śmierć.

– Co to ma wspólnego z twoją rodziną? – spytał, z irytacją w głosie.

– To nie była tylko rodzina. Bliscy – podkreśliła. – Trzymaliśmy się razem, z dala od rybaków, co nie jest łatwe w czasach rosnącej mody na owoce morza. Owoce morza! – prychnęła. – Jakby wyrosły na drzewie. Wystarczy je zebrać do siatki i gotowe! Nikomu nic się nie dzieje. – Przełknęła ślinę, wracając do przerwanej opowieści. – Tamtej nocy podpłynęłam do zatoki, żeby pomóc delfinowi, który odłączył się od stada. Moi bliscy zostali w domu. W kolejnym domu, który udało nam się odbudować po „wizycie" ludzi morza. Wydawało się, że tym razem jest bezpieczny. Kiedy wróciłam, niczego już nie było. I nikogo.

– Więc jesteś…

Nagle pewne rzeczy zaczęły mu pasować. Na przykład głos! Czarodziejski głos, którym dawniej zwabiano marynarzy...

– Wielorybników – poprawiła. – W ten sposób udawało się czasami uchronić od rzezi ich ofiary. Pomagaliśmy też i ludziom, dopóki wydawali nam się słabi, i zbyt głupi, by odpowiadać za swoje czyny. Teraz trzymamy dystans, nawet jeśli potrzebują pomocy jak tamci z niemieckiego jachtu.

– I jak skrzypek John?

– Nic nie dało się zrobić. Było za daleko od lądu, a w tak zimnej wodzie umiera się najpóźniej po godzinie. Babcia mogła tylko nucić mu do snu. Tylko tyle.

I aż tyle – pomyślał Martin, bezwiednie bawiąc się rogiem serwetki. Powoli dopił piwo.

– Myślałem – odezwał się znowu – że syrena, która zamieniła swój ogon na parę nóg, traci głos...

– Czytałeś za dużo Andersena – mrugnęła. – W jednym miał rację. Spacer nie sprawia tyle przyjemności, co pływanie. Dlatego wracam do morza codziennie o świcie. Żeby odsapnąć. Nie poznałbyś mnie wtedy.

– Wyrastają ci skrzela? – Głupia, niepotrzebna uwaga, uświadomił sobie zaraz.

– Pobieramy tlen z powietrza.

– Jak ludzie.

– Bliżej nam do delfinów. Podobnie jak one, cenimy sobie przyjaźń. Bliscy są dla nas niczym rodzina. I też umieramy zaplątani w sieci – dodała ciszej. – Dusimy się godzinami.

– Zastanawiam się, po co w ogóle wychodzisz na ląd.

Nie odpowiedziała od razu, jakby szukała właściwych słów.

– Próbuję zrozumieć, dlaczego tacy jesteście.

Nie musiała precyzować, jacy. Sam umiałby wyliczyć długą listę najgorszych ludzkich wad.

– I ciągle nie potrafię – wyjawiła. – Kiedyś próbowałam was karać. Mścić się za to, co zrobiliście moim bliskim. Ale nie wychodzi. Widocznie za mało jest we mnie człowieka.

*

A jednak to właśnie w niej się zakochał: w androgynicznej, na wpół rzeczywistej istocie o włosach perłowych niczym łuski pstrąga. Zakochał się, zupełnie wbrew sobie i na przekór wszystkiemu. Bo wszystko ich dzieliło, nawet woda, którą każde z nich darzyło innym uczuciem. Czy z kimś takim można budować przyszłość? A masz lepszą? – pomyślał, mocno tuląc do siebie Stellę.

Kiedy żegnali się w czwartek przed świtem, obiecał, że wróci zaraz po tym rejsie. – Tylko jeden rejs – szeptał jej w progu. – Dwa tygodnie, i już nigdy więcej nie wsiądę na trawler.

Co będzie robić? Z czego żyć? Oszczędności wystarczy na rok, a potem… może czar minie. I wtedy będzie się martwił.

– Ten Halifaks jednak panu nie posłużył, panie oficerze – zauważył kapitan.

– Z lądem jak z kobietą – stwierdził bosman. – Najlepiej trzymać się z daleka.

– Według mnie to kac – orzekł lekarz. – Kolega nawdychał się miejskiego powietrza, tych wszystkich spalin, i potrzebuje paru dni detoksu.

– Albo klina – mruknął Martin, zastanawiając się, jak im powiedzieć.

Nie o Stelli, tego nie zrozumiałby nawet wielbiciel silikonowej Penny. Musi uprzedzić kolegów, że rezygnuje z kontraktu. Na samą myśl o minie kapitana, aż przygryzł kciuka. Może lepiej poprosić o dłuższy urlop. Zdrowotny... To powinni zrozumieć, zwłaszcza jeśli znowu zanadto zbliży się do burty.

– Coś pana trapi, panie oficerze. Ten Halifax...

– Mają tam całkiem przyjemne parki – podjął próbę Martin. – Chętnie zobaczyłbym je wiosną.

– Wyczuwam kobietę – mruknął bosman.

Reszta natychmiast obrzuciła Martina czujnym wzrokiem.

– Teraz! – szepnął do siebie. – Powiedz im, że nie dajesz już rady. No powiedz i będziesz miał z głowy. Raz, dwa...

Nagle usłyszeli znajomy hałas. Winda trałowa zaczęła wyrzucać na pokład złowione ryby.

– Koniec przerwy – oznajmił kapitan, niechętnie wstając z krzesła. – Robota czeka. Ale wieczorem – zawiesił głos dla większej dramaturgii – wrócimy do tych parków, panie oficerze.

Wyszli na pokład, lekarz – zapalić wieczornego papieroska, a Martin z bosmanem pomóc przy sortowaniu ryb. Większość niewdzięcznych prac, jak patroszenie, wykonywały teraz maszyny, ale przyłów nadal oddzielali sami.

– Automatom wszystko jedno, co kroją: delfina, halibuta czy ludzką rękę – przypominał im kapitan. – Dlatego bezpieczeństwo przede wszystkim, panowie!

– Bo rybak bez dłoni to jak dupa bez dziury – wtrącał lekarz, strasząc, że bardzo krzywo szyje.

– Przyłów jak chuj – narzekał bosman, ocierając rękawem mokrą od deszczu twarz. – Żeby pozyskać kilo przyzwoitej ryby, trzeba wyrzucić dwa razy tyle odpadów.

Odpady, on również tak je nazywał. Trudno rozczulać się nad przypadkowymi ofiarami, których śmierć tylko przysparzała im pracy. Zresztą, w ich świecie twardych mężczyzn, penisów i zasad współczucie uważano za formę mazgajstwa.

Ale dziś, brodząc po kolana wśród duszących się ryb, Martin po raz pierwszy pomyślał…

– Znowu delfin! Niech go szlag.

– Niby sprytne – podchwycił najmłodszy ze stażystów, chcąc zapunktować u bosmana – a wkręcają się w sieci…

– To nie delfin – odezwał się Jake, sezonowy najemnik. – Chyba że jakaś nowa odmiana.

– Mutant raczej. – Stażysta trącił butem brzuch zwierzęcia, w słabym świetle lamp opalizujący niczym… Martin widział już ten kolor. Nagle zrobiło mu się słabo, jakby to jego kopnięto w sam splot. A w głowie pojawiła się irytująca myśl, że już nie musi prosić o żaden urlop. Bo już po wszystkim.

– Stella – wyszeptał.

– Wie pan, kolego, że faktycznie – lekarz przymrużył oko. – Z kształtów to niemal kobieta, tyle że bez nóg, rąk i piersi. Ale jakby tak stanęła za kotarą, w peruce, pomyliłbym ją z moją Penny.

Załoga tego nie skomentowała, ale obiecano sobie na przyszłość ostrożniej podchodzić do mikstur autorstwa lekarza.

– Delfin, nie delfin – orzekł wreszcie bosman. – Trzeba go wywalić za burtę, zanim zacznie śmierdzieć.

– Ja to zrobię – zgłosił się Martin. – Wyście się już dość nadźwigali przez ostatnie tygodnie.

Ostrożnie podniósł zimne ciało i chwycił mocno, przytulając do piersi. Ważyła niemal tyle samo co tam, na lądzie. Stella, a teraz bezimienne ciało, nieopatrzone nawet numerem. Nie pozostanie żaden ślad, jakby nigdy jej tu nie było. Podszedł do burty i zawahał się przez chwilę. Gdyby tak skoczyć… mieć z głowy, uwolnić się raz na zawsze. I wtedy usłyszał jej śpiew. A może tylko mu się zdawało.

7

JANUSZ L. WIŚNIEWSKI
Krew

MAŁGORZATA WARDA
Plac zabaw

Janusz L. Wiśniewski

Krew

Koniecznie chciała zrobić to żyletką. Właśnie tak. Żyletką. Tak jak wtedy. Już wtedy trudno było kupić żyletki. A co dopiero dzisiaj. Dzisiaj to zupełnie niemożliwe. Teraz nikt nie przecina nic żyletką. Nawet żył nie przecina się teraz żyletką. Świat poszedł z postępem i po drodze zupełnie się zeszmacił. Nawet w tej kwestii. Teraz ludzie tną swoje żyły „ostrzami z najlepszej hartowanej stali z certyfikatem jakości". Ale ona chciała koniecznie żyletką. Wtedy robiła to żyletką, to i teraz tak zrobi. Człowiek lubi rytuały i przyzwyczaja się do pewnych czynności. Także do odbierania sobie życia…

Jednego sprzed czterech lat nie mogła jednak dzisiaj powtórzyć. Nie mogła się zamroczyć tak jak wtedy. Wtedy, zanim usiadła w wannie, wypiła całą butelkę rumu. Na pusty żołądek. No może nie zupełnie pusty. Łyknęła, jak co rano, garść kolorowych tabletek. Prawie żadnych kalorii, za to bardzo dużo znieczulenia. Ze wszystkich tabletek na dłoni najbardziej wdzięczna była xanaxowi. Szara, mała, okrągła, prawie niewidoczna, ukryta pod górką innych. Taki faktor Xx, który przywołuje się, gdy nie rozumie się czegoś do końca. Kiedyś spróbowała łyknąć tylko Xx. Bez tych wszystkich kolorowych. Zdjął z niej ból i strach. Prawie tak samo jak ta cała garść innych. Mimo to uczciwie łykała wszystkie przepisane. Chociażby po to, żeby nie musieć kłamać na spotkaniu z psychiatrą, który nie miał dla niej zbyt dużo czasu, ale miał za to na biurku cały plik podpisanych recept. No więc wtedy miała żyletkę, połknęła wszystkie tabletki z dłoni, popiła je butelką rumu, ubrała się w sukienkę, którą Joachim tak bardzo lubił, i weszła do wanny. Potem odkręcała powoli kurek z gorącą wodą. Strumień miał parzyć. Do granic bólu. Gdy ból staje się nie do zniesienia, człowiek zazwyczaj ratuje się ucieczką, jeśli może, lub omdleniem. Ona postanowiła uciec. Ale nie z wanny. Ona chciała uciec z tego świata.

Gdy skóra na nadgarstku stawała się jak rozpalona do czerwoności lawa, przyłożyła do niej ostrze żyletki. Wzdłuż linii żył. Broń Boże, w poprzek. Tak robią tylko niedoinformowani masochiści. Koniecznie wzdłuż. Wypłynie wtedy o wiele więcej krwi i do tego w znacznie krótszym czasie. Wystarczy od czterech do sześciu centymetrów, ale trzeba się skupić, aby naciąć dokładnie. Najlepiej jednym zdecydowanym pociągnięciem, z palcami dłoni ściśniętymi w pięść.

Ból nacinania zupełnie zniknął przykryty bólem oparzenia. Tylko miejsce nacięcia stało się nagle bardziej czerwone. Ogromne czerwone plamy, rozmazane, niekształtne i poszarpane na krawędziach. Jak płatki czerwonego goździka, który wystawał spośród wieńców na przysypanej do połowy trumnie. To było ostatnie, co pamięta „z wtedy". Obraz tego goździka, który nie chciał dać się przysypać żółtawoszarym piaskiem. Grabarze w garniturach łopatami sypali do dołu piasek opadający z głuchym łomotem na trumnę, a ten goździk ciągle

nie chciał dać się pochować i przeciskał się swoją czerwienią
do góry. Z cmentarza także uciekła. Najpierw jednakże zwy-
myślała księdza, przeklinała na głos Boga; potem zaczęła biec
jak oszalała, potykając się o nagrobki.

Dzisiaj odnalazła tę żyletkę w metalowej, zamykanej na kluczyk puszce, którą trzyma w kartonie pod łóżkiem. O kartonie
nikt nie wie. A nawet gdyby wiedział, to żyletki chyba i tak by
nie zauważył. Ukrytej między kartkami jednego z listów od Joachima. Resztki jej krwi „z wtedy" stały się od tego czasu smu-
gami brunatnego pyłu. Zdmuchnęła ten pył jednym wydechem.
Tak mało trzeba, aby usunąć historię cierpienia. Wystarczy jeden podmuch powietrza z płuc. Ale to nieważne. Miała żyletkę.
Rumu jednak nie miała. Tak się zdarzyło, że nie mogła mieć…

Wracała dzisiaj z sądu później niż zwykle. Przed południem
odbierała pieniądze w banku, więc musiała tę godzinę odpra-
cować. Minęła okrągły budynek więzienia i przeszła na drugą
stronę ulicy. Za rogiem dotarła do okratowanej bramy prowadzącej do kościoła. Usłyszała dźwięk dzwonków. Zbliżała się
Wielkanoc. W kościołach nawet wieczorami było sporo ludzi.
Weszła i usiadła w jednym z pustych rzędów ławek. Zaczęła się
spowiadać. Wszystko wróciło. Ostatni, zbyt radosny list Joachima, niedający zasnąć niepokój, a potem wiadomość o jego samobójstwie. Jak gdyby nie było tych czterech lat. Poczuła jakieś
uniesienie. Chyba tak. Uniesienie. Jej wspomnienia, te organy,
ten pełen patosu głos księdza mówiącego o zmartwychwstaniu i nieskończonej dobroci. Zamknęła oczy i wyspowiadała
się. Przed Bogiem i przed sobą. Już dawno przestała spowiadać
się normalnie, jak większość ludzi, przed księdzem. Wcale nie
chodziło jej o rozgrzeszenie. Jako rozwódka i tak nie oczekiwała rozgrzeszenia. Ma mu ponadto wyznawać skruszona, że nie
przychodzi do kościoła w każdą niedzielę, bo czasami musi się

po prostu wyspać?! Albo opowiadać o tym, że na dolnej półce nocnego stolika przy łóżku ma oprócz książeczki do nabożeństwa także swoje pigułki, prezerwatywy i od ponad roku wibrator? Nie. Tego nie musi, a raczej nie powinien wiedzieć żaden mężczyzna. A jednak chciała to po prostu komuś powiedzieć. Nie tylko sobie. Dlatego zamiast w myślach opowiadać swoje grzechy, szeptała je Bogu. Szeptała o wszystkich głównych siedmiu, ale także o tych innych, mniej ważnych. Na końcu przez chwilę wsłuchiwała się uważnie w siebie i gdy poczuła w sobie przebaczenie, oczyszczenie i to mistyczne zjednoczenie, była gotowa do przyjęcia komunii.

Opłatka nigdy nie przyjmowała do ust. Przechylona do tyłu głowa, przymrużone oczy, wpółotwarte wargi, oczekiwanie wysuniętego języka. Nie! Tego nie zrobi przed żadnym mężczyzną, którego nie kocha, nawet jeśli to tak zwany kapłan. Dlatego od wielu już lat przyjmowała opłatek wyłącznie na dłonie. Tak poprawnie, po chrześcijańsku. Lewa ręka, ta rzekomo nieczysta i niegodna, podstawiona pod prawą, a wklęsła prawa dłoń w kształcie tronu. Następnie czekała, aż kulisty brzuch księdza przesunie się do następnej osoby w rzędzie, spoglądała przez chwilę na biel opłatka, wkładała go powoli, z namaszczeniem do ust i gryzła. Chwilę po przełknięciu nadchodziło znieczulenie. Nie tak może intensywne jak po xanaksie, ale uśmierzające ból. Potem wstawała z kolan i z zamkniętymi oczami powoli wracała do swojej ławki. Klękała i z dłońmi złożonymi jak do modlitwy rozmyślała o Joachimie. Dzisiaj także tak było. Potem brała torebkę i wychodziła z kościoła. Dzisiaj też miało tak być. Ale nie było. Dzisiaj nie znalazła swojej torebki. Ktoś ją ukradł. Gdy ona przyjmowała ciało Chrystusa, jakiś katolik ukradł jej torebkę! Ze wszystkim. Z dokumentami, kartami kredytowymi, z ostatnią fotografią

Joachima i z pieniędzmi. Wszystkimi. Także tymi z banku na nagrobek dla Joachima. Na klęczkach, panicznie szukała torebki na podłodze. Może tylko spadła?! Musiała spaść! Może tam leży?! Na pewno tam leży! Musi gdzieś tutaj być! Przecież nikt nie okrada ludzi w czasie mszy przed Wielkanocą! Po tej poruszającej lekcji o dobroci, odrodzeniu w czystości i zmartwychwstaniu?! To niemożliwe. Nie! To do diabła niemożliwe!

Torebka nie leżała na podłodze. Ani w tym rzędzie, ani w trzech rzędach ławek przed nią, ani w trzech rzędach za nią. Dlatego nie mogła kupić dzisiaj rumu. I dlatego przyszła do domu pieszo, bo nie miała pieniędzy na bilet autobusowy. I dlatego postanowiła dzisiaj uciec naprawdę. Ostatecznie. I dlatego wsunęła się pod łóżko i wydobyła metalową kasetę z kartonu. Potem ubrała się w tę samą sukienkę i weszła do tej samej wanny.

Dzisiaj nic nie było takie samo…

Nawet ból oparzenia był mniejszy. Gorąca woda padała na mniej wrażliwe, stwardniałe, pomarszczone blizny sprzed czterech lat. Jest praworęczna, więc nacinanie żył prawego nadgarstka lewą ręką nie wchodziło w rachubę. Musiała ciąć po starych bruzdach. Powoli zbliżyła ostrze żyletki do skóry, gdy usłyszała szmer otwieranych drzwi łazienki.– Mówiłam ci kurwa, że nie masz tu wchodzić, gdy się kąpię?! – wykrzyknęła przerażona.

– Mówiłam ci to tyle razy, prawda?! Przeszkadzasz mi! Chcę być tutaj sama! Tyle razy ci powtarzałam. To jest moje miejsce! Rozumiesz?! Tylko moje! Tutaj się masturbuję i tutaj chcę się w spokoju zabić! Miałeś tutaj nigdy nie wchodzić, gdy ja tutaj jestem! Zapomniałeś?! Utłukę cię następnym razem!

Spojrzała na niego z nienawiścią. Stał tam przerażony i patrzył na nią proszącym wzrokiem swoich okrągłych oczu. I w tym momencie zdała sobie sprawę, że jest absurdalnie, karykaturalnie śmieszna, zabijając się akurat dzisiaj. Bo co?

Bo jakiś rzekomo katolicki Polak podpierdolił jej torebkę w kościele kilka minut po kazaniu o męce ukrzyżowanego Chrystusa?! Przecież obok na krzyżach umierali złodzieje. Poza tym, co biedny Chrystus ma z tym wspólnego? Gdyby poszła zamiast do kościoła do dyskoteki, też by ją okradli. To jej wina. Po prostu się na chwilę naiwnie zapomniała i nie uważała. Czy to DJ, czy ksiądz wypuszcza z siebie teksty o dobroci, dla katolickich czy niekatolickich skurwieli nie gra żadnej roli. Ważne, żeby pod wpływem tych słów zasłuchani ludzie stracili na chwilę czujność.

Zakręciła kurek z wodą, przyłożyła oparzony nadgarstek do ust, pośliniła, possała przez chwilę i wyszła z wanny. Zrzuciła na podłogę ociekającą wodą sukienkę i wkładając szlafrok, wysyczała do siebie z wściekłością: – Zabiję się innym razem.

Zaraz potem zaczęła się głośno i histerycznie śmiać, spoglądając na swoje odbicie w pękniętym lustrze. Po chwili wróciła do sypialni, rzuciła się na łóżko i długo płakała.

Rano wróciła do łazienki, rozwiesiła sukienkę na lince rozciągniętej nad pralką i podniosła żyletkę z dna wanny. Potem wczołgała się pod łóżko w sypialni, podniosła pokrywę metalowej kasety i wsunęła żyletkę pomiędzy kartki listów od Joachima. Do następnego razu… – pomyślała.

Przekręciła mały kluczyk w zamku kasety i wsunęła go w niewielką podłużną szparę w rozerwanym pokryciu materaca. Nagle, wciąż leżąc na podłodze pod łóżkiem, usłyszała dochodzące spomiędzy kartonów z książkami żałosne miauczenie kota. Po chwili poczuła dotyk jego sierści na biodrze.

– No tak. Całą długą noc nie jadłeś, biedaku – wyszeptała, sięgając dłonią do jego głowy. – To przecież okropna szykana nie jeść całą noc, prawda? Zaraz cię nakarmimy. A jak mi obiecasz, że nikomu nie powiesz, co się tutaj stało ostatniej nocy, to dostaniesz dwie puszki naraz. Te z rybami, takie jak lubisz. Obiecasz?

Kot podniósł głową jej dłoń, gdy tylko przestała go głaskać. Po chwili zaczął delikatnie lizać jej biodro chropowatym języczkiem.

– I nie gniewaj się, że tak na ciebie wczoraj nakrzyczałam w łazience.

Tamtego dnia była sobota...

Często później rozmyślała o tych wydarzeniach, rozpamiętując je minuta po minucie. Może jednak świat dawał jej jakieś tajemne znaki ostrzegawcze, a ona ich po prostu nie zauważyła lub co gorsza zignorowała, zaprzątnięta wszystkimi myślami, w pośpiechu rutyny sobotnich zakupów, sobotniego sprzątania, gotowania i prania, które musiała wepchnąć pomiędzy naukę i zajmowanie się Joachimem. Jej psychoterapeutka twierdziła, że zbliża się szybko do granicy niebezpiecznej histerii, szukając w taki sposób winy w sobie za to, co wydarzyło się tamtego dnia. Jeśli tak dalej pójdzie – mówiła – to odnajdzie pani swoją winę również w fakcie, że tamtego dnia spadł śnieg, a pani, z lenistwa, lekkomyślności, zaniedbania i jak to jeszcze zwał, w żaden sposób nie sprzeciwiła się tej okropnej klimatycznej niegodziwości. A może pani o to właśnie chodzi? Dać się rozrosnąć wymogom własnego sumienia, wziąć całą winę na siebie, wydać jedyny słuszny wyrok i zacząć nurzać się wreszcie bez opamiętania w pokucie i karze? Tego pani chce? Myśli pani, że śnieg to godny powód, aby podcinać sobie żyły? A może marchew jest godniejsza?

Tamtej soboty faktycznie spadł śnieg. Musiało chyba prószyć całą noc. Gałęzie sosen w osiedlowym lasku – tym tuż przy bloku – uginały się od grubych i ciężkich śniegowych

pierzyn, a zrywające się z nich wróble jak odrzutowce roz-
pościerały za sobą tumany białego pyłu, którego kryształki
iskrzyły się i migotały w promieniach słońca. Około południa nie dało się już dłużej wytrzymać marudzenia Joachima.
Odłożyła pisanie referatu i zeszli na dół lepić bałwana. Słońce
rozgrzało już zaspy na skraju lasku, z puszystego śnieg stał się
klejący i śniegowe kule robiły się niemal same.

Joachim śmiał się i wykrzykiwał radośnie. Przewracali się
i tarzali w śniegu. Był taki szczęśliwy. Zastanawiała się, dlaczego kazała się tak długo prosić. Dlaczego nie zeszła z nim
wcześniej?! On tak mało się śmiał. Od kilku lat prawie nigdy.
Czasami tylko się uśmiechał.

Postawili bałwana tuż przy krzaku jałowca i pod najbardziej
rozłożystą sosną. Joachim chciał, aby koniecznie stał w cieniu
i się nie topił. Znalazł na śmietniku stary podziurawiony i osmo-
lony emaliowany garnek i umieścił go na głowie bałwana. Potem pobiegł pod drzwi prowadzące do zsypu i ze stojącej tam
taczki zabrał dwa małe odłamki koksu, które wepchnął jako
oczy bałwana. – Mamo, pójdę do domu po marchew, zaraz wrócę – powiedział w pewnej chwili i zaczął biec w kierunku bloku. – Synuś, nie mamy marchwi, daj spokój! – krzyknęła z nim.

Zatrzymał się. – Jak to?! Bałwan nie może być bez nosa. Jak
lepiliśmy bałwany z tatą, to zawsze miały nos. Nasz też musi
mieć nos. Bałwan bez nosa jest jak… no, jest jak pokraka. Tak
mówił tatuś. Słyszysz?! Bałwan musi mieć nos. Musi!

Słyszała drżenie w jego głosie. Znała to. Bardzo dobrze
to znała. Jeszcze chwila i będzie łkał – pomyślała. – Chimku, słuchaj. Po obiedzie pójdę do warzywniaka i kupię marchew. Największą, jaką będą mieli. Spokojnie. Wsadzimy mu
potem taki nos, że mu oczy na wierzch wyjdą i kapelusz się
mu na bakier przesunie. – Obiecujesz? – zapytał podejrzliwie,

otrzepując nerwowo rękawiczki ze śniegu. – Obiecuję. No sam powiedz, Chim. Nawet bez nosa też jest fajny, prawda? – Nie. Wcale nie jest. Bez nosa nie jest – odparł nadąsany, odwracając głowę. Tatusiowi by się też na pewno nie podobał.

Tata, tatko, tatuś, tatulek…

Joachim, odkąd tylko nauczył się mówić, zdrabniał słowo „tata" na wszystkie możliwe sposoby. Niekiedy była zazdrosna o tę jego bezwarunkową miłość do ojca. Ją nazywał konsekwentnie tylko „mama". Jeden jedyny raz powiedział do niej „mamusiu". Wówczas, gdy tamtej nocy tuliła go do siebie, chcąc uciszyć jego konwulsyjny szloch.

Tamtego dnia

Świtało, gdy się obudziła. Sięgnęła ręką, szukając jego twarzy. Poduszka była ciągle ciepła. Przez szparę niedomkniętych drzwi sypialni docierała smuga światła z kuchni. Nie zdążyła wstać. Nachylił się nad nią i całując jej czoło, mówił: – Wrócę dzisiaj wcześniej. Obiecałem, że po południu zabiorę Chima na ryby. Za to jego dobre świadectwo. Przygotuj mu, proszę, jakieś kalosze. Wczoraj kupiłem mu wędkę. Leży na dywaniku przy łóżku w jego pokoju. Nie przestrasz się, gdy go będziesz budzić. – Jadłeś coś czy tylko paliłeś? – zapytała szeptem. – Zjem coś w instytucie. Nie wstawaj. I proszę, nie karm kota. Wyżebrał u mnie całą miskę. – Zabierz chociaż zupę, którą ci ugotowałam. Nic nie jesz ostatnio. Jest w miseczce, w lodówce na dolnej półce. Garnek z ziemniakami stoi na kuchence. Trojaki są w szafce, tej z odkurzaczem – powiedziała, podnosząc się z łóżka. – Nie wstawaj. Zjem wieczorem. Teraz muszę już biec. Kocham cię…

Joachim czekał na niego od obiadu. Za cztery dni kończył się rok szkolny, świadectwa były już wypisane, więc trudno było go jakimkolwiek rozsądnym argumentem zagonić do lekcji i zająć jego myśli. Cały czas kręcił się obok niej i pytał, jak duże są ryby w Wiśle, gdzie „znajdziemy z tatkiem tłuste dżdżownice na przynętę", czy trudno jest łowić ryby i czy „potem, będę musiał jeść te złowione ryby, bo ja się jedzeniem ryb brzydzę tak samo jak kożuchami w mleku albo jeszcze nawet bardziej". W pewnej chwili włożył kalosze, wyszedł na balkon i przez poręcz balkonu zaczął opuszczać żyłkę wędki, próbując zaczepić na haczyk pranie rozwieszone na balkonie sąsiadów. Po godzinie takiej zabawy zebrał trzy pary majtek sąsiadki z dołu. Dla świętego spokoju udawała, że tego nie zauważa.

Gdy zaczynało się ściemniać, zadzwoniła do instytutu. Telefon w jego biurze nie odpowiadał. To nie było do niego podobne! Spóźniał się regularnie do niej. Nawet na ich ślub się spóźnił. I to do kościoła. Ale do Chima nie spóźnił się przecież nigdy. Godzinę później – Joachim płakał zamknięty w swoim pokoju – zadzwoniła do portierni.

– Nie, szanowna pani. Klucza do gabinetu małżonka nie ma na tablicy. Może pan profesor zapomniał go oddać. On czasami jest tak zamyślony, że zapomina nawet otworzyć drzwi i uderza w nie głową – odpowiedział, śmiejąc się pan Alojzy, który był portierem w instytucie już chyba wtedy, gdy jej mąż był studentem. – Jeśli łaskawa pani zechce zaczekać przy telefonie, to ja się natychmiast pofatyguję na górę i sprawdzę, czy szanowny małżonek ciągle przebywa w swoim biurze – dodał.

Usłyszała skrzypnięcie otwieranych drzwi, a zaraz potem stukanie laski o posadzkę w korytarzu. Po chwili zapadła cisza. Nie wie, jak długo stała ze słuchawką przy uchu. Powoli traciła cierpliwość. Gabinet jej męża był na pierwszym piętrze. Nawet osoba tak kulejąca jak pan Alojzy zdążyłaby już dziesięć razy wrócić do portierni. Poczuła dziwny niepokój.

W pewnym momencie dotarł do niej dochodzący z oddali odgłos syreny auta policyjnego lub karetki pogotowia. Po chwili usłyszała pisk otwieranych i trzaskanie zamykanych drzwi, potem nerwowe męskie głosy oraz tupot butów biegnących ludzi. Nagle wszystko zagłuszył brzęk rozbijanego szkła i chwilę potem połączenie zostało przerwane.

U stóp schodów prowadzących do drzwi wejściowych instytutu stały dwie karetki pogotowia. Niebieskie światła lamp sygnalizacyjnych rozświetlały parking. Na wprost jego auta, nieomal dotykając zderzaka, stał policyjny gazik. Podczas parkowania w świetle reflektorów dojrzała na drzwiach jego łady dwa białe paski papieru z pieczątkami. Jeden naklejony w miejscu zamka, drugi wzdłuż szpary pomiędzy przednimi i tylnymi drzwiami.

Biegła jak oszalała. Przy drzwiach wejściowych zagrodził jej drogę młody, rosły policjant. – A kobieta to po co tutaj? – wyseplenił, nie wyjmując papierosa z ust.

Zatrzymała się. Spojrzała mu w oczy i wysyczała: – Proszę cię, opuść zaraz tę nogę. Proszę cię, chłopcze. Ja muszę tam teraz pójść. Proszę…

Policjant natychmiast wyjął papierosa z ust i stanął wyprostowany. – To jest na pierwszym piętrze, drugi pokój po lewej – powiedział. – Zaprowadzę panią.

– Nie trzeba. Dziękuję panu – odparła, powstrzymując płacz. – Sama trafię. – Drugi pokój po lewej. No tak, drugi pokój po lewej – powtórzyła.

Chyba dopiero wtedy ostatecznie się upewniła, że chodzi o jej męża.

Leżał na lewym boku. Z nienaturalnie skręconymi nogami i twarzą zwróconą do podłogi, dwa metry od drzwi. Tak jak gdyby próbował się do nich doczołgać resztkami sił. Lekarz w białym kitlu siedział na parapecie okna i pisał coś w notesie. Dwóch policjantów w rękawiczkach z lateksu zabezpieczało ślady rozprowadzając pędzlami czarny, gęsty pył na blacie biurka, na podłodze, na klamce u drzwi, na telefonie, na filiżance z niedopitą kawą, na krawędzi szklanki z wodą...

Nikt nie zwrócił na nią uwagi, gdy weszła do pokoju i uklękła przy jego głowie. Głaskała potargane włosy. Dotykała delikatnie czoła. Wczoraj w nocy nakleiła mu plaster na potylicy. Szorując zęby nachylony nad umywalką, zapomniał jak zwykle, że zostawił otwarte drzwi szafki z lustrem. Uderzył głową w narożnik. Z całej siły. W tanich szafkach z Ikei nie szlifują na okrągło narożników. Całował jej piersi, gdy tamowała mu krew i naklejała ten plaster, uspokajając ze śmiechem, że „szkło nie doszło niestety do mózgu". A potem w łóżku odkleiła mu przez zapomnienie swoje i nieuwagę swoich dłoni ten plaster, gdy miał głowę pomiędzy jej udami. To wszystko działo się przecież tak niedawno, przed chwilą. A rano powiedział: „Teraz muszę już biec. Kocham cię". Potem pod prysznicem zmywała jego zaschniętą krew ze swoich nóg, a w sypialni owinięta ręcznikiem śmiała się do czerwonych plam na prześcieradle. To było tak niedawno, przed chwilą. Palcem delikatnie dotknęła plastra. – Pani mąż umarł pomiędzy piętnastą i szesnastą. To moja wstępna ocena. Tylko na podstawie spadku temperatury ciała. Dokładniej będziemy mogli powiedzieć po sekcji.

Podniosła głowę. Nie płakała. Lekarz patrzył na nią znad opuszczonych na nos okularów. Mówił tak, jak gdyby dyktował coś pielęgniarce podczas porannego obchodu szpitala. – Zapaść serca połączona z rozległym zawałem. To moja wstępna ocena. Dzwoniłem godzinę temu do jego lekarza, tutaj w przychodni na uniwersytecie. Wszystko mi przeczytał z karty. Pani

przecież wie, że miał długą historię wypadków z sercem. Tak
długą jak jego życie. Pani mąż miał VSD. Najpierw zaniedbali
to jego rodzice, a potem on sam. Pani musi wiedzieć, że miał
co roku ostre zapalenie płuc. W tym roku przeszedł już dwa,
a to dopiero czerwiec. I że palił przy tym. Jego skierowania...
    Przestała słuchać. Usiadła na podłodze. Rękę położyła na
jego głowie i cicho kwiliła.

On naprawdę miał dziurę w sercu...
    W czasach gdy się urodził, tylko sporadycznie diagnozowa-
no VSD u niemowląt. A na wsi praktycznie nigdy. Ponieważ
rósł i rozwijał się prawidłowo, nikt nawet nie przypuszczał, że
coś może być nie tak z jego sercem. Pierwsze ataki pojawiły się
w szkole podstawowej, jednak jego rodzice zignorowali rady
lekarzy, aby to zoperować. A on? On powoli przywykł do tego,
że się szybciej męczy, miewa zapalenia płuc i dostaje większej
niż inni zadyszki, gdy przejdzie kilka pięter. Uspokajał ją, gdy
prosiła go, aby się tym zajął. Brał skierowania na operacje, ale
nigdy nie miał czasu położyć się do szpitala. Ciągle były jakieś
ważniejsze sprawy. A to konferencja, a to jakieś recenzje, a to
habilitacja, a to promocja pierwszego doktoranta. Jej prośby,
błagania, a nawet szantaże często obracał w żart. Pamięta, jak
pewnej nocy powiedział rozbawiony: – Gdy tylko Chimek zacznie grać w piłkę, zaszyję sobie tę dziurę. Obiecuję. Nie będę
miał wyjścia. Inaczej go nigdy nie dogonię.
    Pogrzeb był w dniu, gdy Joachim miał odebrać świadectwo.
Prosił ją, aby najpierw koniecznie pójść po świadectwo, a potem „pożegnać tatusia". W czasie apelu, gdy wymieniono jego
nazwisko jako prymusa klasy, a potem odczytano list gratula-
cyjny za dobre wyniki w nauce, stał wyprostowany, z podniesioną głową. Spojrzał na nią i ruszył na środek sali. Doskonale

wiedziała, co musi czuć w tej chwili. Z całych sił zaciskała zęby. Nie chciała płakać. Nie mogła teraz płakać! Po odebraniu świadectwa podszedł do niej, chwycił ją za rękę i pośpiesznie wyszli ze szkolnej świetlicy. Nigdy potem nie znalazła tego listu gratulacyjnego. I jego świadectwa także nie…

Tamtego dnia była sobota…

Około osiemnastej paliła łapczywie papierosa na korytarzu instytutu. Już dawno powinna być w domu. Pani Leokadia miała czas tylko „do wpół do szóstej, bo potem mam bardzo ważną wizytę i muszę się do niej przygotować". Tak jej powiedziała. Pani Leokadia oprócz kolędy raz na rok nie miała dotychczas żadnych innych „ważnych wizyt", więc trochę jej nie wierzyła. Dlatego pomyślała, że jednak zostanie do końca zajęć, a potem dorzuci pani Leokadii parę groszy na końcu miesiąca. Pani Leokadia wprawdzie nie kocha Joachima za pieniądze, ale mimo to warto ją do tej miłości motywować. Jeszcze tylko niecała godzinka. Wytrzyma brednie palanta od bankowości, pokaże mu, że jednak nie zniknęła, a potem weźmie taksówkę. To przecież prawie tak samo, jak gdyby wyszła teraz i pojechała na Rubinkowo autobusem. Spóźni się najwyżej godzinę. Pani Leokadia powinna to zrozumieć. Wie przecież, jak ważne są dla niej te studia.

Zdusiła papierosa w pełnej niedopałków popielniczce i pośpiesznie wracała na salę wykładową. Tuż przed drzwiami usłyszała donośny głos dochodzący z parteru. Zatrzymała się. Ktoś wykrzykiwał jej nazwisko! Zawróciła natychmiast do balustrady przy schodach i spojrzała w dół. W eliptycznym holu parteru stał obok grubej portierki rosły policjant. Kolejny raz usłyszała swoje nazwisko. Zbiegała schodami. Na stopniach pierwszego piętra siedziała grupka młodych ludzi. By ich wyminąć, zbliżyła się do ściany klatki schodowej i zahaczyła stopą o leżącą tam torbę. Upadła na siedzącego przy niej chłopaka. – Tylko spokojnie, pani laska! Ten gliniarz szuka pewnie kierowcy auta, które parkuje na pasach. Tylko spokojnie – powiedział ze śmiechem w głosie, pomagając się jej podnieść. – Czy musi pan wrzeszczeć na cały budynek? – wykrzyknęła, gdy już dotarła do policjanta. – Ludzie pomyślą, że jestem jakąś kryminalistką. Ja nie parkuję żadnego samochodu. Mój samochód jest od miesiąca w warsztacie.

Policjant zignorował jej zachowanie.– Czy pani jest opiekunką Joachima Wojciecha… – Nie opiekunką, tylko rodzoną matką. Bo co? – przerwała mu. – Czy mogłaby pani pojechać ze mną na posterunek? – zapytał spokojnie. – Co jest z Chimem?! Co jest z nim?! – wykrzyknęła, chwytając go za mundur. – Proszę się uspokoić – powiedział policjant i zaczął iść w kierunku drzwi.

Szła obok niego. W samochodzie usiadła na tylnym siedzeniu obok młodej policjantki.

Nie pojechali od razu na posterunek. Całą drogę pytała, co stało się z Joachimem. Nikt nie chciał jej nic powiedzieć. Zatrzymali się na podjeździe prowadzącym do głównego wejścia szpitala na Bielanach. Policjantka przeprowadziła ją przez wypełnioną ludźmi poczekalnię. Po chwili weszli do rozświetlonego jarzeniówkami pomieszczenia na pierwszym piętrze. Siedzące tam osoby przedstawiły się jej po kolei. Prokurator, policyjna psycholog, lekarz, dzielnicowy z komisariatu na Rubinkowie. – Czy ja nie mam prawa wiedzieć jako matka, co się stało się lub dzieje się z moim synem? – wycedziła, stanąwszy przy krześle, na którym siedział młody prokurator. – Sądziłam, że takie czasy w tym kraju dawno się skończyły. – Proszę, niech pani usiądzie – odparł prokurator i wskazał wolne krzesło obok siebie. Zapalił papierosa, podsunął jej szklankę z wodą, włączył dyktafon i zaczął mówić.

Pani Leokadia zostawiła Joachima samego w domu około siedemnastej trzydzieści. Gdy wychodziła, czytał książkę w swoim pokoju. Krótko po tym Joachim zszedł do sąsiadów na drugim piętrze i poprosił o marchew. Wywołało to pewne zdziwienie, ale nikt nie pytał, po co mu marchew. Do sąsiadów zszedł ubrany w szary dres. Na nogach miał domowe kapcie. Musiał więc wrócić do mieszkania, włożyć buty i kurtkę. Sąsiadka z parteru widziała go wychodzącego z bloku przed osiemnastą. – Około osiemnastej trzydzieści – kontynuował prokurator, zapalając nerwowo kolejnego papierosa – sprzedawczyni ze sklepiku nocnego znalazła go leżącego na śniegu za sosną. Był obnażony od pasa w dół. Jego rozerwane spodnie i majtki znaleźliśmy nieopodal przy zamarzniętym stawie. Pani syn został zgwałcony. Najpierw uderzano jego głową o zamarzniętą ziemię, a gdy stracił przytomność, zgwałcono. Odzyskał przytomność dopiero tutaj, w szpitalu. Obecnie jest na sali operacyjnej. Rany rozerwanego odbytu są tak poważne, że muszą być zszyte przez chirurga. Na jego pośladkach zabezpieczyliśmy ślady krwi zmieszanej z kałem. Jest bardzo prawdopodobne, że w laboratorium znajdą także spermę, co pozwoli nam zrobić testy genetyczne. To będzie niezwykle istotne dla śledztwa. Syna będzie pani mogła zobaczyć zaraz po wybudzeniu z narkozy. Nasza psycholog – dodał, wskazując na kobietę siedzącą obok niego – jest do pani dyspozycji.

Poczuła silny skurcz w podbrzuszu. Kurczowo zwarła nogi. Zamknęła oczy i zacisnęła z całych sił pięści. Ciepło strużek krwi rozchodziło się wzdłuż jej ud. – Czy chce się pani napić wody? – zapytała psycholog.

Nie słyszała, co do niej mówią. To znaczy słyszała szmer,

ale nie rozpoznawała słów. Siedziała tak z zaciśniętymi udami i trzęsła się jak w gorączce. Starała się głęboko i równomiernie oddychać. I myśleć tylko o oddychaniu. Psycholog wstała z krzesła i chwyciła ją za rękę. – Czy pani chce wyjść na świeże powietrze? – zapytała spokojnie. – Nie. Nie chcę. Czy mogliby państwo wyjść z pokoju i zostawić mnie na chwilę samą? – poprosiła. – Niestety nie – odparł prokurator. – Takie mamy procedury. Nie może pani pozostać tutaj sama.

Zignorowała go i zwróciła się do psycholog: – Czy może pani ich poprosić, żeby wyszli, tak abyśmy tylko my dwie tutaj zostały? Na kilka minut. Błagam panią! – wykrzyknęła.

Psycholog podeszła do prokuratora i szeptała mu coś do ucha. Po krótkiej chwili mężczyźni opuścili pokój. Gdy zostały same, pani psycholog przysunęła krzesło i usiadłszy na przeciwko niej, powiedziała: – To okropne, co się wydarzyło. To straszne. Sama nie mam dzieci, ale nie potrzeba wyobraźni, aby wiedzieć, co pani teraz czuje. To zabrzmi nie najlepiej, ale pani synek miał dużo szczęścia. W większości przypadków tego typu pedofile mordują swoje ofiary. Odnajdziemy tego… – Dostałam okres – przerwała jej.

Psycholog patrzyła na nią, nie rozumiejąc. – Całe krzesło pode mną jest pewnie we krwi. To nienormalne. Ja mam bardzo regularny cykl menstruacji. Okropnie się wstydzę. Pomoże mi pani? – szeptała. – Oczywiście, że tak. Oczywiście! – odparła psycholog. – Nie mogę zostawić pani samej. Takie mamy procedury. Poproszę kolegów, żeby sprowadzili tutaj natychmiast pielęgniarkę – mówiła, podchodząc do drzwi.

Do rana siedziała przy łóżku Joachima i trzymała go za rękę
Niekiedy krzyczał i płakał przez sen. Gładziła wtedy jego włosy i modliła się na głos.

Około czwartej nad ranem przysnęła na krześle. Obudził ją jego głos. – Mamo, czy masz jakiś sok albo chociaż lemoniadę? – zapytał, szarpiąc ją za rękaw. – Mam herbatkę, synuś. Soku napijesz się w domku – odparła.

Próbował powoli usiąść, aby chwycić szklankę. Widziała grymas bólu na jego twarzy. Powoli podawała mu łyżeczką herbatę do ust. – Ja przecież nic złego temu panu nie zrobiłem – powiedział w pewnej chwili, patrząc jej w oczy. – Nie zrobiłeś synku. Kiedyś zapytam go, dlaczego ci to zrobił – powiedziała zapatrzona w okno.

Kiedy pielęgniarka przyniosła śniadanie, postanowiła wrócić na godzinę do domu. Potrzebowała prysznica. Chciała się przebrać. Pragnęła być przez jakiś czas sama ze swoim bólem i rozpaczą. Z przystanku autobusowego do ich domu trzeba przejść przez osiedlowy lasek. Zatrzymała się przy sośnie. Stożkowata marchew wystawała ze śniegowej kuli głowy bałwana. Przeszła powoli za drzewo. Czuła drżenie całego ciała. Na zmarzniętym, twardym śniegu dojrzała wianuszki różowo- -czerwonych kryształów lodu. Zaczęła uciekać.

Joachim nie radził sobie ze swoim wstydem...
O tym, co zrobił mu „ten pan", wiedzieli wszyscy w szkole. I wszyscy na osiedlu. Wstydził się w szkole. Wstydził się na klatce schodowej i wstydził się w gabinetach psychologów. Czasami miała wrażenie, że nie wstydzi się jedynie, gdy jest zamknięty w swoim pokoju.

Tak naprawdę po śmierci męża nic oprócz wspomnień i jednego grobu na cmentarzu nie łączyło jej z tym miastem. Gdy tylko zdała ostatni egzamin na uniwersytecie, wrócili z Joachimem do Kielc. Stamtąd kilkanaście lat temu wyjechali. Tam ciągle mieszkała jej siostra z rodziną. I tam były groby jej rodziców.

Joachim w Kielcach przestał się wstydzić, ale zaczął się bać. Bał się ciemności. Bał się zimy, gdy padał śnieg. Bał się sam zasypiać w pokoju. Bał się ludzi na zatłoczonej ulicy. Bał się lasu z wysokimi drzewami.

Namawiana przez lekarzy i „znających się na rzeczy" znajomych przegoniła go przez kilkanaście gabinetów psychiatrów i psychologów. W drugiej klasie liceum zaczął przyjmować psychotropy. W trzeciej, odkryła to przez przypadek, zaczął brać. Wracał ze szkoły, zamykał się w swoim pokoju i spał do rana lub całe noce słuchał jakiejś konwulsyjnej i mrocznej muzyki. Potem wyszło na jaw, że potrafił tygodniami wcale nie chodzić do szkoły. Na początku klasy maturalnej był już uzależniony. Woziła go po całej Polsce na odwyk. Najpierw pożyczała pieniądze od siostry, a potem ze wstydu brała kredyty, aby zapłacić za jego pobyty na odtruciach i leczeniu. Pisał z tych klinik przepiękne listy. Obiecywał. Przyrzekał. Przysięgał na pamięć „tatusia". Cieszył się każdym tygodniem, gdy wytrwał i był *clean*. Później wracał do domu, zapisywał się do kolejnej szkoły i po dwóch tygodniach wszystko się powtarzało. Znowu zaczął się wstydzić. Tym razem swojej słabości. Tego, że nie potrafił dotrzymać danego jej słowa.

W noc sylwestrową, ponad cztery lata temu, przedawkował. Palacz znalazł go rano w Nowy Rok w kotłowni starej fabryki. Obok leżały kilka pustych butelek po szampanie i zakrwawiona strzykawka.

Nie miała już w sobie więcej miejsca na rozpacz. Nie widziała żadnego sensu w życiu, które jest jedynie czekaniem na kolejne cierpienie. Przed południem pochowała Joachima, a wieczorem, po pogrzebie, ubrała się w sukienkę, odurzyła rumem, połknęła garść kolorowych tabletek, weszła do wanny i przyłożyła żyletkę do oparzonej skóry na przegubie.

Jej siostra mieszkała trzy klatki dalej. Dlatego pewnie ciągle żyje. Gdy nie odbierała telefonu, siostra przybiegła z sąsiadem, który bez chwili zastanowienia wyłamał drzwi.

Dwa lata później
Nie postawiła nagrobka na cmentarzu. Pomyślała, że Joachim wcale by tego nie chciał. Gdy chodzili na grób jego ojca, za każdym razem wciskał w ziemię między kwiatami lub zniczami wystrugane z drewna krzyżyki.

Oprócz kota nikt jej w tym czasie nie umarł.

Dalej pracowała w sądzie, a wieczorami jako wolontariuszka w hospicjum. Słuchała muzyki. Zapisała się na kurs tańca. Dużo czytała.

Dwa miesiące temu dostała oficjalny list od prokuratora. Dane DNA zatrzymanego sprawcy kolejnego gwałtu na chłopcu zgadzały się z danymi „ze spermy na ciele Pani syna". Trzy tygodnie później została oficjalnym pismem zaproszona jako oskarżyciel posiłkowy.

Pojechała. Rano poszła do lasku przy bloku i usiadła na mchu pod sosną. W południe, w gmachu sądu, siedząc obok płaczącej kobiety, patrzyła na trzęsącego się ze strachu podstarzałego mężczyznę, stojącego pomiędzy dwójką policjantów. – Ja przecież nic złego panu nie zrobiłam – powiedziała cicho, gdy sędzia udzieliła jej głosu.

Mężczyzna nawet na nią nie spojrzał.

Wieczorem, prosto z cmentarza, pojechała autobusem przez most na drugą stronę Wisły. Przeszła lasem do stromej skarpy. Zeszła na brzeg. Z walizki wyciągnęła sukienkę. Tę, którą tak bardzo lubił Joachim. Powoli wchodziła do wody...

Plac zabaw

Do rana siedziałam przy łóżku Joachima...
– Ja przecież nic złego nie zrobiłem temu panu – powiedział mój syn. – Nie zrobiłeś – odparłam, odwracając spojrzenie. Potarłam rękę w miejscu, gdzie pod rękawem, na cienkiej skórze znajdowały się zabliźnione miejsca. – Kiedyś zapytam go, dlaczego ci to zrobił...

Na dworze wstawał szary mroźny świt. Śnieg pękał pod moimi nogami jak lód, kiedy szłam w stronę samochodu. Moje myśli przypominały mrowisko, w które jakiś idiota wbił patyk. Dopiero teraz uświadomiłam sobie, że na komisariacie policji musiałam zostawić rękawiczki.

Miejsce, gdzie poprzedniego dnia znaleziono mojego syna, znajdowało się ledwie kilkadziesiąt metrów od ostatniego bloku, w dzielnicy, w której z nim mieszkałam Zostało chyba na wyrost ogrodzone żółtymi taśmami, teraz napiętymi od wiatru. W nocy nie padało, kiedy więc zbliżyłam się do linii lasu, na śniegu zobaczyłam odciski butów policjantów oraz krótsze i delikatniejsze ślady kobiecych kozaków. Nie musiałam długo szukać, by je znaleźć. Spojrzałam na różowo-czerwone kryształki lodu. Miałam wrażenie, jakby w mojej głowie nastąpiło przetasowanie: to, co znajdowało się do tej pory pod spodem, teraz wyszło na wierzch. Pod powiekami czekał obraz: dziecko leżące w wysokiej trawie, wiatr kołyszący łanami zboża, zamknięte oczy dziewczynki, jej pąsowe usta, blada skóra, ptaki i leśne zwierzęta otaczające ciało...

– Proszę pani?

Przez podwórko szła ku mnie sąsiadka, starsza kobieta, którą czasem widywałam spacerującą z psem. Przy szyi przytrzymywała rozpięty płaszcz, co uświadomiło mi, że wyszła z mieszkania w pośpiechu, pewnie dlatego że zobaczyła mnie przez okno.

– To ja go znalazłam.

– Pani? – Mój głos brzmiał ochryple, jakbym odzwyczaiła się od używania go.

– Tak. Leżał tutaj... – Wskazała ręką miejsce. – Od razu wiedziałam, że stało się coś okropnego... tyle krwi... Nigdy nie widziałam czegoś takiego... A przecież to dziecko! Jak on się teraz czuje?

Joachimowi założono na skroni trzydzieści dwa szwy. Kiedy widziałam go ostatni raz, jego skóra była posiniaczona i mieniła się odcieniami różu i fioletu. Syn nie umiał rozmawiać ze mną o tym, co się stało, więc dopiero patrząc na niego, zaczęłam rozumieć, jak to jest, kiedy boli, kiedy ktoś uderza twoją głową o kamienie, a ty nie możesz nic zrobić, ponieważ masz tylko dziesięć lat i nie staniesz przecież do walki z dorosłym mężczyzną.

– Spał, kiedy wychodziłam... Był spokojny.

– Boże, tak mi przykro! – Sąsiadka pokręciła głową. – Dopiero co podobna historia spotkała dziewczynkę w mieście, gdzie mieszka moja córka. Ale sprawiedliwości stało się zadość, przestępcę złapano, dostał pięć lat więzienia...

– Pięć? – Nie byłam pewna, czy dobrze usłyszałam. – Jak to pięć? – Pochyliłam się w jej stronę. Być może zrobiłam to zbyt raptownie, skoro cofnęła się, zaskoczona.

– To chyba najwyższy wyrok w Polsce za takie przestępstwo? – zdziwiła się.

Objęłam się ramionami, moje spojrzenie znowu wędrowało po śniegu. Przebiegło mi przez myśl, że za pięć lat Joachim wciąż będzie tylko dzieckiem.

Nigdy nie brałam spraw w swoje ręce, nie umiałam walczyć, krzyczeć, żądać. Byłam jak drzewo, które pochyla się tak nisko, jakby zapraszało, żeby na nie wejść. W mieszkaniu, w drzwiach pokoju Joachima, stałam jak porażona, wodząc wzrokiem po rzeczach, które czekały na jego powrót: zmięta pościel na łóżku, kapcie na dywanie, klocki Lego, z których zbudował potężnego robota i posadził na krawędzi biurka. Moje spojrzenie zsunęło się na fotografię, na której byliśmy wszyscy troje: mąż, syn i ja. Gdyby mąż żył, umiałby ochronić Joachima – pomyślałam. – Zrobiłby coś. Nie stałby tak w progu, patrząc bezradnie.

W sypialni uruchomiłam laptop. „Przestępstwa na tle seksualnym" – wpisałam w wyszukiwarkę i zaznaczyłam obszar poszukiwań do okolic mojego miasta. Tak jak się tego spodziewałam, pojawiło się kilkadziesiąt linków, odnoszących się do różnych zdarzeń na przestrzeni lat. Czułam, jakby ktoś włożył na mnie za ciasne ubranie i zapiął je na zamek aż pod szyję.

„Uderzał głową ofiary o kamienie" – przeczytałam w jednym z linków. Cofnęłam palce, poczułam mrowienie, jakby przebiegł przez nie prąd.

Moją uwagę przyciągnęło zdjęcie dziewczynki sprzed dwudziestu sześciu lat. Uśmiechała się, odsłaniając trochę za długie jedynki. Wychwyciłam słowa pogrubione w leadzie: „…uderzał głową ofiary o kamienie, aż straciła przytomność…".

Znalazłam inny link, sprzed dziesięciu lat. „Chłopiec stracił przytomność po tym, jak napastnik kilkakrotnie uderzył jego głową o krawężnik…". I jeszcze jeden, sprzed roku: „Dziecko miało rozbitą głowę. Kiedy straciło przytomność, napastnik zaczął dusić chłopca…".

Nagle stało się coś okropnego: znalazłam się w obcym świecie, gdzie zło i dobro mają całkiem nowy wymiar. Doznałam wrażenia, że czyjeś ręce złapały za zamek w ubraniu i pociągnęły w dół. Zacisnęłam dłonie na blacie biurka, otworzyłam usta jak do krzyku. Jakbym to ja była dzieckiem, które ktoś pobił. Zgwałcił. I próbował zamordować…

Miałam dziewięć lat, kiedy w wysokiej trawie, która porastała zbocze za moją szkołą podstawową, znaleziono ciało dziewczynki. – Prawdopodobnie została uduszona, wcześniej sprawca uderzył jej głową o kamienie – powiedział potem spiker w lokalnym radiu.

Tamtego dnia, gdy znaleziono ciało, był środek wakacji, temperatura przekraczała trzydzieści stopni, w stacjach radiowych codziennie słyszałam utwór Bajmu *Jezioro wspomnień*, skórę miałam brązową od słońca, które wyzłociło pasma w moich włosach. Każdego dnia jeździłam na rowerze z moim najlepszym przyjacielem, Pawłem.

W dniu, w którym znaleziono ciało, Paweł powiedział, że widział na wzgórzu samochód milicyjny.

– Pojedziemy sprawdzić, co się dzieje! – zadecydował i szybko wsiedliśmy na rowery.

Wzgórze stanowiło miejsce dziecięcych zabaw: latem rosła tam wysoka trawa, na której rozkładaliśmy koce; zimą na sankach zjeżdżaliśmy z wysokiej, stromej góry. Tamtego dnia powietrze drżało w upale, a gorący wiatr kołysał wysoką trawą i zbożem. Już z daleka widziałam napięte od wiatru milicyjne taśmy i kilka radiowozów. Biegli ciągle jeszcze przebywali na miejscu zdarzenia, zabezpieczając ślady. Karetka z wyłączonym sygnałem stała w polu.

– Ktoś nie żyje – powiedział Paweł i raptownie zatrzymał rower. Wyższy ode mnie, widział coś, co znajdowało się poza zasięgiem mojego wzroku.

– Kto? – zapytałam, a strach jak łaskotanie przebiegł wzdłuż moich pleców z góry na dół i z dołu do góry.

– Nie wiem… jakaś dziewczynka. Ma… ma na sobie coś kolorowego.

Dziewczynka w żółtej bluzce z rysunkiem Kermita.

Miało minąć kilka dni, zanim przypadkiem trafię na opublikowane w gazecie zdjęcie z jej legitymacji i informację o pogrzebie. Jeszcze więcej czasu upłynie, zanim Paweł wpadnie na pomysł, byśmy podjechali na rowerach pod dom jej rodziców. Minie wiele lat, zanim uda mi się zapomnieć o tym, co zobaczyliśmy.

– Nie idźmy tam – powiedziałam, łapiąc się Pawła za łokieć. Drżały mi nogi, czułam, jakby stało się coś okropnego, pomimo że ze swojego miejsca nie byłam w stanie dostrzec ciała. Jednak obraz dziewczynki już wdzierał się pod powieki…

Aż do tamtej chwili śmierć była dla mnie tajemnicą, abstrakcją. Nie uświadamiałam sobie, co naprawdę oznacza słowo „nigdy" i „zawsze".

Słońce, które na moment skryło się za chmury, teraz wychylone, odmieniło pejzaż. W niewielkim przedmiocie leżącym kilka metrów od nas odbiło się światło.

– Nie ruszaj, to pewnie należało do niej! – powiedział Paweł, ale nie posłuchałam. Kucnęłam w trawie, wyciągnęłam rękę po błyszczący przedmiot. Dziecięcy pierścionek z wróżką Disneya, wymalowaną w oczku. Pasował na mój palec. Tak naprawdę, moje dzieciństwo dobiegło końca, w chwili kiedy na próbę założyłam ten pierścionek.

Nie myślałam o tym od tak dawna, że teraz czułam, jakbym otworzyła jakąś starą, zakurzoną szkatułkę. Wyciągałam na światło dzienne wspomnienia związane z zamordowaną dziewczynką i nie mogłam się nadziwić, że przetrwały tak długo w nienaruszonym stanie.

W sypialni z górnej półki ściągnęłam pudełko, w którym trzymałam kilka pamiątek z dzieciństwa. Nie otwierałam go od lat. Teraz zdjęłam pokrywkę, wyjęłam ze środka: kilka muszelek przywiezionych znad morza, karty do gry, owalne kolczyki i czarodziejski kamień. Pierścionek z wróżką Disneya leżał na samym dnie. Po latach, jakie minęły, od kiedy wsunęłam go na palec, wydał mi się mały, maleńki. Obróciłam go w palcach. Rysunek wróżki migotał jak dziecięcy sekret.

Przez całe lata przywoływałam obraz zamordowanej dziewczynki stworzony przez moją dziecięcą wyobraźnię. Wyobrażałam ją sobie leżącą w trawie pomiędzy leśnymi zwierzętami i ptakami; jak na obrazku w bajce o królewnie Śnieżce: była martwa, ale wyglądała jakby spała, z pąsowymi ustami i długimi rzęsami, rzucającymi cienie na blade policzki. Teraz jednak wszystko się zmieniło. Już byłam dorosła, wiedziałam, jak wygląda zbrodnia, z całą jej ohydą. W pamięci miałam spuchniętą, posiniaczoną twarz Joachima. Chociaż nigdy przedtem nie usłyszałam takiej informacji, a jako dziecko nie miałam pojęcia, że takie rzeczy się zdarzają, teraz rozumiałam, że dziewczynka nie tylko została zamordowana, ale też zgwałcona.

„Sprawca nakrył jej twarz spódnicą" – przeczytałam chwilę wcześniej w Internecie.

Mój syn też miał nakrytą głowę, sprawca narzucił na nią jego sweter.

W pudełku znajdowało się coś jeszcze, co schował tam mój mąż. Odwinęłam kawałek materiału, odsłaniając broń. Mąż miał na nią pozwolenie. Pistolet, beretta, 9 milimetrów. Krótko przed śmiercią nauczył mnie go obsługiwać, umiałam więc odbezpieczyć broń. Naboje leżały w białym pudełku tuż przy bransoletce z drobnych bursztynów.

– W pobliżu miejsca, gdzie znaleziono mojego syna, kiedyś została zamordowana dziewczynka. Pomyślałam, że powinna pani o tym wiedzieć. Być może chodzi o tego samego sprawcę... W radiu podawali wtedy, że sprawca uderzał jej głową o kamienie... Joachim przeżył podobną napaść... Zgadza się też kilka innych rzeczy... – Na komisariacie policji uścisnęłam rękę Moniki Gorlickiej, policjantki, która zajęła się sprawą Joachima. Mogła mieć około trzydziestu pięciu lat, ale pewnie stres związany z pracą spowodował, że wyglądała na starszą. W naturalnych, niekoloryzowanych włosach już pojawiło się kilka siwych pasemek, na twarzy nie miała ani grama makijażu i przez to widoczne były dokładnie drobne zmarszczki wokół jej oczu i ust.

– Kiedy to było? – W zmęczonym głosie policjantki zapaliło się zainteresowanie, które jednak zgasło, gdy udzieliłam odpowiedzi. – Och, to dość dawno temu – stwierdziła, trochę na siłę uprzejmie. – Dwadzieścia siedem lat temu, tak?

Pierścionek ciągle miałam ze sobą: ledwie zauważalny ciężar w kieszeni kurtki. Odruchowo namacałam go czubkami palców.

– Dwadzieścia sześć lat temu – poprawiłam ją. – Pani to sobie zapisze? – Wskazałam leżący przy jej ręce notatnik. Gorlicka też na niego popatrzyła i ledwie zauważalnie uniosła brwi.

– Tak, oczywiście, dziękuję. – Sięgnęła po długopis.

Każda zbrodnia ma swój początek. Nic nie dzieje się bez przyczyny. Mężczyzna, który skrzywdził mojego syna, prawdopodobnie robił to już wcześniej. Jak inaczej udałoby mu się nie zostawić śladów ani nie wzbudzić zainteresowania ludzi? W miejscach takich jak osiedle, gdzie doszło do napaści na Joachima, ciężko popełnić zbrodnię doskonałą. Nie przy takiej pogodzie, nie, kiedy na ziemi leży śnieg. Poza tym, w blokach ustawionych balkonami do lasu mieszka kilkadziesiąt rodzin. Zawsze znajdzie się ktoś, kto akurat jest przy oknie albo wyszedł na balkon. Jak to możliwe, że kiedy Joachim został napadnięty, nikt niczego nie dostrzegł?

Odpowiedź pojawiła się sama, kiedy wychodziłam z komisariatu. Była jak błysk światła: mężczyzna już wcześniej przychodził tam, gdzie bawiły się dzieci. To dlatego nie wzbudził podejrzeń ani sąsiadów, ani samego Joachima.

Mój syn spał, kiedy przyjechałam do szpitala.

– Niech pani go nie budzi – poprosiła pielęgniarka. – Chłopiec bardzo się bał, podaliśmy mu środki na uspokojenie.

Przysunęłam krzesło do jego łóżka.

Pewnie dlatego że pielęgniarka każde słowo wymawiała niemal szeptem, poczułam, jakby mnie uderzyła, kiedy dodała równie cicho:

– Kilkakrotnie wspominał, że obiecała pani zapytać, dlaczego tamten pan go skrzywdził...

W samochodzie otworzyłam starą mapę i długopisem zakreśliłam place zabaw położone w najbliższych okolicach. Dłonie ciągle swędziały, czułam każdy milimetr blizn na nadgarstkach.

Latem dzieci bawiły się głównie obok szkoły albo na niewielkich osiedlowych drabinkach, ale zimą te miejsca nie były atrakcyjne. Mój palec zatrzymał się na wzgórzu – to tam, dwadzieścia sześć lat temu, została zamordowana dziewczynka. Przesunęłam dłoń dalej, dotknęłam zaznaczonego na mapie stawu, gdzie zimą woda zamarzała i dzieci jeździły na łyżwach. Zawahałam się. Było wiele miejsc, w które mógł wrócić sprawca: szkolne place zabaw, lodowiska, osiedlowe górki... Wydało mi się jednak oczywiste, że jeśli znowu chciał skrzywdzić dziecko, pojechałby tam, gdzie dawno temu dokonał już zbrodni i udało mu się nie zostawić śladów. Jak to się mówi: morderca zawsze wraca na miejsce zbrodni.

– Nożyce, kamień, papier! – krzyczał chłopiec do drugiego dziecka i właśnie zwinął w pięść rękę w rękawiczce. – Wygrałem! Teraz ja zjeżdżam!

Na wysokiej górce, w miejscu, gdzie dawno temu było aż granatowo od milicyjnych mundurów, teraz zebrało się mnóstwo dzieci. Nie wszystkie miały ze sobą sanki, niektóre przyniosły kawałki desek i na nich szybowały w dół zbocza, śmiejąc się i piszcząc. Przyszło tu też wielu rodziców.

Niektórzy ciągnęli swoje pociechy w górę, sami zdyszani, z zaczerwienionymi od mrozu i wysiłku policzkami. Inni stali na dole, rozgrzewając chuchaniem zmarznięte ręce i przestępując z nogi na nogę.

Ja też zmarzłam. Temperatura tego dnia spadła do minus dziesięciu stopni, powietrze było wilgotne i jednocześnie krystalicznie czyste, chmury zlały się w mleczną powłokę.

– Tamta dziewczynka to pani córka? – Zagadnął mężczyzna w błyszczących, narciarskich okularach przeciwsłonecznych i efektownej bladoniebieskiej kurtce. Uśmiechnął się przy tym, zsuwając okulary, a moje spojrzenie odruchowo powędrowało za ruchem jego ręki, kiedy odgarnął jasne włosy z opalonego czoła.

– Która? – zdziwiłam się.

– Tamta... podobna do pani, piękna po mamie! – Oczy mężczyzny błysnęły błękitem niemal tak czystym jak jego kurtka. Wskazywał dziewczynkę, jedną z niewielu, która przyszła tu dzisiaj bez czapki. Wiatr rozwiewał jej brązowe włosy, nieporadnie zebrane w rozsypujący się warkocz. Mróz zaróżowił jej policzki. Dziewczynka właśnie usiadła okrakiem na sankach.

– Nie, nie moja – odpowiedziałam, poruszona. Kogoś mi przypominała, ale nie miałam pojęcia, kogo. Marszcząc brwi, próbowałam sobie przypomnieć, ale pamięć napotykała mur.

Obok mnie rozległy się krzyki: – Tato! Tato! Widziałeś, jak zjechałem? – I przy mężczyźnie, który mnie zaczepił, pojawiło się dwóch chłopców.

Zamglone słońce powoli przesuwało się za horyzont. Zmieniały się samochody na parkingu pod wzgórzem, zmieniały się dzieci, zjeżdżając na sankach. Wiejący od północy wiatr przybierał na sile, coraz więcej rodzin zbierało się do domów, powietrze ochładzało się z każdą minutą, a mnie wraz z kolejnym podmuchem wiatru ogarniały złe przeczucia.

Miałam wrażenie, że ktoś przy mnie stoi, że w śniegu, tuż przy moich śladach powstają jeszcze drugie, krótsze, drobniejsze...

Coś musiałam przeoczyć, czegoś nie wzięłam pod uwagę. Być może w tym właśnie momencie mężczyzna, którego szukałam, tkwił na innym placu zabaw, zapatrzony w inne dziecko...

Jakiś mężczyzna upuścił niedopałek papierosa w śnieg tuż przy moim bucie. Rozpoznałam znajomy napis, kojarzący mi się z przeszłością. Papierosów marki Kim już dawno nie sprzedawano w Polsce. Pewnie przyjechały wraz z mężczyzną z zagranicy...

Coś przesuwało się po mojej twarzy – jak dotyk, jak miękki materiał albo delikatna ciepła skóra.

Raptownie obróciłam się za siebie, z szybkim trzepotaniem powiek. Brązowowłosa dziewczynka bez czapki zbierała się do domu. Szła wolno, ciągnąc za sobą sanki, podczas gdy tuż pod szalikiem na płaskiej piersi kołysał się klucz.

W piątek rano spadł śnieg i zakrył ślady, którym przyglądałam się codziennie w drodze do szpitala. Tego dnia obudziłam się z wrażeniem, że w mieszkaniu wyczuwam mdły zapach. Kojarzył mi się z piwnicą.

Zapaliłam światła we wszystkich pomieszczeniach, moje nogi szybko poruszały się po mieszkaniu, co chwilę oglądałam się za siebie, pewna, że ktoś patrzy. Wydawało mi się, że usłyszałam ciche stąpanie w korytarzu. Ktoś stawiał małe kroki małymi stopami. Mdły zapach był coraz silniejszy, nadchodził wraz z krokami...

Ciszę mieszkania rozerwał dźwięk telefonu.

– Monika Gorlicka. – Usłyszałam znajomy głos na linii.

Policjantka poinformowała mnie, że wraz z policyjnym partnerem przesłuchali mieszkańców bloków położonych najbliżej lasu, ale zeznania nie wniosły nic nowego do sprawy.

– A czy sprawdzała pani w Internecie historię, o której mówiłam? – zapytałam. Na linii zapadła cisza.

– Domyślam się, co pani czuje – odezwała się w końcu Gorlicka, znów na siłę uprzejmie. – Niedawno straciła pani męża, teraz ta napaść na syna... Rozumiem, że chce pani być pomocna, ale proszę nam zostawić śledztwo. Znamy się na naszej pracy, działamy zgodnie z prawem i według procedur. To nie amerykańskie kino akcji, tylko rzeczywistość.

Pod powiekami wiatr poruszał konarami drzew, pieścił długie źdźbła trawy, wygładzał płaszczyznę pól... Znowu byłam małą dziewczynką i na palcu nosiłam pierścionek z oczkiem, gdzie została wymalowana wróżka Disneya. Wrzesień, pachniało kwiatami, upałem i latem. W szatni w szkole dzieci gromadziły się przy wieszaku, gdzie przed wakacjami swoje rzeczy odwieszała zamordowana dziewczynka.

– Tu była jej kurtka – szeptały. – Podobno miała na imię Julia... – Miała tyle lat co moja siostra... – Podobno nie znaleziono człowieka, który jej to zrobił...

– Hej! Hej! – Mężczyzna w narciarskich okularach przeciwsłonecznych oparł się łokciem o okno w moim samochodzie. – Cały czas próbuję odgadnąć, z którym dzieckiem pani przychodzi, ale... coś kiepsko mi idzie! Gdybym był odważniejszy, pomyślałbym, że to nie dziecko tu panią ściąga, tylko... – uniósł kąciki ust, szukając mojego spojrzenia.

– Nie przychodzę tu dla pana – odwróciłam wzrok.

Na parkingu leżała cienka warstwa świeżego śniegu, niebo przypominało rozlane mleko. Było dwanaście stopni poniżej zera.

W chwilach zdenerwowania, kiedy serce szalało mi w piersiach a oddech aż się rwał, potrafiłam nieruchomieć. Znieruchomiałam, kiedy zauważam obcego mężczyznę.

Nie poruszyłam się, nie zrobiłam nic, po prostu patrzyłam.

A mężczyzna uśmiechnął się, zapatrzony w zjeżdżające na sankach dziecko.

Ubrany był w szary płaszcz, w szarej wełnianej czapce na głowie. Na przyjście tutaj wybrał nijakie rzeczy, nierzucające się w oczy. Wydał mi się tak niepozorny, że prawdopodobnie w innych okolicznościach nie zwróciłabym na niego uwagi. Ale przecież szukałam właśnie kogoś, kto nie przyciągał wzroku.

Wysiadłam z samochodu, a dźwięki – śmiech dzieci, nawoływanie, wesoły głos mężczyzny w okularach przeciwsłonecznych – wszystko to cichło, jakby ktoś przekręcił gałkę w radiu. Byliśmy tylko ten mężczyzna i ja.

Dwadzieścia sześć lat temu w tym miejscu podniosłam z ziemi pierścionek.

Dwadzieścia sześć lat później mała dziewczynka wstała z trawy, już wcale nieśliczna i bez otaczających ją ptaków oraz leśnych zwierząt – tylko spuchnięta jak balon, z zakrwawionymi ustami i wybitymi zębami. Podeszła do mnie i pociągnęła za kieszeń, w której wciąż trzymałam pierścionek.

Mężczyzna miał około sześćdziesięciu lat. Szara wełniana czapka nadała mu poczciwy wygląd, mogłabym dać się oszukać, że to sympatyczny starszy pan, który przyszedł tu z wnukiem.

Minęła chwila, minęła cała wieczność, nim zrozumiałam, dla kogo przyszedł tu naprawdę.

Lodowaty wiatr poruszył jej włosami, dzisiaj znowu odsłoniętymi, bez czapki. Powietrze opuszczało jej usta w kłębuszkach pary, a kiedy rozciągnęła usta w uśmiechu, zobaczyłam długie, mleczne przednie zęby. Miałam wrażenie, jakby przestrzeń wokół nas stała się jednym wielkim słoikiem. Powietrze zdawało się drgać, śmiech dziewczynki obijał się o szklane ściany.

A potem szkło pękło, odsłaniając ostrą, zimną rzeczywistość i zrozumiałam, że jeśli niczego nie zrobię, dziewczynka bez czapki zginie albo trafi do szpitala jak mój syn.

Dzieliło nas kilka metrów. Szłam, wpatrzona w zgarbione plecy mężczyzny, a w mojej głowie kolejny raz następowało przetasowanie: to, co kiedyś uważałam za słuszne, schodziło na dół. To, co było nie do pomyślenia, dźwigało się w górę.

Mężczyzna palił papierosa, zaciągał się bez pośpiechu, wypuszczał ustami dym, a potem, gdy dotarł do skrzyżowania, niedopałek rzucił na chodnik i przydeptał butem.

Stanęłam w tym miejscu chwilę później. Na niedopałku rozpoznałam napis zagranicznych papierosów.

Mężczyzna w tym czasie był już po drugiej stronie ulicy. Zobaczyłam jego dom: niski, klockowaty budynek, otoczony siatką.

Obserwowałam go do chwili, gdy wszedł do środka. Wtedy przeszłam ulicę, z torebki wyjęłam ołówek. Czubkiem ołówka podważyłam w górę jedną z kopert, leżących w skrzynce na listy. Adresat: Józef Barański. Przeniosłam wzrok na dom, gdzie na pierwszym piętrze w pokoju zapaliło się światło.

*

Śnieg już z rana nakrył ślady wokół miejsca, gdzie znaleziono mojego syna. Czubkiem buta kopałam więc w białych zaspach, a ponieważ niczego nie znalazłam, ułamałam cienką gałąź i próbowałam nią rozgarnąć zmarznięty puch. Minęło dużo czasu, ręce miałam odrętwiałe z zimna i już chciałam zrezygnować, gdy znalazłam niedopałek papierosa, porzucony blisko ulepionego przez dzieci bałwana. Ostrożnie go podniosłam, odsłoniłam niewyraźne „K" w napisie.

W dzisiejszych czasach wszystko można znaleźć w Internecie. Była 21.02, kiedy z wirtualnych stron dowiedziałam się, że Józef Barański wraz z synem prowadzi firmę zajmującą się wynajmem automatów z batonami i zimnymi napojami o nazwie: *Słodycze w szkole*. Była 21.25, kiedy trafiłam na informację, że szkoła podstawowa, w której uczył się mój syn, zakupiła jeden z automatów Józefa. Była 22.08, kiedy trafiłam na wiadomość, że Józef Barański w latach kiedy byłam małą dziewczynką, pracował w mojej dawnej szkole podstawowej jako konserwator.

Brązowowłosa dziewczynka znowu przyszła na górkę bez czapki. W tym czasie nie byłam już sama, stała przy mnie spuchnięta mała osoba, w kolorowej bluzce z rysunkiem Kermita i w krótkich dżinsowych spodenkach. To na jej bose stopy patrzyłam, kiedy mijała mnie dziewczynka, ciągnąc za sobą sanki.

– Zmarzniesz – odezwałam się, a brązowowłosa podniosła zdziwiony wzrok.

Józef Barański zjawił się na placu zabaw kilka minut później. Wmieszał się w tłum rodziców, dopingujących swoje dzieci. Obserwowałam go, kiedy z kieszeni szarego płaszcza wyjął niemal puste opakowanie papierosów. Jednego wetknął do ust.

Błysnęła zapalniczka, płomień rozświetlił jego oczy, sprawiając, że przez ułamek sekundy wyglądały na pełne gniewu.

Zapadł zmierzch. Przeszłam przez ulicę i skierowałam się w stronę niskiego, klockowatego domu. W kieszeni namacałam berettę, była o wiele cięższa, niż zapamiętałam, ciągnęła mi kurtkę na prawą stronę w dół.

Wiatr wył dzisiaj tak głośno, że skrzypienie furtki utonęło w szumie. Z wycieraczki podniosłam ulotkę reklamową i obróciłam pod światło. Z wnętrza domu dobiegał mnie dźwięk telewizora. Obejrzałam się za siebie. W zasięgu wzroku nie było nikogo.

Bim-bam, rozległ się melodyjny dźwięk w głębi domu. Chwilę później usłyszałam ciężkie kroki, zbliżające się do drzwi.

Czułam, jak na mojej skórze elektryzują się włoski, zacisnęłam dłoń na broni.

– O co chodzi? – Drzwi otworzył Józef Barański w szarym pulowerze, spod którego wystawały rękawy kraciastej koszuli, i w znoszonych spodniach z kantami.

Popatrzyliśmy na siebie. Podałam mu ulotkę reklamową.

– Interesuje pana szkoła tańca?

– Że co? – Mężczyzna chciał z hukiem zamknąć drzwi, ale wsunęłam w nie stopę.

Z kieszeni wyjęłam broń.

– Chyba musi mnie pan wpuścić!

Jego mieszkanie: niewielki, ciasny przedpokój, obrazki z kwiatami na ścianach, drewniane schody biegnące na piętro i niewielki salon po prawej stronie. Rękami trzymałam broń, nie spuszczając mężczyzny z celownika.

– Nie mam nic cennego w domu! – Głos przypominał teraz jękliwy zaśpiew. Z uniesionymi rękami Józef cofał się w głąb salonu, gdzie stał staromodny kredens, a ciężkie zasłony niedokładnie zakrywały okna.

W wywietrzniku wył wiatr, w telewizorze właśnie rozpoczął się serial kryminalny.

– Dam wszystko, co mam! Proszę nie robić mi krzywdy!

W amerykańskim serialu na ekranie właśnie rozgrywała się podobna scena: mężczyzna z bronią w ręku szedł ulicą za młodą kobietą. W mieszkaniu Barańskiego role były odwrócone. Starszy mężczyzna, potykając się, dobrnął do sofy.

– Czemu zrobiłeś to mojemu synowi? – Słowa prześlizgnęły mi się przez usta jak syczący wąż.

Mężczyzna rozpłakał się, rękami zasłonił twarz.

– Czemu to zrobiłeś mojemu synowi?

– Nie wiem, o czym mówisz!… Nic nie zrobiłem! Nie rób mi krzywdy!

– On ma tylko dziesięć lat!

Z bliska włosy na głowie mężczyzny wydały mi się rzadkie, sztywne, rozchylały się, odsłaniając przedziałek, w którym zobaczyłam niewielką bliznę, pewnie jeszcze z czasów dzieciństwa. Przycisnęłam do tego miejsca lufę pistoletu. Mężczyzna szlochał jak dziecko.

– Prowadzę firmę z synem!… Nie wiem, o co chodzi!

– Czemu zrobiłeś to mojemu synowi?

Ciężar pistoletu w dłoni. Magazynek pełen nabojów.

– Zastrzel go – powiedziała mała dziewczynka, wchodząc do pokoju.

Józef rozpaczliwie kręcił głową:

– Nie rób mi krzywdy! Proszę! Proszę!…

– Zastrzel go – powtórzyło dziecko, siadając na sofie.

– Mylisz mnie z kimś!… Nie wiem, o co chodzi! Nic nie zrobiłem…!

Z ciemnych zakamarków nadchodziły teraz inne dzieci: spuchnięte, blade, z krwią we włosach. Niski chłopiec w spodniach na szelkach rozchylił usta, chlustając wodą. Była też nastoletnia dziewczyna, drobna jak małe dziecko, przyszła bez ubrania, jej skóra miała szary odcień, pod oczami gromadziły się cienie, za stopami zostawały mokre ślady. Dziecko ze szronem we włosach zajęło miejsce obok niej, przy każdym oddechu nad ustami chłopca pojawiał się obłoczek pary…

Jedno z dzieci położyło sobie palec na ustach, nakazując ciszę. Drugie zbliżyło usta do mojego ucha i wyszeptało:

– Uważaj!

I nagle czas przyśpieszył.

Poczułam pięść tuż koło ucha, a potem uderzenie drugiej ręki w brzuch.

– Głupia suka! – Usłyszałam wściekły męski głos. – Zaraz pożałujesz…!

Straciłam równowagę, zgięłam się wpół, a Józef poderwał się na nogi. Pistolet wypadł mi z ręki, usłyszałam huk, a chwilę potem pchnęła mnie fala uderzeniowa. Poleciałam na plecy na podłogę, uderzyłam głową o kredens, w ustach poczułam smak krwi.

Kiedy rozchyliłam powieki, mrugając, najwyższa z dziewczynek uniosła bose stopy, chcąc uniknąć kontaktu z krwią.

Z czyją krwią?

Potrzebowałam chwili, żeby zrozumieć, że w pokoju słyszę teraz nie tylko mój głośny oddech, ale też charkot, który dobiegał od strony drzwi. W zasięgu wzroku miałam broń. Zacisnęłam na niej palce, ślizgając się na podłodze, spróbowałam wstać.

– Postrzeliłaś go – zauważyła naga nastolatka.

Jej głos jak echo rozniósł się w mojej głowie.

– Punkt dla ciebie – odezwało się drugie dziecko.

Chwiałam się na nogach, a kiedy pomacałam tył głowy, okazało się, że włosy mam zabrudzone krwią. Krew znajdowała się też na podłodze.

Stanęłam nad Józefem z bronią w ręce, zdyszana jak po biegu. Dłonie swędziały, wyraźnie czułam każdy milimetr blizny. Ogłuszał mnie łomot serca.

Józef próbował przesunąć się w stronę korytarza, usłyszałam plaśnięcie, kiedy poruszył ręką w kałuży krwi. Kolejne plaśnięcie, gdy dołączył drugą dłoń. Kałuża wokół niego rozszerzała się, robiła się też coraz to ciemniejsza…

– Myśl! – nakazał dziecięcy głosik w mojej głowie.

– Myśl, do jasnej cholery! – odezwała się nastolatka, a pozostałe dzieci podniosły na mnie wzrok.

Potarłam czoło. Oczy zachodziły mi mgłą, myśli znowu przypominały mrowisko, w które jakiś idiota wbił patyk.

– Tik-tak, tik-tak… – Chłopiec ze szronem na włosach zaczął kiwać głową w rytm dźwięku zegara.

Odwróciłam się w kierunku sofy.

– Zamknijcie się – poprosiłam bezradnie.

Kula przeszła przez Józefa na wylot. Teraz widziałam ją leżącą na podłodze. Kucnęłam, z trudem łapiąc równowagę, pod palcami poczułam ciepły metal. Schowałam kulę do kieszeni, rozejrzałam się za łuską… po chwili znalazłam. Miałam wrażenie, że wszystko jest nieprawdziwe jak film.

– Drugi punkt dla ciebie. – Nastolatka uśmiechnęła się, odsłaniając krew na zębach. – Ale jeszcze o czymś zapomniałaś!

Obróciłam się w stronę regału. Dziewczynka miała rację. Chusteczką wyjętą z torebki starłam z mebla moją krew.

– I jeszcze o czymś – dodało drugie dziecko. Palcem wskazało przedpokój.

Przekroczyłam ciało Józefa i wspięłam się po schodach na górę.

Pokoje urządziła kobieta – mój wzrok wszędzie napotykał kobiece bibeloty, w wazonach ustawiono sztuczne kwiaty, kapa nakrywająca łóżko w sypialni miała wzór białych róż. Zauważyłam zdjęcie oprawione w ramkę, stojące na nocnej szafce. Zbliżyłam do niego twarz, z bliska popatrzyłam na starszą panią, która w chwili robienia zdjęcia spojrzała w obiektyw i wygięła usta w trochę niepokojącym uśmiechu.

– Wiedziała – stwierdziła nastolatka, wchodząc za mną do sypialni. Wygodnie położyła się na łóżku. – Kobiety nie są tak głupie, jak wmawiają to potem policji.

Uważniej rozejrzałam się po pokoju. Kimkolwiek była kobieta ze zdjęcia, dzisiaj tu już nie mieszka – na łóżku Józefa leżały tylko jedna poduszka i kołdra.

Otwierałam szuflady i szafki, rozgarniałam na boki ubrania, bieliznę, przedmioty codziennego użytku. Odsunęłam łóżko, przejrzałam kartony, które pod nim stały, ale znalazłam tam tylko albumy ze zdjęciami... Powoli wracały emocje. Mój oddech robił się coraz głośniejszy, serce dudniło mi w piersiach. Moją uwagę przykuł niewielki zegarek retro stojący na komodzie. Minęło dwadzieścia minut, od kiedy weszłam do domu Barańskiego.

Kartony wsunęłam z powrotem pod łóżko. Spojrzenie nerwowo biegło po ścianach i meblach. Coś musiałam przeoczyć, czegoś nie wzięłam pod uwagę, coś było nie tak...

Wróciłam na parter domu.

– Gdzie trzymasz pamiątki po dzieciach?! – Z powrotem stanęłam nad Józefem.

Kiedy mnie nie było, zdążył przewrócić się na plecy. Usta miał we krwi, na brzuchu powiększała się ciemna plama, oddychał z wyraźnym trudem. Z jego gardła wydobywało się ciche charczenie. Kiedy się odezwał, potrzebował przerw, co sylabę nabierał oddechu:

– Ja...kie pa...miątki...

– Widziałam cię na placu zabaw!

– Za...wołaj o po...moc...

– Dlaczego przyszedłeś na plac zabaw?!

Gigantyczny wysiłek kosztowało go skupienie na mnie wzroku. Przez chwilę tylko jęczał, starając się zebrać siły na odpowiedź.

– Sy...no...wa... nie pozwala mi wi... widywać wnuka... przy... przychodzę po... patrzeć...

– To nieprawda, sukinsynu!

– Prowadzi firmę z synem, a nie może widywać wnuka? – dobiegł mnie dziecięcy głos z salonu.

Józefa zaczął dusić kaszel.

– Wezwij po... pomoc! – Z trudem próbował się podnieść, ale jego łokcie ślizgały się we krwi. Koszula na przedzie niemal cała już przemokła. Kaszel przybierał na sile. Mężczyzna przycisnął ręce do rany. – Po... pomocy!

– Gdzie są jego zdjęcia? Gdzie masz zdjęcia wnuka?!

Józef nie był w stanie odpowiedzieć. Dławił się krwią. W brzuchu już robiła mi się wielka dziura, już paraliżował mnie strach, już zaczynałam rozumieć, że popełniłam błąd.

Ale to niemożliwe! – Przebiegło mi przez myśl. Jak mogłabym tak się pomylić?! Przecież to by oznaczało, że...

W napięciu patrzyłam, jak Józef nieporadnie próbował podnieść dłoń. Wycelował w stronę salonu. Jego głos był cichy jak wypuszczony oddech:

– T… tam…

Popatrzyłam we wskazanym kierunku. Wstrzymałam oddech.

Na kredensie stała fotografia oprawiona w zieloną ramkę. Z daleka dostrzegłam uśmiechniętą buzię chłopca.

Świat usunął mi się spod nóg, w ostatniej chwili złapałam się poręczy schodów i w końcu usiadłam ciężko na stopniu. Miałam wrażenie, że spadłam w głęboką przepaść. Spadałam bez możliwości zaczepienia, moje ręce ślizgały się po gładkich ścianach, pode mną były kilometry czarnej przestrzeni. Gdzieś tam, we mgle, tkwił mój syn, leżał na łóżku w szpitalu i czekał, aż do niego przyjadę…

Ukryłam twarz w rękach. Co ja zrobiłam? Jak mogłam zrobić coś tak okropnego? Co ja, na Boga, zrobiłam?!

Szloch wstrząsnął moim ciałem, ogarnęła mnie tak wielka bezradność, że mogłabym płakać do końca życia.

W telewizji serial został przerwany reklamami. Duszący kaszel mężczyzny przybierał na sile, oddech stał się płytki i szybki.

– I co, już się poddałaś? – wrócił głos nastoletniej dziewczynki, daleki, jakby przyszedł z podmuchem wiatru. – No tak, pani Poddawalska! Żyletki, wanna i gorąca woda to twoi najlepsi przyjaciele! Trzeba brać nogi za pas, gdy pojawiają się problemy! A myślałam, że stać cię na więcej!

Czułam się zmęczona, tak bardzo zmęczona, że mogłabym położyć się na podłodze koło Józefa i zasnąć. Z trudem rozchyliłam nabrzmiałe powieki. Łzy nie przestawały płynąć. W ręce ciągle ściskałam broń.

– Totalna rezygnacja! – dobiegł mnie głos nastolatki. Podparła się pod boki jak dorosła osoba.

– Czego ode mnie chcesz? – mój głos zabrzmiał płaczliwie. – Postrzeliłam niewinnego człowieka! Trafię do więzienia… mój syn… on ma tylko mnie!

– No, proszę cię! – Zirytowała się dziewczynka, idealnie naśladując mój ton: – Jestem taka biedna! Ktoś ukradł mi w kościele torebkę! Ojejku, chyba wejdę do rzeki! Ojejku, zmarł mi mąż! Jak ja sama wychowam dziecko? Jejku, pedofil dorwał mojego syna, a głupia policjantka mnie nie słucha!…

Zamordowana dwadzieścia sześć lat temu dziewczynka w bluzce z Kermitem wyszła z salonu i pochyliła się do ku mnie. Z bliska wydała mi się mała, maleńka, krucha. Jej rączka okazała się wielkości ręki Joachima, tyle że była zimna jak lód. Z kieszeni mojego płaszcza dziewczynka wyjęła pierścionek z wróżką Disneya w oczku. Powoli, z namysłem wsunęła go na palec. Zbliżyła też usta do mojego ucha i osłoniła je dłonią, jakby chciała powiedzieć mi sekret. Usłyszałam jej szept:

– Ja też myślałam, że jesteś mądrzejsza!

Zmusiłam się, żeby wstać. Poruszałam się jak robot, kołysząc się na boki. Miałam wrażenie, jakbym pokonywała ścianę wody, kiedy wchodziłam z powrotem do salonu. Dzieci ciągle siedziały na sofie, patrzyłam na ich małe, chude ciała. Unosiły stopy, nie chcąc ich moczyć we krwi Józefa.

– Myśl! – Nastolatka popchnęła mnie ze złością. Na łopatce poczułam jej silną dłoń. – Myśl, do jasnej cholery! Nie bądź tak głupia, na jaką wyglądasz!

Złapałam się sofy, czułam, że łzy znowu napływają mi do oczu.

– Jesteś niesprawiedliwa… – zaczęłam, ale w odpowiedzi znowu mnie popchnęła.

– Myśl, do kurwy nędzy!

MAŁGORZATA WARDA

Wpatrzyłam się w sofę, o którą opierałam ręce. Była obita w szary sztywny materiał. Poniżej znajdowała się skrzynia. Pod sofę wciekała krew.

I nagle wszystko stało się jasne.

– Zejdźcie!

Dzieci posłusznie zbiegły na dywan. Podniosłam materac, roztrzęsionymi rękami rozgarnęłam stare płaszcze, znajdujące się w skrzyni. Usta miałam suche jak wiór, powietrze wypuszczałam drobnymi porcjami. Kręciło mi się w głowie: ze zmęczenia, z nerwów, ze strachu. Dziwnie sztywnymi palcami rozgarniałam stare szaliki, kobiece czapki, sylwestrowe sukienki.

I nagle pod palcami poczułam zimny metal.

– Bingo! – Roześmiała się nastolatka za moimi plecami i aż klasnęła w ręce.

– Przybij piątkę! – zawołało drugie dziecko.

Uświadomiłam sobie, że cała drżę. Kucnęłam, starając się ominąć krew. Ze skrzyni wyjęłam niewielkie metalowe pudełko. Było tak małe, że mogłabym go nie zauważyć.

Do pudełka na błyszczącej nitce dołączono miniaturowy klucz.

– Na dnie morza leży klucz, chcesz go zdobyć, to się ucz… – wyrecytowałam, ledwie łapiąc oddech.

Klucz zgrzytnął w zamku.

– Lecz kto sekret ten otworzy, niech sto złotych tutaj włoży…

Podniosłam pokrywę. Na moment zamknęłam oczy, a potem uniosłam powieki, tak jak podnosi się kotarę i na światło dzienne wyjęłam wycinki z gazet. Zaczęłam rozkładać je na sofie: „Znaleziono ciało dziewczynki na wzgórzu za szkołą…". „Uduszone dziecko przy stawie"… „Jedenastoletni chłopiec nie widział napastnika…". W pudełku leżały dziecięcy zegarek z Misiem Uszatkiem, balonowa guma do żucia, ucięty i owinięty kokardą kosmyk jasnych włosów...

Obróciłam się w stronę Józefa. Dzieci kucnęły przy mnie, na ramionach poczułam ich dłonie, na twarzy ciepło oddechów. Poklepywały mnie po plecach, uśmiechały się.

– Ty gnoju! – wyszeptałam. – Ty zasrany zboczeńcu! O mało co, a wezwałabym do ciebie karetkę pogotowia!

– Jak się czujesz?

Joachim musiał się mnie przytrzymać, żeby ustać na nogach. Pomogłam mu założyć bluzę, zapięłam kurtkę i zawiązałam kokardki sznurowadeł w butach.

– Coś ci się stało, mamo? – Syn wsunął palce w moje włosy. – To krew?

– To nic takiego. – Cofnęłam jego rękę. – Uderzyłam się o szafkę. Do jutra się zagoi. Chodź, wracamy do domu!

W samochodzie Joachim zapiął się pasem. W radiu akurat rozpoczęły się wiadomości lokalne: „Nieznany sprawca włamał się wczoraj do domu starszego mężczyzny i postrzelił go z pistoletu. Mężczyzna zmarł w drodze do szpitala. Policja odkryła w jego domu szokujące dowody...".

Przełączyłam radio na inną stację. Poczułam, że usta rozciągają mi się w uśmiechu. Kiedy spojrzałam w lusterko, na tylnej kanapie zobaczyłam dziewczynkę w bluzce z Kermitem. Siedziała zadowolona, otaczając chudymi ramionami kolana. Nareszcie przypominała obrazek z książki o królewnie Śnieżce. Uśmiechnęła się pąsowymi ustami, podczas gdy rzęsy rzucały cienie na jej gładkie blade policzki.

W mieszkaniu Joachim od razu położył się do łóżka. Zamykały mu się oczy, powiedział, że chce się przespać. Starannie nakryłam go kołdrą.

– Mamo?

Byłam już w drzwiach i trzymałam rękę na klamce, kiedy dopadł mnie jego szept.

Mówił niewyraźnie, jakby bał się mojej odpowiedzi.

– Mamo, czy on p... powiedział, dlaczego... mi to zrobił?

Zawahałam się. A potem zawróciłam do jego łóżka. Otuliłam dłońmi twarz syna, z czułością spojrzałam mu w oczy.

– Nie umiał mi tego wytłumaczyć, ale wiesz... – Moje spojrzenie prześlizgnęło się po jego poobijanej twarzy, podczas gdy fantazja podpowiedziała, jak to będzie dalej, gdy strupy się już wygładzą, siniaki znikną, a skóra stanie się piękna i gładka... – Obiecał, że już nigdy więcej tego nie zrobi. I wiesz, skarbie, myślę, że mówił prawdę.

JANUSZ L. WIŚNIEWSKI
Menopauza

JOANNA JODEŁKA
Andropauza

JANUSZ L. WIŚNIEWSKI

Menopauza

Siedział przy tym swoim cholernie starym, cholernie drogim i cholernie drewnianym biurku, wpisywał te swoje łacińskie dyrdymały do mojej karty pacjentki i tak od niechcenia rzucił mi za kotarę, za którą wkładałam rajstopy:
– To była pani ostatnia menstruacja.
Nawet mu głos nie zadrżał.

Czy kobieta w pierwszych godzinach menopauzy może natychmiast popaść w alkoholizm?

Byłam prawie pewna, że może, bo miałam wyraźne symptomy odstawienia, gdy mój plastikowy kubek pozostawał pusty dłużej niż dziesięć minut. W zasadzie chciałam zapytać o to mojego ginekologa, ale on był chyba nawet bardziej pijany niż ja, więc zrezygnowałam. Zresztą, patrzył na mnie tak dziwnie. Jak gdyby chciał mnie rozebrać wzrokiem. Naprawdę. Tak właśnie patrzył. Nawet jeśli nikt dawno nie chciał mnie rozebrać czy to wzrokiem, czy tak naprawdę, to ja ciągle jeszcze pamiętam – mimo że od kilku godzin jestem w menopauzie – jak może patrzyć na kobietę mężczyzna, który chciałby rozebrać ją wzrokiem. Nawet jeśli jest to jej ginekolog. Naprawdę pamiętam.

Patrzyłam na niego, gdy nalewał mi kolejną whisky do przezroczystego plastikowego kubka stojącego na blacie jego dębowego biurka i zastanawiałam się, czy ginekolog – nie tylko ten mój tutaj, ułożony jak cegły na niemieckiej budowie, ale tak generalnie – w swoim gabinecie może patrzeć na kobietę tak, jak gdyby chciał ją rozebrać wzrokiem? Nawet jeśli sto dwadzieścia cztery minuty wcześniej rozebrała się przed nim całkowicie z własnej woli i on wpatrywał się w jej krocze jak biolog przez mikroskop w zupełnie nową bakterię? Czyli *stricte* naukowo? Zresztą i tak podziwiam go za to. Ile może być nowych bakterii na tym świecie?

Zawsze zastanawiałam się, dlaczego kupowałam nową bieliznę przed każdą wizytą u ginekologa.

Opróżniałam swoją skarbonkę – Andrzejowi mówiłam zawsze, że zbieram pieniądze na studyjną wyprawę do Nepalu – szłam do najlepszego sklepu w mieście i przymierzałam te wszystkie bielizny, które wyglądały tak bardzo sexy na modelkach w telewizji. I zawsze było tak samo. Wracałam z nową bielizną i starym przyrzeczeniem, że już nigdy tam nie pójdę.

Bo jakże może być inaczej? Wchodzi się rano, zaraz po otwarciu, do tego sklepu i te panienki wyglądają, jak gdyby wstały o północy, aby tak wyglądać, jak wyglądają. To jest bardzo deprymujące dla normalnych kobiet i zaczyna się mieć negatywne uczucia zaraz przy wejściu. A to dopiero początek. Potem one chodzą za człowiekiem po całym sklepie jak córki za macochą i doradzają zawsze bieliznę o dwa numery za małą, aby się przypodobać, a potem, gdy idzie się do przymierzalni, to przynoszą tę dwa numery za małą razem z tą normalną, o dwa numery większą. Tak na wszelki wypadek, „gdyby pani nie czuła się w tej pierwszej całkiem wygodnie".

I jest się w tej przymierzalni, i już po minucie dostaje się „syndromu ucieczki". To uczucie jest szczególnie intensywne w przymierzalniach „najlepszych sklepów w mieście" (sprawdziłam to w kilku miastach). Oni tam między innymi za moje pieniądze montują te neonowe, kryptonowe lub wypełnione innymi toksycznymi gazami świetlówki, produkujące miliony lub nawet tryliony luksów światła (pamiętam z fizyki, że natężenie światła mierzy się w luksach; już wtedy kojarzyło mi się to z luksusem). Obijają ściany, a czasami nawet sufity, kryształowymi lustrami i każą w takich warunkach zdjąć wszystko z siebie i włożyć te ich luksusowe La Perle lub Aubade w cenie średniej pensji salowej w szpitalach warszawskich. W tych luksach i lustrach widać w szczegółach strukturę małej blizny na ramieniu po szczepieniu przeciwko gruźlicy z dzieciństwa, a co dopiero cellulitis, zmarszczki lub „uzasadnione wiekiem przebarwienia skóry". Te widać w tych warunkach jak powiększoną do formatu A2 lub A1 kserokopię aktu urodzenia. Strasznie wyraźna i wyrazista kserokopia. W tych luksach i przy tych odbiciach w lustrze przypominają się nagle człowiekowi wszystkie telewizyjne reportaże lub artykuły w „Newsweeku" o „niebezpieczeństwach operacji plastycznych" i zaczyna się nagle rozumieć, dlaczego kobiety „w niebezpieczeństwie" podejmują takie ryzyko. I nagle zaczyna się im zazdrościć tej odwagi i samemu chciałoby się wybiec z tej przymierzalni prosto na operację plastyczną, aby wyciąć sobie zmarszczki, szczególnie te najbardziej oporne na najdroższe kremy.

Wychodzi się potem z takiej przymierzalni i czuje się człowiek jak kobieta, która w radiu, przed całą Polską, musiała głośno powiedzieć, ile ma naprawdę lat. Następnie idzie się do kasy, aby dopiero tam – płacąc średnią pensję warszawskiej salowej kasjerce, która wstała o północy, aby tak wyglądać – przyjąć z uśmiechem na ustach prawdziwy cios. I potem, mając swoją godność, wychodzi się ze sklepu jak gdyby nigdy nic. I potem, przynajmniej ja, „jak gdyby nigdy nic" idę do najbliższego miejsca, gdzie można usiąść i gdzie sprzedają alkohol.

Ale tak obiektywnie mówiąc, to ta bielizna na tych anorektycznych modelkach wygląda naprawdę sexy. Tak niezwykle sexy, że Andrzej przerywa czytanie gazety lub swoich finansowych raportów i spogląda na ekran telewizora. A nie spojrzał na ekran telewizora nawet wtedy, gdy Redford tańczył z nią w „Zaklinaczu koni", a ja nie mogłam się opanować i zaczęłam w fotelu łkać na głos i to było słychać. Usłyszał, że płaczę, spojrzał na mnie tym swoim spojrzeniem z serii „co ta baba znowu wymyśla" i wrócił do swoich papierów, nie pytając o nic i nie spoglądając nawet przez milisekundę na ekran telewizora. Ale przy tych modelkach spogląda.

I wtedy, przy tym Redfordzie, było mi przykro. Bo przecież tak naprawdę to ja tę bieliznę kupowałam wcale nie dla mojego ginekologa. Zupełnie nie. I wtedy myślałam, że nienawidzę, nie wiem nawet kogo lub co, za to przemijanie czasu, które rujnuje mi skórę zmarszczkami, za tę cholerną grawitację, która przyciąga moje piersi do ziemi, za ten metabolizm, który odłoży mi tłuszcz, nawet gdybym sałatę popijała wodą mineralną bez gazu, i za to nieuchronne nabywanie mądrości, która każe mi myśleć, że może już być tylko gorzej. I mimo tej mądrości regularnie opróżniam moją skarbonkę z „oszczędności na Nepal", idę skatować swoje ego w przymierzalni i kupuję coraz droższą bieliznę, wmawiając sobie, że u ginekologa wypada rozebrać się z drogiej bielizny, a tak naprawdę licząc, że zdejmie ją ze mnie Andrzej.

Ale Andrzej nie zdejmuje ze mnie nic od siedmiu lat, dziesięciu miesięcy i czternastu dni. Pamiętam to dokładnie, bo „ten ostatni raz" był tej nocy, gdy po raz pierwszy wybrali go do rady nadzorczej w tej jego spółce. Gdy myślę „spółka", to nie mogę nie myśleć o Marcie, mojej przyjaciółce. Aktualnie z Austrii. Kiedyś zupełnie bez powodu zadzwoniła do mnie o północy, pijana, z jakiegoś baru w Wiedniu, i zapytała, przekrzykując muzykę w tle:

– Słuchaj, czy odkąd twój Piotr, nie... on nie jest przecież Piotr... *verdammt*... Andrzej on jest, prawda... ale *egal*... czy odkąd ten twój Andrzej jest w tej jego spółce, to także nie spółkuje? Przynajmniej z tobą? Myślisz, że oni zakładają te spółki, żeby je nieustannie nadzorować? Nawet w nocy, i nie spać z nami tego powodu?

I odłożyła słuchawkę, nie czekając wcale na moją odpowiedź. I pomyśleć, że Marta chciała być zakonnicą, zanim została neurobiologiem. Teraz mieszka w Wiedniu, dokąd uciekła z Montrealu od swojego trzeciego męża za swoim Jürgenem.

Jürgen, syn wydawcy najbardziej poczytnego tygodnika w Austrii, był stypendystą na uniwersytecie w Montrealu i miał tylko trzy lata więcej od jej syna z drugiego małżeństwa. Spotkała go na kursie francuskiego. Przyszła spóźniona. Sala była przepełniona. Jürgen jako jedyny wstał i ustąpił jej miejsca, a sam poszedł szukać krzesła dla siebie. Wrócił bez niczego, bo wszystkie inne sale były zamknięte, i całą godzinę stał pod ścianą, uśmiechając się do niej.

Rozmawiali po angielsku. Oczarował ją nieśmiałością, niebywałą skromnością, dłońmi pianisty i tym, że potrafił godzinami jej słuchać, mimo że miał, jak mało który mężczyzna, wiele do powiedzenia. Chodzili często do włoskiej kawiarni w budynku rektoratu. Po kilku miesiącach poszli któregoś wieczoru na kolację. Tuż po tym, jak zamówili deser, dotknął delikatnie jej dłoni. Nie zaczekali na kelnera. Jürgen zostawił swoją kartę kredytową, wizytówkę i napiwek na stole i wyszli z restauracji. Rozebrała się częściowo już w taksówce, w drodze do jego mieszkania w Quartier Latin na przedmieściach Montrealu. Teraz Marta zna także niemiecki.

Marta po prostu zawsze jest z mężczyzną, „którego kocha". Gdyby zakochała się w Eskimosie, mieszkałaby na Grenlandii. Tego jestem pewna. To ona namawia mnie na ten Nepal, *a conto* którego opróżniam moją skarbonkę.

Andrzej jej nie znosi. Głównie za to, że miała zawsze do powiedzenia przy stole prawie na każdy temat więcej niż on. I na dodatek to mówiła. I to w czterech językach. Tak jak na przykład podczas tej pamiętnej kolacji w trakcie naszego urlopu z szefem Andrzeja z Genewy dwa lata temu.

Pewnego weekendu pojechaliśmy z Genewy do Annecy we Francji. To tylko czterdzieści kilometrów od centrum Genewy. Gdybym kiedykolwiek chciała gdzieś spędzać starość – Boże, co ja gadam, przecież ja już od ponad dwóch godzin spędzam starość – to chciałabym ją spędzać w Annecy. Białe od śniegu szczyty Alpy odbijają się w lustrze kryształowo czystego jeziora. Najlepiej to podziwiać, pijąc beaujolais na tarasie baru w Elmperial Palace. Poza tym w Annecy wydaje się człowiekowi, że wszyscy są zdrowi, bogaci i nigdzie się nie śpieszą.

To właśnie tam Szwajcarzy zaplanowali pożegnalną kolację i to właśnie w tym hotelu, zupełnie przypadkowo, mieszkała Marta, która akurat w Annecy przewodniczyła sesji naukowej w trakcie jakiegoś kongresu. Zeszła do restauracji hotelowej, bo potrzebowała korkociągu, aby otworzyć wino, które chciała „wypić w całości, masturbując się przy Mozarcie w łazience", jak mi powiedziała z typową dla niej rozbrajającą szczerością, gdy zostawiłyśmy mężczyzn przy stole i wyszłyśmy na chwilę razem do toalety. I potem natychmiast tym swoim lubieżnym szeptem zapytała:

– A ty masturbowałaś się już kiedyś przy Mozarcie?

Parę minut wcześniej wzięła korkociąg od barmana, odwróciła się twarzą do sali restauracyjnej i zobaczyła mnie. Wrzasnęła po francusku *merde!* tak głośno, że wszyscy przerwali rozmowy i jedzenie, i gdy w całej restauracji zapadła martwa cisza, Marta podbiegła do stolika, przy którym siedziałam, i zupełnie ignorując wszystkich i wszystko, zaczęła mnie całować jak córkę, której nie widziała dwadzieścia lat. Nie wiem, jak się to dokładnie stało, ale po krótkiej chwili po prostu siedziała z nami przy stole, przekomarzając się z kelnerem przy zamawianiu kolacji.

Oprócz nas, Polaków, przy stole siedzieli także Amerykanie i Niemcy, i oczywiście szwajcarski szef. Młody elegancki mężczyzna. Nigdy nie widziałam u mężczyzny aż tak niebieskich oczu. Homoseksualista. Wcale tego nie ukrywał. Przyszedł na kolację ze swoim przyjacielem.

Po kilku kieliszkach wina Marta opowiadała Niemcom po niemiecku najnowsze dowcipy o Polakach i tłumaczyła szwajcarskiego szefa z francuskiego na angielski. Mimo że szwajcarski szef po Harvardzie zupełnie tego nie potrzebował. Patrzył na nią z podziwem i rozbawiony powtarzał:

– No proszę, *madame*, niech pani im to powie. Właśnie pani, *madame*. Bardzo proszę. Jeszcze nigdy nie widziałem, aby ci Amerykanie wpatrywali się w kogokolwiek z takim podziwem. Czy pani naprawdę musi być tym neurobiologiem?

Andrzej milczał przez cały czas i wyglądał jak obrażony chłopiec, któremu matka przy wszystkich kolegach z przedszkola kazała za karę iść do kąta.

Dlatego Andrzej nie lubi Marty. Poza tym przy każdej okazji komentuje jej prywatne życie, uważając, że Marta „jest po prostu psychicznie chora" i stąd te jej ucieczki od jednych mężczyzn do innych w poszukiwaniu „seksualnej odmiany, która jej się myli z miłością". I dodaje zgryźliwie tonem wyższości mądrość życiową, którą moja teściowa powtarza przy każdej możliwej okazji: „Nieważne, do jakiego łóżka położysz chore ciało, zawsze będzie chore". A ja za każdym razem, gdy on to mówi, myślę, że Marta kładzie swoje ciało do tego łóżka, w którym ktoś jej pragnie, i „chorować" zaczyna dopiero, gdy to łóżko wystyga. I wtedy po prostu wstaje i odchodzi. Nie trwoży jej ani myśl o potępieniu, ani strach przed samotnością. Marta odchodzi od ogniska, w którym nie ma już żaru, i szuka ciepła gdzie indziej. Bo dla Marty nie ma „miłości nie w porę". Nie w porę mogą przyjść czkawka, okres, śmierć lub sąsiadka. Ale nie miłość.

Tak naprawdę Marta nigdy tej miłości nie szukała. Zawsze na nią trafiała, mimo że miała tak mało czasu w swoim dwunastogodzinnym dniu pracy. Może dlatego, że nigdy nie godziła się na bycie dla mężczyzny tylko zwierciadłem. Rzadko wstrzymywała oddech w podziwie, słuchając opowieści, jak to „on zbawi i naprawi świat" swoją mądrością, swoimi pieniędzmi lub swoim talentem. Bo Marta rzadko kiedy miała mniej pieniędzy, mniej talentu, a już prawie nigdy nie miała mniej mądrości.

Poza tym Marta chciała być dla mężczyzny tym właśnie całym światem, który on chciałby zbawić. Powiedziała mi to wszystko zupełnie niedawno. Przyleciała kiedyś z Wiednia ze swoim Jürgenem, aby pokazać mu Gdańsk. Aby, jak mówiła,

„wreszcie zrozumiał polski wątek pisarstwa Grassa, bez którego Günter nigdy nie dostałby tego waszego wyświechtanego literackiego nieobiektywnego Nobla, na którego tak naprawdę zasługują tylko autorzy encyklopedii".

W dwa dni pokazała mu Gdańsk, a w czwartek kazała „zorganizować sobie jakoś weekend", bo ona chce teraz „jeść kolacje i nocować ze swoją najlepszą przyjaciółką, a on tylko by przeszkadzał".

Tak powiedziała!

I zadzwoniła najpierw do Andrzeja do biura z prośbą, aby nie dzwonił do nas do Sopotu, „bo mamy babski weekend", a potem dopiero do mnie.

Siedziałyśmy w piżamach w jednym łóżku w apartamencie w Grand Hotelu w Sopocie, obżerałyśmy się milionami kalorii w lodach, szarlotce i serniku, piłyśmy szampana z butelki, słuchałyśmy Grechuty i oglądałyśmy stare albumy z fotografiami, płacząc ze smutku i śmiechu na przemian. I wtedy Marta opowiedziała mi o tym, jak poznała Jürgena i jak rozbierała się dla niego, podczas gdy on całował jej włosy w taksówce w Montrealu w drodze do jego mieszkania. I dodała:

– Bo kobiety najczęściej wiedzą dokładnie, czego chcą, po pierwszym seksie. Wszystko albo nic. A tak naprawdę to wiedzą to już po pierwszym pocałunku. Prawda?

– Prawda, Marto. Prawda... – powiedziałam i przytuliłam się do niej, i wcale nie myślałam o Andrzeju. I zastanawiałam się, przytulona do Marty, czy ja zmarnowałam swoje życie, nie mając nikogo, o kim mogłabym myśleć w takim momencie. Naprawdę nie miałam nikogo takiego. Bo ja zawsze miałam tylko Andrzeja.

Więc to było tej nocy, gdy Andrzeja wybrali do rady nadzorczej i on zadzwonił przed czwartą nad ranem, prosząc, aby odebrać go z Jachranki, gdzie mieli obrady. Na bawełnianą koszulę nocną włożyłam płaszcz i pojechałam.

Andrzej był podniecony. Znam to u niego. Każdy sukces wywołuje w nim rodzaj seksualnej ekscytacji. Najlepszy seks mieliśmy ostatnio – cokolwiek znaczy tutaj „najlepszy" – gdy albo dostał awans, albo zamknął bilans „z centralą w Genewie", albo przenieśli go w biurowcu na wyższe piętro lub gdy indeks giełdowy ich firmy podniósł się „o minimum dwanaście punktów niezależnie od notowanej wartości WIG". Gdybym z jakiegoś powodu chciała odtworzyć swoje życie seksualne z ostatnich lat, potrzebowałabym tylko archiwum notowań dynamiki WIG warszawskiej giełdy oraz CV mojego męża. Im wyższe stanowisko lub wyższy indeks giełdowy WIG, tym lepsza erekcja u mojego męża.

Ale tamtej nocy, gdy wybrali go do rady nadzorczej, Andrzej był podniecony inaczej. Zabraliśmy do samochodu także jego prezesa. Wulgarny mężczyzna, przypominający z wyglądu hipopotama w za ciasnym garniturze. Opluwający siebie i wszystkich w promieniu metra przy każdym wybuchu śmiechu. A śmiał się bez powodu i nieustannie. Ale był prezesem.

Prosił, aby go – po czwartej rano – wysadzić przy Saskim, mimo że na Mokotowie miał willę wypełnioną żoną, trzema córkami i synem. Gdy tylko prezes nas opuścił, Andrzej przesiadł się na fotel pasażera obok mnie. Ruszyliśmy i zatrzymaliśmy się zaraz na światłach. Wtedy Andrzej bez najmniejszego nawet gestu czułości lub jednego słowa wsunął mi rękę między nogi. Nie miałam majtek pod tą bawełnianą koszulką nocną, siedziałam z rozłożonymi udami, aby móc dosięgnąć stopami pedałów gazu i sprzęgła w tym jego ogromnym służbowym mercedesie, więc bez trudu wepchnął we mnie swój palec. Zupełnie nie spodziewałam się tego. To było gorsze niż defloracja! Przy defloracji, nawet jeśli boli, to wie się dokładnie, że to nastąpi i przeważnie się tego chce.

Krzyknęłam. On myślał, że z rozkoszy. A to było z bólu. Chwycił za kierownicę i zjechaliśmy na oświetlone podwórze jakiegoś banku. I wtedy, siedem lat, dziesięć miesięcy i czternaście dni temu zdarł ze mnie płaszcz, wyrywając wszystkie guziki i próbował podnieść koszulę nocną. I mówił przy tym strasznie wulgarne słowa. Jak w jakimś okropnym pornograficznym filmie. Zionął wódką, śmierdział potem i mówił, że mnie za chwilę „zerżnie tak, że zapamiętam do końca życia". I to o „zerżnięciu" było z tego, co mamrotał, najbardziej delikatne. Więc dokładnie pamiętam, kiedy ostatni raz mój mąż mnie rozebrał. I bardzo chciałabym to kiedyś zapomnieć.

Zastanawiałam się nad tym wszystkim, gdy mój doktor nauk medycznych, specjalność ginekologia, po studiach doktoranckich w Heidelbergu, podszedł do przeszklonej szafy przy ścianie, na której wisiały wszystkie jego oprawione w rzeźbione ramy dyplomy, odsunął kartoniki z lekarstwami i tymi okropnymi reklamówkami spiral domacicznych i wyciągnął kolejną butelkę.

– Remy martin – powiedział z dumą w głosie, uśmiechając się przewrotnie.

Opuścił na nos te swoje okulary w złotych oprawkach (zawsze przypomina mi w nich niemieckiego lekarza z filmów o obozach koncentracyjnych), przeszedł do fotela, na którym przed chwilą „oglądał moje bakterie", przycisnął guzik i podsunął butelkę pod halogenową lampę przypominającą reflektor.

– Świetny ciemnozłocisty kolor. To ostatnia tej klasy. To jest VSOP, ona ma piętnaście lat, a u mnie w szafie leżała sześć, więc ma ponad dwadzieścia jeden lat. Boże, jak ten czas leci... – westchnął.

Rzeczywiście. To było tak niedawno. W roku, kiedy on dostał tę butelkę, rodziłam Macieja. Jakby to było w zeszłym tygodniu. Nigdy potem Andrzej mnie tak nie kochał jak wtedy, gdy miałam mu urodzić Macieja. I było tak cudownie między nami. Tak uroczyście i we wszystkim była erotyka. Kładł mi rękę na policzku w bibliotece uniwersyteckiej i to było lepsze niż większość orgazmów, które miałam w ostatnim czasie.

To było tak dawno.

Wrócił kiedyś w marcu nocą z instytutu. Zapalił wszystkie światła w całym mieszkaniu, włączył Pink Floydów i wyciągnął mnie z łóżka, prosząc do tańca. O drugiej nad ranem. I potem, gdy tańczyłam z nim, śpiąc na jego ramieniu, wyszeptał mi do ucha, że dostał stypendium w Stanach i że „Maciej urodzi się nad Pacyfikiem". Nie pytał mnie nawet, czy może wolałabym mieć córeczkę albo chociaż o to, czy chcę, aby nasz syn miał na imię Maciej. Nie pytał także o to, czy może ja chciałabym, aby urodził się tutaj, w Krakowie, gdzie jest moja mama, Marta i pielęgniarki mówią po polsku. Nie pytał o nic, tylko tańczył ze mną i mnie informował. Szeptał mi swoje decyzje do ucha, a ja przytulona do niego w tym tańcu, ciągle w półśnie, myślałam, że mam najlepszego męża pod słońcem i że przecież mało kto może urodzić dziecko nad Pacyfikiem, zamiast w tej biedzie tutaj, gdzie nie ma nawet strzykawek w szpitalach. I ja wtedy, jako jego kobieta, odbijałam go w tym magicznym lustrze zwielokrotnionego i robiłam się sama jeszcze mniejsza. I on mnie taką małą widzi także dzisiaj.

Wywiózł mnie w piątym miesiącu ciąży z Polski do San Diego na końcu świata. Dalej są tylko Hawaje i Galapagos. Kazał włożyć szeroki płaszcz, aby na lotnisku ci z imigracyjnego nie zauważyli, że jestem w ciąży, bo on w podaniu o wizę skłamał, pisząc, że nie jestem. W San Diego był upał, bo tam prawie zawsze jest upał, a ja, wystraszona, jak gdybym w swojej macicy pod zimowym płaszczem szmuglowała dwa kilogramy kokainy, a nie Macieja, podawałam swój paszport grubej kobiecie w mundurze z pistoletem i odznaką szeryfa.

Po czterech miesiącach urodziłam. W klinice na przedmieściach San Diego. W La Jolla. Zachodnie skrzydło kliniki miało w pokojach pacjentów balkony z widokiem na Pacyfik. Ale tylko dla pacjentów z ubezpieczeniem Blue Cross. Andrzejowi udało się zebrać pieniądze ledwie na Red Cross. Na wschodnie skrzydło. Z widokiem na pralnię i prosektorium.

Nigdy nie płakałam tak często jak wtedy, w ciągu tych czterech miesięcy w San Diego. Zostawiona sama sobie w mieszkaniu, w którym czternaście razy była policja, bo wychodząc na podwórze, regularnie zapominałam odbezpieczyć alarm, czekałam nieustannie na Andrzeja, który wychodził rano i wracał przed północą. Byłam tak samotna, że czułam, iż robię się w środku jak wściekły wysuszony kaktus, który może zranić moją nienarodzoną córkę. Bo na początku w tajemnicy przed Andrzejem pragnęłam córki. Potem, tuż przed urodzeniem, z chęci zemsty pragnęłam, aby to na pewno była córka. Zemsty za tę samotność, podczas której miałam wrażenie, że dzielę cały smutek świata z telewizorem, włączanym zaraz po przebudzeniu. To nic, że nie znałam angielskiego.

To także nic, że on „pracował dla nas trojga", to nic, że „robił doktorat i światową naukę", a po godzinach nosił reklamówki od drzwi do drzwi, aby zebrać pieniądze na Red Cross. To cholerne, gówniane nic. Miał być chociaż trochę ze mną, a nie ze „światową nauką". Miał dotykać mego brzucha i słuchać, czy kopie, miał martwić się moimi plamieniami, biegać do apteki po podpaski, miał chodzić ze mną po sklepach i wybierać niebieskie kaftaniki i te mikroskopijne niemowlęce białe buciki, które wzruszały mnie do łez, miał trzymać mnie za rękę, gdy tęskniłam do bólu za domem w Krakowie i chociaż raz być w domu, gdy ta policja przyjeżdża, jak Kojak, na sygnale, z bronią gotową do strzału, bo zapomniałam odbezpieczyć alarm, idąc na podwórko, wywiesić jego wyprane koszule, majtki i skarpetki.

A potem urodziłam blisko pralni i Pacyfiku Maciusia. I zniknął gdzieś, rozpłynął się we mnie wysuszony kaktus, i nie włączałam już telewizora zaraz po przebudzeniu.

Boże, to już dwadzieścia jeden lat. Jak ten czas leci…

VSOP sprzed dwudziestu jeden lat! Boże, tego nie można mieszać z marnym danielsem, którym upijaliśmy się w pierwszych dwóch godzinach mojej menopauzy. To czuł także mój ginekolog. Wstał od biurka i wyciągnął nowe plastikowe kubki z szafki stojącej przy fotelu. No tak! To są z pewnością te same kubki, które jego asystentka daje kobietom ze skierowaniem do analizy moczu. Ponaddwudziestojednoletni remy martin za minimum sto dolarów w kubkach jako dodatek do skierowania do urologa! Czy on mnie naprawdę aż tak wyróżnia? Czy on naprawdę nie pił z nikim nigdy wcześniej w swoim gabinecie?!

Usiadł naprzeciwko mnie, rozwiązał krawat, rozpiął guzik koszuli i zdjął swój biały kitel z wyhaftowanymi zieloną nicią inicjałami. Nagle, bez kitla, wyglądał zupełnie inaczej. Zupełnie nie jak lekarz. Raczej jak mężczyzna.

Nie przepadam za lekarzami. Są tacy jednowymiarowi z tym swoim ortodoksyjnym samouwielbieniem i podziwem dla tego, co robią. Zrobili te swoje magisteria z medycyny, a każą do siebie mówić per doktor. Normalny człowiek musi zasłużyć na to doktoratem. Po dziesięciu minutach rozmowy o czymkolwiek innym zawsze tylnymi drzwiami wrócą do medycyny. Ma się przy nich nieustanne wrażenie – nawet jeśli są chirurgami szczękowymi – że żyją na ziemi z jakąś ważną misją, podczas gdy tacy na przykład adwokaci, listonosze lub kasjerki po prostu zarabiają na spłacanie kredytów.

W zasadzie o moim ginekologu nie miałam jeszcze prawa tak myśleć. Nigdy nie rozmawiałam z nim dłużej niż dziesięć minut i zawsze o medycynie. Jak się kiedyś przypadkowo okazało, był dobrym kolegą, a przez pewien czas – jak opisał to Andrzej – „nawet istotnym przyjacielem" (czy mogą być nieistotni przyjaciele?!) mojego męża. Było mi z tą wiedzą trochę trudno na początku. To nie jest miłe uczucie mieć kartę pacjenta i rozkładać nogi przed „istotnym przyjacielem" męża, aby potem radzić się go w sprawie na przykład upławów, wiedząc, że można go lada dzień spotkać na imieninach przyjaciółki lub na koleżeńskim brydżu w swoim mieszkaniu. Ale nic takiego się nie stało. Jedynym miejscem, gdzie spotkałam mojego ginekologa poza jego gabinetem, była kostnica.

Zginął w Himalajach dobry kolega Andrzeja ze studiów. Pisały o tym gazety w całej Polsce. Pojechaliśmy na pogrzeb do Nowego Targu. W kostnicy przy małym kościółku z cmentarzem, z którego widać Tatry w słoneczny dzień, młoda kobieta w czerni klęczała przy trumnie, od momentu gdy weszliśmy. Potem otworzyły się skrzypiące drzwi kostnicy i wszedł mój ginekolog. Podszedł do zmarłego, ucałował go i ukląkł przy tej kobiecie. I modlił się. I płakał. I znowu modlił. I gdy następnym razem przyszłam do jego gabinetu, to tylko po receptę na tabletki. Chciałam go spotkać i być przez chwilę z nim w tym pokoju, aby przekonać się, czy ciągle potrafię, po tym przeżyciu w kostnicy w Nowym Targu, rozebrać się przed nim i usiąść na tym fotelu. Uśmiechnął się tak samo sztucznie jak te panienki z przymierzalni. Był znowu lekarzem.

Mogłam.

Poziom koniaku w butelce sprzed dwudziestu jeden lat zbliżał się do tego miejsca w dole etykiety, w którym firma Remy Martin zdecydowała się wydrukować swoje dumne pięć gwiazdek. Robiło się późno. Podniosłam kubek do ust, wypiłam i nie wiem, dlaczego nagle zapytałam:

– Czy pana żona ma zmarszczki?

Chociaż tak naprawdę chciałam zapytać, czy jego żona ma już także menopauzę.

Spojrzał na mnie z takim bólem w oczach, jak gdybym wbiła mu nóż w policzek.

– Zmarszczki...?

Odsunął powoli swój dębowy fotel od biurka. Wstał. Podniósł do ust swój plastikowy kubek i wypił łapczywie.

– Zmarszczki... Zmarszczki ma, proszę pani, nawet wszechświat. Fale grawitacyjne marszczą wszechświat tak samo, jak spadająca z nieba kropla deszczu marszczy kałużę lub jezioro. Tylko że to jest bardzo trudno zarejestrować. Te fale grawitacyjne. Ale one tam są, z pewnością. To przewidział i obliczył Einstein. Mówiła mi o tym moja żona. I pokazywała jego publikacje z dwoma błędami. Wiadomo, że one tam są. I wszyscy się z tym zgadzają, i wszyscy chcą je jako pierwsi wykryć, zarejestrować, opisać, dostać za to Nobla i znaleźć się w encyklopediach... I moja żona także tego chciała... Ona te fale czasami czuła w sobie. Opowiadała mi o tym. Najpierw włączała swojego ulubionego Gershwina, potem pisała jakieś równanie matematyczne na pół strony i tłumaczyła, iż z niego wynika, że te fale z pewnością są i że ona czuje je jak wewnętrzne delikatne wibracje. I podniecona, z kieliszkiem wina w dłoni przekonywała mnie, że odkrywanie tych fal to prawie podglądanie Boga przy tworzeniu świata i że to jest fascynujące i piękne. I gdy ona o tym mówiła, to... to było fascynujące i piękne. I zawsze będzie... Boże, jaka ona była piękna, gdy była czymś zachwycona... Ze swoim profesorem z uniwersytetu, który znał tego amerykańskiego noblistę Taylora, załatwili po dwóch latach zabiegów dostęp – na trzy miesiące – do największego obserwatorium fal grawitacyjnych w Livingston w Luizjanie. Byli pierwszymi Polakami, którym pozwolono prowadzić badania w tym laboratorium. Polecieli w Niedzielę Wielkanocną. Na lotnisku cieszyła się jak dziecko, które stoi blisko wejścia w kolejce do Disneylandu. „A gdy wrócę już z tymi falami, to zaraz urodzę ci syna..." – powiedziała uśmiechnięta i rozpromieniona, całując mnie na pożegnanie. Ale nie wróciła. Tak samo jak później z Himalajów nie wrócił jej brat. Wylądowali w Nowym Orleanie, gdzie razem z czterema Francuzami z uniwersytetu w Bordeaux mieli przesiąść się do cesny i przelecieć do Baton Rouge, a stamtąd autobusem wysłanym przez obserwatorium przejechać do Livingston. Cesna spadła do jeziora Ponchartrain w pięć minut po starcie.

Zdjął okulary, przełożył je z ręki do ręki.

– Gdy myślę o mojej żonie i jej bracie, który wspinał się do nieba, to czasami wydaje mi się, że Bóg pogroził im palcem za tę ciekawość. A jak Bóg grozi palcem, to ludzie czasami umierają. Ale ona przecież nie chciała wykraść mu żadnej tajemnicy. I ja – wrócił do biurka, nalał sobie do pełna, rozlewając parę kropel na dokumenty leżące przy butelce, wypił łapczywie i z butelką w ręku odszedł pod okno gabinetu, i odwrócił się plecami do mnie – proszę pani chciałbym, aby moja żona mogła mieć wszystkie możliwe zmarszczki i abym mógł je chociaż raz zobaczyć. Nawet pani nie wyobraża sobie, jak piękną kobietą była moja żona.

Wrócił do biurka. Wytarł ukradkiem łzy i nałożył powoli okulary.

– Bo czas jest, proszę pani, jak grawitacja, która marszczy wszechświat, albo jak spadająca kropla deszczu, która marszczy kałużę lub jezioro. Tylko że niektórzy odchodzą, zanim ta kropla spadnie.

Wróciłam wczoraj od mojego ginekologa zapłakana i pijana. Taksówkarz pytał, czy na pewno „nie odprowadzić pani pod same drzwi?". Zebrałam wszystkie siły i wymamrotałam: – Na pewno nie!

Podałam mu portmonetkę, aby wziął sobie za kurs. Myślałam, że tak będzie lepiej.

Mój samochód został na tym parkingu na godziny. W zasadzie chciałam wrócić autem. Ale tak wyszło. To nie pasuje do mnie. „Bo ty jesteś przecież tak cholernie zorganizowana" – mówi Andrzej.

Wczoraj upiliśmy się z moim ginekologiem. Mało kto upija się przy spowiedzi. Wszyscy myślą o pokucie. Ale ja upiłam się, bo myślałam głównie o grzechach. I potem on opowiedział mi o swojej żonie i płakał, i potem ja płakałam. I na dodatek mam menopauzę.

I dzisiaj jest jakoś inaczej. Nie poszłam do pracy. Zadzwoniłam, że się źle czuję. Nawet nie kłamałam. Bo czuję się dzisiaj jak wyciągnięta spod gruzów po trzęsieniu ziemi.

To wszystko przez tego lekarza i tę fotografię, którą przypadkowo znalazłam w kasetce. Andrzej i ja z nowo narodzonym Maćkiem na rękach. Czułość w formacie 7×11. Byliśmy tam we trójkę, ale tak naprawdę to tam ciągle byliśmy we dwoje. Już dawno nie jesteśmy. Całą wieczność już nie. Jakoś to się rozproszyło. Przy zdobywaniu pieniędzy, przy podwyższaniu standardu, przy zapewnianiu sobie starości. Spokojny dom odpowiedzialnych rodziców. Gdy Maciek zrobił maturę i wyjeżdżał na studia do Warszawy, uśmiechnął się do nas i powiedział: „No to macie teraz chatę wolną!".

Mamy.

Wolną, pustą, ogromną i zimną jak igloo.

Nie ma już tutaj śmiechu, hałasu, radości. Myślałam, że to należy do rodziny, a okazało się, że należało tylko do Maćka. Nie mamy nawet wiele słów, gdy Andrzej wróci z biura. I wtedy, gdy już jest wieczorem ze mną w tym pustym mieszkaniu bez hałasu, to... to wtedy... wtedy tęsknię za nim najbardziej.

Andrzej...

On nazywa to – ten czas, który jest za nami – spełnionym życiem. Dom pod lasem, syn na najlepszym uniwersytecie, murowany dom na lato na plaży. Po spełnionym życiu nie ma się już oczekiwań.

Ale ja mam!

Chciałabym pojechać z nim znowu do Paryża, a w niedzielę rano jeść z nim croissanty w łóżku i śmiać się z byle czego. Ale on miał już przecież spełnione życie i przeszkadzają mu okruchy w pościeli.

Nie!

Starość to nie tylko zmarszczki.

Pokazałam mu dzisiaj wieczorem to zdjęcie.

– Piękna rodzina – powiedział.

– Piękna para – powiedziałam i wzięłam jego twarz w moje dłonie i pocałowałam go delikatnie w koniuszek nosa. Wydaje mi się, że zrobił się czerwony.

Wczoraj dowiedziałam się, że to wcale nie zaburzenie, ale że ten okres przed sześcioma tygodniami to był mój ostatni.

Nawet nie zadrżał mu przy tym głos. Ani przez milisekundę. Siedział przy tym swoim cholernie starym, cholernie drogim i cholernie drewnianym biurku, pisał te swoje łacińskie dyrdymały na mojej karcie pacjentki i tak od niechcenia rzucił mi za kotarę, za którą wkładałam rajstopy:

– To była pani ostatnia menstruacja.

Nawet mu nie zadrżał głos.

Zastygłam jak te postaci w filmach, gdy naciśnie się przycisk „pauza" w odtwarzaczu wideo. Nie mogłam się poruszyć.

Jak to? To już?

Tak bez fanfar, banalnie i bez ostrzeżenia przestałam być w wieku rozrodczym?

A przecież tak niedawno w domu dziadków zaciągnęłam moją siostrę na strych pełen pajęczyn i z dumą i w największej tajemnicy powiedziałam jej: „Dzisiaj dostałam... no wiesz!".

Przecież to tak niedawno...

„Spełnione życie".

Może Andrzej ma rację.

A może mój ginekolog.

„Bo czas jest, proszę pani, jak grawitacja albo jak spadająca kropla deszczu, która marszczy kałużę lub jezioro".

Po południu pojadę po samochód na parking.

Jeśli się znowu nie upiję.

Andropauza

– Cholernie stare? Cholernie drogie? Cholernie drewniane biurko...? Gdzie on jest? U ginekologa? Czy notariusza? Co on tu wypisuje?! To nie tak...

Bohaterka, postać, kobieta po pięćdziesiątce – kimkolwiek była, westchnęła głęboko, głośno i dosadnie. Chciała, by pisarz odwrócił głowę i spojrzał w jej kierunku, ale ten zaczął przebierać palcami po klawiaturze i nie zwracał na nią uwagi. Patrzył tylko na kolejne słowa, które układając się w zdania, zaczęły pojawiać się na ekranie komputera. A gdy napisał:

– To była pani ostatnia menstruacja... – z zadowoleniem strzelił palcem wskazującym w kropkę. I nawet nie zadrżała mu ręka.

Bohaterka, postać, kobieta po pięćdziesiątce postała jeszcze chwilę za jego plecami, po czym ostentacyjnie odeszła od biurka. Krążyła po pokoju powoli i z godnością, na jaką pozwalało chodzenie w samej bieliźnie i rajstopach. Wte i wewte, od czasu do czasu zerkając kątem oka na pisarza. Bez efektu. W końcu znudzona spojrzała na stojący w kącie stary fotel. Brązowa, dobrze wyprawiona skóra, wysokie oparcie, duże siedzisko… Usiadła.

Cóż… kiedyś pewnie był wygodny i nowy – pomyślała, gdy zapadając się w fotelu, poczuła wpijające się w pośladki sprężyny. A teraz… Zwiotczała, zużyta, wysiedziana gąbka… – burknęła pod nosem, gładząc palcami przetarte podłokietniki. Miejscami były kompletnie łyse, zaczęła więc zdrapywać paznokciem resztki odłażącej z tapicerki skóry. Łatwo się wykruszała.

– Mówiłaś coś? – zapytał pisarz.

– Nie – odparła, wzruszając ramionami bohaterka, postać, kobieta po pięćdziesiątce. Co mam ci powiedzieć? – pomyślała, patrząc, jak wstaje i zadowolonym z siebie krokiem idzie do kuchni. – Że mógłbyś choć w Google zajrzeć… i dopisać: „To była pani ostatnia menstruacja… ta rok temu…”, że inaczej nie da się tego określić. Że to proces… No, chyba że ten ginekolog jest uosobieniem Boga. Jeśli tak… to taka dokładność nie stanowi dla niego żadnego problemu…

– Zobaczymy, co z tego wyjdzie – mruknęła, patrząc, jak wraca z kuchni z butelką koniaku i plastikowymi kubeczkami.

– Szklanki ci się skończyły – prychnęła, zakładając nogę na nogę.

– Nie, zmywarka się popsuła… – odparł pisarz. – Jutro ma ktoś do niej przyjść… Napijesz się?

– Czemu nie. Przecież jestem zdruzgotana – odpowiedziała, opierając łokieć na fotelu, a brodę na dłoni. – Większość twoich kobiet topi żale w alkoholu… – westchnęła. – Ciekawe dlaczego? – dodała już pod nosem, patrząc, jak pisarz w skupieniu wypełnia po brzegi przezroczyste kubki.

– Pożyczył je od dentysty? – zapytała, gdy podszedł i podał jej jeden z nich.

– Co? – zdziwił się pisarz.

– Kubki – odparła, pijąc i oblizując usta.

– Jakie kubki?

– No te – wskazała palcem. – U dentysty stoją wszędzie… a u ginekologa nie widziałam. Tyle zdążyłam już przeczytać. Ma 21-letni alkohol, stare, drogie biurko… A nie ma kieliszków?

– To szczegóły – pisarz jęknął znudzonym głosem i kolejny raz wziął głęboki łyk, odstawiając kubek na biurko. – Nie ma kieliszków, bo na co dzień nie pije.

– A teraz raptem zaczął? Z powodu menopauzy swojej pacjentki? – pytała kpiącym uśmiechem na ustach. – Czy wszystkie tak częstuje?

– Znają się! – wrzasnął pisarz i usiadł przed komputerem, ostentacyjnie wpatrując się w ekran. – To nieważne. Nie o nim to opowiadanie – powiedział, czytając od początku to, co napisał.

– I dlatego że to nieważne… – zaczęła bohaterka, postać, kobieta po pięćdziesiątce, wstając z kubkiem w ręku – …siedzę tu przez cały czas bieliźnie, jak to nazywasz – La Perli model Oriental Suite w kolorze burgunda, z szyfonowymi wstawkami przez które widać mi sutki… – kontynuowała, podchodząc do biurka i biorąc kolorową gazetę. – Przecież to ta – oświadczyła, pokazując palcem stronę, na której piękna modelka prężyła biust w reklamie.

– Poczekaj – pisarz spojrzał na nią z wściekłością. – Zaraz opiszę, jak bardzo krępuje cię jej kupowanie…

– Skrępowana to się czuję, paradując w tych rajstopach… – przerwała mu, spoglądając na swoje nogi i brzuch obleczone w obciskające ciało kiepskiej jakości nylony – tym mnie chciałeś upokorzyć – dodała, chwytając w palce fałd skóry.

– Masz już swoje lata – skrzywił się pisarz. – Idziesz do ginekologa. Przecież nie będziesz nosić pończoch...

– Tygodniami, niby, przygotowuję się na tę wizytę! W stresie mierzę tę bieliznę... Wydaję majątek. Czekam, żeby się przed kimś rozebrać... Po czym nakładam dwie prezerwatywy na nogi, i naciągam je tak, żeby tych majtek nie było widać – prawie krzyknęła, nachylając się nad jego uchem.

– Uspokój się – powiedział pisarz. Odsunął się z krzesłem na bezpieczną odległość i wychylił porządny haust z kubeczka. – Starzejesz się. Twoje ciało też. Wstydzisz się tego i swoich lat – kontynuował. – Tych zmarszczek. Obwisłych piersi... fałd tłuszczu, których nie możesz już się pozbyć... Tego, że twój mąż już na ciebie nie patrzy... – Nalać ci? – przerwał na chwilę, patrząc z satysfakcją jak bohaterka, postać, kobieta po pięćdziesiątce ze zmarszczonym czołem zerka na w swój dekolt i rękami maca brzuch.

– Poproszę – skinęła głową, wyciągając dłoń z kubeczkiem.

– Dlatego kupujesz coraz droższą bieliznę... i idziesz katować swoje ego do przymierzalni – dodał pisarz. Po czym wziął ołówek, leżącą przy klawiaturze kartkę i zapisał dokładnie to, co przed chwilą powiedział. Bohaterka, postać, kobieta po pięćdziesiątce odstawiła kubek i podeszła do lustra wiszącego w przedpokoju. Pisarz odchylił się na krześle, splótł ręce na piersiach i patrzył na nią, jak ogląda swoje ciało, następnie chwyta w dłonie piersi i unosi je wysoko, a potem puszcza.

– Opadają. Grawitacja – powiedział tryumfalnie pisarz. Kiwając głową z zadowoleniem, chwycił plastikowy kubek i uniósł go do góry. – Na zdrowie.

– Dobra – odpowiedziała mu, wracając do pokoju. – Udało ci się mnie zasmucić. Tak chcesz mnie widzieć... Tak właśnie? – zapytała, po chwili biorąc swój kubek. Po czym odsunęła plik leżących na biurku papierów i usiadła na blacie, zakładając nogę na nogę. – To powiedz mi... Dlaczego ten ginekolog rozbiera mnie wzrokiem? – patrzyła ironicznie, przechylając swoje ciało w kierunku siedzącego naprzeciwko pisarza. – Właściwie to wcale mnie nie ubrał... Przecież siedzę tu prawie naga, ciągle w tej bieliźnie i w tych rajstopach – fuknęła... Ale zapomnijmy już o tym... Przyznaj się, zawsze cię to interesowało?

– Co? – zapytał pisarz.

– Czy taki ginekolog podnieca się jeszcze na widok gołej cipki? – nie czekając na odpowiedź, bohaterka, postać, kobieta po pięćdziesiątce przekręciła ekran komputera, tak by móc z niego czytać... – Skoro przed chwilą... „wpatrywał się w jej krocze jak biolog przez mikroskop w zupełnie nową bakterię..." – doczytała i patrząc mu prosto w oczy, odwróciła ekran.

Pisarz spuścił wzrok i podrapał się po siwej głowie.

– Na zdrowie... – zaproponowała bohaterka, postać, kobieta po pięćdziesiątce, po czym jednym haustem wypiła zawartość swojego kubka. – Każdego to ciekawi – roześmiała się i wzięła butelkę, rozlewając równą porcję do dwóch kubków. – Nie wiesz, co powiedzieć, więc ja ci coś powiem – oświadczyła, nim ten zdążył otworzyć usta.

– Jeśli kobieta kupuje drogą bieliznę to po to, by jej użyć. Nie od razu, nie byle kiedy, ale dokładnie wtedy, gdy spodziewa się jej użyć. Nie rozumiesz? – Pisarz odwrócił głowę, tak jakby nie zamierzał jej słuchać. Nie zraziło jej to. – Wytłumaczę ci. To tak, jakbyś miał broń. Jeśli trzymasz ją w domu, to po to, by mieć ją w zanadrzu, gdy ktoś do ciebie przyjdzie... Ale jeśli nosisz ją przy sobie, w kieszeni marynarki, wychodząc na miasto... – mówiła bohaterka, postać, kobieta po pięćdziesiątce, gładząc koronkowe ramiączko biustonosza. – To tylko czekasz na okazję... Rozglądasz się... uważnie... dookoła siebie...

– Ty nic nie rozumiesz! – przerwał jej nagle pisarz i wstał od biurka. – Jej... To znaczy tobie, nie o to chodzi... Ty nie wiesz, jaka ona... – To znaczy ty jesteś! – dodał, odwracając się plecami.

– O co jej chodzi, to ja wiem! – krzyknęła i zeskoczyła z biurka. – Już mi to z grubsza nakreśliłeś. Starzejąca się baba, z którą od wielu lat nie kocha się mąż. Z korporacyjnych powodów potraktował ją jak dziwkę i od tamtej pory ustało ich współżycie – oświadczyła. – Ma koleżankę, która pieprzy się, z kim chce i jak chce... więc ona, to znaczy ja, jej tego zazdroszczę... I ona-ja analizuje swoje smętne życie u ginekologa...

– Idę się odlać! – burknął pisarz, trzaskając drzwiami do łazienki.

– Ty mi lepiej powiedz, o co chodzi temu ginekologowi? – zapytała bohaterka, postać, kobieta po pięćdziesiątce, stojąc oparta o brzeg wanny. – Pisarz zerknął tylko na nią z ukosa. – Bo z tego, co zrozumiałam – kontynuowała, obserwując, jak mocuje się ze skórzanym paskiem spodni – to „istotny przyjaciel" jej męża, tak to ująłeś, więc znają się. Ten mąż nie patrzy na jej pochwę, a ten ginekolog tak... – oświadczyła, poprawiając kosmyk włosów w lustrze. – To mi się najbardziej podoba w tej historii – dodała, patrząc na odbicie pisarza rozpinającego rozporek.

– Dla mnie to nie jest najważniejsze w tym opowiadaniu – odburknął, mocując się z suwakiem.

– Jak to?! – oburzyła się i stanęła obok niego. – Kobieta idzie do mężczyzny... ginekologa, którego zna. To już wystarczająco dziwne. Co więcej, stroi się dla niego. Rozkłada przed nim nogi, a on ją potem rozbiera wzrokiem... Upijają się... I co?

– I nic – mruknął pisarz, który trzymał członek w palcach i w skupieniu czekał na pierwsze krople moczu.

– Ciekawe dlaczego? – zastanawiała się bohaterka, postać, kobieta po pięćdziesiątce. – Wcześniej, gdy się widzieli, nie rozbierał jej wzrokiem? Nie zobaczyła tego, że stanął ciut bliżej, że patrzył ciut dłużej? – zapytała, patrząc na nieregularny strumień moczu spływający po ścianach muszli klozetowej. – Dlaczego nie chciał, żeby sobie poszła? I wyciągnął ten koniak. Może zanim włożył wziernik, ku swej satysfakcji poczuł niespodziewanie zachwycającą wilgotność badanej pochwy? I mu stanął…

– Przestań – mruknął pisarz, strącając z penisa ostatnie krople moczu. – On jest samotny, zmarła jego żona i w przeciwieństwie do twojego męża on ją kochał do końca! – warknął, po czym wyszedł z łazienki, trzaskając drzwiami.

Nim wrócił do pokoju, bohaterka, postać, kobieta po pięćdziesiątce stała przy biurku i trzymała w ręku kilka zapisanych ołówkiem kartek.

– Mnie niby kochał tylko do czasu, gdy urodziło się dziecko? Tak? – zapytała, przerzucając w rękach kartki. – Ba, właściwie tylko do poczęcia? Bo potem mnie odstawił…

– Nalać ci? – zapytał pisarz i nie czekając na odpowiedź, napełnił dwa kubki po same brzegi. Westchnął, patrząc na prawie pustą już butelkę. Poziom koniaku „zbliżał się do tego miejsca na dole etykiety, w którym firma Remy Martin zdecydowała się wydrukować swoje dumne pięć gwiazdek".

Bohaterka, postać, kobieta po pięćdziesiątce bez słowa wzięła kubek i przechyliła go, wypijając jednym wielkim łykiem prawie połowę.

– Bo ja nie mam zawodu? Bo mi go nie wymyśliłeś jeszcze?! Jestem tylko żoną i matką? Bo tak prościej? Bo takie panny się nudzą?! Banał! – wrzasnęła i z rozmachem rzuciła kartki do góry. Rozsypały się po całym pokoju. – W przeciwieństwie do żony ginekologa... – krzyczała dalej, patrząc, jak pisarz wypija wszystko, co ma w kubku. – Bo żona ginekologa była wybitnym matematykiem i dlatego zginęła, szczęśliwie nie doczekawszy menopauzy. Tak jak ja... I tych zmarszczek na twarzy. I tego obwisłego ciała, którymi tak mnie uraczyłeś?

– Nie o to chodziło – jęknął pisarz, ukląkł na podłodze i chodząc na czworakach, zaczął zbierać porozrzucane kartki. – To miało być o czasie, który jest jak „grawitacja, co marszczy wszechświat albo jak spadająca kropla deszczu, która marszczy kałużę lub jezioro..." – ciągle klęcząc, odczytywał swoje zapiski.

– Może być również o pustce we wszechświecie. Albo pomiędzy jądrem atomu a najbliższym elektronem. Wszędzie w chuj daleko i każdy sam... – wzruszyła ramionami bohaterka, postać kobieta po pięćdziesiątce i usiadła na podłodze obok pisarza. Po raz kolejny popatrzyła na swój drogi biustonosz z dobrej firmy i beznadziejne rajstopy, które uciskały ją w pasie, tworząc dwa nieforemne wałki. – Ale pomyśl... Mąż nie kochał się z nią, czyli ze mną od siedmiu lat. Mam na sobie doskonałą bieliznę... Poczekaj, niech sprawdzę. – Odciągnęła ręką rajstopy i majtki, i spojrzała w dół. – Tak jak myślałam. Świetna depilacja, żadnych siwych włosów – oświadczyła, patrząc na pisarza, który w tym momencie z ciekawością zmierzył ją wzrokiem, jakby chciał to zapamiętać. – Piję więc z ginekologiem. Sami w gabinecie... I do tego on mi mówi, że jest wdowcem... To dlaczego nic się tam nie dzieje?! – spojrzała na swoja cipkę, a potem na pisarza, który właśnie podnosił się z kolan i kładł pozbierane kartki na biurku.

– Bo… nie mają już odwagi. Są za starzy. Za bardzo zmęcze-
ni… – Podniósł butelkę do góry i patrząc na pojedyncze krople,
spływające po ściankach, dodał – nie chce mi się już pisać.

– I co, zostawisz to tak… Zostawisz mnie tak… – jęknęła
bohaterka, postać, kobieta po pięćdziesiątce. – Niech ten ginekolog coś zrobi… – zaczęła prawie błagać, patrząc, jak pisarz
odłącza komputer. – Potrafił rozebrać ją wzrokiem, to potrafi
też rękami!

– Zbyt pijany jest – odparł pisarz i ruszył w kierunku sypialni.

Nim doszedł do łóżka, ona już przy nim stała, patrząc, jak
mozolnie ściąga koszulę i spodnie.

– Nie kończ tego tak – szeptała mu błagalnym tonem do
ucha. – Wiem, że czujesz się staro, wiem, że nie potrafisz już
zrzucić tych kilogramów, wiem przecież, z jaką niechęcią pa-
trzysz na siebie w lustro… Ale przypomnij sobie wczorajszy
dzień – próbowała bohaterka, postać, kobieta po pięćdziesiątce. – Jak było na twoim spotkaniu. Przypomnij sobie tę wpa-
trzoną w siebie kobietę – powiedziała patrząc na pisarza, który
położył się na łóżku, zamknął oczy i pierwszy raz się uśmiechnął. – Tak, tę. Tę, której podpisywałeś książkę. Podobała ci się
przecież… poszliście na drinka… gadaliście. Coś drgnęło…
Dlaczego się wystraszyłeś… że się nie uda, jak ostatnio, że się
ośmieszysz, że lepiej zawczasu uciec?

– Dosyć – jęknął pisarz, z zamkniętymi oczami wymacał
kontakt na ścianie i zgasił światło.

– No i utkwię tutaj… Z tą menopauzą na zawsze! – westchnęła bohaterka, postać, kobieta po pięćdziesiątce. – Jakby
to był koniec świata – dodała, po czym podniosła róg kołdry
i wsunęła się do łóżka. Może jak się obudzę, to coś się zmieni.
Może ktoś opisze mnie inaczej…